GRANDES NOVELISTAS

Michael Crichton

PUNTO CRÍTICO

Traducción de Rubén O. Tanoira

DEL MISMO AUTOR
por nuestro sello editorial

■

EL GRAN ROBO DEL TREN
ENTRE CANÍBALES Y VIKINGOS
CONGO
ESFERA
EL PARQUE JURÁSICO
SOL NACIENTE
ACOSO SEXUAL
EL MUNDO PERDIDO

Michael Crichton

PUNTO CRÍTICO

EMECÉ EDITORES

820-3(73) Crichton, Michael
CRI Punto crítico - 1a ed. - Buenos Aires : Emecé, 1997.
416 p. ; 23x15 cm. - (Grandes novelistas)

Traducción de: Rubén Tanoira.

ISBN 950-04-1724-3

I. Título - 1. Narrativa Estadounidense

Si bien la novela está basada en hechos reales, se trata de una obra de ficción. Los personajes, empresas, organizaciones y dependencias gubernamentales que figuran en la novela son fruto de la imaginación del autor o, si existen, están utilizados con fines literarios sin intención de describir su conducta real. Se ha modificado la información referida a determinados sistemas de modelos de aviones específicos para proteger la propiedad intelectual. Las descripciones de los incidentes reales en los que participaron aviones de las empresas Aloha Airlines, American Airlines, Continental Airlines y USAir provienen de las conclusiones de la Comisión Nacional de Seguridad del Transporte.

Diseño de tapa: *Eduardo Ruiz*
Título original: *Airframe*
Foto de tapa: *Pictor International*
Fotocromía: *Moon Patrol S.R.L.*

Alsina 2062 - Buenos Aires, Argentina
Primera edición: 10.000 ejemplares
Impreso en Imprenta de los Buenos Ayres S.A.I.y C.,
Carlos Berg 3449, Buenos Aires, abril de 1997

E-mail: editorial@emece.com.ar
http: // www: emece.com.ar

IMPRESO EN LA ARGENTINA / PRINTED IN ARGENTINA
Queda hecho el depósito que previene la ley 11.723
I.S.B.N.: 950-04-1724-3
8.985

Para Sony Mehta

Esos bichos pesan doscientas cincuenta toneladas, pueden volar un tercio del diámetro del planeta y ofrecen a los pasajeros mayor comodidad y seguridad que cualquier otro vehículo en la historia de la humanidad. Entonces, vienen ustedes y nos dicen que saben hacerlo mejor que nosotros. ¿Acaso van a pretender que saben algo al respecto? Porque creo que ustedes, muchachos, quieren agitar el avispero por sus propias razones.

Charley Norton, 78, leyenda de la actividad aeronáutica, en diálogo con periodistas luego de un accidente aéreo, en 1970.

La ironía de la Era de la Información es que ha conferido una nueva respetabilidad a la opinión infundada.

John Lawton, 68, periodista veterano, ante la Asociación Norteamericana de Periodistas de Radio y Televisión en 1995.

Lunes

A bordo del TPA 545

05:18

Emily Jansen suspiró aliviada. El largo vuelo estaba llegando a su fin. El sol de la mañana se colaba por las ventanillas del avión. Sobre su regazo, la pequeña Sarah, con los ojos entrecerrados por la falta de costumbre a la claridad, chupó entre ruidos las últimas gotas de leche del biberón, que luego empujó con los puños diminutos.

—¿Te gustó, no? —preguntó Emily—. Vamos... arriba...

Apoyó a la pequeña sobre el hombro y comenzó a darle palmadas en la espalda. La niña eructó y su cuerpo se relajó.

En el asiento de al lado, Tim Jansen bostezó y se frotó los ojos con las manos. Había dormido toda la noche, todo el vuelo desde Hong Kong. Emily no podía dormir en los aviones; la ponían muy nerviosa.

—Buen día —dijo Tim y miró el reloj—. Sólo un par de horas más, mi amor. ¿Alguna señal del desayuno?

—Todavía no —dijo Emily, y reforzó sus palabras con el movimiento de la cabeza. Habían decidido viajar por TransPacific Airlines, un compañía que ofrecía vuelos charter desde Hong Kong. El dinero que habían ahorrado en el pasaje les sería útil al establecerse en la Universidad de Colorado, donde Tim iba a trabajar como profesor adjunto. El vuelo había sido agradable, estaban sentados en la parte delantera del avión, pero la tripulación parecía desorganizada y servía las comidas en momentos inoportunos. Emily había rechazado la cena porque Tim estaba dormido y no podía comer con Sarah en el regazo.

Emily estaba sorprendida por la actitud informal de la tripulación. Habían dejado la puerta de la cabina de comando abierta durante el vuelo. Sabía que las tripulaciones asiáticas solían hacerlo, pero no le parecía correcto; demasiado informal, demasiado distendido. Los pilotos habían salido a recorrer el avión durante la noche y se habían detenido a conversar con las azafatas. Uno de ellos salía de la cabina en ese preciso instante y se dirigía a la parte trasera del avión. Probablemente sólo era para estirar las piernas; estar alerta, y todo eso. El hecho de que la tripulación fuese china no le molestaba en absoluto. Después de un año en China, sentía admiración por la eficiencia y la atención al detalle de los chinos. Pero de todos modos, el vuelo la había puesto nerviosa.

Emily sentó a Sarah en su regazo. La pequeña miró a Tim y sonrió.

—Debería filmar esto —dijo Tim.

Metió la mano en el bolso que estaba debajo del asiento, sacó la cámara de vídeo y enfocó a la niña. Agitó la mano que le quedaba libre para atraer la atención de la pequeña.

—Sarah... Sa-rah.... Una sonrisa para papá. Sonríe...

Sarah sonrió acompañado de un gorgoteo.

—¿Cómo se siente llegar a los EE.UU., Sarah? ¿Lista para ver de dónde vienen papá y mamá?

Sarah agitó las manitos en el aire y emitió algunos sonidos.

—Quizá los norteamericanos le parezcan extraños —dijo Emily.

La niña había nacido hacía siete meses en Hunan, donde Tim estudiaba medicina china.

Emily vio que la cámara apuntaba hacia ella.

—¿Y qué hay de mamá? —preguntó Tim—. ¿Contenta de volver a casa?

—Tim —protestó—, por favor.

Tenía que estar muy mal después de todas esas horas, pensó.

—Vamos, Emy. ¿Qué estás pensando?

Tenía que peinarse. Tenía que ir al baño.

—Bueno, lo que realmente quiero y con lo que he soñado durante meses, es una hamburguesa con queso.

—¿Con salsa picante de frijoles Xu-xiang?—preguntó Tim.

—¡Por Dios, *no*! Una hamburguesa con queso, cebolla, tomate, lechuga, pepino y mayonesa. ¡*Mayonesa*, por Dios! Y mostaza.

—¿Sarah también quiere una hamburguesa? —preguntó

Tim mientras dirigía la cámara una vez más hacia la pequeña.

Sarah se había tomado de los dedos del pie con la manito. Se metió los dedos en la boca y miró a Tim.

—¿Está rico? —preguntó Tim entre risas. Al reírse agitó la cámara. —¿Es tu desayuno? ¿No vas a esperar a las azafatas?

Emily oyó un ruido sordo y débil, casi una vibración, que pareció provenir del ala. Giró la cabeza de inmediato.

—¿Qué fue eso?

—Tranquila Emy —dijo Tim , que todavía estaba riéndose.

Sarah también se echó a reír, con una risita deliciosa.

—Ya casi estamos en casa, mi amor.

Mientras pronunciaba estas palabras, el avión pareció sacudirse, y comenzó a descender. De pronto todo se había inclinado a un ángulo absurdo. Emily sintió que Sarah se resbalaba de su regazo. La abrazó con fuerza y la apretó contra ella. Parecía que el avión bajaba *en picada,* y de pronto comenzó a subir y sintió el estómago pegado al asiento. El peso de la niña era insoportable.

—¿Qué diablos...? —gritó Tim.

De repente, Emily sintió que se elevaba del asiento y el cinturón de seguridad parecía incrustársele en los muslos. Sintió náuseas. Vio a Tim desprenderse de su asiento y golpearse la cabeza contra el compartimiento de equipaje, la cámara de vídeo salió despedida y pasó muy cerca de su rostro.

Desde la cabina de comando se oían alarmas insistentes y una voz metálica que decía: ¡Stall! ¡Stall! Podía ver los brazos de los pilotos, enfundados en uniformes azules, moverse con rapidez sobre los controles al tiempo que gritaban en chino. En todo el avión, la gente gritaba, histérica. Se oyó el ruido de vidrios rotos.

El avión comenzó un nuevo descenso abrupto. Una anciana china se deslizó de espaldas por el pasillo a los gritos seguida por un adolescente que avanzaba dando vueltas carnero. Emily miró hacia el asiento de Tim, pero él ya no estaba. Comenzaron a caer máscaras de oxígeno amarillas; una cayó justo delante de su rostro pero no podía tomarla pues tenía que soltar a la niña.

La presión la mantenía pegada al asiento mientras el avión descendía abruptamente, un estrepitoso salto al vacío. Se oían los golpes de los zapatos y bolsos que volaban por la cabina; los cuerpos permanecían pegados a los asientos, al piso.

Tim había desaparecido. Emily volvió la cabeza buscándolo y de pronto un bolso pesado le pegó en la cabeza: un sacudón repentino, dolor, oscuridad y estrellas. Se sintió mareada, al borde del desmayo. Las alarmas seguían sonando; los pasajeros no dejaban de gritar. El avión seguía bajando en picada.

Emily bajó la cabeza, apretó a la niña contra el pecho y por primera vez en su vida comenzó a rezar.

Control de aproximación SOCAL

05:43

—Aproximación SOCAL, aquí TransPacific 545. Tenemos una emergencia.

En el interior del edificio que albergaba el Control deAproximación del Sur de California, el controlador senior Dave Marshall recibió la llamada del piloto y miró la pantalla del radar. El vuelo TransPacific 545 era un vuelo descendente de Hong Kong a Denver. Unos minutos antes, Oakland ARINC le había pasado el control del vuelo: perfectamente normal. Marshall tocó el micrófono junto a su mejilla y dijo:

—Adelante, 545.

—Solicito autorización para aterrizaje de emergencia en Los Angeles.

El piloto parecía tranquilo. Marshall miró los bloques móviles de información de color verde que identificaban a cada avión en el aire. El TPA 545 se acercaba a la costa de California. Pronto volaría sobre Marina del Rey. Aún se encontraba a media hora de Los Angeles.

—OK, 545, solicitud de autorización para aterrizaje de emergencia recibida. Informe tipo de emergencia.

—Tenemos una emergencia con los pasajeros —anunció el piloto—. Necesitamos ambulancias. Unas treinta o cuarenta ambulancias. Quizá más.

Marshall no podía creerlo.

—TPA 545, repita. ¿Está solicitando *cuarenta* ambulancias?

—Afirmativo. Sufrimos turbulencia severa durante el vuelo. Tenemos pasajeros y tripulantes heridos.

Marshall se preguntó por qué no se lo había dicho antes. Dio media vuelta con la silla e hizo una seña a la supervisora, Jane Levine, quien tomó el par de auriculares extra, lo conectó y comenzó a escuchar.

—TPA 545, solicitud de cuarenta ambulancias recibida —dijo Marshall.

—¡Dios mío! *¡Cuarenta!*—exclamó Levine con un gesto de asombro en el rostro.

El piloto mantenía la calma.

—Eh... Recibido, aproximación. Cuarenta.

—¿Necesita personal médico también? ¿De qué tipo de heridas se trata?

—No estoy seguro.

Levine le indicó con un gesto que hiciera seguir hablando al piloto:

—¿Puede darnos una idea de los daños? —continuó Marshall.

—No. Lo siento. No puedo.

—¿Hay alguien inconsciente?

—No; creo que no. Pero hay dos muertos —contestó el piloto.

—¡Mierda! —exclamó Jane Levine— Gracias por avisarnos. ¿Quién es este tipo?

Marshall presionó una tecla en el panel y apareció un bloque de información en el borde superior de la pantalla. Era el manifiesto del TPA 545.

—El comandante es John Chang, piloto senior de TransPacific.

—Evitemos más sorpresas —sugirió Levine—. ¿El avión está en buenas condiciones?

—TPA 545, ¿en qué condiciones está la aeronave?

—La cabina de pasajeros sufrió daños. Daños menores.

—¿En qué estado se encuentra la cabina de comando?

—La cabina de comando está operativa. La UOIV está nominal.

Se refería a la Unidad de Obtención de Información de Vuelo, encargada de detectar fallas en la aeronave. Si decía que el avión estaba OK, probablemente así era.

—Enterado, 545 —contestó Marshall—. ¿En qué condiciones se encuentra la tripulación?

—Comandante y primer oficial en buenas condiciones.

—545, dijo que había miembros de la tripulación heridos.

—Así es. Dos tripulantes de cabina de pasajeros heridas.

—¿Puede especificar el tipo de heridas?

—No. Lo siento. Una está inconsciente. La otra, no sé.

Marshall no podía creerlo.

—¡Acababa de decirnos que nadie estaba inconsciente!

—Algo anda mal —dijo Levine. Tomó el teléfono rojo. —Pongan a un escuadrón de bomberos en alerta nivel uno. Consigan las ambulancias. Pidan equipos de especialistas en neurología y traumatología para recibir al avión y que se notifique a los hospitales de la zona oeste. —Miró el reloj. —Voy a llamar a la Oficina de Estándares de Vuelo de Los Angeles. Esto le va a alegrar el día.

LAX

05:57

Daniel Greene estaba de guardia en la Oficina Regional de Estándares de Vuelo (OREV) ubicada sobre la autopista Imperial, a un kilómetro de Los Angeles. Las OREV locales —así se las llamaba: OREV— se ocupaban de supervisar las operaciones de las empresas aerocomerciales, desde el mantenimiento de las aeronaves hasta el entrenamiento de los pilotos. Greene había llegado temprano para ordenar los papeles apilados sobre el escritorio; la secretaria había renunciado la semana anterior y el gerente de la sucursal se había negado a reemplazarla, en respuesta a órdenes de Washington de disminuir la cantidad de empleados sin despidos. Así que ahora Greene venía a trabajar rezongando. El Congreso había recortado el presupuesto de la FAA, la Agencia Federal de Aviación; la orden era hacer más con menos, como si el problema fuese la productividad y no la carga de trabajo. Pero el tráfico de pasajeros aumentaba a razón de cuatro por ciento al año y la flota aerocomercial envejecía. Esa combinación exigía mucho más trabajo en tierra. Por supuesto, las OREV no eran las únicas en esta situación. La Comisión Nacional de Seguridad del Transporte (NTSB) también estaba en bancarrota, con sólo un millón de dólares al año para accidentes aéreos, y...

Sonó el teléfono rojo del escritorio: la línea de emergencia. Atendió el llamado; era una mujer de control de tráfico.

—Acabamos de recibir aviso de un incidente a bordo de un vuelo descendente de una empresa extranjera.

—¡Ajá! —Greene tomó el anotador. La palabra "incidente" tenía un significado especial para la FAA, dado que designaba la categoría menor de problemas en vuelo que las empresas estaban obligadas a informar. Los "accidentes" abarcaban muertes o daño estructural de la aeronave y siempre eran serios; pero con los incidentes, era imposible saberlo a ciencia cierta. —Adelante.

—Se trata del TransPacific 545, vuelo descendente de Hong Kong a Denver. El piloto solicitó aterrizaje de emergencia en Los Angeles. Aduce turbulencia durante el vuelo.

—¿Conserva la aeronavegabilidad?

—Dicen que sí —continuó Levine—. Hay heridos y solicitaron cuarenta ambulancias.

—*¿Cuarenta?*

—También hay dos muertos.

—Bien. —Greene se levantó. —¿Cuándo se espera que aterrice?

—Dentro de dieciocho minutos.

—Dieciocho minutos. ¿Y por qué se me informa tan tarde?

—Lo llamé apenas el comandante nos notificó. Avisé al Servicio Médico de Emergencia y los bomberos están preparados.

—¿Bomberos? ¡Pensé que había dicho que el avión estaba en buenas condiciones!

—¿Quién sabe? —contestó la mujer—. El piloto parece no coordinar muy bien. Suena como si estuviese en estado de shock. Dentro de siete minutos pasamos el control a la torre.

—OK, voy en camino —anunció Greene.

Tomó la credencial y el teléfono celular y partió. Al pasar junto a Karen, la recepcionista, preguntó:

—¿Tenemos a alguien en la terminal internacional?

—Kevin.

—Envíale un mensaje al radiollamado. TPA 545, descendente de Hong Kong, aterrizaje previsto en quince minutos. Que se quede en la puerta de desembarco ...y *que no permita que la tripulación se vaya.*

—Listo —dijo y tomó el teléfono.

Greene tomó el bulevar Sepulveda y se dirigió al aeropuerto a toda velocidad. Justo antes de que la carretera pasara por debajo de la pista, miró hacia arriba y vio el enorme avión de cabina ancha de TransPacific Airlines, fácilmente identificable gracias al amarillo intenso de la insignia en la cola, que se dirigía por la pista hacia la manga. TransPacific era una empresa chartera con base en Hong Kong. La mayor parte de las empresas extranjeras que tenían problemas con la FAA eran charteras. En muchos casos se trataba de operadores de bajo presupuesto que no alcanzaban los altos estándares de seguridad que ofrecían las empresas con vuelos regulares. Pero TransPacific gozaba de una excelente reputación.

"Al menos el pájaro está en tierra", pensó Greene.

No alcanzaba a ver daño estructural en la aeronave. El avión era un N-22 fabricado por Norton Aircraft, en Burbank. El avión había estado en servicio desde hacía cinco años, con un registro de despacho y seguridad envidiable.

Greene apretó el acelerador e ingresó en el túnel. Pasó por debajo de la gigantesca aeronave.

Corrió por las instalaciones de la terminal internacional. A través de las ventanas vio al jet de TransPacific llegar a la manga y a las ambulancias estacionadas debajo. La primera ya se alejaba de la aeronave con la sirena encendida.

Greene llegó a la puerta, mostró la credencial y corrió por la rampa. Los pasajeros estaban desembarcando, pálidos y atemorizados. Muchos de ellos cojeaban y llevaban la ropa ensangrentada y rota. A cada lado de la rampa, los paramédicos se agrupaban alrededor de los heridos.

A medida que se acercaba al avión, el olor nauseabundo de los vómitos se hacía más intenso. Una auxiliar de a bordo de TransPacific atemorizada lo empujó al llegar a la puerta, y, al pasar junto a él, le dijo algo en chino. Greene le mostró la credencial y le dijo:

—¡FAA! ¡Asunto oficial! ¡FAA!

—La auxiliar retrocedió. Greene se coló por detrás de una madre aferrada a su bebe y entró en el avión.

Miró hacia adentro y se detuvo.

—¡Dios mío! —susurró—. *¿Qué le pasó a este avión?*

Glendale, California

06:00

—¿Mamá? ¿Quién te gusta más, Mickey Mouse o Minnie Mouse?

De pie en la cocina del bungalow, aún con los pantalones cortos que se había puesto para correr los ocho kilómetros que solía correr por la mañana, Casey Singleton terminó de preparar un sándwich de atún y lo puso en la vianda de su hija. Singleton tenía treinta y seis años y era vicepresidenta de Norton Aircraft, en Burbank. La hija estaba sentada a la mesa de la cocina comiendo cereal.

—¿Y? —insistió Allison—. ¿Quién te gusta más, Mickey Mouse o Minnie Mouse?

Allison tenía siete años y calificaba absolutamente todo.

—Me gustan los dos —respondió Casey.

—Ya sé, ma —dijo Allison enfadada—. ¿Pero quién te gusta *más*?

—Minnie.

—A mí también —dijo mientras alejaba el cartón de leche.

Casey agregó una banana y un termo de jugo en la vianda y la cerró.

—Termina de comer, tenemos que prepararnos.

—¿Qué es cegerrei?

—¿Qué cosa?

—¡Ce... Ce... ge.. erre.. i!

Casey la miró y vio que estaba leyendo la nueva credencial plastificada de la planta con su foto, debajo de la cual se leía C. SINGLETON y, en letras azules, CC/GRI.

—¿Qué es CeCe-Geerrei?

—Es mi nuevo puesto en la planta. Soy la representante de

Certificación de Calidad del Grupo de Revisión de Incidentes.

—¿Sigues fabricando aviones?

Desde el divorcio, Allison había prestado mucha atención a cualquier cambio. Incluso un cambio menor en el corte de pelo de Casey generaba discusiones reiteradas, pues volvía a tocar el tema una y otra vez durante días. Por lo tanto, no era raro que hubiese notado la credencial nueva.

—Sí, Allie. Todavía fabrico aviones. Todo sigue igual. Me dieron un ascenso.

—¿Todavía eres una gerente? —preguntó la niña.

A Allison le había fascinado enterarse, el año anterior, que Casey era Gerente de Unidad de Negocio. Con gran pompa, les decía a los padres de sus amigas: "Mi mamá es gerente".

—No, Allie. A ponerse los zapatos. Papá va a venir a buscarte en cualquier momento.

—Seguro que no. Siempre llega tarde —dijo Allison—. ¿Cómo es el trabajo nuevo?

Casey se agachó y le ató los cordones de las zapatillas.

—Bueno... Sigo trabajando en CC, pero ya no controlo los aviones en la fábrica. Ahora los controlo después que salen de la fábrica.

—¿Para estar segura de que vuelan?

—Sí, mi amor. Los controlamos y solucionamos cualquier problema.

—¡Mejor que vuelen o se van a caer! —dijo Allison y se echó a reír—. ¡Van a caer del cielo! Y le van a caer encima a la gente en las casas, ¡justo cuanto están desayunando! Eso no estaría bien, ¿no, mamá?

Casey también se echó a reír.

—No. No estaría nada bien. La gente de la planta estaría *muy* enojada. —Terminó de atarle los cordones y soltó los pies de la niña. —¿Dónde está el buzo?

—No lo necesito.

—Allison...

—¡Mamá, ni siquiera hace frío!

—Quizás haga frío durante la semana. Ve a buscar el buzo, por favor.

Oyó una bocina y vio el Lexus negro de Jim frente a la entrada. Jim estaba sentado al volante, fumando. Llevaba puesto saco y corbata. Pensó: "Quizás tenga una entrevista de trabajo".

En su habitación, Allison cerraba los cajones de un golpe y pateaba los muebles. Volvió con el ceño fruncido y el buzo colgado de un extremo de la mochila.

—¿Por qué te pones tan nerviosa cuando papá me viene a buscar?

Casey abrió la puerta y caminaron hasta el auto bajo el sol brumoso de la mañana.

—¡Hola, papi! —gritó Allison y corrió hacia el auto.

Jim agitó la mano en el aire y sonrió como si hubiese bebido.

Casey se acercó a la ventanilla de Jim.

—No fumes cuando Allison está en el auto, ¿entendido?

Jim la miró con expresión poco amistosa.

—Buenos días a ti también.

Tenía la voz ronca, la cara hinchada y estaba pálido.

—Habíamos llegado a un acuerdo acerca de fumar delante de Allison, Jim.

—¿Acaso estoy fumando?

—Te aviso, nada más.

—Ya me lo habías dicho, Katherine. ¡Ya lo escuché miles de veces!

Casey suspiró. Había decidido no pelear delante de Allison. El psicólogo había dicho que esa era la razón por la cual la niña había comenzado a tartamudear. La situación había mejorado pero Casey se esforzaba por no discutir con Jim, aunque él no había adoptado la misma actitud. Al contrario, parecía disfrutar de hacer lo más difícil posible todo contacto entre ellos.

—OK, nos vemos el domingo —dijo Casey con una sonrisa forzada.

El arreglo era que Allison pasara una semana al mes con el padre, de lunes a domingo.

—Hasta el domingo —respondió Jim—. Como siempre.

—El domingo a las seis.

—¡Dios mío!

—Sólo te lo recuerdo, Jim.

—No. Me estás controlando, como siempre...

—Jim, por favor. Basta.

—OK.

Casey se agachó un poco más:

—Chau, Allie.

—Chau, mami —respondió Allison, pero ya tenía la mirada distante y la voz fría; ya había tomado partido por el padre, y todavía no se había ajustado el cinturón. Jim apretó el acelerador y el Lexus comenzó a avanzar. Casey se quedó de pie en la vereda. El auto dobló en la esquina y desapareció.

Al final de la calle, vio la figura encorvada de Amos, el vecino, que había sacado a pasear al perro. Amos también trabajaba en la planta. Ella lo saludo desde lejos, y él respondió el saludo.

Casey estaba a punto de entrar a vestirse para ir a trabajar cuando notó un auto azul de cuatro puertas estacionado en la vereda de enfrente. Había dos hombres en el auto. Uno de ellos leía el periódico, el otro miraba por la ventanilla. Se detuvo: hacía poco habían asaltado la casa de la señora Alvarez, la vecina. ¿Quiénes eran estos hombres? No tenían aspecto de ladrones; tenían veintipico de años y parecían pulcros, estilo militar.

Casey había decidido anotar el número de patente cuando se oyó una alarma electrónica: estaba sonando el radiollamado. Lo desenganchó del pantalón corto y leyó:

***JM GRI 0700 SG MVQEA

Suspiró. Las tres estrellas indicaban que se trataba de un mensaje urgente: John Marder, que manejaba la fábrica, pedía una junta del GRI a las 07:00 en la Sala de Guerra; una hora antes de lo normal. Algo había pasado. La última sigla lo confirmaba: MVQEA, en la jerga de la empresa: Más Vale Que Estés Ahí.

Aeropuerto de Burbank

06:32

El tránsito congestionado avanzaba lentamente bajo la luz pálida de la mañana. Casey movió el espejo retrovisor y se acercó para controlar el maquillaje. Con el pelo oscuro corto, resultaba atractiva con cierto aspecto varonil: de extremidades largas y en buen estado físico. Jugaba en el equipo de softball de la planta, en primera base. Los hombres se sentían cómodos a su alrededor; la trataban como a una hermana menor, lo que le resultaba muy útil en la planta.

De hecho, Casey había tenido muy pocos problemas allí. Había crecido en las afueras de Detroit, única hija del director del periódico local *Detroit News*. Los dos hermanos mayores trabajaban como ingenieros para la Ford. La madre había muerto cuando ella era muy pequeña, por lo cual se había criado entre hombres. Nunca había sido lo que su padre llamaba "una chica femenina".

Después de terminar la carrera de periodismo en la Universidad del Sur de Illinois, Casey había seguido a sus hermanos hasta Ford. Pero escribir boletines de prensa le resultaba poco interesante, por lo cual había aprovechado el programa de posgrado de la empresa y así obtuvo un master en Administración de Empresas de la Universidad Estatal de Wayne. En el ínterin, se había casado con Jim y tenido una hija.

Pero la llegada de Allison acabó con el matrimonio: ante los pañales y los horarios de comida de la pequeña, Jim comenzó a beber y a regresar tarde a casa. Con el tiempo se separaron. Cuando Jim anunció que se mudaba a la costa oeste para trabajar en Toyota, Casey decidió mudarse también Quería que su hija estuviese cerca del padre mientras crecía.

Estaba cansada de las cuestiones políticas en la Ford y los crudos inviernos de Detroit. California le ofrecía un nuevo comienzo: se veía a sí misma manejando un convertible, con una casa cerca de la playa, rodeada de palmeras; Allison crecería bronceada y sana.

En vez de eso, vivía en Glendale, a una hora y media de distancia de la playa. Sí, se había comprado el convertible, pero nunca bajaba la capota. Y, a pesar de que la zona de Glendale en la que vivían era agradable, la zona peligrosa empezaba a unas pocas cuadras. A veces, por la noche, mientras Allison dormía, oía el lejano sonido de disparos. Casey estaba preocupada por la seguridad de Allison; y por la educación que recibía en un sistema en el que se hablaban cincuenta idiomas. Y también le preocupaba el futuro, pues la economía californiana aún se encontraba en un período de recesión, y escaseaban los puestos de trabajo. Jim había estado desocupado durante dos años, desde que Toyota lo despidió a causa de la bebida. Y Casey había sobrevivido a las sucesivas olas de despidos en Norton, donde la producción estaba estancada a causa de la recesión mundial.

Nunca imaginó que iba a terminar trabajando para una compañía que fabricaba aviones, pero se asombró al constatar que el pragmatismo directo que la caracterizaba, propio del medio oeste, se amoldaba perfectamente a la cultura de los ingenieros que dominaba en la empresa. Jim la consideraba rígida y "apegada al reglamento", pero su minuciosidad le había abierto puertas en Norton, donde desde hacía un año ocupaba el puesto de Vicepresidente de Certificación de Calidad.

Estaba contenta en Certificación de Calidad, pero la misión del área era casi imposible de cumplir. Norton Aircraft estaba dividida en dos grandes sectores eternamente enfrentados: producción e ingeniería. Certificación de Calidad estaba justo en medio de las dos. CC se ocupaba de todos los aspectos de la producción; la división autorizaba cada paso de la fabricación y el montaje. Cuando surgía un problema, CC debía llegar al fondo de la cuestión; por lo que no les resultaban muy simpáticos a los mecánicos de la línea de ensamblaje ni a los ingenieros.

A su vez, CC debía atender todo lo relacionado con cuestiones de servicio posventa a los clientes. Los clientes solían estar descontentos por decisiones que ellos mismos habían tomado, y culpaban a Norton si los *galleys* que habían solicitado estaban ubicados en el lugar incorrecto o si había pocos baños en el avión. Para resolver los problemas y dejar a todos contentos hacía falta paciencia y un buen manejo de las relaciones públicas. Casey, pacifista innata, era perfecta para el trabajo.

A cambio de estar en la cuerda floja a nivel político, los miembros de CC manejaban la empresa. Como vicepresidenta, Casey tenía injerencia en todos los aspectos de las actividades de la empresa; gozaba de mucha libertad y tenía una enorme responsabilidad.

Sabía que el cargo sonaba más impresionante de lo que realmente era su trabajo; en Norton Aircraft abundaban los vicepresidentes. Sólo en su división había cuatro y la competencia entre ellos era feroz. Pero John Marder acababa de ascenderla a enlace del GRI. Ese puesto la ponía en una posición muy vulnerable, y en la línea de sucesión para dirigir la división. Marder no otorgaba ascensos por azar. Casey sabía que debía de tener alguna buena razón para hacerlo.

El Mustang convertible abandonó la autopista Golden State en la intersección con la avenida Empire, bordeando la cerca que delimitaba el perímetro sur del aeropuerto de Burbank. Se dirigió a los complejos comerciales: Rockwell, Lockheed y Norton Aircraft. A lo lejos, podía ver las hileras de hangares, cada uno tenía pintadas las alas del logo de Norton arriba...

Sonó el teléfono del auto.

—¿Casey? Habla Norma. ¿Te avisaron de la reunión?

Norma era la secretaria de Casey.

—Estoy en camino —respondió—. ¿Qué pasa?

—Nadie sabe nada. Pero tiene que ser algo malo. Marder no ha parado de gritar a los responsables de ingeniería y adelantó la reunión del GRI.

John Marder era el ejecutivo máximo del área operativa de Norton. Antes, había ocupado el cargo de gerente del programa del N-22, responsable de la supervisión de la fabricación de la aeronave. Era despiadado y a veces imprudente, pero obtenía buenos resultados. Además, Marder estaba casado con la única hija de Charley Norton. En los últimos años había tenido gran injerencia en todo lo referido a las ventas. Esto convertía a Marder en el segundo hombre más poderoso de la empresa, detrás del presidente. Marder era responsable del ascenso de Casey, y era...

—...hago con tu asistente?

—¿Mi qué? —preguntó Casey.

—Tu nuevo asistente. ¿Qué hago con él? Está esperando en la oficina. ¿No lo habrás olvidado?

—Ah, es cierto.

En realidad, sí se había olvidado. Un sobrino de la familia Norton estaba aprendiendo el negocio en las distintas divisiones de la empresa. Marder se lo había asignado a Casey, lo que significaba que tendría que cuidar de él durante las siguientes seis semanas.

—¿Cómo es, Norma?

—Bueno, no es desagradable.

—¡Norma!

—Es mejor que el último.

No era decir demasiado: el último se había caído de un ala en el área de ensamblaje principal y casi se había electrocutado en comunicaciones.

—¿Cuánto mejor?

—Estoy leyendo el currículum: Facultad de Derecho de la Universidad de Yale y un año en General Motors. Pasó los últimos tres meses en Comercialización y no sabe nada acerca de producción. Tendrás que empezar desde el principio con él.

—Bien —suspiró Casey resignada.

Marder esperaría que lo llevara a la reunión.

—Dile al chico que me espere en la entrada del edificio de administración en diez minutos. Y asegúrate de que no se pierda, ¿OK?

—¿Lo acompaño?

—Sí, por favor.

Casey colgó y miró el reloj. El tránsito avanzaba con lentitud. Le tomaría otros diez minutos llegar a la planta. Impaciente, comenzó a tamborilear los dedos contra el tablero del auto. ¿Cuál sería el motivo de la reunión? Debía de ser un accidente o una colisión.

Encendió la radio para ver si se enteraba de algo. Sintonizó una estación de programas en vivo; alguien decía desde el otro lado de la línea de teléfono: "...no es justo que los niños deban usar uniforme para ir a la escuela. Es elitista y discriminatorio..."

Apretó un botón y cambió de estación: "...tratando de imponer sus normas morales a los demás. No creo que un feto sea un ser humano..."

Presionó otro botón: "...estos ataques a la prensa provienen de personas que no están de acuerdo con la libertad de expresión..."

Pensó: "¿Dónde están las noticias? ¿Había habido un accidente aéreo o no?

De pronto recordó a su padre rodeado de una pila de periódicos de todo el país que leía los domingos después de misa, y lo oyó quejarse: "¡Eso no es lo importante; *eso* no es lo importante!". Luego dejaba caer las páginas y se formaba una pila desordenada de hojas alrededor del sillón de la sala. Era obvio, su padre se había dedicado a la prensa escrita, allá por la década del 60. Era un mundo distinto. Ahora, todo pasaba por la televisión. La televisión y la cháchara vacía de la radio. Frente a ella podía ver la entrada principal de Norton Aircraft. Apagó la radio.

Norton Aircraft era uno de los grandes nombres de la aviación estadounidense. Charley Norton, uno de los pioneros de la aviación, había fundado la empresa en 1935; durante la Segunda Guerra Mundial había fabricado el legendario bombardero B-22, el avión de combate P-27 Skycat y el avión de transporte de tropas C-12 para la Fuerza Aérea. Durante los últimos años, Norton había soportado los embates que habían eliminado a Lockheed del negocio del transporte aerocomercial. Ahora era una de las únicas cuatro compañías que aún fabricaban aviones de gran porte para el mercado internacional. Las otras eran Boeing en Seattle, McDonnell Douglas en Long Beach y el consorcio europeo Airbus en Toulouse.

Avanzó a través de hectáreas de playa de estacionamiento hasta la Puerta 7; se detuvo frente a la barrera de seguridad donde el personal controló su credencial. Como de costumbre, sentía un cosquilleo al ingresar en la planta, con la energía continua de los tres turnos, y los remolcadores amarillos que trasladaban las partes. Más que una fábrica era una pequeña ciudad, con hospital, periódico y policía propios. Sesenta mil personas trabajaban para la empresa cuando ella ingresó. La recesión había disminuido esa cifra a treinta mil, pero la planta seguía siendo enorme, sobre un terreno de cuarenta y un kilómetros cuadrados. Aquí construían el N-20, el biturbo de cabina angosta; el N-22, de fuselaje ancho y el KC-22, el avión cisterna de la Fuerza Aérea. Las principales instalaciones de montaje ya estaban a la vista, cada una de más de un kilómetro y medio de longitud.

Se dirigió al edificio de la Administración, recubierto de vidrio y ubicado en el centro de la planta. Estacionó en el espacio reservado para ella. Aún con el motor en marcha, vio a un joven con aspecto de colegial, de saco sport y corbata, pantalones color caqui y mocasines. Al bajar del auto vio que el joven la saludaba tímidamente desde lejos.

Edificio 64

06:45

—Bob Richman. Soy su nuevo asistente.

El saludo fue cordial, reservado. No podía recordar de qué lado de la familia Norton provenía, pero coincidía con el tipo: mucho dinero, padres divorciados, un desempeño normal en buenas instituciones educativas y un férreo sentido de superioridad.

—Casey Singleton. Vamos; es tarde.

—¿Tarde? —preguntó Richman mientras subía al auto—. Ni siquiera son las siete.

—El primer turno empieza a las seis. La mayor parte de los miembros del GRI trabajamos en el mismo horario que la fábrica. ¿No trabajan igual en General Motors?

—No lo sé. Trabajé en Legales.

—¿No iba a la fábrica?

—Sólo lo indispensable.

Casey suspiró. Iban a ser seis semanas muy largas con el muchacho.

—Por lo pronto, ¿estuvo en Comercialización?

—Sí, un par de meses. —Se encogió de hombros. —Pero la venta no es realmente lo mío.

Se dirigió al sur hacia el edificio 64, la enorme estructura donde se construía el avión de fuselaje ancho, el *widebody*.

—Al margen, ¿qué auto tiene?

—Un BMW.

—Quizás lo quiera cambiar por uno de fabricación local.

—¿Por qué? Está hecho en los EE.UU.

—Está *ensamblado* en los EE.UU. y no hecho. El valor agregado va al exterior. Los mecánicos de la planta lo saben; todos están agremiados. No les gusta ver uno de esos en el estacionamiento.

Richman miró por la ventanilla.

—¿Por qué me lo dice? ¿Pueden hacerle algo?

—Sin duda. Estos chicos no andan con vueltas.

—Lo voy a pensar —dijo Richman y trató de contener un bostezo—. ¡Es temprano! ¿Por qué tanto apuro?

—El GRI. Se adelantó para las siete.

—¿GRI?

—El Grupo de Revisión de Incidentes. Cada vez que algo le pasa a uno de nuestros aviones, el GRI se reúne para averiguar qué ocurrió y qué hacer al respecto.

—¿Cada cuánto se reúne?

—Cada dos meses, más o menos.

—¿Tan seguido?

Recordó: "Vas a tener que empezar desde el principio con él".

—De hecho —explicó Casey—, dos meses es mucho tiempo. Tenemos tres mil aviones en servicio en todo el mundo. Con tantos pájaros en el aire, siempre pasan cosas. Y el servicio al cliente es un asunto muy serio para nosotros. Así que todas las mañanas hacemos una llamada en conferencia con los representantes de todo el mundo. Nos informan acerca de todo aquello que ocasionó demoras en el despacho de las aeronaves el día anterior. La mayor parte son cuestiones menores: la puerta de un baño atorada, una luz de cabina de comando que no funciona. El GRI hace un seguimiento, un análisis de tendencias y pasa las conclusiones al área de Servicio al Cliente.

—Entiendo. —Sonaba aburrido.

—De vez en cuando —continuó Casey—, surge un problema que exige la atención del GRI. Tiene que ser algo serio, algo que afecte la seguridad de vuelo. Parece que hoy surgió algo así. Si Marder adelantó la reunión para las siete, te aseguro que no se trata de una simple huelga.

—¿Marder?

—John Marder fue gerente del programa del N-22 antes de ser el máximo responsable del área operativa. Por lo que supongo que se trata de un incidente referido al N-22.

Estacionó a la sombra del edificio 64. El hangar gris se elevaba imponente por encima de ellos, ocho pisos de altura y casi un kilómetro y medio de longitud. El asfalto frente a la entrada estaba salpicado de tapones para los oídos usados, que los mecánicos necesitaban para evitar quedar sordos por el ruido de las remachadoras.

Ingresaron por las puertas laterales hacia un corredor interno que rodeaba el perímetro del edificio. A lo largo del corredor había máquinas expendedoras ubicadas en grupos cada cuatrocientos metros.

—¿Tenemos tiempo para un café? —preguntó Richman.

Con un movimiento de la cabeza, Casey le dijo que no:

—No se permite tomar café en el piso.

—¿Está prohibido? ¿Por qué? ¿Se fabrica en el exterior?

—El café es corrosivo. Puede dañar el aluminio.

Casey lo llevó a través de una puerta hacia el piso de producción.

—¡Dios mío! —exclamó Richman.

Los *jets* de cabina ancha parcialmente ensamblados relucían bajo las lámparas halógenas. Quince aeronaves en distintas etapas del proceso de ensamblado dispuestas en dos largas filas bajo el techo abovedado. Justo frente a ellos, los mecánicos estaban instalando las puertas de las bodegas en las secciones del fuselaje. Los cilindros de fuselaje estaban sostenidos por andamios. Más allá del fuselaje, se extendía una selva de plantillas de montaje, herramientas gigantescas pintadas de color azul brillante. Richman se acercó a una de las plantillas y miró hacia arriba, extasiado. Tenía el ancho de una casa y seis pisos de altura.

—Sorprendente —dijo. Señaló hacia arriba, hacia una superficie ancha y plana. —¿Es el ala?

—El estabilizador vertical —respondió Casey.

—¿El qué?

—La cola, Bob.

—¿Eso es la *cola*?

Casey asintió.

—El ala está por allá —dijo y señaló hacia el otro lado del edificio—. Tiene como sesenta metros de largo, casi como una cancha de fútbol.

Sonó una bocina. Una de las grúas suspendidas del techo comenzó a moverse. Richman se dio vuelta para observar.

—¿Primera vez en el piso?

—Sí... —Richman giraba la cabeza en todas direcciones, observándolo todo. —Sorprendente.

—Son grandes —comentó Casey.

—¿Por qué son de color verde limón?

—Protegemos todos los elementos que conforman la estructura con epoxia para prevenir la corrosión. Y se cubre las hojas de aluminio para no dañar la superficie durante el montaje. Las hojas tienen un lustre intenso y son muy costosas. Así que las mantenemos cubiertas hasta que van al hangar donde las pintan.

—No se parece en nada a General Motors —dijo Richman aún mirando hacia uno y otro lado.

—Así es. Comparados con estos aviones, los autos resultan un juego de niños.

Richman la miró sorprendido:

—¿Un *juego de niños*?

—Piénselo. Un Pontiac tiene cinco mil piezas y se lo puede fabricar en dos turnos. Dieciséis horas. Eso no es nada. Pero estos aviones —señaló la estructura que se alzaba a su lado— son un bicho completamente distinto. El N-22 tiene un millón de piezas y exige un período de setenta y cinco días. Ningún otro producto manufacturado en el mundo posee la complejidad de un avión aerocomercial. Nada se le acerca siquiera. Y no se lo puede comparar con nada en términos de durabilidad. Si tomamos un Pontiac y lo hacemos funcionar a lo largo de todo el día todos los días veremos los resultados: no aguanta más de unos pocos meses. Diseñamos nuestros *jets* para que vuelen durante veinte años sin problemas de servicio y los fabricamos para que duren el doble de la vida útil de servicio.

—¿Cuarenta años? —preguntó Richman incrédulo—. ¿Los construyen para que duren cuarenta años?

Casey asintió.

—Todavía quedan muchos N-5 en servicio alrededor del mundo... y dejamos de construirlos en 1946. Algunos de nuestros aviones han llegado a cuatro veces la vida útil para la que fueron diseñados, lo que equivale a ochenta años de servicio. Los aviones de Norton pueden hacerlo. Los aviones de Douglas pueden hacerlo. Pero ningún otro. ¿Comprendes lo que quiero decir?

—Ya veo —asintió Richman asombrado.

—A este lugar lo llamamos la pajarera —comentó Casey—.

Los aviones son tan grandes, es difícil tomar conciencia de la escala real. —Señaló uno de los aviones ubicado hacia la derecha, en el que varios grupos de personas trabajaban en distintas posiciones con portalámparas que reflejaban la luz en el metal. —¿No parece que hubiese mucha gente, verdad?

—No, así es.

—Probablemente haya unos doscientos mecánicos trabajando en ese avión; suficientes para operar una línea de montaje de autos completa. La línea del N-22 se está operando a un 60% de capacidad, y tres de estos pájaros son colas blancas.

—¿Colas blancas?

—Aviones para los que aún no tenemos clientes. Los construimos al ritmo más lento posible para mantener la línea en funcionamiento. No tenemos todos los pedidos que desearíamos tener. La costa del Pacífico es el sector de mayor crecimiento, pero con la recesión en Japón, el mercado no hace pedidos. Y el resto mantiene los aviones en el aire durante más tiempo. Por lo cual el negocio es muy competitivo.

Comenzó a subir con rapidez un tramo de escalera de metal. Richman iba detrás. Las pisadas retumbaban. Llegaron a un descanso y subieron otro tramo.

—Le digo esto para que comprenda la reunión a la que estamos por entrar: Fabricamos aviones de la mejor calidad posible. La gente está muy orgullosa de su trabajo. Y no les gusta que algo salga mal.

Llegaron a un pasillo suspendido en lo alto del piso de montaje y se dirigieron a una sala con paredes de vidrio que parecía estar colgada del techo. Llegaron a la puerta. Casey la abrió.

—Y esta —dijo— es la Sala de Guerra.

Sala de Guerra

07:01

Casey miró la habitación a través de los ojos de Richman, como si fuese la primera vez: una amplia sala de conferencias con alfombra gris de interiores y exteriores, una mesa redonda de fórmica y sillas de metal. Las paredes estaban cubiertas con carteleras, mapas y cuadros de ingeniería. La pared más lejana era de vidrio y a través de ella se veía la línea de montaje.

Había cinco hombres en mangas de camisa y corbata, una secretaria con un anotador y John Marder, que llevaba un traje azul. Casey se sorprendió al verlo allí; el responsable máximo del área operativa no solía presidir las reuniones de GRI. Marder era morocho, vehemente, de unos cuarenta y cinco años, con el pelo echado hacia atrás. Parecía una cobra a punto de atacar.

—Este es mi nuevo asistente, Bob Richman —anunció Casey.

Marder se puso de pie y dijo, al tiempo que estrechaba su mano:

—Bienvenido, Bob.

Parecía ser que Marder, con su agudo sentido de la política empresaria, estaba listo para adular a cualquier miembro de la familia Norton, incluso un sobrino en préstamo. Casey se preguntó si el chico era más importante de lo que ella suponía.

Marder le presentó al resto de los presentes.

—Doug Doherty, responsable de estructura y mecánica...

Señaló a un hombre obeso de cuarenta y cinco años, con una barriga prominente, de color no muy saludable y que llevaba unos anteojos de lentes gruesas. Doherty vivía en un estado de perpetua melancolía; hablaba en un tono lúgubre y monocorde y se podía contar con que siempre informaba que todo estaba mal y que estaría peor. Llevaba puesta una camisa escocesa y una corbata a rayas; seguramente la esposa no lo había visto antes de salir de casa. Doherty saludó a Richman con un gesto adusto.

—Nguyen Van Trung, aviónica...

Trung tenía treinta años, de aspecto pulcro y callado, reservado. A Casey le agradaba. Los vietnamitas eran los empleados que más duro trabajaban en la planta. Los miembros del área de aviónica eran especialistas en sistemas de procesamiento de datos, pues se ocupaban de los programas computarizados de la aeronave. Representaban una nueva generación en Norton: jóvenes, mejor educados, con mejores modales.

—Ken Burne, motores...

Kenny era pelirrojo con pecas; de mentón prominente, listo para dar pelea. Con fama de irreverente y ofensivo, en la planta lo llamaban Polvorita Burne porque en seguida perdía el control.

—Ron Smith, electricidad...

Calvo y tímido, Ron jugaba con las lapiceras que llevaba en el bolsillo. Era en extremo competente; parecía tener los diagramas de la aeronave grabados en la mente. Pero era terriblemente tímido. Vivía con su madre inválida en Pasadena.

—Mike Lee, representante de la línea aérea...

Un cincuentón bien vestido, de cabello gris muy corto, que llevaba puesto un blazer azul y corbata a rayas. Mike era un ex piloto de la Fuerza Aérea, general condecorado en retiro. Era el representante de TransPacific en la planta.

—Y la del anotador es Barbara Ross.

La secretaria del GRI era una mujer obesa de unos cuarenta y pico de años. Miró a Casey con evidente hostilidad. Casey no le prestó atención.

Marder le señaló al muchacho una silla donde sentarse y Casey se sentó a su lado. Marder comenzó a hablar:

—Casey es ahora el enlace entre CC y el GRI. Después de la forma en la que manejó el aborto de despegue en DFW, de ahora en más será nuestro vocero de prensa. ¿Alguna pregunta?

Richman, con aire confundido, asentía. Marder se volvió hacia él y explicó:

—Singleton hizo un buen trabajo con la prensa en el aborto de despegue en Dallas-Fort Worth el mes pasado. Así que se va a encargar de toda consulta que provenga de los medios de comunicación. ¿OK? ¿Estamos todos en la misma página? Empecemos. ¿Barbara?

La secretaria repartió la información en hojas engrampadas.

—Vuelo 545 de TransPacific —anunció Marder—. Un N-22 con número de fuselaje 271. El vuelo despegó del aeropuerto Kaitak, Hong Kong a las 22:00 horas del día de ayer. Despegue normal, vuelo normal hasta aproximadamente las 05:00 de esta madrugada, cuando el avión se topó con lo que el pilotó describió como turbulencia severa...

Se oyeron comentarios en toda la habitación.

—¡Turbulencia! —los ingenieros repitieron incrédulos.

—...turbulencia severa, que produjo variaciones extremas de actitud en vuelo.

—¡Dios mío! —exclamó Burne.

—La aeronave —continuó Marder— efectuó un aterrizaje de emergencia en LAX y se previeron unidades médicas en el lugar. El informe preliminar indica cincuenta y seis heridos y tres muertos.

—Pinta muy mal —dijo Doug Doherty con su tono melancólico, pestañeando tras las gruesas lentes—; supongo que eso significa que tenemos a la CNST encima de nosotros.

Casey se acercó a Richman y murmuró:

—La Comisión Nacional de Seguridad del Transporte suele tomar parte cuando se producen muertes.

—No en este caso no —corrigió Marder—; se trata de una empresa extranjera, y el incidente se produjo en el espacio aéreo internacional. La CNST está muy ocupada con el accidente en Colombia. Creemos que van a pasar este por alto.

—¿Turbulencia? —preguntó Burne acompañado de un resoplido—. ¿Está confirmado?

—No —dijo Marder—. El avión se encontraba a once mil metros de altura en el momento del incidente. Ningún otro avión a esa altitud y posición informó acerca de problemas climáticos.

—¿Qué hay de los mapas satelitales? —preguntó Casey.

—Están en camino.

—¿Y los pasajeros? —continuó Casey—. ¿El comandante hizo un anuncio? ¿El cartel de ajuste de cinturones estaba encendido?

—Todavía no interrogaron a los pasajeros. Pero el informe

preliminar establece que no se hizo ningún anuncio.

Richman estaba confundido una vez más. Casey escribió algo en un anotador amarillo y lo giró para que él pudiese leerlo: *No fue turbulencia.*

—¿Ya declaró el piloto? —preguntó Trung.

—No —contestó Marder—, la tripulación tomó un vuelo con conexión inmediata y salió del país.

—¡Muy bien! —exclamó Burne y tiró el lápiz encima de la mesa—. ¡Perfecto! Es obvio que los malditos se escaparon.

—Un momento —dijo Mike Lee, con calma—. En nombre de la empresa, creo que tenemos que reconocer que la tripulación actuó con responsabilidad. Aquí no cometieron falta alguna; pero en Hong Kong es probable que deban enfrentar una acusación de las autoridades de aviación civil, y volvieron a casa para hacerse cargo.

Casey anotó: *Tripulación no disponible.*

—¿Sabemos eh... quién era el comandante? —preguntó Ron tímidamente.

—Sí —respondió Mike Lee. Consultó una libreta forrada en cuero. —Se llama John Chang. Cuarenta y cinco años, vive en Hong Kong, seis mil horas de vuelo. Es el piloto más antiguo en la línea del N-22; muy buen piloto.

—¡Ah, sí! —exclamó Burne y se inclinó hacia adelante sobre la mesa—. ¿Y cuándo fue el último control?

—Hace tres meses.

—¿Dónde?

—Aquí mismo —dijo Mike Lee—. En los simuladores de vuelo de Norton, bajo la supervisión de instructores de Norton.

Burne se echó hacia atrás y resopló fastidiado.

—¿Sabemos qué calificación obtuvo? —preguntó Casey.

—Sobresaliente —anunció Lee—. Pueden verificar los registros.

Casey escribió: *Error Humano Descartado (?)*

—¿Crees que podamos conseguir una entrevista con él, Mike? —preguntó Marder—. ¿Accederá a hablar con nuestro representante en Kaitak?

—Estoy seguro de que la tripulación va a cooperar, en especial si envían preguntas por escrito... Sin duda puedo hacer que las contesten en diez días.

—Es demasiado tiempo... —comentó Marder, preocupado.

—A menos que obtengamos una entrevista con el piloto —anunció Van Trung—, podemos tener problemas. El incidente ocurrió una hora antes del aterrizaje. El grabador de voces del *cockpit* sólo registra los últimos veinticinco minutos. Así que en este caso no nos sirve.

—Es verdad. Pero también está el Grabador de Información de Vuelo, el GIV.

Casey anotó: GIV.

—Sí, tenemos el GIV —acotó Trung.

Pero no era suficiente para dejar de preocuparse, y Casey sabía por qué. Los grabadores de información de vuelo eran poco confiables. No eran otra cosa que las misteriosas cajas negras que según la prensa revelaban todos los secretos de un vuelo. Pero en realidad, con frecuencia no funcionaban.

—Haré lo que pueda —prometió Mike Lee.

—¿Qué sabemos del avión? —preguntó Casey.

—El avión es nuevo —respondió Marder—. Tres años en servicio. Cuatro mil horas y novecientos ciclos.

Casey escribió: *Ciclos=Despegues y Aterrizajes.*

—¿Qué hay de las inspecciones? —preguntó Doherty apesadumbrado—. Supongo que vamos a tener que esperar semanas para obtener los registros...

—Se le hizo una recorrida tipo C en marzo.

—¿Dónde?

—LAX.

—Por lo tanto, el mantenimiento probablemente era bueno —dedujo Casey.

—Correcto —afirmó Marder—. En primera instancia, no podemos atribuir el incidente al clima, a factores humanos ni a mantenimiento. Así que estamos donde empezamos. Sigamos el esquema de fallas probables. ¿Hay algo que pueda haber causado un comportamiento que origine un efecto de turbulencia? ¿Estructura?

—Por supuesto —dijo Doherty pesimista—. Una extensión de *slats* podría hacerlo. Vamos a verificar las partes hidráulicas de todas las superficies de control.

—¿Aviónica?

Trung estaba tomando nota.

—Se me acaba de ocurrir por qué el piloto automático no tomó el control. En cuanto obtenga la información del GIV sabré más al respecto.

—¿Electricidad? Es posible que un circuito defectuoso haya

accionado los *slats* —admitió Ron Smith escéptico—; quiero decir, que es *posible*...

—¿Motores?

—Sí, los motores pueden haber tenido algo que ver —dijo Burne y se pasó la mano por el pelo colorado—. Los reversores pueden haberse desplegado en vuelo. Eso haría que el avión descendiera y provocaría el rolido. Pero si los reversores se desplegaron, tenemos que encontrar daño residual. Vamos a verificar las camisas.

Casey miró el anotador. Había escrito:

Estructura: Despliegue de Slats

Hidráulica: Despliegue de Slats

Aviónica: Piloto Automático

Electricidad: Circuito Defectuoso

Motores: Reversores

Eso cubría básicamente todos los sistemas del avión.

—Hay mucho terreno que cubrir —dijo Marder mientras se ponía de pie y juntaba los papeles—. No quiero retenerlos aquí.

—¡Vamos! —exclamó Burne—. Esto es pan comido; en un mes está resuelto, John. No me preocupa.

—A mí sí. Porque no tenemos un mes. Tenemos una semana —anunció Marder.

—¡Una semana! —se quejaron todos los presentes.

—¡Pero, John...!

—¡Vamos, John, sabemos que una revisión del GRI requiere un mes!

—Esta vez no —afirmó Marder—. El jueves pasado, el presidente de la empresa, Hal Edgarton, recibió un pedido de cincuenta N-22 por parte del gobierno de Pekín, con opción para comprar otros treinta. La primera entrega debe realizarse en dieciocho meses.

Reinó un silencio absoluto.

Los hombres se miraron entre sí. Durante meses habían circulado rumores de una venta importante a China. Se decía que el trato era "inminente" según las últimas versiones. Pero nadie lo tomaba en serio.

—Es cierto —agregó Marder—. Y no hace falta que les diga lo que significa. Es un pedido de ocho mil millones de dólares del mercado de aeronaves de mayor crecimiento del mundo. Se trata de cuatro años de producción a capacidad plena. Le dará a la empresa una base financiera sólida para encarar el siglo XXI. Proporcionará los fondos necesarios para desarrollar el N-22 de mayor autonomía y el N-XX de cabina ancha avanzado. Hal y yo estamos de acuerdo: esta venta significa la diferencia entre la vida y la muerte para la empresa. —Marder guardó la documentación en el portafolio y lo cerró de un golpe.

—El domingo vuelo a Pekín para firmar junto con Hal la carta de intención con el ministro de Transporte, quien querrá saber qué pasó con el vuelo 545. Y es mejor que sepa qué decirle, o va a dar media vuelta y firmar con Airbus. En cuyo caso voy a estar en una situación muy comprometida, la empresa va a estar en una situación muy comprometida... y todos los que están alrededor de esta mesa, van a estar sin trabajo. El futuro de Norton Aircraft depende de esta investigación. Así que no quiero escuchar más que respuestas. Y las quiero en el término de una semana. Hasta mañana.

Dio media vuelta y salió de la habitación.

Sala de Guerra

07:27

—¡Qué pedazo de idiota! —exclamó Burne—. ¿Esa es su idea de motivar a la tropa? ¡A cagar!

—Siempre es así —agregó Trung y se encogió de hombros.

—¿Qué piensan? —preguntó Smith—. Quiero decir, estas podrían ser buenas noticias, *muy* buenas. ¿Será cierto que Edgarton recibió el pedido de China?

—Apuesto a que sí —afirmó Trung—. Porque han ido reforzando la planta de a poco. Hicieron un juego nuevo de herramientas para fabricar el ala; están a punto de enviarlas a Atlanta. Seguro que hay un trato.

—Lo que hay —continuó Burne— es un caso típico de abrir el paraguas antes de que llueva.

—¿Y eso qué significa?

—Es posible que Edgarton tenga una tentativa de compra de Pekín. Pero ocho mil millones de dólares es una inversión muy grande de un comprador muy grande. Boeing, Douglas y Airbus están detrás del pedido. Los chinos se lo podrían dar a cualquiera de ellos a último momento. Así es como hacen las cosas. Lo hacen todo el tiempo. Así que Edgarton está cortando clavos con el culo, preocupado por no lograr cerrar el trato y de tener que anunciarle al Directorio que dejó escapar el pez gordo. ¿Entonces qué hace? Le pasa la pelota a Marder. ¿Y qué hace Marder?

—Nos echa la culpa —dedujo Trung.

—Exacto. El vuelo de TransPacific les da la excusa perfecta. Si cierran el trato con Pekín, son héroes. Pero si el trato se viene abajo...

—Es porque nosotros lo arruinamos —agregó Trung.

—Así es. Somos los culpables de perder un negocio de ocho mil millones de dólares.

—Bien —dijo Trung mientras se ponía de pie—. Creo que es mejor que echemos un vistazo al avión.

Administración

09:12

Harold Edgarton, el flamante presidente de Norton Aircraft, miraba por la ventana de su oficina del décimo piso hacia la planta cuando entró John Marder. Edgarton era un hombre fornido, ex jugador de fútbol norteamericano, con la sonrisa siempre lista y ojos de mirada fría y alerta. Había trabajado para Boeing y se había incorporado a la empresa tres meses antes para mejorar la comercialización en Norton.

Edgarton se dio vuelta y frunció el ceño al ver a Marder:

—Esto es una verdadera tragedia. ¿Cuántos murieron?

—Tres.

—¡Dios santo! —Edgarton estaba desolado. —Justo en el peor momento. ¿Informaste al GRI acerca del pedido de China? ¿Quedó claro que es urgente?

—Están enterados.

—¿Y va a estar resuelto esta semana?

—Yo mismo presido el grupo. Va a estar solucionado a tiempo.

—¿Y la prensa? —Edgarton seguía preocupado. —No quiero que lo maneje Relaciones con los Medios. Benson es un borracho, todos los periodistas lo detestan. Y los ingenieros no pueden hacerlo. ¡No hablan inglés, siquiera!

—Ya lo arreglé, Hal.

—¿Sí? No quiero que hables con la puta prensa. Te lo prohíbo.

—Comprendo. Delegué a Singleton la tarea de hablar con la prensa.

—¿Singleton? ¿La mujer de CC? Vi el vídeo que me diste en el que habla con la prensa acerca del asunto de Dallas. Es bastante linda, pero es directa como una flecha.

—Bueno, ¿acaso no es eso lo que queremos? Queremos la típica honestidad estadounidense, nada de vueltas. Y está bien plantada, Hal.

—Mejor que así sea. Si la mierda nos tapa, va a tener que sacarnos.

—Sin duda lo hará —aseguró Marder.

—No quiero que nada perturbe la venta a China.

—Nadie lo quiere, Hal.

Edgarton miró a Marder pensativo por un instante. Luego dijo:

—Es mejor que seas claro al respecto. Porque me importa un bledo con quién estás casado; si el negocio se pudre, mucha gente va a quedar fuera. No sólo yo. Muchas otras cabezas van a rodar.

—Entiendo —dijo Marder.

—Elegiste a la mujer. Eres responsable. El Directorio lo sabe. Si algo sale mal con ella o el GRI, estás fuera.

—Nada va a salir mal. Todo está bajo control.

—Mejor que así sea —dijo Edgarton y volvió a darse vuelta para mirar por la ventana.

Marder partió.

Hangar de mantenimiento 21
LAX

09:48

La camioneta azul cruzó la pista y se dirigió a toda velocidad a la fila de hangares de mantenimiento del aeropuerto de Los Angeles. La cola amarilla del avión de TransPacific sobresalía de la parte posterior del hangar más cercano, aún más brillante a la luz del Sol.

Los ingenieros comenzaron a hablar entusiasmados apenas vieron el avión. El vehículo entró en el hangar y se detuvo debajo de un ala; los ingenieros bajaron. El grupo de Servicios de Recuperación y Mantenimiento ya estaba trabajando, media docena de mecánicos trepados al ala, con arneses, apoyados sobre pies y manos.

—¡A trabajar! —gritó Burne mientras subía por la escalera hacia el ala. Sonó como un grito de guerra. El resto de los ingenieros se agolpó detrás de él. Doherty subió en último lugar, con aire abatido.

Casey bajó del vehículo con Richman.

—Todos van directo al ala —notó Richman.

—Así es. El ala es la parte más importante del avión, y la estructura más compleja. Primero revisan el ala y luego, el resto del exterior. Por acá.

—¿A dónde vamos?

—Adentro.

Casey caminó hasta la nariz y subió por una escalera plegadiza hasta la puerta delantera, ubicada justo al final del *cockpit*. Al acercarse a la entrada, percibió el olor nauseabundo a vómito.

—¡Por favor! —exclamó Richman detrás de ella.

Casey entró.

Sabía que la parte delantera de la cabina sería la menos dañada, pero incluso allí algunos de los respaldos de los asientos estaban quebrados. Algunos apoyabrazos se habían desprendido y estaban esparcidos por el piso. Las máscaras de oxígeno colgaban del techo y algunas faltaban. Había sangre en la alfombra y en el techo y manchas de vómito en los asientos.

—¡Dios mío! —exclamó Richman, con la mano sobre la nariz. Estaba pálido. —¿La *turbulencia* causó esto?

—No. Casi seguro que no.

—Entonces, ¿por qué el piloto...?

—Todavía no lo sabemos —respondió Casey.

Casey se dirigió a la cabina de comando. La puerta estaba abierta y la cabina parecía normal. Faltaban los registros técnicos y los papeles del vuelo. Había un pequeño zapato de bebé en el piso. Se inclinó para mirarlo y entonces notó una masa de metal negro estrujado incrustada debajo de la puerta del *cockpit*. Era una cámara de vídeo. La sacó y se hizo trizas en sus manos, una pila desordenada de placas de circuitos, motores plateados y rizos de cinta que colgaban de una casete partida. Se la dio a Richman.

—¿Qué hago con esto?

—Guárdelo.

Casey se dirigió a la parte trasera. Estaba comenzando a sospechar lo que había ocurrido a bordo.

—Es indudable. El avión sufrió variaciones de actitud drásticas. Es cuando el avión sube y baja —explicó.

—¿Cómo lo sabe?

—Porque es lo hace que los pasajeros vomiten. Pueden soportar la guiñada y el rolido. Pero los cambios de actitud los descomponen.

—¿Por qué faltan máscaras de oxígeno?

—La gente las agarró cuando cayeron. —Tenía que haber ocurrido de esa forma. —Y los respaldos de los asientos están rotos. ¿Sabe cuánta fuerza se necesita para romper el respaldo de un asiento de avión? Están diseñados para soportar hasta 16 G. Los pasajeros de esta cabina se sacudieron como dados dentro de un vaso. Y, por los daños, parece que duró bastante tiempo.

—¿Cuánto?

—Al menos dos minutos —afirmó. "Una eternidad para un incidente de este tipo", pensó.

Después de pasar junto a los maltrechos *galleys* ubicados cerca de la mitad del avión, llegaron a la cabina central. Allí, los daños eran aun peores. Muchos de los asientos estaban rotos. Había una gran mancha de sangre en el techo. Los pasillos estaban repletos de restos: zapatos, prendas rotas, juguetes.

Un grupo vestido con uniformes azules con la leyenda NORTON GRI, encargado de la limpieza, recolectaba los artículos personales y los colocaba en grandes bolsas plásticas. Casey se dirigió a una mujer:

—¿Encontraron cámaras?

—Cinco o seis hasta ahora —contestó la mujer—. Un par de cámaras de vídeo. Hay de todo. —Metió la mano debajo de un asiento y sacó un diafragma de goma marrón. —Tal como le decía.

Casey siguió avanzando hacia el fondo del avión, tratando de no pisar la basura de los pasillos. Pasó otra división e ingresó en la cabina posterior, cerca de la cola.

Richman trató de no respirar.

Parecía como si un gigante hubiese aplastado el interior. Los asientos estaban achatados. Los compartimientos de equipaje se habían caído casi a nivel del piso; los paneles del techo estaban partidos y dejaban ver los cables y el material de aislamiento color plateado. Había sangre por todas partes; algunos de los asientos habían adoptado un tinte amarronado. Los baños traseros estaban despedazados: los espejos rotos, los cajones de acero inoxidable abiertos y doblados.

Casey dirigió la atención al lado izquierdo de la cabina, donde seis paramédicos luchaban para levantar algo pesado, envuelto en una red de nailon blanco colgada cerca del compartimiento del techo. Los paramédicos cambiaron de posición, la red de nailon se movió y de pronto la cabeza de un hombre asomó por la red: el rostro gris, la boca abierta, los ojos ciegos, mechones de pelo enredado.

—¡Dios mío! —exclamó Richman. Dio media vuelta y se fue.

Casey se acercó a los paramédicos. Era el cadáver de un hombre joven de origen chino:

—¿Cuál es el problema? —preguntó Casey.

—Lo siento, señora. Pero no podemos sacarlo. Lo encontramos metido aquí y está muy atascado. La pierna izquierda.

Uno de los paramédicos dirigió el haz de la linterna hacia arriba. La pierna izquierda estaba atascada, a través del compartimiento superior, en el aislamiento plateado sobre el panel de la ventana. Casey trató de recordar qué cables pasaban por allí, y si eran o no decisivos para que el avión volara.

—Sólo tengan mucho cuidado al sacarlo —les recomendó.

Oyó decir a una de las mujeres que limpiaban el *galley*:

—La cosa más extraña que vi en mi vida.

—¿Cómo llegó hasta ahí? —preguntó otra mujer.

—¿Cómo puedo saberlo, querida?

Casey fue a ver de qué se trataba. La mujer había encontrado una gorra azul de piloto. Tenía la marca de una pisada ensangrentada encima.

Casey la tomó:

—¿Dónde encontró esto?

—Justo aquí. Fuera del *galley* posterior. Lejos del *cockpit*, ¿no?

—Sí.

Casey dio vuelta la gorra. Alas doradas en el frente; el logo amarillo de TransPacific en el centro. Era una gorra de piloto, con una tira para identificar al comandante, por lo tanto debía de pertenecer a la tripulación de refuerzo. Si acaso el avión llevaba una tripulación de refuerzo; aún no lo sabía.

—¡Por Dios! ¡Esto es horrendo!

Oyó el característico tono apesadumbrado y al levantar la vista apareció Doug Doherty, el ingeniero especialista en estructura, que ingresaba en la cabina posterior.

—¿Qué le hicieron a mi precioso avión? —se lamentó. Luego vio a Casey. —Sabes de qué se trata, ¿no es así? No fue turbulencia. Estaban *cabeceando*.

—Es probable —admitió Casey. "Cabeceo" era el término utilizado para referirse a una serie de ascensos y descensos pronunciados, como un delfín en el agua.

—No cabe duda —dijo Doherty afligido—. Eso es lo que pasó. Perdieron el control. Terrible, sencillamente terrible...

—¿El señor Doherty? —preguntó uno de los paramédicos.

Doherty lo miró:

—No me digan. ¿*Aquí* es donde quedó atascado el hombre?

—Sí, señor...

—¡Dónde más! —exclamó desalentado mientras se acercaba—. Tenía que ser justo en el mamparo posterior. Justo donde se unen todos los sistemas críticos a... vamos a ver. ¿Qué es esto? ¿El pie?

—Sí, señor. —Encendieron la linterna para que pudiese ver. Doherty empujó el cuerpo, que se movió dentro del arnés.

—¿Pueden sostenerlo? OK. ¿Alguien tiene un cuchillo o algo parecido? Probablemente no, pero...

Uno de los paramédicos le dio una tijera y Doherty comenzó a cortar. Trozos de aislamiento plateado comenzaron a flotar hacia el piso. Doherty hizo varios cortes con movimientos rápidos de las manos. Al final se detuvo.

—OK. No tocó el recorrido del cable A59. Tampoco el del A47. Está a la izquierda de la línea hidráulica, a la izquierda del paquete de aviónica... OK, no veo que haya dañado el avión en ninguna forma.

Los paramédicos, que sostenían el cuerpo, tenían los ojos puestos en Doherty. Uno de ellos preguntó:

—¿Podemos cortar para sacarlo, señor?

Doherty seguía mirando, pensativo:

—¿Qué? Sí, seguro. Sáquenlo.

Dio un paso atrás y los paramédicos se prepararon para utilizar las enormes tenazas de metal en la parte superior de la cabina. Las colocaron entre los compartimientos de equipaje y el techo y las abrieron. Se oyó un estruendo cuando se rompió el plástico.

Doherty se dio vuelta:

—No puedo mirar. No puedo verlos romper mi precioso avión. —Se dirigió a la parte delantera. Los paramédicos lo vieron alejarse.

Richman regresó; parecía algo avergonzado. Señaló hacia afuera por las ventanillas:

—¿Qué hacen esos hombres en el ala?

Casey se agachó y miró por la ventanilla a los ingenieros que trabajaban sobre el ala.

—Están verificando los *slats*, las superficies de control del borde de ataque.

—¿Y qué hacen los *slats*?

"Vas a tener que empezar desde el principio con él."

—¿Alguna noción de aerodinámica? —preguntó Casey—. ¿No? Bien, los aviones vuelan gracias a la forma del ala. —El ala parecía simple por su aspecto, le explicó, pero en realidad era la pieza más compleja del avión, y la que más tiempo requería para su construcción. Comparado con el ala, el fuselaje era simple, sólo un montón de cilindros unidos con remaches. Y la cola no era más que una veleta vertical fija, con superficies de control. Pero el ala era una obra de arte: casi sesenta metros de largo y capaz de soportar el peso del avión. Y a la vez, construida con precisión milimétrica.

—La forma —continuó Casey— es lo más importante: curva en la parte superior y plana en la inferior. Esto implica que el aire que pasa por la parte superior del ala debe moverse más rápido, y por el principio de Bernoulli...

—Estudié abogacía —le recordó Richman.

—El principio de Bernoulli dice que cuánto más rápido se mueve un gas, menor es su presión. Por lo tanto, la presión de una corriente en movimiento es menor que la del aire que la rodea. Dado que el aire se mueve más rápido en la cara superior del ala, crea un vacío que chupa el ala hacia arriba. El ala es lo suficientemente fuerte para aguantar el peso del fuselaje y así todo el avión se eleva. Es por eso que los aviones vuelan.

—OK...

—Ahora bien. Hay dos factores que determinan cuánta sustentación se genera: la velocidad con la cual el ala se mueve a través del aire y el grado de curvatura del ala. A mayor curvatura, mayor sustentación.

—OK.

—Cuando el ala se mueve rápido durante el vuelo, quizás a punto ocho Mach, no necesita mucha curvatura. En realidad, quiere ser casi plana. Pero cuando el avión se mueve a menor velocidad, durante el despegue y el aterrizaje, el ala requiere mayor curvatura para mantener la sustentación. Entonces, en esos momentos se aumenta la curvatura mediante la extensión de ciertas secciones ubicadas en la parte delantera y trasera: los *flaps* en la parte de atrás y los *slats* en el borde de ataque.

—¿Los *slats* son como los *flaps* pero en la parte delantera?

—Exacto.

—Nunca los había notado —dijo Richman con los ojos puestos en el ala.

—Los aviones más pequeños no los tienen. Pero este avión pesa casi trescientos cincuenta mil kilos con carga completa. Los *slats* son imprescindibles en un avión de este porte.

Vieron cómo uno de los *slats* se extendió y luego se retrajo. Los hombres ubicados sobre el ala pusieron las manos en los bolsillos y observaron.

—¿Por qué son tan importantes los *slats*?

—Porque una de las causas posibles de "turbulencia" es la extensión de los *slats* en pleno vuelo. A velocidad de crucero, el ala debe ser casi plana; si los *slats* se extienden, el avión se vuelve inestable.

—¿Y por qué se extienden los *slats*?

—Error del piloto —afirmó Casey—. Es la causa más común.

—Pero se supone que el piloto de este avión era muy bueno.

—Así es. Se supone.

—¿Y si no fue error del piloto?

Casey dudó:

—Existe una situación denominada extensión espontánea de *slats*. Significa que los *slats* se extienden sin aviso, por sí mismos.

Richman frunció el ceño:

—¿Y eso puede ocurrir?

—Ha ocurrido. Pero pensamos que no es posible que ocurra en este avión. —No iba a entrar en detalles con el chico. No ahora.

Richman seguía confundido:

—Si no es posible, ¿por qué lo están verificando?

—Porque puede haber ocurrido y nuestro trabajo es verificar todas las posibilidades. Quizás hay algún problema con este avión en particular. Quizá los cables de control no están bien instalados. Quizás haya una falla eléctrica en los actuadores hidráulicos. O pueden haber fallado los sensores de proximidad. Quizás el código de aviónica se haya vuelto loco. Vamos a verificar todos los sistemas, hasta que sepamos qué pasó y por qué. Y por el momento, no tenemos ningún indicio.

Había cuatro hombres amontonados en el *cockpit*, agachados sobre los controles. Van Trung, habilitado para volar el avión, estaba sentado en el asiento del comandante; Kenny Burne ocupaba el asiento del primer oficial, a la derecha. Trung estaba operando las superficies de control, una tras otra: *flaps*, *slats*, elevadores, timón. Con cada prueba, se verificaba visualmente los instrumentos de la cabina.

Casey permaneció fuera del *cockpit* con Richman.

—¿Hay algo, Van? —preguntó Casey.

—Todavía nada.

—No encontramos un carajo —agregó Burne—. Este pájaro es un pichón. Está en perfectas condiciones.

—Después de todo, quizá fue turbulencia —acotó Richman.

—Turbulencia las pelotas —contestó Burne—. ¿Quién dijo eso? ¿Fue el chico?

—Sí —admitió Richman.

—Casey, explícale un poco... —dijo Burne y la miró por encima del hombro.

—Turbulencia es una famosa bolsa de gatos para todo lo que sale mal en una cabina de comando. De hecho, puede haber turbulencia, y antiguamente los aviones soportaban sus buenos embates. Pero hoy en día es algo fuera de lo común que la turbulencia pueda llegar a causar daños.

—¿Por qué?

—Por el radar, amigo —irrumpió Burne—. Los aviones de línea están equipados con radares. Los pilotos pueden ver las formaciones climáticas de antemano y esquivarlas. También cuentan con mucho mejores sistemas de comunicación entre aviones. Si un avión que vuela a la misma altitud que otro, trescientos kilómetros más adelante, se encuentra con condiciones climáticas adversas, el segundo se entera y obtiene un cambio de curso. Ya no puede haber turbulencia severa.

A Richman le molestó el tono de Burne:

—No sé —insistió Richman—, he estado en aviones que sufrieron turbulencias bastante fuertes.

—¿Alguien *murió* en alguno de esos aviones?

—Bueno, no...

—¿Alguien salió despedido del asiento?

—No...

—¿Heridas de algún tipo?

—No... —admitió Richman—, nada de eso.

—Exacto.

—Pero sin duda es posible que...

—¿Posible? —preguntó Burne—. ¿Como en en un juicio, donde todo es posible?

—No, pero...

—¿Abogado, no es así?

—Sí, pero...

—Bien. Es mejor que entiendas algo de una vez por todas. Aquí no se trata de leyes. Las leyes son un montón de pavadas. Esto es un *avión*; se trata de una *máquina*. O bien le pasó algo a esta máquina o no. No es materia *opinable*. Así que es mejor que cierres la boca y nos dejes trabajar.

Richman dio marcha atrás pero no se dejó amedrentar:

—Muy bien, pero si no fue turbulencia, tiene que haber pruebas...

—Correcto —dijo Burne—, el cartel de ajuste de cinturones. Si el piloto se encuentra con turbulencia, lo primero que hace es encender el cartel de ajuste de cinturones y hacer un anuncio. Todo el mundo se ata y nadie sale lastimado. Este hombre nunca hizo el anuncio.

—Quizá los carteles no funcionan.

—Mire hacia arriba.

Se encendió el cartel ubicado justo sobre ellos acompañado de un *gong*.

—Quizás el anuncio no...

La voz de Burne se oyó a través de los parlantes:

—Probando, probando. Ahora está seguro de que funciona. —Desconectó los amplificadores.

Dan Greene, el inspector de operaciones de la OREV, algo excedido de peso, llegó a bordo agitado por el esfuerzo de trepar la escalera metálica:

—¿Qué tal, muchachos? Tengo el certificado para trasladar el avión a Burbank. Pensé que querrían llevar el pájaro a la planta.

—Así es —contestó Casey.

—¡Eh, Dan! —gritó Burne—. ¡Hiciste un buen trabajo para mantener a la tripulación en el país!

—¡A cagar! Tenía un hombre en la puerta un minuto después de que llegó el avión. La tripulación ya se había ido. —Se volvió hacia Casey: —¿Sacaron al muerto?

—Todavía no, Dan. Está atascado.

—Ya sacamos los demás cadáveres y enviamos a los heridos graves a los hospitales de la zona oeste. Aquí está la lista. —Le entregó una hoja a Casey. —Sólo quedan unos pocos en la guardia del aeropuerto.

—¿Cuántos quedan? —preguntó Casey.

—Seis o siete. Incluidas un par de azafatas.

—¿Puedo hablar con ellas?

—No veo por qué no —dijo Greene.

—¿Cuánto tiempo más, Van? —preguntó Casey.

—Una hora, por lo menos.

—Bien, voy a buscar la camioneta.

—Y llévate al jurista contigo —agregó Burne.

LAX

10:42

En la camioneta, Richman suspiró aliviado:

—¿Siempre son tan amistosos?

Casey se encogió de hombros:

—Son ingenieros.

"¿Qué esperaba? Tiene que haber tratado con ingenieros en General Motors", pensó.

—Emocionalmente, todos tienen trece años, detenidos en la edad justo antes de que los chicos abandonan los juguetes porque han descubierto a las nenas. Todavía están jugando. Tienen poca habilidad para tratar con los demás, se visten mal... pero son muy inteligentes y están muy bien preparados. Y a su manera son muy arrogantes. Definitivamente, los extraños no pueden jugar con ellos.

—En especial los abogados.

—Nadie. Son como campeones de ajedrez: no pierden tiempo con aficionados. Y están muy presionados en este momento.

—Pensé que era ingeniera.

—¿Yo? No. Y soy mujer. Y trabajo para CC. Tres razones por las cuales no cuento. Ahora, Marder me nombró vocero de prensa del GRI, otro punto en contra. Los ingenieros detestan a la prensa.

—¿Va a haber cobertura por parte de la prensa?

—Probablemente no. Se trata de una empresa extranjera, los muertos son extranjeros, el incidente ocurrió fuera de los EE.UU. Y no hay material grabado. No le van a prestar atención.

—Pero parece ser un asunto grave...

—La gravedad no es un parámetro. El año pasado se produjeron veinticinco accidentes en los cuales hubo daño considerable de estructura. Veintitrés tuvieron lugar en el exterior. ¿Puede recordar alguno?

Richman se detuvo a pensar.

—¿El accidente de Abu Dhabi en el que murieron cincuenta y seis personas? —preguntó Casey—. ¿El accidente en Indonesia que mató a doscientos? ¿Bogotá, en el que murieron ciento cincuenta y tres? ¿Alguno de ellos?

—No —admitió Richman—. ¿Pero no hubo un incidente en Atlanta?

—Así es. Un DC-9. ¿Cuántos muertos? Ninguno. ¿Por qué lo recuerda? Porque pasaron imágenes en el programa de noticias de las once.

La camioneta abandonó la pista, atravesó el portón y salió a la calle. Doblaron en Sepulveda y se dirigieron hacia el contorno azulado de formas redondas del Hospital Centinela.

—De todos modos —agregó Casey—, tenemos otras cosas de qué preocuparnos en este momento.

Le entregó a Richman un grabador, le ajustó un micrófono en la solapa y le explicó lo que iban a hacer.

Hospital Centinela

12:06

—¿Quiere saber qué pasó? —dijo el hombre de barba, con voz irascible. Su nombre era Bennett, tenía cuarenta y cinco años y trabajaba como distribuidor para la empresa Guess, fabricante de jeans; había ido a Hong Kong a visitar la fábrica; solía ir cuatro veces al año y siempre viajaba por TransPacific. Estaba sentado en la cama en uno de los cubículos de la sala de primeros auxilios separado de los demás por cortinas. Tenía la cabeza y el brazo derecho vendados.

—El avión casi se estrella, eso es lo que pasó.

—Ya veo —dijo Casey—. Me gustaría...

—¿Quién diablos son ustedes?

Casey le entregó una tarjeta personal y volvió a presentarse.

—¿Norton Aircraft? ¿Qué tienen que ver con esto?

—Nosotros fabricamos el avión, señor Bennett.

—¿Esa porquería? ¡Váyase a la mierda, señora! —Le tiró la tarjeta. —¡Fuera de mi vista, los dos!

—Señor Bennett...

—¡Fuera! ¡Ya mismo!

Una vez fuera del cubículo, Casey miró a Richman:

—Sé cómo tratar a las personas —comentó apenada.

Casey se acercó al siguiente cubículo y se detuvo. Al otro lado, oyó que una mujer y luego un hombre hablaban en chino, muy rápido.

Decidió pasarlo por alto. Abrió la cortina del siguiente cubículo y vio a una mujer china dormida con un collar de yeso. La enfermera la miró y apoyó un dedo contra los labios.

Casey se dirigió al siguiente.

Allí estaba una de las tripulantes de cabina de pasajeros, una mujer de veintiocho años de nombre Kay Liang. Tenía una quemadura que abarcaba la cara y el cuello, la piel áspera y enrojecida. Estaba sentada en una silla junto a la cama vacía, hojeando un ejemplar viejo de la revista *Vogue*. Les explicó que se había quedado en el hospital para acompañar a Sha-Yan Hao, otra tripulante, que estaba en el cubículo de al lado.

—Es mi prima —agregó—. Creo que está grave. No permiten que me quede en la habitación con ella. —Hablaba muy bien inglés, con acento británico.

Cuando Casey se presentó, Kay Liang se mostró confundida:

—¿Trabaja para el fabricante? Un hombre acaba de...

—¿Qué hombre?

—Un hombre chino. Estuvo aquí hace algunos minutos.

—No sé nada acerca de eso —dijo Casey con el ceño fruncido—. Pero nos gustaría hacerle algunas preguntas.

—Por supuesto. —Dejó la revista y apoyó las manos en la falda, compuesta.

—¿Cuánto hace que trabaja para TransPacific?

Tres años, respondió Kay Liang. Y antes de eso, tres años para Cathay Pacific. Siempre había trabajado en las rutas internacionales, explicó, pues hablaba varios idiomas: inglés y francés, además de chino.

—¿Y dónde estaba en el momento del incidente?

—En el *galley* ubicado en el medio del avión, justo detrás de la clase ejecutiva. —Explicó que los tripulantes estaban preparando el desayuno. Eran alrededor de las cinco de la mañana, quizás unos minutos antes.

—¿Y qué pasó?

—El avión comenzó a subir. Lo sé porque estaba preparando bebidas y comenzaron a deslizarse en el *trolley*. Luego, casi de inmediato, se produjo un descenso abrupto.

—¿Qué hizo?

Explicó que no había podido hacer nada, excepto agarrarse de alguna parte. El descenso había sido muy pronunciado. La comida y la bebida habían caído al piso. Calculaba que el descenso había durado alrededor de diez segundos, pero no estaba segura. Luego había comenzado a trepar otra vez, con un ángulo extremadamente pronunciado, y luego otro descenso abrupto. Durante el segundo descenso se había golpeado la cabeza contra el mamparo.

—¿Perdió el conocimiento?

—No. Pero fue cuando me raspé la cara.—Señaló la herida.

—¿Y qué pasó luego?

Admitió que no estaba segura. Estaba confundida porque su compañera de *galley*, la señorita Jiao, había caído encima de ella y ambas estaban en el piso.

—Oíamos los gritos de los pasajeros. Y, por supuesto, los veíamos en los pasillos.

Luego, continuó, el avión se había estabilizado. Se había puesto de pie y había socorrido a los pasajeros. Comentó que la situación era terrible, en especial en la parte de atrás:

—Había muchos heridos y muchos sangraban, doloridos. La tripulación estaba abrumada. Además, la señorita Hao, mi prima, estaba inconsciente. Estaba en el *galley* posterior. Y eso perturbó aún más a la tripulación. Había tres pasajeros muertos. La situación era indescriptible.

—¿Qué hizo?

—Tomé los *kits* de primeros auxilios para socorrer a los pasajeros. Luego fui al *cockpit*. —Quería saber si la tripulación estaba bien. —Y quería avisarles que el primer oficial estaba herido en el *galley* posterior.

—¿El primer oficial estaba en el *galley* posterior cuando ocurrió el incidente?

Kay Liang pestañeó:

—De la tripulación de refuerzo, por supuesto.

—¿No de la tripulación titular?

—No. El primer oficial de la tripulación de refuerzo.

—¿Había dos tripulaciones a bordo?

—Sí.

—¿Cuándo cambiaron las tripulaciones?

—Unas tres horas antes. Durante la noche.

—¿Cuál es el nombre del primer oficial herido? —preguntó Casey.

Una vez más, dudó:

—Eh... no estoy segura. Nunca había volado con la tripulación de refuerzo.

—Ya veo. ¿Y cuando entró en el *cockpit*?

—El comandante Chang tenía el avión bajo control. La tripulación había sufrido un sacudón, pero no estaban heridos. El comandante Chang me informó que había solicitado un aterrizaje de emergencia en el aeropuerto de Los Angeles.

—¿Había volado antes con el comandante Chang?

—Sí. Es un piloto muy bueno. Excelente. Es muy agradable.

"Demasiada aclaración", pensó Casey.

La auxiliar, que antes se había mostrado tranquila, se estaba poniendo nerviosa. Liang miró a Casey, luego apartó la mirada.

—¿Notó algún daño en la cabina de comando?

Liang se detuvo a pensar.

—No. El *cockpit* parecía normal.

—¿El comandante Chang dijo algo más?

—Sí. Dijo que habíamos sufrido una extensión espontánea de *slats*. Dijo que eso había causado los trastornos y que la situación ya estaba bajo control.

"Muy bien", pensó Casey. Esto no iba a poner muy contentos a los ingenieros. Pero Casey estaba preocupada por la fraseología técnica de la azafata. Pensó que era poco probable que un tripulante de cabina de pasajeros supiese acerca de la extensión espontánea de *slats*. Pero quizá sólo estaba repitiendo lo que había dicho el comandante.

—¿El comandante dijo por qué se habían extendido los *slats*?

—Sólo dijo: extensión espontánea de *slats*.

—Ya veo. ¿Y sabe dónde se encuentra el control de *slats*?

Kay Liang asintió:

—Es una palanca ubicada en el pedestal, entre los asientos.

"Es correcto", pensó Casey.

—¿Vio la palanca en ese momento? ¿Mientras estaba en el *cockpit*?

—Sí. Estaba arriba y trabada.

Una vez más, Casey notó la terminología. Un piloto lo diría de esa forma. ¿Y un tripulante de cabina?

—¿Dijo algo más?

—Estaba preocupado por el piloto automático. Dijo que el piloto automático intentaba tomar el control del avión. Dijo: "tuve que luchar con el piloto automático para obtener el control".

—¿Y cómo se comportó el comandante Chang en ese momento?

—Estaba tranquilo, como de costumbre. Es un excelente comandante.

Los ojos de la muchacha delataron cierto nerviosismo. Apretó los puños apoyados en el regazo. Casey decidió esperar unos instantes. Era un viejo truco de interrogatorio: dejar que el interrogado rompa el silencio.

—El comandante Chang viene de una familia de pilotos. El padre fue piloto durante la guerra. Y su hijo también es piloto. —comentó Kay Liang.

—Ya veo...

La auxiliar volvió a hacer silencio. Hubo una pausa. Bajó la mirada hacia las manos, luego levantó la vista:

—¿Hay algo más que pueda decirle?

Fuera del cubículo, Richman dijo:

—¿No es lo que dijo que no podía haber ocurrido? ¿Extensión espontánea de *slats*?

—No dije que no pudiese pasar. Dije que no creía que fuese posible en este avión. Y si ocurrió, eso genera más preguntas que respuestas.

—¿Y qué hay del piloto automático?

—Es demasiado pronto para dar una respuesta —dijo Casey y se dirigió al siguiente cubículo.

—Debe de haber sido alrededor de las seis en punto —dijo Emily Jansen. Era una mujer esbelta de treinta años, con un moretón violáceo en la mejilla. Un bebé dormía en su regazo. En la cama de atrás yacía el marido, con una abrazadera de metal desde los hombros hasta el mentón. Se había roto la mandíbula.

—Acababa de alimentar a la beba. Estaba hablando con mi esposo. Y luego oí un ruido.

—¿Qué clase de ruido?

—Un ruido sordo o un zumbido. Me pareció que provenía del ala.

"Malas noticias", pensó Casey.

—Así que miré por la ventanilla. Hacia el ala.

—¿Vio algo fuera de lo común?

—No. Parecía normal. Pensé que el ruido podría venir del motor, pero el motor también parecía normal.

—¿De qué lado estaba el Sol esa mañana?

—De mi lado. La luz ingresaba por las ventanillas de ese lado.

—¿Así que la luz del Sol se reflejaba sobre el ala?
—Sí.
—¿Usted recibía el reflejo?
Emily Jansen se detuvo a pensar.
—Sinceramente no recuerdo.
—¿El cartel de ajuste de cinturones estaba encendido?
—No. Nunca.
—¿El comandante hizo algún anuncio?
—No.
—Volvamos al ruido; lo describió como un ruido sordo.
—Algo así. No sé si lo oí o lo sentí. Fue casi como una vibración.
"Como una vibración."
—¿Cuánto tiempo duró esa vibración?
—Varios segundos.
—¿Cinco segundos?
—Más. Yo diría que diez o doce segundos.
"La descripción clásica de la extensión de *slats* en vuelo", pensó Casey.
—Bien. ¿Y luego?
—El avión comenzó a bajar. —Jansen hizo un gesto con la palma de la mano. —Así.

Casey continuó tomando nota, pero ya había dejado de escuchar. Estaba tratando de ordenar la secuencia de los hechos, tratando de decidir cómo deberían proceder los ingenieros. No había duda de que las declaraciones de los dos testigos concordaban con la extensión de *slats*. En primer lugar, una vibración que duró doce segundos (exactamente el tiempo que empleaban los *slats* para extenderse). Luego una pequeña corrección hacia arriba de la actitud del avión, el paso siguiente. Y luego el cabeceo, mientras la tripulación intentaba estabilizar el avión.

"¡Qué desastre!", pensó.

—Como la puerta del *cockpit* estaba abierta, podía oír todas esas alarmas —continuó Emily—. Había sonidos de alerta y voces que hablaban en inglés y parecían grabadas.
—¿Recuerda qué decían?
—Algo así como "Fol... fol" o algo así.
"La alarma de entrada en pérdida", pensó Casey. La alar-

ma auditiva decía "*Stall*, *stall*", que en inglés suena "stol".

"Maldición."

Permaneció unos minutos más con Emily Jansen y luego salió.

En el corredor, Richman dijo:

—¿El zumbido significa que se extendieron los *slats*?

—Podría ser —contestó Casey. Estaba tensa, molesta. Quería regresar al avión y hablar con los ingenieros.

De uno de los cubículos ubicado más adelante, vio salir a una figura corpulenta, de pelo gris. Se sorprendió al darse cuenta de que era Mike Lee. No pudo contener la bronca: ¿Qué diablos hacía el representante de la aerolínea hablando con los pasajeros? No era correcto. Lee no tenía nada que hacer allí.

Recordó lo que había dicho Kay Liang: *Un hombre chino acaba de estar aquí.*

Lee se acercó a ellos, moviendo la cabeza de lado a lado.

—¡Mike! —exclamó Casey—. ¡Qué sorpresa encontrarte aquí!

—¿Por qué? Tendrían que darme una medalla. Algunos pasajeros pensaban demandar a la empresa. Los convencí de que no lo hicieran.

—Pero Mike —insistió Casey—, hablaste con la tripulación antes que nosotros. Eso no es correcto.

—¿Qué piensan? ¿Que les dije lo que tenían que decir? *Ellos* me dijeron lo que había pasado. Y no quedan muchas dudas al respecto. —Lee la miró fijo. —Lo siento Casey, pero el vuelo 545 sufrió una extensión espontánea de *slats*, y eso significa que aún hay problemas con el N-22.

Mientras regresaban a la camioneta, Richman preguntó:

—¿Qué quiso decir con que aún tienen problemas?

Casey suspiró. No tenía sentido callarse ahora:

—Bueno... Hubo algunos incidentes de extensión espontánea de *slats* con el N-22.

—Un momento —dijo Richman—, ¿Me está diciendo que *esto había ocurrido antes*?

—No como en este caso. Nunca había habido heridos graves. Pero sí, hemos tenido problemas con los *slats*.

De regreso al avión

13:05

—El primer incidente ocurrió hace cuatro años, en un vuelo a San Juan —comentó Casey, durante el tramo de vuelta—. Los *slats* se extendieron en pleno vuelo. Al principio, pensamos que era un hecho aislado, pero luego hubo otros incidentes en un par de meses. Al investigar, descubrimos que en todos los casos los *slats* se habían accionado en un momento de actividad en la cabina de comando: luego de un cambio de tripulación, al ingresar las coordenadas para el siguiente tramo del vuelo, o algo similar. Finalmente nos dimos cuenta de que la tripulación accionaba accidentalmente la palanca de comando de los *slats*, ya sea por golpes con los manuales o al engancharla con la manga del uniforme...

—¿En serio? —preguntó Richman.

—Sí. Diseñamos una posición donde trabar la palanca, como el "neutro" en la palanca de cambios de un automóvil. Pero a pesar de ello, seguían accionando accidentalmente la palanca.

Richman la observaba con la expresión escéptica de un fiscal:

—Entonces el N-22 *sí* tiene problemas.

—Era un avión nuevo, y todos los aviones tienen algún problema cuando entran en servicio. Es imposible fabricar una máquina compuesta de un millón de piezas y no tener problemas. Hacemos todo lo posible para evitarlos. Primero, lo diseñamos; luego lo fabricamos; por último se hacen vuelos de prueba. Pero siempre va a haber problemas. La cuestión es cómo resolverlos.

—¿Cómo los resuelven?

—Cuando detectamos un problema, enviamos un aviso a

los operadores, denominado Boletín de Servicio, que describe la reparación recomendada. Pero no tenemos autoridad para exigir que se ponga en práctica. Algunas empresas aéreas lo implementan, otras no. Si el problema continúa, la FAA toma cartas en el asunto y emite una Directiva de Aeronavegabilidad a las empresas y así les exige reparar los aviones en servicio dentro de un período determinado. Pero siempre existen Directivas de Aeronavegabilidad, para todos los modelos de aviones. Estamos orgullosos de que Norton tenga menos que cualquier otro fabricante.

—Eso dicen ustedes.

—Eso se puede verificar. Todo está archivado en Oak City.

—¿Dónde?

—Toda directiva emitida alguna vez está archivada en el Centro Técnico de la FAA en Oklahoma City.

—Así que se emitió una de estas directivas para el N-22. ¿Eso es lo que trata de decirme?

—Emitimos un Boletín de Servicio que recomendaba a las empresas instalar una tapa de metal con bisagras de modo de cubrir la palanca. De esta forma, el comandante debía levantar la tapa antes de extender los *slats*, pero se resolvió el problema. Y la FAA emitió una directiva que hacía obligatoria la modificación. Eso ocurrió hace cuatro años. Hubo sólo un incidente desde entonces, pero se trató de una empresa indonesia que no había instalado la tapa. En nuestro país, la FAA puede exigir que las empresas incorporen las modificaciones, pero en el exterior... —Casey se encogió de hombros. —Las empresas hacen lo que les da la gana.

—¿Eso es todo?

—Eso es todo. El GRI investigó, se instalaron las tapas metálicas en la flota y no ha habido más incidentes con los *slats* en los N-22.

—Hasta ahora —agregó Richman.

—Es cierto. Hasta ahora.

Hangar de mantenimiento de LAX

13:22

—*¿Cómo?* —gritó Kenny Burne desde el *cockpit* del 545 de TransPacific—. ¿*Qué* dijeron?

—Extensión espontánea de *slats* —afirmó Richman.

—¡Las pelotas! —exclamó Burne. Se levantó del asiento.—¡Cuántas pelotudeces! ¡Petrocelli! ¡Entre! ¿Ve ese asiento? Es el del primer oficial. Siéntese ahí.

Richman no sabía qué hacer.

—¡Vamos Petrocelli, siéntese de una buena vez!

Torpemente, Richman pasó entre los demás ocupantes del *cockpit* y se sentó en el asiento del primer oficial, a la derecha.

—Bien —continuó Burne—, ¿está cómodo, abogado? ¿No es piloto, no es así?

—No —contestó Richman.

—OK. Aquí está, listo para volar el avión. Ahora mire hacia adelante. —Le señaló el panel de control ubicado justo enfrente de Richman, con tres pantallas de veinticinco centímetros cuadrados cada una. —Las tres pantallas color proporcionan la información básica: la pantalla de vuelo, la pantalla de navegación y, a la izquierda, la pantalla de sistemas. Si todo está verde, significa que no hay ningún problema. Ahora, en el techo, sobre su cabeza, está el panel superior de instrumentos. Todas las luces están apagadas, lo que significa que todo está bien. Se mantienen apagadas a menos que haya problemas. A su izquierda está lo que llamamos el pedestal.

Burne señaló una estructura con forma de cajón que sobresalía entre los dos asientos. Tenía media docena de palancas.

—Ahora —continuó Burne—, de derecha a izquierda, *flaps-slats*, dos válvulas de aceleración para los motores, *spoilers*, frenos, propulsores. Los *slats* y *flaps* se controlan por medio de esa palanca ubicada cerca del asiento, la que tiene la cubierta de metal. ¿La ve?

—Sí.

—Bien. Levante la tapa y accione los *slats*.

—Accionar los...

—Baje la palanca de *slats*.

Richman levantó la tapa y luchó por un instante para mover la palanca.

—¡No, no! Tómela con firmeza, luego tire hacia arriba, después a la derecha, luego abajo —indicó Burne—. Igual que la palanca de un auto.

Richman envolvió la palanca con la mano. Tiró la palanca hacia arriba, al costado, abajo. Se oyó un sonido lejano.

—¡Bien! —continuó Burne—. Ahora, mire la pantalla. ¿Ve el indicador SLATS EXTD color ámbar? Indica que los *slats* están sobresaliendo del borde de ataque. ¿OK? Les toma doce segundos llegar a la extensión máxima. Ahora están extendidos y el indicador dice SLATS.

—Entiendo —afirmó Richman.

—Bien. Ahora retraiga los *slats*.

Richman operó la palanca a la inversa, levantó la palanca, luego a la izquierda y abajo hasta la posición de enganche; luego bajó la tapa.

—A eso se le llama extensión de *slats* comandada.

—OK —dijo Richman.

—Ahora vamos a realizar una extensión *espontánea* de *slats*.

—¿Cómo se hace?

—Como pueda, amigo. Para los principiantes, golpéela con el revés de la mano.

Richman estiró el brazo y rozó la palanca con la mano izquierda. Pero la tapa la protegía. No pasó nada.

—¡Vamos, golpee a esa hija de puta!

Richman golpeó la mano contra el metal una y otra vez. Cada vez con más fuerza. Pero no pasó nada. La tapa protegía la palanca; la palanca siguió trabada.

—Quizá podría intentar con el codo —agregó Burne—; o intente con este manual. —Sacó el manual ubicado entre los asientos y se lo dio a Richman. —Vamos, déle un buen golpe. ¡Estamos esperando un accidente!

Richman le pegó con el manual. El golpe contra el metal sonó fuerte. Intentó golpearla con el canto del manual. No pasó nada.

—¿Quiere seguir intentando? —preguntó Burne—. ¿O está empezando a entender? *Es imposible*, abogado. Con la tapa puesta es imposible.

—Quizá la tapa no estaba puesta —sugirió Richman.

—¡Mmm! ¡Bien pensado! —exclamó Burne—. Quizás pueda levantar la tapa por accidente. Inténtelo con el manual.

Richman le pegó al borde de la tapa con el manual. Pero al tratarse de una superficie curva pulida, el manual se deslizó. La tapa permaneció cerrada.

—No hay forma de hacerlo —afirmó Burne—. No accidentalmente. ¿Qué se le ocurre ahora?

—Quizá la tapa ya estaba levantada.

—¡Buena idea! Se supone que la tapa debe estar cerrada durante el vuelo, pero quién sabe qué hicieron. Vamos, levante la tapa.

Richman levantó la tapa. La palanca quedó expuesta.

—Vamos, Petrocelli. ¡A la carga!

Richman golpeó el manual con fuerza contra la palanca, pero con la mayoría de los movimientos laterales, la tapa levantada seguía protegiéndola. El manual golpeaba contra la tapa antes de tocar la palanca. Después de varios intentos, la tapa se cerró. Richman tuvo que detenerse una y otra vez para volver a levantar la tapa.

—Quizá, si utilizara la mano... —sugirió Burne.

Richman trató de pegarle con la palma de la mano. En pocos instantes, la mano se le había puesto colorada y la palanca seguía levantada y trabada.

—OK —anunció Richman y se apoyó en el respaldo del asiento—, ya entiendo.

—Es imposible —repitió Burne—. Es sencillamente imposible. Una extensión espontánea de *slats* es imposible en este avión. Punto y aparte.

Desde fuera del *cockpit*, Doherty preguntó:

—¿Terminaron de jugar, muchachos? Porque quiero sacar los grabadores e irme a casa.

Al salir del *cockpit*, Burne le tocó el hombro a Casey y le preguntó:

—¿Tienes un minuto?

—Por supuesto.

La llevó de nuevo hacia el interior, donde los demás no pudiesen oírlos. Se acercó y le preguntó:

—¿Qué sabes del chico?

Casey se encogió de hombros:

—Es pariente de los Norton.

—¿Qué más?

—Marder me lo asignó.

—¿Lo verificaste?

—No —contestó Casey—. Si lo envía Marder supongo que todo ha de estar bien.

—Bien. Hablé con mis amigos de Comercialización. Dicen que es un alcahuete y me aconsejaron que no le diese la espalda.

—Kenny...

—Te aviso: hay algo raro con ese chico, Casey. Verifícalo.

Con un zumbido metálico de los destornilladores eléctricos, levantaron los paneles del piso y así quedó al descubierto un laberinto de cables y cajas debajo del *cockpit*.

—¡Dios mío! —exclamó Richman atónito.

Ron Smith estaba a cargo de la operación. Nervioso, se frotaba la cabeza calva con la mano:

—Bien. Ahora el panel de la izquierda.

—¿Cuántas cajas lleva este pájaro, Ron? —preguntó Doherty.

—Ciento cincuenta y dos —contestó Smith. Casey sabía que cualquier otra persona habría tenido que recurrir a los diagramas antes de dar una respuesta. Pero Smith conocía el sistema eléctrico de memoria.

—¿Qué sacamos? —preguntó Doherty.

—El GVC, el GIVD y el GAR si es que hay uno.

—¿No sabe si hay un GAR? —preguntó Doherty en broma.

—Es opcional —contestó Smith—. Lo instala el cliente. No creo que lo hayan hecho. En el N-22 suele estar en la cola, pero ya revisé y no encontré nada.

Richman miró a Casey; una vez más se lo veía confundido:

—Pensé que estaban buscando las cajas negras.

—Así es —respondió Smith.

—¿Hay *ciento cincuenta y dos* cajas negras?

—Sí y están esparcidas por el avión. Pero sólo buscamos las principales por ahora: las diez o doce MNV que importan.

—MNV —repitió Richman.

—Ahora lo sabes —dijo Smith, se dio vuelta y se agachó hacia los paneles.

Casey fue la encargada de explicarlo. La imagen pública de un avión era la de un enorme dispositivo mecánico, con roldanas y palancas que accionaban las superficies de control hacia arriba y abajo. En medio de esa maquinaria había dos cajas negras mágicas, que grababan lo ocurrido durante el vuelo. Se trataba de las cajas negras a las que siempre aludían los programas de noticias. El GVC, el grabador de voces del *cockpit*, era básicamente un grabador de cinta rudimentario que registraba la última media hora de conversación en un tramo continuo de cinta magnética. Además estaba el GIV, el grabador de información de vuelo, que almacenaba información respecto del comportamiento del avión, de modo que los investigadores pudiesen descubrir lo ocurrido en caso de accidente.

Pero Casey explicó que esa imagen del avión era incorrecta en el caso de un avión de transporte aerocomercial de gran envergadura. De hecho, los jets comerciales tenían muy pocas roldanas y palancas, pocos sistemas mecánicos de cualquier tipo. Casi todo era hidráulico y eléctrico. El piloto no movía los alerones o los *flaps* desde el *cockpit* por medio de fuerza muscular. Más bien, se trataba de un mecanismo similar al de la dirección del automóvil: cuando el piloto movía el comando y los pedales, enviaba impulsos eléctricos que accionaban los sistemas hidráulicos, los que a su vez movían las superficies de control.

En realidad, un avión de línea estaba controlado por una red electrónica harto sofisticada: docenas de sistemas de computación conectados por medio de cientos de metros de cables. Distintas computadoras se encargaban de los parámetros de vuelo, la navegación y las comunicaciones. Las computadoras controlaban los motores, las superficies de control y las condiciones de la cabina.

Cada sistema principal de computación controlaba un conjunto de sistemas menores. Así, el sistema de navegación controlaba los siguientes sistemas: ILS para aterrizaje por instrumentos, DME para medición de distancia, ATC para control de tránsito aéreo, TCAS para prevención de colisiones y GPWS para advertencia de proximidad al piso.

En este complejo entorno electrónico, era relativamente fácil instalar un aparato digital para registrar la información de vuelo. Dado que todos los comandos eran electrónicos, sólo se los hacía pasar por el GIV y se lo registraba en cinta magnética:

—Un dispositivo digital moderno capaz de registrar ochenta parámetros de vuelo distintos por segundo.

—¿Por segundo? ¿Cómo es de grande? —preguntó Richman.

—Allí está —señaló Casey. Ron estaba sacando una caja a rayas negras y anaranjadas del panel de radio del tamaño de una caja de zapatos grande. La apoyó en el piso y la reemplazó por otra para el vuelo de traslado a Burbank.

Richman se agachó y levantó la caja, tomándola por el asa de acero inoxidable:

—¡Pesada!

—Es la carcasa resistente a los golpes —aclaró Ron—. El artefacto en sí pesa alrededor de doscientos gramos.

—¿Y qué pasa con el resto de las cajas?

Casey explicó que las demás cajas existían para facilitar el mantenimiento. Dado que los sistemas electrónicos del avión eran tan complejos, era necesario analizar el comportamiento de cada uno de los sistemas en caso de errores o fallas durante el vuelo. Cada sistema hacía un control de su propio desempeño, en lo que se denominaba Memoria No Volátil, MNV.

—Es la MNV —agregó.

Pensaban descargar la información de ocho sistemas de MNV ese día: la computadora de procesamiento de datos de vuelo, que almacenaba la información del plan de vuelo y las coordenadas ingresadas por el piloto; el Controlador Digital de Motor, encargado de controlar el consumo de combustible y la generación de energía; la computadora de Información de Vuelo Digital, que registraba la velocidad, la altitud y las alarmas de exceso de velocidad...

—Suficiente —dijo Richman—. Ya entiendo.

—Esto no sería necesario si contásemos con el GAR —agregó Ron Smith.

—¿El GAR?

—Es otro elemento de mantenimiento —comentó Casey—.

Los equipos de mantenimiento deben subir al avión luego del aterrizaje y enterarse rápidamente de toda novedad ocurrida durante el último tramo del vuelo.

—¿No pueden preguntarles a los pilotos?

—Los pilotos informan acerca de los problemas surgidos durante el vuelo, pero en el caso de aviones tan complejos, es probable que no lleguen a notar alguna falla, en especial porque este avión cuenta con sistemas de apoyo. Para un sistema importante como el hidráulico, siempre existe un sistema de apoyo, y muchas veces hasta un tercero. Es muy probable que una falla en el segundo o tercer sistema no se manifieste en el *cockpit*. Así que el personal de mantenimiento sube al avión y toma la información del vuelo del GAR. Así obtienen un perfil rápido y efectúan las reparaciones en el acto.

—¿Y este avión no cuenta con un GAR?

—Parece ser que no —explicó Casey—. No es un requisito. La FAA exige un GVC y un GIV. El GAR es opcional. Parece que la empresa no lo instaló en este avión.

—Al menos, no pude encontrarlo —dijo Ron—. Podría estar en cualquier parte.

Estaba apoyado sobre las manos y las rodillas, agachado sobre una computadora portátil conectada a los paneles eléctricos. La información apareció en pantalla.

```
A/S PWR TEST        0 0 0 0 0 1 0 0 0 0
AIL SERVO COMP      0 0 0 0 1 0 0 1 0 0 0
AOA INV             1 0 2 0 0 0 1 0 0 0 1
CFDS SENS FAIL      0 0 0 0 0 0 1 0 0 0 0
CRZ CMD MON INV     1 0 0 0 0 0 2 0 1 0 0
EL SERVO COMP       0 0 0 0 0 0 0 0 0 1 0
EPR/N1 TRA-1        0 0 0 0 0 0 1 0 0 0 0
FMS SPEED INV       0 0 0 0 0 0 4 0 0 0 0
PRESS ALT INV       0 0 0 0 0 0 3 0 0 0 0
G/S SPEED ANG       0 0 0 0 0 0 1 0 0 0 0
SLAT XSIT T/O       0 0 0 0 0 0 0 0 0 0 0
G/S DEV INV         0 0 1 0 0 0 5 0 0 0 1
GND SPD INV         0 0 0 0 0 0 2 1 0 0 0
TAS INV             0 0 0 0 1 0 1 0 0 0 0
```

—Esto parece información de la computadora de control de vuelo —dijo Casey—. La mayor parte de las fallas tuvieron lugar en un tramo, cuando ocurrió el incidente.

—¿Pero cómo se interpreta eso? —preguntó Richman.

—No es problema nuestro —comentó Ron Smith—. Nosotros sólo obtenemos la información y la entregamos a Norton. Los muchachos de Sistemas lo ingresan en la computadora central, que lo transforma en una imagen computarizada del vuelo.

—Eso esperamos —agregó Casey. Se incorporó. —¿Cuánto falta, Ron?

—Diez minutos, como máximo.

—¡Seguramente! —exclamó Doherty desde el *cockpit*—. Diez minutos como máximo; seguro. No es que sea importante, pero quería evitar el tránsito de la hora pico. Ahora no creo que pueda. Es el cumpleaños de mi hijo y no voy a estar en casa para la fiesta. Mi mujer me va a volver loco.

Ron Smith se echó a reír:

—¿Se te ocurre alguna otra cosa que pueda salir mal, Doug?

—Por supuesto. Muchas cosas. Salmonella en la torta. Todos los chicos envenenados.

Casey miró hacia afuera a través de la puerta. El personal de mantenimiento había bajado del ala. Burne estaba terminando la inspección de los motores. Trung estaba cargando el GIVD en la camioneta.

Era hora de ir a casa.

Cuando comenzó a bajar las escaleras vio tres camionetas de seguridad de Norton estacionadas en un rincón del hangar. Había unos veinte guardias de seguridad alrededor del avión y en distintos lugares del hangar.

Richman también lo notó:

—¿De qué se trata todo esto?

—Siempre tenemos personal de seguridad en el avión hasta que se lo traslada a la planta.

—Me parece demasiada seguridad.

—Puede ser —admitió Casey—. Es un avión importante.

Casey notó que lo guardias llevaban armas. No recordaba haber visto guardias armados antes. Los hangares de LAX eran seguros. No había necesidad de portar armas allí. ¿O sí?

Edificio 64

16:30

Casey caminaba por el sector nordeste del Edificio 64, junto a las enormes herramientas sobre las que se construía el ala. Las herramientas eran gigantescos andamios de acero azules con vigas entrecruzadas de seis metros de altura. A pesar de ser del tamaño de un pequeño edificio de departamentos, las herramientas estaban alineadas con precisión milimétrica. Arriba, en la plataforma formada por las herramientas, ochenta personas caminaban en una y otra dirección ocupadas en la construcción del ala.

A la derecha vio grupos de empleados que embalaban herramientas en enormes cajones de madera.

—¿Qué es todo eso? —preguntó Richman.

—Parecen ser rotaciones —respondió Casey.

—¿Rotaciones?

—Herramientas de repuesto que rotamos a la línea si hay problemas con el primer juego. La construimos para prepararnos para la venta a los chinos. El ala es la parte que más tiempo requiere para su construcción; así que el plan es construir las alas en las instalaciones de Norton en Atlanta, y luego enviarlas aquí.

Notó una figura con la camisa arremangada y corbata entre los hombres que trabajaban con las grúas. Era Don Brull, el presidente de la representación local del sindicato de los trabajadores. Vio a Casey, la llamó y comenzó a caminar hacia ella. Hizo un gesto con la mano; Casey sabía qué quería.

Le dijo a Richman:

—Necesito un minuto. Nos vemos en la oficina.

—¿Quién es?

—Nos vemos en la oficina.

Richman permaneció allí mientras Brull se acercaba:

—Quizá quiera que me quede y...

—Bob. Hasta luego.

Reticente, Richman se dirigió de vuelta a la oficina. No dejaba de mirar por encima del hombro a medida que se alejaba.

Brull movía la cabeza de un lado al otro. El presidente del sindicato era un hombre robusto, de baja estatura, un ex boxeador con la nariz partida. Hablaba con voz suave:

—Casey, sabes que siempre me caíste bien.

—Gracias, Don. El sentimiento es mutuo.

—Durante los años que trabajaste en el piso, siempre me ocupé de cuidarte. Te mantuve al margen de los problemas.

—Lo sé, Don. —Esperó. Brull nunca iba directo al grano.

—Siempre pensé: Casey no es como los demás.

—¿Qué ocurre, Don?

—Hay problemas con la venta a China.

—¿Qué clase de problemas?

—Problemas con el acuerdo de compensación.

—¿Qué hay con eso? —Casey se encogió de hombros. —Sabes bien que siempre se hacen concesiones en una venta grande.

En los últimos años, los fabricantes de aviones se habían visto obligados a trasladar parte de la fabricación al exterior, a los países que hacían el pedido de aviones. Un país que hacía un pedido de cincuenta aviones esperaba obtener parte de la acción. Se trataba de un procedimiento normal.

—Ya lo sé —respondió Brull—. Pero antes, los muchachos enviaban parte de la cola, quizá la nariz, quizás algún accesorio interno. Sólo partes.

—Así es.

—Pero las herramientas que estamos embalando son para el ala. Y los choferes del despacho de carga nos dicen que estas herramientas no van a Atlanta, sino a Shanghai. La empresa le va a entregar el ala a China.

—No estoy al tanto de los términos del acuerdo —comentó Casey—, pero lo dudo...

—El *ala*, Casey. Es tecnología de punta. Nadie entrega el ala. Ni Boeing, nadie. Si les das el ala a los chinos, les das el negocio. Ya no nos necesitan. Pueden fabricar ellos mismos la próxima generación de aviones. Dentro de diez años, ninguno de nosotros va a tener trabajo.

—Don, lo voy a verificar; pero no puedo creer que el ala sea parte del acuerdo de compensación.

Brull hizo un gesto con la mano y dijo:

—Te digo que sí.

—Don, lo voy a verificar, pero en este momento estoy muy ocupada con el incidente del vuelo 545 y...

—No estás escuchando, Casey. Hay problemas con la venta a China.

—Comprendo, pero...

—Un *gran problema*. —Hizo una pausa. La miró. —¿Comprendes?

Ahora entendía. Los trabajadores del piso agremiados ejercían control absoluto de la producción. Podían disminuir el ritmo de trabajo, enfermarse, romper equipos y generar cientos de otros obstáculos imposibles de comprobar.

—Voy a hablar con Marder —prometió Casey—. Estoy segura de que no quiere que haya problemas en la línea.

—Marder *es* el problema.

Casey suspiró. Pensó: "Típica información infundada del gremio". Hal Edgarton y el equipo de Comercialización se habían encargado de la venta a China. Marder era sólo el ejecutivo máximo del área operativa: manejaba la planta. No tenía nada que ver con las ventas.

—Mañana hablamos, Don.

—Muy bien. Pero no te olvides, Casey. En lo personal, no me gustaría que algo pasara.

—Don, ¿me estás amenazando?

—No, no —dijo Brull en seguida, con expresión de dolor—. No me entiendas mal. Pero oí que si no se aclara rápido el asunto del vuelo 545, podría arruinar la venta a China.

—Es cierto.

—Y eres el vocero del GRI.

—Eso también es cierto.

Brull se encogió de hombros:

—Por eso te lo digo. Hay mucha disconformidad respecto de la venta. Gran parte de los muchachos están muy enojados al respecto. En tu lugar, tomaría una semana de vacaciones.

—No puedo. Estoy en medio de la investigación.

Brull la miró.

—Don, voy a hablar con Marder acerca del ala. Pero tengo que hacer mi trabajo.

—En ese caso —dijo Brull y apoyó una mano en el hombro de Casey—, ten mucho cuidado, Casey.

Administración

16:40

—No, no —dijo Marder mientras caminaba de un extremo a otro de la oficina—. Es ridículo, Casey. No hay forma de que enviemos el ala a Shanghai. ¿Acaso piensan que estamos locos? Sería el fin de la empresa.

—Pero Brull dijo...

—Los choferes están de acuerdo con el sindicato, eso es todo. Ya sabes cómo corren los rumores en la planta. ¿Recuerdas cuando todos decidieron que los compuestos producían esterilidad? Los hijos de puta no vinieron a trabajar durante un mes. Y esto tampoco es cierto. Esas herramientas van a Atlanta. Y por una muy buena razón. Vamos a fabricar el ala en Atlanta de modo que el senador por Georgia deje de meterse con nosotros cada vez que recurrimos al Ex-Im Bank en busca de un préstamo importante. Es una forma de generar puestos de trabajo para el senador por Georgia. ¿Comprendes?

—Entonces es mejor que alguien haga circular esa información —dijo Casey.

—¡Por Dios! Ellos lo saben. Los representantes del sindicato participan en todas las reuniones de la gerencia. Por lo general, el mismo Brull.

—Pero no participó en las negociaciones de la venta a China.

—Voy a hablar con él —prometió Marder.

—Me gustaría ver el acuerdo de compensación.

—Y lo harás en cuanto esté listo.

—¿Qué les damos?

—Parte de la nariz, y el empenaje. Lo mismo que le dimos a Francia. No podemos darles nada más, no poseen la pericia técnica suficiente.

—Brull habló de interferir con el GRI. Para detener la venta a China.

—¿Interferir cómo? —Marder frunció el ceño. —¿Te amenazó?

Casey se encogió de hombros.

—¿Qué dijo?

—Me sugirió una semana de vacaciones.

—¡Por Dios! Es ridículo. Voy a hablar con él esta noche, y aclarar el asunto. No te preocupes. Sólo concéntrate en el trabajo. ¿OK?

—OK.

—Gracias por la información. Me encargaré de esto por ti.

CC Norton

16:53

Casey tomó el ascensor desde el noveno piso hasta su oficina, en el cuarto. En el camino, analizó el encuentro con Marder y decidió que no estaba mintiendo. Su enojo no parecía ficticio. Y lo que había dicho era cierto: se esparcían rumores por la planta todo el tiempo. Un par de años antes, los gremialistas se habían acercado a ella preocupados durante una semana para preguntarle cómo se sentía. Unos días después había descubierto que se había esparcido el rumor de que tenía cáncer.

Sólo un rumor. Otro rumor.

Caminó por el corredor, pasó junto a las fotografías de aviones famosos fabricados por Norton en el pasado con alguna celebridad en primer plano: Franklin Delano Roosevelt junto a un B-22 que lo había llevado a Yalta; Errol Flynn rodeado de muchachas sonrientes en el trópico, delante de un N-5; Henry Kissinger a bordo del N-12 que lo había llevado a China en 1972. Las fotos tenían un tono sepia para transmitir la sensación de trayectoria y estabilidad de la compañía.

Abrió la puerta de la oficina: vidrio esmerilado con letras en relieve "División de Certificación de Calidad". Ingresó en una habitación grande y abierta. Las secretarias ocupaban la zona abierta; las oficinas de los ejecutivos estaban ubicadas a lo largo de las paredes.

Norma estaba sentada junto a la puerta; una mujer robusta de edad indeterminada, pelo gris con tinte azulado y un cigarrillo en la boca. Estaba prohibido fumar en el edificio pero Norma hacía lo que quería. Había trabajado en la empresa desde siempre; se decía que era una de las muchachas en la foto con Errol Flynn y que había tenido una relación apasionada con Charley Norton en la década del 50. Fuese o no verdad, Norma sabía todo acerca de todos. Dentro de la compañía, se la trataba con una deferencia rayana con el miedo. Incluso Marder tomaba recaudos en presencia de Norma.

—¿Qué tenemos hasta ahora, Norma? —preguntó Casey.

—El pánico habitual. Los télex no paran de llegar. —Le entregó una pila a Casey. —El representante en Hong Kong llamó tres veces, pero ya se retiró a su casa. El de Vancouver estaba en línea hace media hora. Es probable que aún lo encuentre.

Casey asintió. No era raro que los Representantes de Servicios de Vuelo de los principales centros llamaran para pedir información. Los RSV eran empleados de Norton asignados a las empresas aéreas, y las empresas estarían preocupadas acerca del incidente.

—Y veamos... —dijo Norma—. En la oficina de Washington están como locos, oyeron que la AAC va a sacar provecho de la situación en beneficio de Airbus. ¡Qué sorpresa! El RSV en Düsseldorf solicita confirmación de que fue un error del piloto. El de Milán pide información. El RSV en Abu Dhabi quiere pasar una semana en Milán. El RSV en Bombay oyó que se trata de una falla en un motor. Ya lo puse al tanto. Y su hija pidió que le avise que no hizo falta que usara el buzo.

—Bien.

Casey llevó los faxes a su oficina. Richman estaba sentado en su asiento. La miró sorprendido y se levantó rápidamente.

—Lo siento.

—¿Norma no le asignó una oficina?

—Sí, tengo una —admitió Richman y caminó al otro lado del escritorio—. Sólo estaba eh... sólo pensaba qué querría que hiciese con esto.

Richman le mostró una bolsa de plástico con la cámara de vídeo que habían encontrado en el avión.

—Yo me hago cargo.

Se la entregó.

—¿Y ahora qué?

Dejó caer la pila de télex sobre el escritorio:

—Diría que ha sido suficiente por hoy. Nos vemos aquí mañana a las siete,

Richman partió y Casey se sentó en su silla. Todo parecía estar tal cual ella lo había dejado. Pero notó que el segundo cajón estaba entreabierto. "¿Richman había estado revisando?", pensó.

Casey abrió el cajón, en el que había cajas de disquetes, papel de carta, un par de tijeras, algunos marcadores en una bandejita. Todo parecía estar en su lugar. Pero aun así...

Oyó salir a Richman; luego se dirigió por el pasillo hasta el escritorio de Norma.

—El chico estaba sentado en mi silla.

—No me lo digas a mí. El idiota me pidió que le llevase café.

—Me sorprende que Comercialización no lo haya puesto en su lugar. Lo tuvieron durante un par de meses.

—De hecho —comentó Norma—, estaba hablando con Jeane del sector y dijo que casi nunca lo veían. Siempre estaba fuera.

—¿Fuera? ¿Un chico nuevo? ¿Un familiar de Norton? Comercialización nunca lo enviaría a la calle. ¿A dónde iría?

Norma movió la cabeza de un lado a otro.

—Jean no lo sabía. ¿Llamo al Departamento de Viajes y averiguo?

—Sí, hazlo.

De vuelta en la oficina, vio la bolsa de plástico sobre el escritorio, la abrió y sacó la videocinta de la cámara destrozada. La dejó a un costado. Luego marcó el número de Jim con la esperanza de hablar con Allison, pero la atendió un contestador automático. Colgó sin dejar mensaje.

Ojeó los télex. El único que le resultó interesante provenía del RSV en Hong Kong. Como de costumbre, estaba atrasado.

DE: RICK RAKOSKI, RSV HK
A: CASEY SINGLETON, CC/GRI NORTON BBK

TRANSPACIFIC AIRLINES INFORMÓ HOY QUE EL VUELO 545, UN N-22, FUSELAJE 271, MATRÍCULA EXTRANJERA 098/443/HB09, EN VUELO DE HK A DENVER EXPERIMENTÓ TURBULENCIA SEVERA DURANTE ALT CRUCERO 370 APROX. 0524 UTC POSICIÓN 39 NORTE/170 ESTE. ALGUNOS PASAJEROS Y TRIPULANTES SUFRIERON HERIDAS MENORES. ATERRIZAJE DE EMERGENCIA EN LA.

SE ADJUNTA PLAN DE VUELO Y MANIFIESTOS DE PASAJEROS Y TRIPULACIÓN. PFVR RESPONDER A LA BREVEDAD.

El télex venía acompañado de cuatro hojas que incluían el manifiesto de pasajeros y la lista de la tripulación:

JOHN ZHEN CHANG, COMANDANTE	7/5/51
LEU ZAN PING, PRIMER OFICIAL	11/3/59
RICHARD YONG, PRIMER OFICIAL	9/9/61
GERHARD REINMANN, PRIMER OFICIAL	23/7/49
HENRI MARCHAND, INGENIERO DE VUELO	25/4/69
THOMAS CHANG, INGENIERO DE VUELO	29/6/70
ROBERT SHENG, INGENIERO DE VUELO	13/6/62
HARRIET CHAMG, AUXILIAR DE A BORDO	12/5/76
LINDA CHING, AUXILIAR DE A BORDO	18/5/76
NANCY MORLEY, AUXILIAR DE A BORDO	19/7/75
KAY LIANG, AUXILIAR DE A BORDO	4/6/67
JOHN WHITE, AUXILIAR DE A BORDO	30/1/70
M.V. CHANG, AUXILIAR DE A BORDO	1/4/77
SHA YAN HAO, AUXILIAR DE A BORDO	13/3/73
Y. JIAO, AUXILIAR DE A BORDO	18/11/76
HARRIET KING, AUXILIAR DE A BORDO	10/10/75
B. CHOI, AUXILIAR DE A BORDO	18/11/76
YEE CHANG, AUXILIAR DE A BORDO	8/1/74

Se trataba de una tripulación internacional, del tipo que solía volar para las empresas charteras. Las tripulaciones de Hong Kong por lo general habían volado para la Fuerza Aérea Real y estaban extremadamente bien capacitadas.

Contó los nombres: dieciocho en total. Una tripulación tan numerosa no era estrictamente necesaria. El N-22 estaba diseñado para una tripulación de dos personas, sólo un comandante y un primer oficial. Pero todas las empresas asiáticas se estaban expandiendo muy rápido y solían llevar tripulantes extra para que ganaran horas de entrenamiento.

Casey continuó. El siguiente télex venía del RSV en Vancouver.

DE: NIETO, RSV VANC
A: CASEY SINGLETON, CC/GRI

TRIPULACIÓN DE CABINA DE COMANDO TPA 545 EN TRASLADO EN TPA 832, DE LAX A VANC, PRIMER OFICIAL LU ZAN PING BAJADO DEL AVIÓN EN VANC EMERGENCIA MÉDICA DEBIDO A HERIDA EN CABEZA NO DETECTADA CON ANTERIORIDAD.

P/O EN COMA EN HOSP GEN VANC, DETALLES MÁS ADELANTE RESTO DE TRIPULACIÓN DEL TPA 545 EN TRÁNSITO DE REGRESO A HK HOY.

Después de todo, el primer oficial había resultado gravemente herido. Debía de haber estado en la cola en el momento del incidente. El dueño de la gorra que habían encontrado.

Casey dictó un télex para el RSV en Vancouver en el que le pedía que entrevistara al primer oficial tan pronto como fuese posible. Dictó otro para el RSV en Hong Kong en el que sugería una entrevista con el comandante Chang a su regreso.

Norma la llamó:

—No hubo suerte con el chico.

—¿Por qué no?

—Hablé con María en Viajes. No fueron ellos quienes hicieron los arreglos para Richman. El chico cargó los viajes a una cuenta especial de la empresa, una cuenta aparte para asuntos en el extranjero fuera de presupuesto. Pero oyó que el chico pasó una cuenta de gastos exorbitante.

—¿Cuánto?

—No lo sabe. Pero mañana voy a almorzar con Evelyn de Contaduría. Ella me lo va a contar todo.

—OK. Gracias, Norma.

Casey volvió a concentrarse en los télex sobre el escritorio:

Steve Young, de la Oficina de Certificaciones de la FAA, pedía los resultados de las pruebas de retraso de combustibilidad de los cojines de los asientos hechas en diciembre.

Una consulta de Mitsubishi acerca del consumo de los folletos de diez centímetros en la primera clase de los aviones de cabina ancha de las empresas estadounidenses.

Una lista de revisiones al Manual de Mantenimiento de la Aeronave del N-22 (MP. 06-62-02).

Una revisión de los prototipos de las unidades de Pantalla Virtual, a punto de ser entregadas en dos días.

Un memo de Honeywell en el que recomienda el reemplazo de la barra eléctrica D-2 en todas las unidades UOIV del A-505/9 al A-609/8.

Casey suspiró y se puso a trabajar.

Glendale

19:40

Cuando llegó a casa estaba cansada. La casa parecía vacía sin la charla entretenida de Allison. Demasiado cansada para cocinar, Casey se metió en la cocina y comió una taza de yogur. Los dibujos multicolores de Allison estaban pegados en la puerta de la heladera. Casey pensó en llamarla; pero era la hora en la que solía ir a la cama y no quería interrumpir si Jim la estaba haciendo dormir.

Tampoco quería que Jim pensara que lo estaba controlando.

Casey entró en el baño y abrió la ducha. Oyó el teléfono y volvió a la cocina para atender el llamado. Probablemente era Jim. Levantó el tubo...

—Hola, Jim...

—No seas estúpida, perra —dijo una voz—. Si estás buscando problemas, los vas a tener. Los accidentes suceden. Te estamos vigilando *ahora mismo*.

Click.

Se quedó de pie en la cocina con el tubo en la mano. Casey siempre se había considerado sensata, pero el corazón le latía con fuerza. Se obligó a respirar hondo y colgó. Sabía que ese tipo de llamados a veces ocurría. Había oído que otros vicepresidentes habían recibido amenazas telefónicas por la noche, pero nunca le había ocurrido a ella. Se sorprendió ante el miedo que sintió. Respiró hondo una vez más y trató de no darle importancia. Tomó el yogur, lo miró, lo dejó. De pronto se dio cuenta de que estaba sola en la casa con todas las cortinas abiertas.

Cerró las cortinas del living. Cuando llegó a la ventana del frente miró hacia la calle. Bajo la luz de las lámparas de la calle vio un auto azul de cuatro puertas estacionado a pocos metros de la casa.

Había dos hombres dentro.

Podía ver los rostros con claridad a través del parabrisas. Los hombres la vieron asomada a la ventana.

"Mierda."

Fue hasta la puerta de calle, echó el cerrojo y puso la cadena de seguridad. Encendió la alarma; ingresó el código con dedos torpes e inseguros. Luego apagó las luces del living, se apoyó contra la pared y espió por la ventana.

Los hombres seguían en el auto. Estaban hablando. Los estaba observando cuando uno de ellos señaló la casa.

Volvió a la cocina, buscó en la cartera y sacó el spray de pimienta. Sacó el seguro. Con la otra mano, tomó el teléfono y aprovechó el cable largo para ir hasta el comedor. Con la vista puesta en los dos hombres, llamó a la policía.

—Policía de Glendale.

Les dio su nombre y dirección:

—Hay dos hombres en un auto en la puerta de mi casa. Han estado aquí desde la mañana. Acabo de recibir una amenaza telefónica.

—Bien, señora. Cierre la puerta y encienda la alarma si tiene una. Un auto va en camino.

—Apúrense.

En la calle, los hombres bajaron del auto.

Y se dirigieron a la casa.

Llevaban puesta ropa informal: pantalones anchos y remeras, pero tenían un aire serio y rudo. Al acercarse a la casa se separaron: uno fue hacia el jardín, el otro, hacia el fondo de la casa. Casey sintió que el corazón se le salía del pecho. ¿Había cerrado la puerta de atrás?, pensó. Con el spray de pimienta en la mano, fue a la cocina, apagó la luz, y pasó junto al dormitorio en dirección a la puerta trasera. Miró por el vidrio de la puerta y vio a uno de los hombres en el fondo de la casa. Miraba alrededor con cautela. Luego miró hacia la puerta trasera. Casey se agachó y puso la cadena a la puerta.

Oyó pisadas suaves que se acercaban a la casa. Miró hacia arriba, hacia la pared, justo arriba de su cabeza. Había un teclado para la alarma con una tecla roja grande que decía EMERGENCIA. Si la presionara, se accionaría la alarma. ¿Se asustarían? No estaba segura. ¿Y dónde carajo estaba la policía? ¿Cuánto tiempo había transcurrido?

Se dio cuenta de que ya no oía las pisadas. Con cuidado, levantó la cabeza hasta que pudo espiar por el borde inferior del vidrio.

El hombre se alejaba por el callejón. Luego dio vuelta hacia el frente de la casa, en dirección a la calle.

Aún agachada, Casey corrió hacia el frente de la casa, hacia el comedor. El primer hombre ya no estaba en el jardín. Sintió pánico: ¿Dónde estaba? El segundo hombre apareció en el jardín, echó un vistazo al frente de la casa y luego regresó al auto. Entonces vio que el primer hombre ya estaba sentado en el auto, en el asiento del acompañante. El segundo hombre abrió la puerta y se sentó al volante. Unos instantes más tarde, un patrullero blanco y negro se estacionó detrás del auto azul. Los dos hombres parecían sorprendidos, pero no hicieron nada. El patrullero encendió la luz del techo, y uno de los policías bajó del auto y avanzó con cautela. Habló por un instante con los hombres del auto azul. Luego los dos hombres bajaron del auto. Los tres caminaron hasta la puerta de la casa: el policía y los dos hombres del auto.

Oyó el timbre y abrió la puerta.

Un policía joven le dijo:

—¿La señora Singleton?

—Sí.

—¿Trabaja para Norton Aircraft?

—Sí...

—Estos caballeros son agentes de seguridad de Norton. Dicen que la están vigilando.

—¿Cómo? —preguntó Casey.

—¿Le gustaría ver las credenciales?

—Sí, me gustaría.

El policía iluminaba con la linterna mientras los dos hombres sostenían las billeteras para que Casey pudiese verlas. Reconoció las credenciales del Servicio de Seguridad de Norton.

—Lo sentimos, señora —dijo uno de los guardias—. Pensamos que estaba al tanto. Nos ordenaron vigilar la casa cada hora. ¿Le parece bien?

—Sí. Perfecto.

—¿Alguna otra cosa? —preguntó el policía.

Se sintió avergonzada; murmuró un gracias y volvió a entrar.

—Asegúrese de cerrar bien la puerta, señora —indicaron cortésmente los guardias.

—Sí, yo también los tengo estacionados frente a la casa —dijo Kenny Burne—. Mary se pegó un buen susto. ¿Qué está pasando? Todavía faltan dos años para las negociaciones gremiales.

—Voy a llamar a Marder —dijo Casey.

—Todos tienen custodia —anunció Marder desde el otro lado de la línea—. El gremio amenaza a nuestro equipo, nosotros apostamos guardias. No te preocupes.

—¿Hablaste con Brull? —preguntó Casey.

—Sí. Ya lo puse al tanto. Pero va a tomar algo de tiempo hasta que la información llegue a las bases. Hasta que eso ocurra, todo el mundo tiene custodia.

—Está bien —dijo Casey.

—Es sólo precaución —agregó Marder. Nada más que eso.

—OK.

—Ve a dormir un poco —dijo Marder y colgó.

Martes

Glendale

05:45

Casey se despertó inquieta antes de que sonara el despertador. Se puso una bata, fue a la cocina a encender la cafetera y miró por la ventana. El auto azul seguía estacionado afuera, con los hombres dentro. Pensó en correr los ocho kilómetros diarios, necesitaba el ejercicio para comenzar el día, pero decidió no hacerlo. Sabía que no debía sentirse intimidada. Pero no tenía sentido correr riesgos.

Se sirvió una taza de café y se sentó en el living. Todo le parecía distinto hoy. Ayer, el pequeño bungaló le había parecido acogedor; hoy, se veía pequeño, indefenso, aislado. Estaba contenta de que Allison estuviese con Jim toda la semana.

Casey había pasado períodos de tensión laboral en el pasado; sabía que las amenazas no solían pasar de eso. Pero era mejor ser cuidadoso. Una de las primeras lecciones que Casey había aprendido en Norton era que el piso de la fábrica era un mundo muy duro: aún más duro que la línea de montaje de Ford. Norton era uno de los pocos lugares que quedaban donde un obrero no calificado podía ganar ochenta mil dólares al año, con horas extra. Los puestos de trabajo como ese eran escasos, cada vez más. La competencia por obtener esos trabajos, y conservarlos, era feroz. Si el gremio pensaba que la venta a China iba a costar empleos, bien podrían actuar sin piedad para evitarla.

Se sentó con la taza de café en el regazo y se dio cuenta de que tenía miedo de ir a la fábrica. Pero era obvio que tenía que hacerlo. Casey alejó la taza y se dirigió a la habitación a vestirse.

Cuando salió y subió al Mustang, vio que un segundo automóvil estacionaba delante del primero. Cuando avanzó, el primer auto arrancó y la siguió.

Así que Marder había ordenado dos equipos de guardias.

Uno para vigilar la casa, y el otro para que la siguiera.

Las cosas tenían que estar peor de lo que pensaba.

Ingresó en la planta con una sensación de intranquilidad que le era ajena. El primer turno ya había comenzado; los estacionamientos estaban llenos, cuadras y cuadras de automóviles. El auto azul se mantuvo detrás de ella mientras Casey se detuvo en el puesto de seguridad de la Puerta 7. El guardia le indicó que entrara y, mediante algún gesto imperceptible, permitió que el auto azul pasara detrás, sin bajar la barrera. El auto azul se mantuvo junto a ella hasta que estacionó en el lugar reservado en Administración.

Bajó del auto. Uno de los guardias se asomó por la ventanilla:

—¡Que tenga un buen día, señora!

Los guardias la saludaron. El auto se alejó a toda velocidad.

Casey miró a su alrededor a los enormes edificios grises: el edificio 64, al sur; el edificio 57 al este, donde se construía el biturbo. El edificio 121: el taller de pintura. Los hangares de mantenimiento en fila hacia el oeste, iluminados por el sol que se elevaba sobre las montañas de San Fernando. Era un paisaje familiar; había pasado cinco años allí. Pero hoy estaba consciente de las vastas dimensiones, de lo vacío que estaba el lugar temprano por la mañana. Vio a dos secretarias que entraban en el edificio de administración. Nadie más. Se sintió sola.

Se encogió de hombros, tratando de espantar el miedo. Se estaba comportando como una tonta, se dijo a sí misma. Era hora de ir a trabajar.

Norton Aircraft

06:34

Rob Wong, el joven programador de Sistemas de Información Digital de Norton, se apartó de los monitores de vídeo y dijo:

—Lo siento, Casey. Tenemos la información del grabador de vuelo... pero hay un problema.

Casey suspiró:

—No me lo digas.

—Sí. Hay un problema.

No estaba realmente sorprendida. Los grabadores de información de vuelo por lo general no funcionaban bien. Para los periodistas, esas fallas eran consecuencia del impacto. Si un avión se estrella contra el suelo a ochocientos kilómetros por hora, es lógico pensar que un grabador no va a funcionar.

Pero para la industria aeroespacial, las cosas eran distintas. Todos sabían que los grabadores de información de vuelo tenían un alto índice de fallas, incluso cuando el avión no se estrellaba. La razón era que la FAA no exigía que se verificaran antes de cada vuelo. En la práctica, se los solía controlar alrededor de una vez al año. Las consecuencias eran predecibles: los grabadores de información de vuelo casi nunca funcionaban.

Todos estaban al tanto del problema: la FAA, la CNST, las empresas aéreas y los fabricantes. Norton había hecho un estudio unos años antes, una verificación al azar de los grabadores de información de vuelo en servicio activo. Casey había formado parte del comité encargado de llevarlo a cabo. La conclusión había sido que uno de cada seis grabadores funcionaba correctamente.

Por qué la FAA requería que se instalaran los GIV y no exigía también que se verificara su funcionamiento antes de cada vuelo era una tema habitual de conversación hasta altas horas de la madrugada en los bares frecuentados por gente de la industria, desde Seattle a Long Beach. Una teoría bastante cínica del asunto era que la situación iba en beneficio de todos. En un país asediado por abogados violentos y prensa sensacionalista, la industria veía pocos beneficios en el hecho de proporcionar un registro objetivo y confiable de lo que había salido mal.

—Hacemos todo lo que podemos, Casey —dijo Rob Wong—. Pero la información del grabador de vuelo es anómala.

—¿Eso qué significa?

—Se ve como si la barra eléctrica número tres hubiese borrado unas veinte horas anteriores al incidente, de modo que la sincronización de los cuadros no existe en la información subsiguiente.

—¿La sincronización de los cuadros?

—Sí. El GIV registra todos los parámetros en forma rotativa, en bloques de información llamados cuadros. Se obtiene una lectura para... digamos la velocidad y luego se obtiene otra lectura cuatro bloques más adelante. Las lecturas de velocidad deben ser coincidentes a lo largo de los bloques. Si no lo son, los bloques no están sincronizados y no podemos reconstruir el vuelo. Te lo voy a mostrar.

Se puso frente a la pantalla y comenzó a presionar teclas:

—Por lo general, tomamos el GIV y generamos una imagen del avión sobre tres ejes. Ahí está el avión, listo para salir.

La imagen del esqueleto de un N-22 apareció en pantalla. Ante sus ojos, el esqueleto se fue completando hasta adquirir la imagen de un avión real en vuelo.

—Bien. Ahora ingresamos la información de tu GIV...

La imagen pareció desencajarse y desapareció de la pantalla. Luego volvió a aparecer. Desapareció una vez más y, al volver a aparecer, el ala izquierda estaba separada del resto del fuselaje. El ala había hecho un giro de noventa grados, mientras que el resto del avión había rolado hacia la derecha. Luego desapareció la cola. Desapareció el avión completo. Reapareció y volvió a esfumarse.

—Ves, la computadora central está tratando de dibujar el avión pero sigue encontrando información discontinua. La información del ala no concuerda con la información del fuselaje y ésta no concuerda con la del ala. Así que se quiebra.

—¿Qué hacemos? —preguntó Casey.

—Volver a sincronizar los cuadros. Pero eso requiere tiempo.

—¿Cuánto? Tengo a Marder encima.

—Puede tomar bastante, Casey. La información se ve muy mal. ¿Qué pasó con el GAR?

—No hay.

—Bueno, si estás en apuros, puedo llevar la información a Simuladores de Vuelo. Ellos tienen algunos programas sofisticados. Es probable que puedan llenar los espacios más rápido y descifrar qué pasó.

—Pero, Rob...

—No puedo prometer nada, Casey. No con esta información. Lo siento.

Edificio 64

06:50

Casey se encontró con Richman fuera del edificio 64. Caminaron juntos bajo la luz del amanecer hacia el interior del edificio. Richman bostezó.

—¿Estuvo en Comercialización, verdad?

—Así es —dijo Richman—. Allí no teníamos estos horarios. Se lo aseguro.

—¿Qué hacía ahí?

—No mucho. Edgarton tenía a todo el departamento ocupado en mantener en secreto el negocio con China. Muy secreto; no se permitían extraños. Me asignaron unas cuestiones legales relacionadas con las negociaciones con Iberia.

—¿Viajes?

—Sólo personales.

—¿Cómo es eso?

—Bueno, como Comercialización no tenía nada para mí, me fui a esquiar.

—Suena bien. ¿A dónde?

—¿Le gusta esquiar? Para mí, el mejor lugar para esquiar después de Gstaad es Sun Valley. Es mi lugar favorito. Ya sabe, si hay que esquiar dentro de Estados Unidos.

Casey se dio cuenta de que no había contestado a su pregunta; pero para entonces ya habían entrado en el edificio 64. Notó que los trabajadores tenían una actitud abiertamente hostil; el ambiente era claramente frío.

—¿Qué pasa? ¿Tenemos lepra hoy? —preguntó Richman.

—El sindicato cree que los estamos vendiendo a China.

—¿Vendiéndolos? ¿Cómo?

—Creen que la gerencia está enviando el ala a Shanghai. Le pregunté a Marder. Lo niega.

Sonó una bocina que reverberó en todo el edificio. Justo encima de ellos, una enorme grúa aérea de color amarillo cobró vida y Casey vio el primero de los enormes cajones que contenían las herramientas para el ala elevarse unos dos metros sostenido por gruesos cables. El cajón estaba hecho de madera terciada reforzada. Era ancho como una casa y pesaba alrededor de cinco toneladas. Una docena de trabajadores caminaba debajo con las manos levantadas como si estuviesen transportando un féretro para sostener la carga a medida que avanzaba hacia una de las puertas laterales y hacia un camión de remolque playo que esperaba allí.

—Si Marder dice que no —agregó Richman—, ¿cuál es el problema?

—No le creen.

—¿En serio? ¿Por qué no?

Casey miró a la izquierda, donde se embalaban otras herramientas para el traslado. Primero, se envolvía las enormes herramientas azules en goma espuma, luego se les colocaban soportes internos y se las embalaba. Sabía que la protección y los soportes eran esenciales, pues incluso si las herramientas medían seis metros de largo, estaban calibradas con una precisión de un millonésimo de centímetro. Transportarlas era un arte en sí mismo. Volvió a mirar al cajón sostenido en el aire por el montacargas.

Todos los hombres que estaban debajo se habían ido.

El cajón seguía moviéndose hacia un lado, a diez metros de donde ellos se encontraban.

—¡Oh, oh! —dijo Casey.

—¿Qué pasa? —preguntó Richman.

Casey ya lo estaba empujando.

—*¡Corra!* —gritó y le dio un empujón hacia la derecha, hacia el refugio que ofrecían unos andamios colocados debajo de un fuselaje a medio construir. Richman se resistió; no parecía entender que...

—*¡Corra!* ¡Se va a soltar!

Richman corrió. Casey oyó el crujido de la madera que cedía y un estallido metálico justo detrás de ella cuando el primero de los cables del montacargas se cortó y el gigantesco cajón comenzó a deslizarse del arnés. Apenas habían llegado a los andamios cuando oyó un segundo estallido y el cajón se estrelló contra el piso de cemento. Trozos de madera terciada volaron en todas direcciones acompañados del característico silbido. De inmediato se oyó un estruendo cuando el cajón se cayó sobre uno de los lados. El ruido inundó el edificio.

—¡Dios mío! —exclamó Richman y miró a Casey—. ¿Qué fue *eso*?

—Eso es lo que llamamos una medida de fuerza.

Los hombres corrían, siluetas difusas en medio de una nube de polvo. Se oyeron gritos y pedidos de auxilio. Sonó la alarma médica, que se oyó en todo el edificio. Casey vio a Doug Doherty al otro lado del edificio. Movía la cabeza afligido.

Richman miró por encima del hombro y extrajo un trozo de madera terciada de diez centímetros del saco que llevaba puesto:

Se quitó el saco e inspeccionó el daño pasando el dedo a través del agujero.

—Eso fue una advertencia —comentó Casey—. Y además rompieron la herramienta. Va a haber que desarmar el embalaje y reconstruirla. Esto significa semanas de atraso.

Los supervisores de piso, en mangas de camisa y corbata, se abrieron paso hasta llegar junto al cajón que había caído.

—¿Qué va a pasar ahora? —preguntó Richman.

—Van a hacer una lista y a patear algunos traseros. Pero no va a servir de nada. Va a haber otro incidente mañana. No hay forma de evitarlo.

—¿Eso fue una amenaza? —Richman se puso el saco.

—Al GRI —continuó Casey—. El mensaje es claro: Cuídense la espalda, miren hacia arriba. Cuando estemos en el piso vamos a ver herramientas que se caen, todo tipo de accidentes. Vamos a tener que ser muy cuidadosos.

Dos trabajadores se separaron del resto y comenzaron a caminar hacia Casey. Uno de ellos era robusto, llevaba puesto un jean y una camisa de trabajo a cuadros roja. El otro era más alto y llevaba una gorra de béisbol. El hombre de la camisa de trabajo llevaba en la mano un puntal de perforadora de acero y lo agitaba como si fuese un garrote.

—¡Casey! —exclamó Richman.

—Ya los veo. —No iba a sentirse intimidada por un par de matones del piso.

Los hombres seguían avanzando hacia ella. De pronto, un supervisor apareció frente a ellos con una carpeta en la mano y les pidió que mostraran las credenciales. Los hombres se detuvieron para hablar con el supervisor y miraban a Casey por encima del hombro de éste.

—No nos van a causar ningún problema. Dentro de una hora ya no estarán aquí. —Volvió a los andamios y tomó el maletín. —Vamos, es tarde.

Edificio 64/GRI

07:00

Se oyó el ruido de las sillas contra la fórmica cuando todos se arrimaron a la mesa.

—Bien —dijo Marder—, empecemos. Los gremios han comenzado a tomar medidas para obstaculizar la investigación. No permitan que interfieran en su trabajo. Mantengan la vista en la pelota. Primer tema: parte meteorológico.

La secretaria repartió la información. Se trataba de un informe del Centro de Control de Tráfico Aéreo de Los Angeles en una planilla con la inscripción "Federal Aviation Administration"/INFORME DE ACCIDENTE AÉREO.

Casey leyó:

PARTE METEOROLÓGICO

CONDICIONES EN EL ÁREA DEL ACCIDENTE EN EL MOMENTO DEL ACCIDENTE

JAL 054 un B-747/R 15 min. por delante de TPA 545 en la misma ruta y 3000 m más arriba. JAL 045 no informó acerca de turbulencia.

INFORME INMEDIATAMENTE ANTERIOR AL ACCIDENTE

UAL 829 B-747/R informó turbulencia moderada en FIR 40.00 Norte/ 165.00 Este a ALT 350. Esto fue 200 kilómetros al norte y 14 min. por delante de TPA 545. UAL 829 no hizo ningún otro informe de turbulencia.

PRIMER INFORME POSTERIOR AL ACCIDENTE

AAL 722 informó turbulencia leve continua a 39 Norte/170 Este a ALT 350. AAL 722 estaba en la misma ruta, 6000 m más abajo y aprox. 29 min. por detrás de TPA 545. AAL 722 no informó acerca de turbulencia.

—A pesar de que la información satelital aún no ha llegado, creo que este informe es bastante elocuente. Los tres aviones más cercanos en tiempo y ubicación al vuelo de TransPacific no refieren problemas meteorológicos excepto actividad leve. Descarto la turbulencia como causa del accidente.

Todos los presentes asintieron. Nadie estuvo en desacuerdo.

—¿Algo más para que quede asentado?

—Sí —dijo Casey—. Las entrevistas con pasajeros y tripulación concuerdan en que el cartel de ajuste de cinturones nunca se encendió.

—Bien. Terminamos con el tema de meteorología. Sea lo que fuere que ocurrió, no fue a causa de turbulencia. ¿El grabador de vuelo?

—La información es anómala —respondió Casey—. Están trabajando sobre eso.

—¿Inspección visual del avión?

—El interior sufrió daños graves —afirmó Doherty—, pero el exterior está en perfectas condiciones. Una pinturita.

—¿Borde de ataque?

—Aparentemente, ningún problema. Vamos a tener el avión aquí hoy y voy a revisar las guías por las que se deslizan los *slats* y las trabas. Pero hasta ahora, nada.

—¿Verificaron las superficies de control?

—Todo está en orden.

—¿Instrumentos?

—Bravo Zulú.

—¿Cuántas veces los probaron?

—Después que Casey nos relató el testimonio de la pasajera, hicimos diez extensiones. Intentamos encontrar alguna falla. Todo normal.

—¿Qué testimonio, Casey? ¿Surgió algo nuevo de las entrevistas?

—Sí. Una pasajera dijo haber oído un ruido leve que provenía del ala que duró diez o doce segundos...

—*¡Mierda!* —exclamó Marder.

—...seguido de una leve inclinación de la nariz hacia arriba, luego un descenso abrupto...

—¡La puta...

—...y luego una serie de cambios violentos de actitud.

Marder la miró fijo:

—¿Otra vez los *slats*? ¿Todavía tienen problemas con los *slats* en este avión?

—No lo sé —admitió Casey—. Una de las auxiliares de a bordo dijo que el comandante le había informado que la causa había sido una extensión espontánea de *slats* y que había tenido problemas con el piloto automático.

—¡Dios mío! ¿*Y* problemas con el piloto automático?

—¡Está mintiendo! —exclamó Burne—. Este comandante cambia la historia cada cinco minutos. Le dice a la torre que fue turbulencia, a la auxiliar que son los *slats*. Seguro que en este momento le está contando una historia completamente distinta a la empresa. El hecho es que no sabemos qué pasó en ese *cockpit*.

—Obviamente fueron los *slats* —afirmó Marder.

—No es así —dijo Burne—. La pasajera con la que habló Casey dijo que el ruido provenía del ala o de los motores, ¿no es verdad?

—Así es —dijo Casey.

—Pero cuando miró el ala no vio que los *slats* se extendieran. Tendría que haberlos visto si hubiese ocurrido.

—También es cierto.

—Pero es imposible que haya visto los motores, pues quedan escondidos debajo del ala. Es posible que los reversores se hayan accionado. A velocidad de crucero, sin duda generaría un ruido sordo. Seguido de un descenso abrupto de la velocidad y probablemente un rolido. El piloto putea, trata de compensarlo, corrige en exceso... ¡Bingo!

—¿Se puede confirmar si se accionaron los reversores? —preguntó Marder—. ¿Daños a las cubiertas? ¿Marcas de fricción insólitos?

—Lo verificamos ayer, pero no encontramos nada —respondió Burne—. Hoy vamos a probar con ultrasonido y rayos X. Si hay algo, lo vamos a encontrar.

—Bien —dijo Marder—. Así que nos concentramos en los *slats* y los reversores y necesitamos más información. ¿Hay algo de las MNV? ¿Ron? ¿Las fallas sugieren algo?

—Todos miraron a Ron Smith. Al sentirse el centro de todas las miradas, Ron se hundió en la silla, como si tratara de meter la cabeza entre los hombros. Carraspeó.

—¿Y bien? —insistió Marder.

—Eh... sí, John. La información del UOIV muestra una falta de concordancia de los *slats*.

—Entonces los *slats* sí se extendieron.

—Bueno, en realidad...

—Y el avión comenzó a cabecear, les dio una paliza a los pasajeros y mató a tres personas. ¿Es eso lo que están tratando de decirme?

—Nadie pronunció una palabra.

—¡Por Dios! —continuó Marder—. ¿Cuál es el *problema* con ustedes? ¡Se supone que esto se había solucionado hace cuatro años! ¿Ahora me dicen que *no* fue así?

El grupo permaneció en silencio y todos bajaron la vista, avergonzados e intimidados por la reacción de Marder.

—*¡Maldita sea!*

—John, no no dejemos llevar —dijo Trung, responsable de aviónica, con voz pausada—. Estamos dejando de lado un factor importante: el piloto automático.

Se hizo un largo silencio.

Marder lo miró:

—¿Qué hay con eso?

—Aun cuando los *slats* se extiendan en pleno vuelo —explicó Trung—, el piloto automático garantiza perfecta estabilidad. Está programado para compensar errores de ese tipo. Los *slats* se extienden, el piloto automático hace un ajuste, el comandante ve la señal de advertencia y los retrae. Mientras tanto el avión sigue como si nada.

—Quizá desconectó el piloto automático.

—Es muy probable. Pero, ¿por qué?

—Quizás el piloto automático que ustedes fabricaron no funcione —dijo Marder—. Quizás haya una falla en el sistema.

Trung lo miró escéptico.

—Ha ocurrido —continuó Marder—. Hubo un problema con

el piloto automático en el vuelo de USAir en Charlotte el año pasado. Puso al avión en rolido no comandado.

—Es verdad —dijo Trung—, pero eso no lo causó una falla en el sistema. Mantenimiento había sacado la computadora de control de vuelo "A" para repararla; al volver a colocarla, no la empujaron lo suficiente como para que hiciese contacto con las tomas y el aparato hacía conexión intermitente, eso es todo.

—Pero en el vuelo 545 la auxiliar dijo que el comandante tuvo que luchar con el piloto automático para obtener el mando.

—Y así debe ser —dijo Trung—. Una vez que el avión excede los parámetros de vuelo, el piloto automático intenta tomar el mando por todos los medios. Detecta comportamiento errático y supone que nadie está al mando del avión.

—¿Eso apareció en los registros de fallas?

—Sí. Los registros indican que el piloto automático intentó tomar el control cada tres segundos. Supongo que el comandante lo desconectó una y otra vez, con la intención de pilotear el avión él mismo.

—Pero se trata de un piloto experimentado.

—Por eso es que creo que Kenny tiene razón —dijo Trung—. No tenemos la menor idea de lo que ocurrió dentro del *cockpit*.

Todos miraron a Mike Lee, el representante de la línea aérea.

—¿Qué nos dices, Mike? —preguntó Marder—. ¿Podemos obtener una entrevista, o no?

Lee suspiró filosóficamente:

—Ya saben. He estado en muchas reuniones como esta. Y la tendencia es culpar a la persona que no está presente. Es la naturaleza humana. Ya les expliqué por qué la tripulación abandonó el país. Sus propios archivos confirman que el comandante es un piloto excelente. Es posible que haya cometido un error. Pero dados los antecedentes de problemas con este avión, problemas de *slats*, primero verificaría el avión. Y lo haría a fondo.

—Lo haremos —prometió Marder—. Por supuesto que lo haremos, pero...

—Entrar en una discusión absurda no beneficia a nadie —dijo Lee—. Están concentrados en el negocio pendiente con Pekín. Bien, lo entiendo. Pero quiero recordarles que TransPacific también es un buen cliente de esta empresa. Compramos diez aviones hasta la fecha, y hay doce más pedidos. Estamos expandiendo las rutas y estamos negociando un convenio con una empresa aérea local. No necesitamos mala prensa en este momento. Ni para los aviones que les compramos a ustedes, ni mucho menos para nuestros pilotos. Espero ser claro.

—Claro como el agua —dijo Marder—. Ni yo mismo lo habría dicho mejor. Muchachos, ya tienen en qué ocuparse. A trabajar. Quiero *respuestas*.

Edificio 202
Simulador de vuelo

07:59

—¿Vuelo 545? —preguntó Felix Wallerstein—. Es inquietante, un misterio.

Wallerstein era un hombre de cabello gris y buenos modales nacido en Munich. Estaba a cargo del programa de Capacitación de Pilotos y Simulador de Vuelo de Norton, tarea que cumplía con eficiencia alemana.

—¿Por qué dice que el vuelo 545 es inquietante? —preguntó Casey.

—Porque —se encogió de hombros—, ¿cómo puede haber ocurrido? Parece imposible.

Avanzaron por la enorme sala principal del Edificio 202. Los dos simuladores de vuelo, uno para cada uno de los modelos en servicio, estaban encima de ellos. Eran como la nariz del avión seccionada del resto y sostenida por un enjambre de bombas hidráulicas.

—¿Tiene la información del grabador de vuelo? Rob dijo que usted lograría leerlo.

—Lo intenté sin éxito. No me atrevo a decir que no sirve para nada, pero... ¿Qué hay del GAR? —No hay GAR, Felix.

—Oh —Wallerstein suspiró. Llegaron a la consola de control, una serie de pantallas de vídeo y teclados a un costado del edificio. Ahí se sentaban los instructores mientras monitoreaban a los pilotos que hacían su práctica en el simulador. Dos simuladores estaban en uso en ese momento.

—Felix, nos preocupa que los *slats* se hayan extendido en vuelo. O quizá los reversores.

—¿Y? ¿Por qué habrían de preocuparse?

—Ya hemos tenido problemas con los *slats*...

—Sí, pero hace tiempo que se solucionaron, Casey. Y los *slats* no pueden justificar un accidente semejante. ¡Hubo muertos! No, no. No pueden ser los *slats*, Casey.

—¿Está seguro?

—Completamente. Se lo voy a demostrar. —Se dirigió a uno de los instructores que operaban la consola: —¿ Quién está piloteando el N-22?

—Ingram. Primer oficial de Northwest.

—¿Es bueno?

—Normal. Tiene cerca de treinta horas.

En la pantalla de circuito cerrado, Casey vio a un hombre de unos treinta y cinco años sentado en el asiento del piloto del simulador.

—¿Y dónde está ahora? —preguntó Felix.

—Veamos... —dijo el instructor y consultó el panel—. En medio del Atlántico, ALT diez mil metros, punto ocho Mach.

—Bien —dijo Felix—. Así que está a diez mil metros de altura, a ocho décimos de la velocidad del sonido. Ha estado ahí durante un rato y todo parece normal. Está relajado, quizás hasta aburrido.

—Sí, señor.

—Bien. Extiende los *slats* del señor Ingram.

El instructor se estiró y presionó una tecla.

Felix miró a Casey:

—Presta atención, Casey.

En la pantalla, el piloto seguía relajado, despreocupado. Pero unos segundos más tarde se incorporó, repentinamente alerta y con el ceño fruncido ante los controles.

Felix señaló la consola del instructor y el conjunto de pantallas.

—En esa se puede ver lo que él está viendo. En el panel de Control de Vuelo el indicador de *slats* está titilando. Y él lo ha notado. Mientras, ves que el avión ha levantado levemente la nariz...

Se oyó el zumbido de las bombas hidráulicas y el enorme cono del simulador se inclinó hacia arriba unos pocos grados.

—El señor Ingram verifica ahora la palanca de *slats*, como debe ser. Confirma que está levantada y trabada, lo que resulta extraño, dado que significa que se ha producido una extensión espontánea de *slats*...

El simulador permaneció inclinado hacia arriba.

—Así que el señor Ingram se detiene a estudiar la situación. Tiene tiempo suficiente para decidir qué hacer. El avión permanece estable con el piloto automático encendido. Veamos qué decide. Ah. Decide jugar con los controles. Baja la palanca de *slats* y la vuelve a subir... Está tratando de cancelar la señal de alarma. Pero eso no cambia nada. Ahora se da cuenta de que tiene una falla de sistema en el avión. Pero mantiene la calma. Sigue pensando... ¿Qué va a hacer?... Modifica los parámetros del piloto automático... desciende a menor altitud y reduce la velocidad... Correcto... Sigue con la nariz apenas levantada, pero ahora en condiciones más favorables de altura y velocidad. Decide probar una vez más la palanca de *slats*...

—¿Le devolvemos la tranquilidad? —preguntó el instructor.

—¿Por qué no? Creo que hicimos una buena demostración.

El instructor presionó una tecla. El simulador se estabilizó.

—Y así —continuó Felix—, se restablece la normalidad en el vuelo del señor Ingram. Toma nota del problema para el personal de mantenimiento y sigue su camino hacia Londres.

—Pero se mantuvo en piloto automático —objetó Casey—. ¿Qué ocurre si lo desconecta?

—¿Por qué lo haría? Está en vuelo de crucero; el piloto automático viene volando el avión desde hace al menos media hora.

—Pero supongamos que lo hiciese.

Felix se encogió de hombros y volteó hacia el instructor:

—Simula una falla en el piloto automático.

—Sí, señor.

Sonó una alarma. En la pantalla vieron al piloto mirar los controles y tomar el comando. La alarma cesó; el *cockpit* quedó en silencio. El piloto seguía sosteniendo el comando.

—¿Está volando él?

—Sí, señor —contestó el instructor—. Se encuentra a ALT nueve mil metros, punto siete-uno Mach, con el piloto automático fuera de servicio.

—Bueno —dijo Felix—. Extiende los *slats*.

El instructor presionó una tecla.

En la pantalla correspondiente a los sistemas de la consola de entrenamiento, se encendió la alerta de *slats*: primero ámbar, después blanca. Casey observó la pantalla de al lado y vio que el piloto se inclinaba hacia adelante. Había detectado la alarma en el *cockpit*.

—Ahora —continuó Felix— vemos cómo una vez más el avión eleva la nariz, pero esta vez el señor Ingram debe controlarlo por sí mismo... Por lo que tira del comando hacia atrás... apenas, con toda delicadeza... Bien... y ahora está estable.

Se volvió hacia Casey:

—¿Lo ves? —Se encogió de hombros. —Es sorprendente. Sea lo que sea que ocurrió con el vuelo de TransPacific, no puede ser un problema de *slats*. Ni tampoco de reversores. En cualquiera de los dos casos, el piloto automático compensa y conserva el mando. Casey, te aseguro que lo que ocurrió con ese avión es un misterio.

De vuelta a la luz del Sol, Felix caminó hasta su jeep, que tenía una tabla de surf sobre el techo.

—Tengo una tabla Henley nueva. ¿Quieres verla?

—Felix, Marder está empezando a perder el control.

—¿Y qué? No le hagan caso. Le encanta.

—¿Cuál es tu opinión acerca del 545?

—Bien. Seamos francos. Las características de vuelo del N-22 hacen que si los *slats* se extienden a velocidad de crucero y el comandante se queda sin piloto automático, el avión sea un poco sensible. Tienes que recordarlo, Casey; hiciste la investigación hace tres años, justo después del último ajuste a los *slats*.

—Es cierto —dijo, tratando de hacer memoria—. Formamos un equipo especial para verificar las cuestiones de estabilidad de vuelo del N-22. Pero llegamos a la conclusión de que no existía un problema de control-sensibilidad, Felix.

—Y estaban en lo cierto. No hay ningún problema. Todos los aviones modernos mantienen la estabilidad por medio de computadoras. Un jet de combate no puede volar sin computadoras, pues es básicamente inestable. Los aviones de pasajeros son menos sensibles, pero aun así, las computadoras manejan el combustible, ajustan la altitud, el centro de gravedad y el empuje de los motores. Segundo a segundo, las computadoras introducen pequeños cambios para estabilizar el avión.

—Sí, pero los aviones también se pueden volar sin piloto automático —agregó Casey.

—Por supuesto. Y capacitamos a nuestros pilotos para que lo hagan. Como el avión es sensible, cuando levanta la nariz el comandante debe traerlo de vuelta con *mucha, mucha delicadeza*. Si lo corrige bruscamente, el avión inclina la nariz hacia abajo. En ese caso debe tirar hacia arriba, y también debe hacerlo con mucho cuidado, o corre el riesgo de corregir en exceso y el avión comenzaría un ascenso empinado y luego volvería a iniciar un descenso. Y ese es precisamente el patrón que presenta el vuelo de TransPacific.

—¿Estás diciendo que fue error del piloto?

—Si el piloto no fuese John Chang, lo creería.

—¿Es bueno?

—No. John Chang es *excelente*. Veo muchos pilotos aquí y algunos realmente nacieron para esto. No se trata sólo de buenos reflejos, conocimiento y experiencia. Es más que pericia. Es una especie de instinto. John Chang es uno de los cinco o seis mejores comandantes que alguna vez capacité para este avión, Casey. Así que sea lo que sea que ocurrió en el 545, no puede ser error del piloto. No con John Chang en el asiento del comandante. Lo siento, pero en este caso, tiene que ser un problema del avión, Casey. *Tiene* que ser el avión.

Camino al hangar

09:15

Mientras cruzaban la gigantesca playa de estacionamiento, Casey no podía parar de pensar.

—Entonces —dijo Richman después de un rato—, ¿qué tenemos hasta ahora?

—Nada.

No importa cómo relacionara las pruebas, siempre llegaba a esa conclusión. Hasta ahora no había una teoría sólida. El piloto había dicho que se trataba de turbulencia, pero no había sido turbulencia. El testimonio de la pasajera coincidía con una extensión de *slats*, pero una extensión de *slats* no podía haber causado semejante daño a los pasajeros. La auxiliar había dicho que el comandante había luchado con el piloto automático para obtener el mando, algo que, según Trung, sólo haría un piloto incompetente. Felix había dicho que el comandante era excepcional.

Nada.

No tenían nada.

Richman se limitó a caminar junto a ella, sin decir palabra. Había estado callado toda la mañana. Era como si hubiese decidido que el rompecabezas del vuelo 545, que tan misterioso le había resultado el día anterior, era demasiado complejo para él.

Pero Casey no iba a desalentarse. Ya había llegado muchas veces a ese punto. No era raro que las pruebas pareciesen contradecirse al principio. Porque los accidentes de aviones casi nunca eran el resultado de un solo hecho o error. Los grupos de revisión de incidentes esperaban descubrir una cadena de hechos: una cosa que llevara a otra, que llevara a otra. Finalmente, se llegaría a una historia compleja: un sistema falló; un piloto actuó; el avión reaccionó de manera inesperada y se vio en problemas.

Siempre una reacción en cadena.

Una larga cadena de pequeños errores y contratiempos menores.

Casey oyó un avión. Miró hacia arriba y vio la silueta de un avión de cabina ancha de Norton recortada contra el sol. Cuando pasó por encima de ella, pudo distinguir el logo amarillo de TransPacific en la cola. Era el ferry desde LAX. El enorme jet aterrizó con suavidad, dejó escapar humo al hacer contacto con el piso y se dirigió al hangar de mantenimiento Nº 5.

Sonó el radiollamada de Casey. Lo desenganchó del cinturón.

***EXPL ROTR NÑ22 MIAMI TV AHORA MVQEA

—¡No puede ser! Busquemos un televisor.

—¿Por qué? ¿Qué pasa? —preguntó Richman.

—Tenemos problemas.

Edificio 64 / GRI

09:20

—Esta escena tuvo lugar hace instantes en el Aeropuerto Internacional de Miami cuando un avión de Sunstar Airlines estalló en llamas luego de que el motor izquierdo de estribor explotara sin previo aviso. Una lluvia de proyectiles mortales cayó sobre la pista abarrotada de aviones.

—¡Las pelotas! —gritó Kenny Burne. Una docena de ingenieros se había reunido alrededor del televisor e impedían a Casey ver la pantalla al entrar en la habitación.

—Es un milagro que ninguno de los doscientos setenta pasajeros a bordo haya resultado herido. El N-22 fabricado por Norton estaba acelerando para despegar cuando los pasajeros vieron nubes de humo negro que salían de la turbina. Unos segundos más tarde, una explosión que hizo pedazos la turbina izquierda de estribor sacudió el avión y enseguida quedó envuelto en llamas.

La pantalla no mostraba esa parte, sólo se podía ver un N-22 a lo lejos con una nube de humo negro espeso que salía de debajo del ala.

—Turbina izquierda de estribor —repitió Burne—, ¿por oposición a la turbina *derecha* de estribor, pedazo de idiota?

Ahora la pantalla mostraba acercamientos de pasajeros que deambulaban por la terminal. Había tomas cortas. Un chico de siete u ocho años dijo:

—La gente se desesperó por el humo.

Luego apareció una adolescente que movía la cabeza de un lado a otro y se acomodaba el pelo detrás del hombro:

—Estaba re-asustada. Vi el humo y fue como que me re-asusté.

El cronista preguntó:

—¿En qué pensaste cuando oíste la explosión?

—Me re-asusté.

—¿Pensaste que se trataba de una bomba?

—Por supuesto. Una bomba terrorista.

Kenny Burne se puso de pie y alzó los brazos:

—¿Pueden creer toda esta basura? Les preguntan a los *niños* qué *pensaron*. Esa es la noticia: "¿Qué pensó? ¡Mi Dios, me tragué el helado entero!" —Resopló. —Aviones que matan, y los viajeros a los que les gusta.

En pantalla, una anciana decía:

—Sí, pensé que iba a morir. Por supuesto, hay que pensarlo.

Luego un hombre de unos cincuenta años:

—Mi mujer y yo rezamos. Nuestra familia entera se arrodilló en la pista y le dio gracias al Señor.

—¿Estaban asustados? —preguntó el cronista.

—Pensamos que íbamos a morir —confesó el hombre—. La cabina estaba llena de humo; es un milagro que hayamos salido con vida.

Burne comenzó a gritar otra vez:

—¡Imbécil! ¡En un *auto* hubiesen muerto! ¡En un *boliche* hubiesen muerto! ¡Pero no en un avión de Norton! ¡Lo diseñamos para que puedas salvar tu vida de mierda!

—Tranquilo —dijo Casey—, quiero escuchar. —Lo hacía con total atención, quería saber hasta dónde irían con la historia.

Una hermosísima hispana con un tailleur Armani color beige estaba de pie frente a la cámara con el micrófono en la mano:

—Si bien los pasajeros parecen estar recuperándose del trágico incidente, su destino fue bastante incierto esta tarde cuando un avión de fuselaje ancho de Norton estalló en la pista, despidiendo llamas anaranjadas de considerable altura...

Volvieron a mostrar la telefoto del avión en la pista con el humo que salía de debajo del ala. Parecía tan peligroso como una fogata mal apagada.

—¡Un momento! ¡Un momento! —exclamó Kenny—. ¿Explotó un *avión de fuselaje ancho de Norton*? ¡Una *turbina de mierda de Sunstar* es lo que explotó! —Señaló la imagen en la pantalla. —Eso es un maldito estallido de rotor y los fragmentos de álabe atravesaron la cubierta del motor *que es exactamente lo que les dije que iba a pasar.*

—¿Les dijiste? —preguntó Casey.

—Por supuesto que sí. Sé todo acerca de ello. Sunstar compró seis turbinas a AeroCivicas el año pasado. Fui el representante de Norton en el negocio. Inspeccioné las turbinas con una sonda óptica y detecté daños importantes: fijaciones de álabe desprendidas y fisuras en la hélice. Así que recomendé a Sunstar que las rechazara. —Kenny hacía gestos con las manos. —¿Pero por qué iban a perderse una ganga? En vez de eso, Sunstar las reparó. Cuando las desarmamos encontramos muchísima corrosión, así que los papeles de las recorridas de mantenimiento en el exterior deben de ser falsos. Les dije una vez más: Tírenlas. Pero Sunstar las instaló en los aviones. Y ahora el rotor explota (puta casualidad) y los fragmentos perforan el ala de modo que el líquido hidráulico ininflamable despide *humo*. No se incendió porque el líquido no es inflamable. ¿Y es culpa *nuestra*?

Se dio vuelta y volvió a señalar la pantalla.

—...un gran susto a los doscientos setenta pasajeros que se encontraban a bordo. Por suerte, no hubo heridos...

—Correcto —continuó Burne—. El humo no penetró el fuselaje, querida. Nadie salió lastimado. El ala lo absorbió... ¡Nuestra ala!

—...y estamos esperando hablar con representantes de la empresa acerca de la terrible tragedia. Habrá más información. De vuelta a estudios, Ed.

La imagen volvió a estudios, donde un presentador muy pulcro continuó:

—Gracias, Alicia, por el completo informe acerca de la terrible explosión en el aeropuerto de Miami. Habrá más información a medida que surja. Ahora continuamos con nuestra programación habitual.

Casey suspiró aliviada.

—¡No puedo creer esta sarta de *pelotudeces*! —gritó Kenny Burne. Dio media vuelta y salió de la habitación con paso pesado. Dio un portazo al salir.

—¿Qué le pasa? —preguntó Richman.

—Por una vez, creo que está justificado —admitió Casey—. El hecho es que, si se trata de un problema de motor, no es culpa de Norton.

—¿Eso qué significa? Él dijo que participó...

—Es mejor que entiendas esto: nosotros fabricamos fuselajes. No fabricamos motores ni los reparamos. No tenemos nada que ver con motores.

—¿Nada? Es difícil...

—Otras empresas suministran los motores: General Electric, Pratt and Whitney, Rolls-Royce. Pero los periodistas no comprenden la diferencia.

Richman la miró con desconfianza:

—Parece una buena excusa...

—No tiene nada que ver con eso. Si se corta el suministro de energía eléctrica, ¿llamas a la empresa de gas? Si se pincha un neumático, ¿se le echa la culpa al fabricante del auto?

—Por supuesto que no —respondió Richman—. Pero sigue siendo su avión, con motores y todo.

—No es así. Fabricamos aviones y luego les instalamos la marca de motor que solicita el cliente. De la misma manera en que se le puede poner cualquier marca de neumáticos a un auto. Pero si Michelin larga una partida de neumáticos defectuosa y explotan, no es culpa de la Ford. Si uno permite que los neumáticos se gasten y sufre un accidente, no es culpa de la Ford. Y lo mismo ocurre en nuestro caso.

Richman no parecía convencido.

—Todo lo que podemos hacer —explicó Casey—, es garantizar que nuestros aviones ofrezcan seguridad en vuelo con los motores que instalamos. Pero no podemos obligar a las empresas a brindar un buen mantenimiento a los motores a lo largo de la vida útil del avión. Ese no es nuestro trabajo; y para saber lo que realmente pasó es fundamental tenerlo bien en claro. El hecho es que el cronista entendió la historia al revés.

—¿Al revés? ¿Por qué?

—El avión sufrió una explosión en el rotor —continuó Casey—. Los álabes se desprendieron del disco del rotor y el aislamiento que envuelve el motor no contuvo los fragmentos. El motor explotó porque no tenía buen mantenimiento. No debía haber ocurrido. Pero nuestra ala absorbió los fragmentos que salieron despedidos y protegió la cabina de pasajeros. Así que la verdadera historia es que los aviones de Norton están tan bien fabricados que protegieron a doscientos setenta pasajeros de una turbina defectuosa. En realidad, somos héroes, pero mañana van a bajar las acciones de Norton. Y parte de la opinión pública va a tener miedo de volar en aviones de fabricación Norton. ¿Es una respuesta adecuada a lo que realmente pasó? No. Pero es una respuesta adecuada a lo que se informó por televisión. Y eso es frustrante para los empleados.

—Bueno —comentó Richman—, al menos no mencionaron el vuelo de TransPacific.

Casey asintió. Esa había sido su principal preocupación, la razón por la cual había corrido desde el estacionamiento hasta el aparato de televisión. Quería saber si los informes de los noticiarios relacionarían la explosión del rotor en Miami con el incidente del vuelo de TransPacific del día anterior. No había ocurrido, al menos no por ahora. Pero tarde o temprano pasaría.

—Ahora vamos a empezar a recibir llamados —dijo Casey—. Empezó el partido.

Hangar 5

09:40

Había unos diez guardias apostados fuera del hangar 5, donde se estaba llevando a cabo la inspección del jet de TransPacific. Pero se trataba de procedimiento de rutina cuando ingresaba en la planta un equipo de Servicios de Recuperación y Mantenimiento, SRM. Los equipos de SRM viajaban alrededor del mundo, encargados de detectar problemas en aviones varados y estaban autorizados por la FAA para repararlos en el lugar. Pero dado que los miembros de estos equipos se seleccionaban a base de la capacidad y no de la antigüedad, no estaban agremiados; y solía haber roces cuando estaban en la planta.

Dentro del hangar, el avión de TransPacific, iluminado por lámparas halógenas, estaba casi escondido detrás de una pared de andamios. Había multitudes de técnicos sobre cada parte del avión. Casey vio a Kenny Burne ocupado con el motor, maldiciendo al personal de su sector. Habían extendido las camisas de los dos reversores, que sobresalían de la barquilla, y estaban realizando pruebas de fluorescencia y conductividad a las cubiertas de metal curvas del motor.

Ron Smith y el equipo del área de electricidad estaban en una plataforma elevada debajo de la panza a mitad del avión. Más arriba podía ver a Van Trung a través de las ventanillas de la cabina de comando; ocupado en la revisión de aviónica.

Y Doherty estaba sobre el ala, a cargo del equipo que verificaba la estructura. El equipo había utilizado una grúa para separar una sección de aluminio de dos metros y medio, uno de los *slats* internos.

—Huesos grandes —comentó Casey a Richman—. Primero verifican las piezas más grandes.

—Parece que lo estuviesen desarmando.

Detrás de ellos, una voz dijo:

—Eso se llama destruir las pruebas.

Casey se dio vuelta. Ted Rawley, uno de los pilotos de prueba, se acercó a ellos.

Llevaba puestas botas vaqueras, camisa a cuadros y anteojos oscuros. Al igual que la mayoría de los pilotos de prueba, Teddy había adoptado un aire de glamour peligroso.

—Este es nuestro jefe de pilotos de prueba —dijo Casey—, Teddy Rawley. Le dicen el vaquero Rawley.

—Todavía no perforé a nadie —protestó Teddy—. Al menos es mejor que Casey y los Siete Enanos.

—¿Así le dicen? —preguntó Richman con repentino interés.

—Sí, Casey y los enanos —Rawley hizo un gesto hacia los ingenieros. Se puso de espaldas al avión y le dio una palmada en el hombro a Casey:

—¿Cómo estás, nena? Te llamé el otro día.

—Lo sé. Estuve ocupada.

—No lo dudo. Apuesto a que Marder los tiene a todos agarrados de las pelotas. ¿Qué descubrieron los ingenieros? Un momento, déjame adivinar... No encontraron nada, ¿verdad? Su precioso avión es *perfecto*. Por lo tanto: Ha de ser error del piloto, ¿O me equivoco?

Casey permaneció en silencio. Richman parecía incómodo.

—Vamos —insistió Teddy—, no seas tímida. Ya lo escuché antes. Seamos francos, todos los ingenieros son miembros del Club de Enemigos de los Pilotos. Por eso diseñan aviones casi automáticos. *Detestan* la idea de que alguien pueda *volarlos*. Es tan poco higiénico tener un cuerpo caliente en el asiento. Los vuelve locos. Y por supuesto, si algo malo ocurre, es culpa del piloto. Tiene que ser el piloto. ¿Estoy en lo cierto?

—Vamos, Teddy. Conoces las estadísticas. La gran mayoría de los accidentes son...

En ese momento, Doug Doherty, agachado sobre el ala encima de ellos se asomó y dijo apesadumbrado:

—Malas noticias, Casey. Vas a querer ver esto.

—¿Qué es?

—Estoy seguro de que sé qué salió mal en el vuelo 545.

Casey subió por el andamio y caminó sobre el ala. Doherty

estaba agachado sobre el borde de ataque. Habían quitado los *slats* y la parte interna de la estructura del ala estaba a la vista.

Se apoyó sobre pies y manos al lado de Doug y observó.

El espacio reservado para los *slats* estaba marcado por una serie de guías, pequeños rieles a noventa centímetros unos de otros, por los cuales se deslizaban los *slats* accionados por pistones hidráulicos. En el extremo delantero del riel había un perno oscilante, que permitía a los *slats* inclinarse hacia abajo. Al fondo del compartimiento podía ver los pistones plegables que accionaban los *slats* por las guías. Sin los *slats*, los pistones eran sólo brazos de metal que sobresalían hacia afuera. Como de costumbre cuando veía el interior de la estructura de un avión, Casey sintió una sensación de enorme complejidad.

—¿Qué es? —preguntó.

—Aquí —dijo Doug.

Se inclinó sobre uno de los brazos que sobresalían y señaló un diminuto patín de metal en el fondo con forma de gancho. La pieza no era más grande que el pulgar de Casey.

—¿Sí?

Doherty se estiró y empujó el patín hacia atrás. Saltó hacia afuera otra vez:

—Es el perno que sujeta los *slats*. Actúa como resorte, accionado por un solenoide interno. Al retraer los *slats*, el perno los traba y los sujeta en posición.

—¿Sí?

—Míralo. Está doblado.

Casey frunció el ceño. Si estaba doblado, no podía notarlo. Para ella, estaba derecho:

—Doug...

—No. Mira. —Colocó una regla de metal contra el perno y le mostró que estaba doblado unos milímetros hacia la izquierda. —Y eso no es todo. Mira la superficie de acción de la bisagra. Está gastada. ¿Lo ves?

Le prestó una lupa. A diez metros del piso, Casey se inclinó por encima del borde de ataque y espió la pieza. Sí, estaba gastada. Vio una superficie irregular en el gancho de sujeción. Pero era factible que hubiese cierto grado de desgaste donde el metal de la traba enganchaba los *slats*.

—¿Doug, en verdad crees que es significativo?

—Por supuesto —dijo con voz lúgubre—. Hay dos, quizá tres milímetros de desgaste.
—¿Cuántos pernos sostienen el *slat*?
—Sólo uno.
—¿Y si ese está roto?
—Los *slats* pueden soltarse en vuelo. No necesariamente se extenderían por completo. No haría falta. Recuerda, son superficies de control para bajas velocidades. A velocidad de crucero, el efecto se magnifica: una extensión leve alteraría la aerodinámica.
Casey frunció el ceño una vez más y echó un vistazo a la pieza con la lupa:
—Pero, ¿por qué se abriría de pronto en la última etapa del vuelo?
Doug movía la cabeza de un lado a otro:
—Mira los demás pernos —le dijo y señaló el ala—. No hay desgaste en la superficie de acción.
—Quizás cambiaron los demás y este no.
—No. Creo que el resto son originales. Este es un repuesto. Mira el siguiente, ¿puedes ver el sello en la base?
Casey vio una figura diminuta grabada, una **H** dentro de un triángulo, y una secuencia de números. Todos los fabricantes de partes certificaban sus productos con esos símbolos.
—Sí...
—Ahora, mira este perno. ¿Puedes ver la diferencia? En esta parte, el triángulo está al revés. Es una falsificación, Casey.

Para los fabricantes de aviones, la falsificación era el único gran problema que debían enfrentar en los albores del siglo XXI. El interés de la prensa se centraba más bien en falsificaciones de mercancías de consumo, como relojes, CD y software de computación. Pero existía un negocio próspero para todo tipo de productos manufacturados, incluidos los repuestos para automóviles y aviones. En este caso, el tema de la falsificación adquiría una nueva y nefasta dimensión. A diferencia de un reloj Cartier falso, un repuesto de avión falso podía causar muertes.
—Bien —dijo Casey—. Voy a verificar los registros de mantenimiento para averiguar de dónde proviene.
La FAA exigía a las empresas aerocomerciales mantener

registros de mantenimiento minuciosamente detallados. Cada vez que se cambiaba una parte, quedaba registrado en el libro de mantenimiento. Además, los fabricantes, aunque no se les exigía, conservaban un registro de mantenimiento exhaustivo de cada pieza original del avión y su fabricante. Todo ese papeleo significaba que se podía rastrear el origen de cada una del millón de piezas que conformaban el avión. Si se cambiaba una pieza de un avión a otro, se sabía. Si se quitaba una parte y se la reparaba, también quedaba registrado. Cada pieza del avión tenía su propia historia. Con tiempo suficiente, se podía averiguar exactamente de dónde provenía esa pieza, quién la había instalado y cuándo.

Casey señaló el perno de sujeción del ala:

—¿Sacaron fotografías?

—Por supuesto. Todo está documentado.

—Entonces sáquenla. La voy a llevar a Metales. Por cierto, ¿esta situación podría activar la alarma de asimetría de *slats*?

Doherty le ofreció una sonrisa poco habitual:

—Sin duda. Y me atrevo a decir que así fue. Una sola parte falsificada, Casey, y el avión falla.

Al bajar del ala, Richman no dejaba de hacer preguntas:

—¿Entonces esa es la causa? ¿Fue una pieza falsificada? ¿Es eso lo que ocurrió? ¿Está resuelto?

Casey se estaba poniendo nerviosa:

—Una cosa a la vez. Hay que verificarlo.

—¿Verificar qué? ¿Cómo?

—En primer lugar, hay que averiguar de dónde viene la pieza. Vuelva a la oficina. Que Norma se asegure de que LAX envíe los registros de mantenimiento. Y que envíe un télex al representante en Hong Kong para que solicite los registros de la compañía. Que le diga que la FAA los solicitó y queremos revisarlos antes.

—Bien.

Richman se dirigió a las puertas abiertas del hangar 5, hacia la luz del Sol. Caminaba con una especie de orgullo, como si fuese alguien importante, con información valiosa en su poder.

Pero Casey no estaba segura de que hubiesen descubierto algo.

Al menos, no todavía.

Fuera del hangar 5

10:00

Salió del hangar. El sol de la mañana la hizo pestañear. Vio que Don Brull bajaba del auto cerca del edificio 121 y caminó hacia él.

—Hola, Casey —dijo al tiempo que cerraba la puerta—. Me preguntaba cuándo hablarías conmigo.

—Hablé con Marder. Jura que no están entregando el ala a China.

Brull asintió:

—Me llamó anoche y me dijo lo mismo. —No sonaba feliz.

—Marder insiste en que es sólo un rumor.

—Está mintiendo. Lo va a hacer.

—De ninguna manera. No tiene sentido.

—Mira —dijo Brull—. En lo personal, no me interesa. En diez años cierran esta fábrica. Ya voy a estar jubilado. Pero para esa época tu hija va a estar en edad de ir a la universidad. Va a hacer falta mucho dinero y no vas a tener trabajo. ¿Lo habías pensado?

—Don, tú lo has dicho, no tiene sentido ceder el ala. Sería imprudente...

—Marder es imprudente. Ya lo sabes. Sabes de lo que es capaz.

—Don...

—Sé de lo que estoy hablando. Esas herramientas no van a Atlanta, Casey. Van a San Pedro, al puerto. Y en San Pedro están construyendo contenedores especiales para despacho por barco.

"Así que esa es la forma en la que el sindicato está armando esta historia", pensó Casey.

—Son herramientas muy grandes, Don. No podemos enviarlas por ruta o ferrocarril. Las herramientas grandes siempre se envían por barco. Están construyendo contenedores para poder enviarlas a través del Canal de Panamá. Es la única manera de que lleguen a Atlanta.

Brull insistía en su posición:

—Vi los remitos. No dicen Atlanta; dicen Seúl, Corea.

—¿Corea? —repitió Casey incrédula.

—Así es.

—Don, eso *sí* que no tiene sentido...

—Sí lo tiene. Porque es una fachada. La envían a Corea y desde allí la embarcan a Shanghai.

—¿Tienes copias de los remitos?

—No aquí conmigo.

Brull suspiró:

—Puedo conseguirlos, Casey. Pero me estás poniendo en una situación difícil. Los muchachos no van a permitir que se haga esta venta. Marder me pide que los calme pero, ¿qué puedo hacer? Estoy a cargo del sindicato, no de la planta.

—¿Y eso qué significa?

—No puedo hacer nada.

—Don...

—Siempre me caíste bien, Casey. Pero si sigues por aquí, no puedo ayudarte.

Y se fue.

Fuera del hangar 5

10:04

El sol seguía brillando; la planta a su alrededor estaba trabajando a pleno, los mecánicos pasaban en bicicleta de un edificio a otro. No parecía haber amenaza o peligro alguno. Pero Casey sabía lo que Brull había querido decir: estaba en tierra de nadie. Ansiosa, estaba sacando el teléfono celular para llamar a Marder cuando vio la silueta robusta de Jack Rogers acercarse a ella.

Jack cubría la industria aeroespacial para el *Telegraph-Star*, un periódico del Condado de Orange. Tenía casi sesenta años y era un periodista reconocido, sobreviviente de una generación anterior de profesionales de la prensa escrita que sabían tanto acerca de la historia como las personas a las que entrevistaban. La saludó con un simple gesto.

—Hola, Jack. ¿Cómo va todo?

—Vengo por el accidente con la herramienta del ala en el 64 esta mañana. La que cayó de la grúa.

—Es una herramienta pesada.

—Hubo otro accidente esta mañana. Cargaron una herramienta en un camión con acoplado playo y el chofer tomó una curva con demasiada velocidad al pasar por el edificio 94. La herramienta cayó al piso. Un desastre.

—¡Ajá!

—Obviamente se trata de medidas de fuerza. Mis fuentes dicen que se oponen a la venta a China.

—Eso oí —dijo Casey y asintió.

—¿Por qué van a ceder el ala a China como parte del acuerdo de compensación?

—Vamos, Jack. Es ridículo.

—¿Estás segura?

Dio un paso atrás:

—Jack, sabes que no puedo hablar de la venta. Nadie puede, hasta que se seque la tinta de la firma.

—OK. —Rogers sacó una libreta. —Parece ser un rumor. Ninguna compañía cedió el ala como parte del acuerdo de compensación. Sería un suicidio.

—Correcto.

Al final, siempre llegaba a la misma pregunta: ¿Por qué Edgarton cedería el ala? ¿Por qué una compañía cedería el ala? No tenía sentido.

Rogers levantó la vista del anotador:

—Me pregunto por qué el gremio cree que van a entregar el ala al exterior.

Casey se encogió de hombros:

—Vas a tener que preguntarles.

Roger tenía fuentes en el sindicato. Sin duda Brull. Quizá también otros.

—Oí que tienen documentos que lo comprueban.

—¿Los has visto?

—No. —Y acompañó la respuesta con un movimiento de la cabeza.

—No me imagino por qué no los muestran si los tienen.

Rogers sonrió. Tomó nota.

—Vergonzoso lo del estallido del rotor en Miami.

—Sólo sé lo que se vio por televisión.

—¿Crees que va a afectar la percepción del público en general del N-22? —Tenía la lapicera en la mano, listo para anotar sus palabras.

—No veo por qué. Fue un problema de motor, no de estructura. Mi opinión es que van a llegar a la conclusión de que se trató de un disco de compresor defectuoso que estalló.

—No me cabe duda. Hablé con Don Peterson de la FAA. Me dijo que el incidente de SFO se debió a un disco de compresor de seis etapas que se quemó. El disco tenía bolsas de nitrógeno frágiles.

—¿Inclusiones Alfa? —preguntó Casey.

—Así es. Y también había fatiga de tiempo de dilatación.

Casey asintió. Las partes del motor estaban sometidas a mil cuatrocientos grados centígrados de temperatura, muy superior al punto de fusión de muchas aleaciones, que se derretían a los mil doscientos grados. Por lo que se fabricaban con aleaciones de titanio mediante tecnología de punta. La fabricación de algunas de las partes era un arte: los álabes se "cultivaban" a partir de un único cristal de metal, lo que los hacía extraordinariamente resistentes. Pero incluso en manos diestras, el procedimiento de fabricación era muy delicado. La fatiga de tiempo de dilatación era una condición en la cual el titanio utilizado para fabricar los discos del rotor se fraccionaba en colonias de microestructuras, lo que lo hacía vulnerable a la formación de grietas por fatiga del material.

—¿Y qué hay del vuelo de TransPacific? ¿También fue un problema de motor?

—El incidente de TransPacific ocurrió ayer, Jack. La investigación acaba de comenzar.

—¿Eres la representante de CC en el GRI, no es verdad?

—Sí, así es.

—¿Te satisface la forma en que se está llevando a cabo la investigación?

—Jack, no puedo hacer declaraciones respecto de la investigación de TransPacific. Es demasiado pronto.

—No lo suficiente como para que empiecen a especular al respecto. Sabes cómo son estas cosas, Casey. Un montón de palabras inútiles. Informaciones erróneas que puede ser difícil revertir más tarde. Sólo me gustaría dejar esto en claro. ¿Ya descartaron los motores?

—Jack, no puedo hacer declaraciones.

—Entonces, ¿todavía no descartaron los motores?

—Sin comentarios, Jack.

Anotó algo en la libreta. Sin levantar la vista, dijo:

—Y supongo que también están revisando los *slats*.

—Estamos verificando todo, Jack.

—Como el N-22 ha tenido problemas de *slats* antes...

—Eso es historia antigua. Solucionamos el problema hace años. Si mal no recuerdo, escribiste un artículo acerca de eso.

—Pero ahora ocurrieron dos incidentes en dos días. ¿Están preocupados de que la opinión pública comience a pensar que el N-22 es un avión con problemas?

Podía ver a dónde apuntaba el interrogatorio. No quería hacer comentarios, pero le estaba diciendo lo que iba a escribir si no lo hacía. Era una forma estándar, si bien menor, de chantaje periodístico.

—Jack, tenemos trescientos N-22 en servicio en todo el mundo. El modelo tiene un registro de seguridad impecable.

De hecho, en cinco años de servicio no se habían producido víctimas fatales hasta el día anterior. Esa era una razón de orgullo, pero decidió no mencionarla pues podía ver el encabezado: *Las primeras víctimas fatales a bordo de un N-22 se produjeron ayer...*

En cambio, Casey dijo:

—La mejor forma de servir a la opinión pública es brindando información precisa. Y hasta el momento no hay información que ofrecer. Especular sería irresponsable.

Eso fue suficiente. Rogers guardó la lapicera:

—OK, ¿quieres irte?

—Sí. —Casey sabía que podía confiar en él.—*Extraoficialmente*, el 545 sufrió cambios bruscos de actitud. Creemos que el avión entró en cabeceo. No sabemos por qué. La información del GIV está dañada. Nos tomará días reconstruirla. Trabajamos lo más rápido que podemos.

—¿Esto va a afectar la venta a China?

—Espero que no.

—El piloto era chino, ¿verdad? ¿Un tal Chang?

—Estaba basado en Hong Kong. Desconozco la nacionalidad.

—¿Eso lo hace más difícil si fue error del piloto?

—Ya sabes cómo son estas investigaciones, Jack. Cualquiera que sea la causa, alguien va a ser responsable. No podemos preocuparnos por eso. Tenemos que dejar que el peso caiga donde tenga que caer.

—Por supuesto. Por cierto, ¿la venta a China es un asunto serio? Sigo oyendo que no lo es.

Casey se encogió de hombros:

—Con franqueza, no lo sé.

—¿Marder te habló al respecto?

—No a mí en forma personal.—Eligió cuidadosamente cada palabra; esperaba que no continuara en esa línea. No lo hizo.

—Bien, Casey. No me voy a meter en eso. Pero, ¿qué tenemos? Tengo que redactar algo para hoy.

—¿Cómo es que no estás cubriendo las Aerolíneas truchas? —Utilizó la jerga para referirse a una de las empresas de bajo presupuesto.—Nadie se ocupó del tema hasta ahora.

—¿Es una broma? Todo el mundo está cubriéndolo.

—Sí, pero nadie contó la verdadera historia. Las empresas que ofrecen pasajes superbaratos son negocios fraudulentos.

—¿Negocios fraudulentos?

—Así es. Compras un avión tan viejo y mal mantenido que ninguna empresa que se precie lo usaría siquiera para repuestos. Luego se subcontrata el mantenimiento para reducir tu responsabilidad. Luego ofreces tarifas bajas y utilizas el efectivo para comprar nuevas rutas. Es como una bola de nieve, pero en los papeles se ve muy bien. El volumen aumenta, las ganancias aumentan y Wall Street te adora. El precio por acción se duplica una y otra vez. Para cuando los cuerpos empiezan a apilarse, como sabes que va a ocurrir, sacaste tu fortuna del circuito financiero y puedes pagar el mejor abogado. Esa es la virtud de la desregulación, Jack. Cuando llega la cuenta, nadie paga.

—Excepto los pasajeros.

—Correcto —afirmó Case—. La seguridad de vuelo siempre ha sido una cuestión de honor. La FAA existe para controlar a las empresas, no para actuar como policía. Así que si la desregulación va a cambiar las reglas, hay que advertir a los usuarios. O triplicar los fondos destinados a la FAA. Una cosa o la otra.

Rogers asintió:

—Barry Jordan, del *LA Times*, me dijo que lo está enfocando desde el punto de vista de la seguridad. Pero requiere muchos recursos: tiempo, abogados que lean las pruebas. Mi periódico no puede pagarlo. Necesito algo que pueda usar esta noche.

—Extraoficialmente, tengo una buena pista, pero no puedes citar la fuente.

—Acepto.

—La turbina que explotó era una de las seis que Sunstar compró a AeroCivicas. Kenny Burne fue nuestro representante. Verificó las turbinas y descubrió daños graves.

—¿Qué tipo de daños?

—Fijaciones de álabes desprendidas y fisuras en la hélice.

—¿Había fisuras de fatiga de material *en los álabes*?

—Sí. Kenny les aconsejó que rechazaran los motores, pero Sunstar los reparó y los instaló en los aviones. Cuando la turbina explotó, Kenny se puso furioso. Así que Kenny puede darte algún nombre en Sunstar. Pero no puedes citar la fuente,

Jack. Tenemos que hacer negocios con esta gente.

—Entiendo —dijo Rogers—. Gracias. Pero el editor va a querer información acerca de los accidentes de hoy en el piso, así que dime algo. ¿Estás convencida de que las historias acerca de la cesión del ala a China no tienen fundamento?

—¿Otra vez a la carga?

—Sí.

—No soy la persona indicada para responder. Debes hablar con Edgarton.

—Ya llamé, pero en la oficina dicen que está fuera de la ciudad. ¿Dónde está? ¿En Pekín?

—Sin comentarios.

—¿Y Marder?

—¿Qué pasa con Marder?

Rogers se encogió de hombros:

—Todos saben que Marder y Edgarton se odian. Marder esperaba que lo nombraran presidente, pero el Directorio no lo tuvo en cuenta. Y le dieron a Edgarton un contrato por un año... así que sólo tiene doce meses parar obtener resultados. Y oí que Marder está moviéndole el piso a Edgarton, en todas las formas posibles.

—No sabría qué decir sobre eso.

Casey también había oído esos rumores. No era un secreto que Marder estaba desilusionado con el nombramiento de Edgarton. Lo que Marder pudiese hacer al respecto era otra cuestión. La mujer de Marder controlaba el once por ciento de las acciones de la empresa. Con las conexiones de Marder, probablemente pudiese reunir otro cinco por ciento. Pero el dieciséis por ciento no era suficiente para producir cambios, en particular dado que Edgarton contaba con el apoyo del Directorio.

La mayoría en la planta pensaba que Marder no tenía más alternativa que respetar las decisiones de Edgarton, al menos por el momento. Quizá no lo hacía feliz, pero no tenía opción. La compañía atravesaba problemas de falta de efectivo. Ya estaban fabricando aviones sin comprador. Sin embargo, necesitaban millones de dólares, si esperaban desarrollar la nueva generación de aviones y permanecer en el negocio en el futuro.

Entonces la situación era clara. La empresa necesitaba la venta. Y todos lo sabían. Incluso Marder.

—¿No has oído que Marder intenta socavar la posición de Edgarton?

—Sin comentarios —dijo Casey—. Pero, extraoficialmente, no tiene sentido. Todos en la empresa quieren que se haga la venta, Jack. Incluso Marder. En este momento Marder nos está presionando para resolver el tema del 545 para no perjudicar la venta.

—¿Crees que la imagen de la empresa puede verse dañada por la rivalidad entre los dos ejecutivos más importantes?

—No lo sé.

—Muy bien —dijo finalmente y cerró el anotador—. Llámame si encuentran la solución al 545, ¿OK?

—Prometido, Jack.

—Gracias, Casey.

Al alejarse de él, se dio cuenta de que el esfuerzo de la entrevista la había agotado. Por esos días, hablar con un periodista era como una partida mortal de ajedrez; había que pensar varios movimientos por adelantado; había que imaginar todas las formas posibles en las que el periodista podría distorsionar las declaraciones. El clima era decididamente de contienda.

No siempre había sido así. En otra época, los periodistas sólo buscaban información y hacían preguntas dirigidas a un hecho en particular. Buscaban una imagen precisa de una situación, y para lograrlo tenían que hacer el esfuerzo de ver las cosas a tu manera, de entender cómo pensabas respecto del tema. Podían no estar de acuerdo contigo, pero era una cuestión de orgullo transmitir con precisión tu punto de vista, antes de rechazarlo. El proceso de la entrevista no era muy personal, pues el foco estaba puesto en el hecho que trataban de entender.

Pero ahora los periodistas encaraban una entrevista con una pista fija en la mente; consideraban que su trabajo era verificar lo que ya sabían. No buscaban información sino, más bien, pruebas de un acto de infamia. Según ese modelo, eran abiertamente escépticos respecto de tu punto de vista, dado que suponían que sólo se trataba de evasivas. Partían de una premisa de culpabilidad universal, en una atmósfera de sospecha y hostilidad contenidas. Esa nueva modalidad tenía un carácter muy personal: querían hacerte caer, atraparte en un pequeño error o en una declaración tonta, o sólo obtener una frase que tomada fuera de contexto pudiese parecer tonta o insensible.

Dado que el foco era tan personal, los periodistas solicitaban opiniones todo el tiempo: ¿Piensa que tal hecho será dañino? ¿Piensa que la compañía va a sufrir por ello? Ese tipo de especulación había sido irrelevante para la vieja generación de periodistas, que se concentraba en los hechos. El periodismo moderno era intensamente subjetivo, "interpretativo", y la interpretación era su razón de ser. Pero para Casey era agotador.

Y Jack Rogers, pensaba Casey, era uno de los mejores. Los periodistas de prensa escrita eran todos mejores. Eran los periodistas de televisión de los que había que cuidarse en serio. Ellos eran los peligrosos.

Fuera del hangar 5

10:15

Mientras cruzaba la planta, buscó el teléfono celular en la cartera y llamó a Marder. Eileen, la asistente, dijo que estaba en una reunión.

—Acabo de estar con Jack Rogers —dijo Casey—. Creo que está por escribir una historia en la que dice que pensamos enviar el ala a China y que hay problemas entre los ejecutivos.

—¡Oh, oh! —dijo Eileen—. Eso no es bueno.

—Es mejor que Edgarton hable con él y lo calme.

—Edgarton no concede entrevistas. John regresa a las seis en punto. ¿Quieres hablar con él cuando regrese?

—Va a ser mejor, sí.

—Te incluyo en la lista.

Banco de prueba

10:19

Parecía un desarmadero de aviones: fuselajes viejos, colas y partes de alas completaban el paisaje, montados sobre andamios oxidados. Pero el aire estaba inundado por el zumbido constante de los compresores y había tuberías pesadas que iban hasta las partes de aviones como si fuesen sondas intravenosas. Eso era el Banco de Pruebas, también conocido como *Twist-and-Shout*, el territorio del infame Amos Peters.

A la derecha, Casey vio una silueta encorvada en mangas de camisa y pantalones embolsados inclinada sobre un medidor. Estaba debajo de una sección de fuselaje de la parte posterior del avión de Norton.

—¡Amos! —lo llamó y lo saludó con la mano a medida que se acercaba a él.

Él se dio vuelta y la miró:

—¡Fuera!

Amos era una leyenda en Norton. Recluido y obstinado, tenía casi setenta años y hacía mucho tiempo que había pasado la edad de jubilación obligatoria; sin embargo, seguía trabajando pues era esencial para la compañía. Su especialidad era el antiquísimo campo de la tolerancia a los daños o análisis de fatiga de materiales. Y esa especialidad era mucho más importante de lo que había sido diez años antes.

A partir de la desregulación, las empresas mantenían los aviones en el aire durante más tiempo del que nadie hubiese previsto. Tres mil aviones de la flota de cabotaje ya excedían los veinte años. Esa cantidad se duplicaría en cinco años. Nadie sabía qué les pasaría a esos aviones a medida que siguiesen envejeciendo.

Excepto Amos.

Había sido Amos a quien la NTSB había consultado en el

famoso accidente del 737 de Aloha, en 1988. Aloha era una empresa de vuelos entre islas en Hawaii. Uno de los aviones estaba en vuelo de crucero a siete mil doscientos metros de altura cuando de pronto cinco metros de la cobertura exterior del avión se desprendieron del fuselaje, desde la puerta hasta el ala; la cabina se despresurizó y una de las auxiliares salió despedida y murió. A pesar de la despresurización explosiva, el avión logró aterrizar en Maui, donde se lo sacó de servicio en el acto.

Se analizó el resto de la flota de Aloha en busca de corrosión y daños por fatiga de material. Otros dos 737 quedaron fuera de servicio y un tercero estuvo en reparación durante meses. Los tres presentaban fisuras importantes en el fuselaje y daños por corrosión. Cuando la FAA emitió una Directiva de Aeronavegabilidad que exigía la inspección del resto de la flota de 737, se encontraron fisuras importantes en otros cuarenta y nueve aviones de dieciocho empresas distintas.

Los analistas de la industria quedaron perplejos por el accidente, pues se suponía que Boeing, Aloha y la FAA vigilaban la flota de 737 de la empresa. Las fisuras por corrosión habían sido un problema conocido de algunos de los primeros 737; Boeing siempre había advertido a Aloha que el ambiente húmedo y salobre de Hawaii constituía un entorno altamente corrosivo.

Luego, la investigación descubrió varias causas que llevaron al accidente. Resultó que Aloha, saltando de isla en isla, había acumulado ciclos de despegue y aterrizaje a un ritmo superior al que el mantenimiento previsto podía manejar. Este estrés, combinado con la corrosión del aire de mar, produjo una serie de fisuras en el fuselaje del avión. Aloha nunca lo notó, pues no contaban con personal idóneo suficiente. La FAA no lo detectó porque tenía demasiado trabajo y pocos fondos. El principal inspector de mantenimiento de la FAA en Honolulu supervisaba nueve empresas y siete estaciones de reparación en el Pacífico, desde China a las Filipinas, pasando por Singapur. Con el tiempo, las fisuras se extendieron durante un vuelo y la estructura cedió.

Luego del incidente, Aloha, Boeing y la FAA se declararon la guerra entre sí. Se atribuyó la falta de detección del daño estructural de la flota de Aloha a deficiencias de gestión y mantenimiento, falta de inspecciones por parte de la FAA, falencias de ingeniería. Siguieron acusándose unos a otros durante años.

Pero el vuelo de Aloha también había servido para atraer la atención de la industria hacia el problema del envejecimiento de los aviones y para convertir a Amos en un personaje famoso en Norton. Había convencido a los ejecutivos de comenzar a comprar más aviones viejos, para transformar las alas y fuselajes en objetos de experimentación. Día tras día, los equipos de pruebas sometían a los aviones envejecidos a repetidas presiones, simulaban los efectos de despegues y aterrizajes, del viento y la turbulencia, de modo que Amos pudiese analizar cómo y cuándo aparecían las fisuras.

—Amos —le dijo cuando ya estaba cerca—, soy yo. Casey Singleton.

—Oh, Casey. No te había reconocido. —La miró con ojos entrecerrados a causa de la miopía. —El médico me recetó algo nuevo... ¿Cómo has estado? —Con un gesto la invitó a caminar junto a él hacia una pequeña construcción ubicada a unos pocos metros.

Nadie en Norton podía entender cómo Casey lograba llevarse bien con Amos, pero eran vecinos; Amos vivía solo con un perro faldero y Casey había adquirido el hábito de cocinar para él al menos una vez al mes. A cambio, Amos le contaba historias de accidentes aéreos en los que había trabajado, que se remontaban hasta los primeros accidentes de los Comet de la BOAC en la década del 50. Amos era una enciclopedia de la historia de la aviación. Casey había aprendido mucho de él y Amos se había convertido en una especie de consejero para ella.

—¿Acaso no te vi el otro día por la mañana? —preguntó Amos.

—Sí. Con mi hija.

—Me pareció. ¿Quieres café? —Abrió la puerta de un armario y salió el olor penetrante a granos de café quemado. El café de Amos era siempre horrible.

—Buena idea, Amos.

Le sirvió una taza:

—Espero que te guste negro; me quedé sin crema.

—Negro está bien, Amos. —Hacía un año que no tenía crema.

Amos sirvió café para él en una taza grande toda manchada y le señaló a Casey una silla más cómoda, frente al escritorio. El escritorio estaba cubierto de pilas de informes. *Simposio*

Internacional de la FAA/NASA sobre Integridad Estructural Avanzada, Durabilidad y Tolerancia del Airframe, Técnicas de Inspección Termográfica, Control de Corrosión y Tecnología de Estructuras.

Amos apoyó los pies en el escritorio y corrió algunas pilas de papeles para poder verla:

—Te lo aseguro, Casey. Es tedioso trabajar con estos viejos armatostes. Añoro el día en el que tengamos otro artículo P2.

—¿P2?

—Por supuesto, no hay forma de que lo sepas. Has estado aquí cinco años y no hemos lanzado un modelo nuevo en todo ese tiempo. Pero cuando hay un avión nuevo, el primero fabricado en la línea se denomina P1. Prototipo 1. Se lo somete a la Prueba de Estática, lo colocamos en la plataforma de prueba y lo sacudimos hasta hacerlo pedazos. Detectamos cuáles son los puntos débiles. El segundo avión fabricado en la línea es el P2. Se lo utiliza para testeo de fatiga de materiales, un problema más difícil. Con el correr del tiempo, el metal pierde la resistencia a la tensión, se vuelve frágil. Así que tomamos el P2, lo montamos en una guía y aceleramos el proceso de fatiga. Día tras día, año tras año, simulamos despegues y aterrizajes. La política de Norton es que los test de fatiga de materiales se hagan hasta dos veces la vida útil para la que se diseñó el avión. Si los ingenieros diseñan un avión con una vida útil de veinte años, unas cincuenta mil horas y unos veinte mil ciclos, vamos a simular más del doble antes de entregar el primer avión. Nos aseguramos de que los aviones van a resistir. ¿Qué tal el café?

Tomó un sorbo, se las arregló para no hacer una mueca. Amos utilizaba los mismos granos varias veces al día. Así obtenía ese sabor característico:

—Bueno, Amos.

—Sólo pide. Hay más. De cualquier forma, la mayoría de los fabricantes los prueban hasta el doble de la vida útil para la que se lo diseña. Nosotros lo ponemos a prueba hasta cuatro veces la vida útil de diseño. Por eso es que decimos que las demás compañías hacen "medialunas" y Norton, "croissants".

—Y John Marder siempre dice: "Es por eso que los demás ganan dinero y nosotros no".

—Marder —repitió Amos—. El dinero lo es todo para él, es lo único que importa. Antes, la oficina del frente nos decía:

"Hagan el mejor avión que puedan fabricar". Ahora nos dicen: "Hagan el mejor avión que puedan por un precio determinado". Órdenes distintas, ¿me entiendes? —Se tomó el café de un sorbo entre ruidos. —¿Qué ocurre, Casey? ¿Es el 545?

Casey asintió.

—No puedo ayudarte con eso.

—¿Por qué lo dices?

—El avión es nuevo. La fatiga no es un factor importante.

—Necesito ayuda con una pieza, Amos. —Le mostró el perno dentro de una bolsa de plástico.

—¡Mmm! —Lo dio vuelta; lo sostuvo a la luz.—Esto sería, no me lo digas, esto sería un perno de sujeción anterior para el segundo *slat* interno.

—Correcto.

—Por supuesto que es correcto. —Frunció el ceño. —Pero esta pieza es falsa.

—Sí, lo sé.

—¿Entonces cuál es tu pregunta?

—Doherty piensa que hizo fallar al avión, ¿es posible?

—Bueno... —Amos se detuvo a pensar con la vista en el techo. —No. Apuesto cien dólares a que *no* hizo fallar al avión.

Casey suspiró. Estaba de vuelta donde había empezado. No había pistas.

—¿Decepcionada? —preguntó Amos.

—De hecho, sí.

—Entonces no estás prestando atención. Esta es una pista muy importante.

—Pero, ¿por qué? Acabas de decirlo tú mismo: no hizo fallar al avión.

—Casey, Casey, *piensa*.

Trató de pensar, sentada allí oliendo el café quemado. Trató de entender a dónde apuntaba. Pero tenía la mente en blanco. Lo miró a través del escritorio:

—Sólo dime, ¿qué me estoy perdiendo?

—¿Habían reemplazado los demás pernos?

—No.

—¿Sólo este?

—Sí.

—¿Por qué sólo este, Casey?

—No lo sé.

—Averígualo.

—¿Por qué? ¿Qué lograría?

Amos levantó los brazos:

—Casey, vamos. Piénsalo bien. Tienes un problema de *slats* en el 545. Es un problema del ala.

—Correcto.

—Encontraste una parte del ala que fue reemplazada.

—Correcto.

—¿Por qué la reemplazaron?

—No lo sé...

—¿El ala había sufrió daños antes? ¿Le había pasado algo y tuvieron que cambiar la pieza? ¿Cambiaron otras piezas también? ¿Hay otras partes defectuosas en el ala? ¿Existe daño residual en el ala?

—No se ve nada raro.

Amos perdió la paciencia:

—Olvídate de lo que se puede *ver*, Casey. Hay que recurrir al registro técnico y a los libros de mantenimiento. Hay que rastrear la pieza y obtener la historia del ala. Porque hay algo más que está mal.

—Mi opinión es que vas a encontrar más piezas falsificadas. —Amos se puso de pie y suspiró. —Cada vez más aviones tienen piezas no autorizadas, en estos días. Supongo que era de esperarse. Hoy en día, es como si todo el mundo creyese en Papá Noel.

—¿A qué te refieres?

—Porque creen en obtener algo a cambio de nada. Ya sabes: el gobierno desregula la actividad aerocomercial y todo el mundo celebra. Bajan las tarifas: todos celebran. Pero las empresas tienen que bajar los costos. Así que la comida es horrenda. Eso está bien. Hay menos vuelos directos, más puntos de conexión de vuelos. Eso está bien. Los aviones se ven descuidados, porque rehacen el interior con menos frecuencia. Eso está bien. Pero las empresas se ven obligadas a seguir bajando los costos. Así que mantienen los aviones en el aire durante más tiempo y compran menos aviones nuevos. La flota envejece. Eso va a estar bien, por un tiempo. Al fin va a dejar de estarlo. Y mientras tanto, los costos siguen ejerciendo presiones. ¿Y qué más pueden abaratar? ¿Mantenimiento? ¿Repuestos? ¿Qué? No puede seguir así indefinidamente. Es imposible. Como si no fuera suficiente, ahora el Congreso colabora con la reducción de las asignaciones a la FAA, de modo que habrá menos control. Las empresas pueden descuidar el mantenimiento porque nadie las controla. Y a la opinión pública no le importa, pues durante treinta años este país tuvo el mejor registro de seguridad aérea del mundo. Pero la cuestión es que *pagamos* para eso. Pagamos para tener aviones nuevos y seguros y pagamos para que se controlara que estuviesen bien mantenidos. Pero eso terminó. Hoy en día, todos creen en obtener algo a cambio de nada.

—¿Dónde va a terminar? —preguntó Casey.

—Apuesto cien dólares a que van a volver a reglamentar la industria en diez años. Va a haber una serie de accidentes, y lo van a hacer. Los partidarios del libre mercado van a poner el grito en el cielo, pero el hecho es que los mercados desregulados no brindan seguridad. Sólo un mercado regulado lo hace. Quieres alimentos sanos, hay que poner inspectores. Quieres agua potable, tiene que haber un ente regulador. Quieres un mercado de divisas seguro, mejor que exista una Comisión de Valores. Si quieres líneas aéreas seguras, también hay que establecer reglas. Créeme, lo van a hacer.

—¿Y el 545...?

Amos se encogió de hombros:

—Las empresas extranjeras operan con reglamentaciones aún más laxas. Es tierra de nadie ahí afuera. Verifica los registros de mantenimiento y presta atención a la documentación de cualquier parte que parezca sospechosa.

Casey se puso de pie para irse.

—Pero, Casey...

Se dio vuelta:

—¿Sí?

—¿Comprendes la situación? Para verificar esa parte tienes que empezar por el registro técnico.

—Lo sé.

—Eso es en el edificio 64. No iría allí en este momento. Al menos, no solo.

—Vamos, Amos. Solía trabajar en el piso. Voy a estar bien.

—El vuelo 545 es un tema delicado. Ya sabes lo que piensan los muchachos. Si pueden interferir con la investigación, lo van a hacer... sea como sea. Ten cuidado.

—No te preocupes.

—Ten mucho, mucho cuidado.

Edificio 64

11:45

En el centro del edificio 64 había una serie de jaulas de doble altura donde se guardaban partes para la línea de montaje y que también alojaban terminales de computadora. Las terminales estaban colocadas en pequeños cubículos que contenían un lector de microfichas, una terminal para la verificación de partes y una terminal conectada al sistema central.

Dentro de la jaula, Casey se inclinó sobre el lector de microfichas; en pantalla aparecían una tras otra las fotocopias del registro técnico del Fuselaje 271, la denominación original de fábrica para el avión del accidente de TPA.

Jerry Jenkins, el gerente de control de flujo de partes en el piso, estaba de pie detrás de ella. Nervioso, golpeaba la lapicera contra la mesa:

—¿Ya lo encontraste? ¿Ya lo encontraste?

—Jerry, tómalo con calma.

—Estoy calmado —dijo mientras miraba alrededor—. Sólo se me ocurre, ya sabes, si no podrías haberlo hecho entre un turno y otro.

Al hacerlo en el momento del cambio de turno hubiesen llamado menos la atención.

—Jerry, no hay tiempo.

Siguió golpeando la lapicera:

—Todos están muy susceptibles con el tema de la venta a China. ¿Qué les digo a los muchachos?

—Diles que si perdemos la venta a China, se cierra la línea y todos se quedan sin trabajo.

—¿En serio? Porque oí que...

—Jerry, necesito ver los registros, ¿sí?

El registro técnico incluía el total de la documentación (un millón de hojas de papel, una para cada parte del avión) utilizada para ensamblar el avión. Cada hoja, y la documentación aún más compleja requerida por la FAA para la certificación del modelo, contenían información que era propiedad de Norton. Por lo tanto, la FAA no archivaba esta documentación, pues de lo contrario, la competencia podía obtenerlas a través de la Ley de Libertad de Información. Así, Norton tenía almacenados más de dos mil kilos de papel, que ocupaban veinticinco metros de espacio de estantes para cada aeronave en un edificio enorme en Compton. Toda la información estaba disponible en microficha y se podía acceder a ella a través de esos lectores en el piso. Pero encontrar el documento de una pieza en particular era una tarea tediosa y...

—¿Lo encontraste? ¿Ya lo encontraste?

—Sí —dijo Casey finalmente—. Lo tengo.

Estaba mirando la fotocopia de una planilla de Hoffman Metal Works, de Montclair, California. El perno de sujeción de los *slats* estaba descrito por un código que coincidía con los planos de ingeniería: A/908/B-2117L (2) Ant Sl Latch. SS/HT. Una fecha de fabricación escrita a máquina, una fecha de entrega a la fábrica marcada con un sello y una fecha de instalación, seguidos de dos sellos: uno firmado por el mecánico que había instalado la pieza en el avión y el otro, por el inspector de CC que había aprobado el trabajo.

—¿Es el FEO?

—Sí, es lo que buscaba.—El Fabricante del Equipo Original era Hoffman. Ellos habían provisto directamente la parte. No había habido distribuidores.

Jerry miraba a través del alambre tejido hacia el piso. Nadie parecía prestarles atención, pero Casey sabía que los estaban observando.

—¿Ya te vas? —preguntó Jerry.

—Sí, ya me voy.

Se decidió a cruzar el piso por el pasillo que bordeaba las jaulas; lejos de las grúas. Miró hacia los pasillos de arriba para cerciorarse de que no había nadie arriba. No vio a nadie. Hasta ahora, la habían dejado tranquila.

Lo que había averiguado hasta el momento era claro: la parte original instalada en el TPA 545 provenía directamente de un fabricante reconocido. La parte original era genuina; la parte que Doherty había encontrado era falsa.

Entonces Amos tenía razón.

Algo le había ocurrido al ala en algún momento y había sido necesario repararla.

—¿Pero qué?

Aún tenía mucho por hacer.

Y muy poco tiempo para hacerlo.

CC Norton

12:30

Si la parte era falsa, ¿de dónde había salido? Necesitaba los registros de mantenimiento, que todavía no habían llegado. ¿Dónde estaba Richman? De vuelta en la oficina, encontró una pila de télex. Todos los representantes en el exterior pedían información acerca del N-22. El del Representante de Servicio de Vuelo de Madrid era típico:

DE: S. RAMONES, RSV MADRID
A: C. SINGLETON, CC/GRI

INFORMES INSISTENTES VÍA CONTACTO EN IBERIA B. ALONSO DE QUE A CAUSA DEL INCIDENTE EN MIAMI LA AAC ANUNCIARÁ NUEVA DEMORA EN CERTIFICACIÓN DEL N-22 POR "CUESTIONES DE AERONAVEGABILIDAD"

SOLICITO INFORMACIÓN PFVR

Casey suspiró. Lo que informaba el representante era predecible. La AAC eran la Autoridad Aeronáutica Conjunta, la versión europea de la FAA. Recientemente, los fabricantes estadounidenses habían tenido algunos problemas con esa organización. La AAC ejercía nuevas presiones regulatorias, y la organización contaba con muchos burócratas que no sabían distinguir entre ventajas comerciales negociadas y cuestiones de aeronavegabilidad. Desde hacía tiempo, la AAC había intentado obligar a las empresas estadounidenses a utilizar turbinas de fabricación europea. Los estadounidenses se habían resistido, por lo que era lógico que la AAC intentara sacar provecho del estallido del rotor en Miami para ejercer mayor presión sobre Norton, al posponer la certificación.

Pero al fin de cuentas, era una cuestión política, ajena a su área. Pasó al télex siguiente:

DE: S. NIETO, RSV VANC
A: C. SINGLETON, CC/GRI

PRIMER OFICIAL LU ZAN PING SOMETIDO A CIRUGÍA DE EMERGENCIA POR HEMATOMA SUBDURAL EN HOSP GEN VANC A LAS 0400 HRS HOY. P/O NO DISPONIBLE PARA ENTREVISTA AL MENOS 48 HRS. MÁS DETALLES EN BREVE

Casey había esperado que la entrevista con el primer oficial se llevara a cabo mucho antes. Quería saber por qué estaba en el fondo del avión y no en el *cockpit*. Pero parecía ser que la respuesta a esa pregunta tendría que esperar hasta el fin de semana.

Pasó al télex siguiente:

DE: RICK RAKOSKI, RSV HK
A: CASEY SINGLETON, CC/GRI

RECIBÍ PEDIDO DE REGISTROS DE MANTENIMIENTO PARA VUELO TPA 545, FUSELAJE 271, MATRÍCULA EXTRANJERA 098/443/HB09 Y LO ENTREGUÉ A LA EMPRESA

EN RESPUESTA A PEDIDO DE LA FAA TRANSPACIFIC ENVIÉ TODOS LOS REGISTROS DE LA ESTACIÓN DE REPARACIÓN KAITAK, HK, ESTACIÓN DE REPARACIÓN SINGAPUR, ESTACIÓN DE REPARACIÓN MELBOURNE. LOS CARGO EN LOS SISTEMAS ONLINE DE NORTON A LAS 2210 HORA LOCAL. ENTREVISTAS CON LA TRIPULACIÓN EN CURSO. MUCHO MÁS DIFÍCILES. DETALLES A LA BREVEDAD.

"Una buena jugada de la empresa", pensó Casey.

Dado que no querían conceder entrevistas con la tripulación, habían decidido proporcionar todo lo demás, en una aparente muestra de cooperación.

Norma entró en la oficina:

—Los registros de LAX están por llegar. Y Hong Kong ya los envió.

—Ya veo. ¿Tienes la dirección del archivo?

—Aquí está. —Le entregó un trozo de papel y Casey ingresó el código en la terminal detrás de su escritorio. Hubo una demora por la conexión a la computadora central y luego la pantalla se iluminó.

```
RE MANT N-22/FUSELAJE 271/MATR EXTR 098/
443/HB09

   FE  14/5   AS 19/6     MOD 12/8

   < ER KAITAK       —    REG MANT(A —C)
   < ER SNGPUR       —    REG MANT(SÓLO B)

   < ER MELB         —    REG MANT(SÓLO A,B)
```

—Muy *bien* —dijo Casey.

Se puso a trabajar.

Le tomó casi una hora encontrar las respuestas que buscaba. Pero al cabo de ese tiempo ya tenía una imagen clara de lo que había ocurrido con el perno de sujeción de los *slats* del avión de TransPacific.

El 10 de noviembre del año anterior, durante un vuelo entre Bombay y Melbourne, el avión de TransPacific había tenido dificultades con las comunicaciones y el piloto había hecho un aterrizaje imprevisto en la isla de Java, en Indonesia. Allí repararon la radio sin problema (se cambió un panel de circuitos quemado) y el personal técnico de Java cargó combustible al avión para continuar vuelo hacia Melbourne.

Luego del aterrizaje en Melbourne, el personal de tierra australiano notó daños en el ala derecha.

Gracias, Amos.

El ala había sufrido daños.

Los mecánicos de Melbourne detectaron que la toma de combustible del ala derecha estaba torcida y el perno de sujeción de *slats* adyacente había sufrido daños menores. Se supuso que había ocurrido durante la escala previa en Java al cargar combustible.

En el N-22, las tomas de la manguera de combustible estaban ubicadas en la cara inferior del ala, justo detrás del borde de ataque. Un empleado de tierra inexperto había utilizado un montacargas inadecuado para el N-22 y había enganchado la manguera de combustible con el borde de la plataforma mientras la manguera aún se encontraba sujeta al ala, lo que hundió la boca de la manguera en el pico de carga del ala, hundió la placa de empalme y dañó el perno de *slats* aledaño.

Los pernos de sujeción de *slats* no solían tener que cambiarse por lo que la estación de reparaciones Melbourne no tenían un repuesto en stock. Para no demorar el vuelo en Australia, se decidió que el avión continuase vuelo a Singapur donde se efectuaría la reparación. Sin embargo, en Singapur, un empleado de mantenimiento muy observador notó que la documentación del perno de sujeción de repuesto se veía sospechosa. El personal de mantenimiento dudaba acerca de si el repuesto era o no original.

Dado que la pieza original había funcionado normalmente, Singapur decidió no cambiarla y se envió el avión a Hong Kong, la escala terminal de TransPacific, donde se garantizaba el cambio por un repuesto original. La estación de reparaciones de Hong Kong, consciente de encontrarse en un centro mundial de falsificación, tomaba especiales recaudos para garantizar que los repuestos de los aviones fuesen originales: hacían los pedidos directamente a los fabricantes originales en los EE.UU. El 13 de noviembre, se había instalado en el avión un perno de sujeción de *slats* nuevo.

La documentación de la pieza parecía estar en regla; una fotocopia apareció en la pantalla de Casey. La pieza provenía de Hoffman Metal Works de Montclair, California, el proveedor original de Norton. Pero Casey sabía que se trataba de un documento falso, porque la pieza era falsa. Lo verificaría más adelante para averiguar de dónde había salido la pieza.

Pero en ese momento, la única pregunta era la que había formulado Amos:

"¿Se había reemplazado otras piezas?"

Sentada frente a la terminal, Casey hechó un vistazo a los registros de mantenimiento de la estación de reparaciones de Hong Kong correspondientes al 13 de noviembre, para averiguar qué más se le había hecho al avión ese día.

Era un trabajo lento; debía mirar las fotocopias de tarjetas de mantenimiento, con anotaciones manuscritas garabateadas después de cada chequeo. Pero finalmente encontró una lista de reparaciones hechas en el ala.

Había tres anotaciones:

CAMB LATZ DER FZ-7. Cambio de luz de aterrizaje derecha fusible 7.

CAMB PRN SUJ SLTS DER. Cambio del perno de sujeción de *slats* derecho.

CK PQT EQ ASOC. Verificación del paquete de equipo asociado, seguido de una anotación hecha por un mecánico: NRML. Lo que significaba que se lo había verificado y estaba normal.

El paquete de equipo asociado era una subcategoría de mantenimiento que agrupaba partes relacionadas que debían verificarse en caso de detección de una pieza defectuosa. Por ejemplo, si se detectaba que los sellos de las líneas de combustible del lado derecho estaban gastados, debía verificarse el estado de los sellos del lado izquierdo también, dado que formaban parte del paquete de equipo asociado.

El cambio del perno de sujeción de *slats* había generado una verificación de equipo asociado.

Pero, ¿qué equipo?

Sabía que Norton especificaba los paquetes de equipo asociado. Pero no podía obtener la lista de la terminal de la oficina. Para hacerlo, debía volver a la terminal del piso.

Se dispuso a hacerlo.

Edificio 64

14:40

El edificio 64 estaba casi vacío; la línea de ensamblaje del N-22 parecía abandonada durante el cambio de turno. Había una brecha de una hora entre el primer y segundo turno, pues tomaba mucho tiempo despejar las playas de estacionamiento. El primer turno terminaba a las 14:30 y el segundo comenzaba a las 15:30.

Ese era el momento en el que Jerry Jenkins había sugerido que examinara los registros dado que no habría testigos. Tenía que admitir que estaba en lo cierto. No había nadie en el lugar.

Casey fue directo a las jaulas de almacenamiento de partes en busca de Jenkins, pero no estaba allí. Vio al gerente de sección de CC y le preguntó dónde estaba Jerry.

—¿Jerry? Se fue a casa.

—¿Por qué?

—Dijo que no se sentía bien.

Casey frunció el ceño. Jenkins no tendría que haberse ido hasta después de las cinco. Se dirigió a la terminal para obtener la información por sí misma. Una vez sentada frente al teclado, ingresó en la base de datos de paquetes asociados de mantenimiento. Ingresó la especificación PRN SUJ SLTS DER y obtuvo la respuesta que buscaba:

```
TRK DRV SLTS DER     (22/ RW / 2–5455 / SLS)
LVR SLTS DER         (22/ RW / 2–5769 / SLS)
ACT HID SLTS DER     (22/ RW / 2–7334 / SLS)
PSTN SLTS DER        (22/ RW / 2–3444 / SLS)
CPLNG DEL SLS DER    (22/ RW / 2–3445 / SLS)
SNSR PROX DER        (22/ RW / 4–0212 / PRC)
CPLNG SNSR PROX DER  (22/ RW / 4–0445 / PRC)
```

```
PLT SNSR PROX DER   (22/ RW / 4–0343 / PRC)
WC SNSR PROX DER    (22/ RW / 4–0102 / PRW)
```

Tenía sentido. El paquete de piezas relacionadas incluía los otros cinco elementos del sistema de accionamiento de los *slats*: las guías, la palanca, el actuador hidráulico, el pistón, el acople delantero.

Además, la lista ordenaba a los mecánicos verificar el sensor de proximidad aledaño y el acople, la cubierta y el cableado del mismo.

Sabía que Doherty ya había inspeccionado el sistema de accionamiento. Si Amos tenía razón, debían mirar con cuidado el sensor de proximidad. No creía que alguien lo hubiese hecho.

El sensor de proximidad. Estaba ubicado en lo profundo del ala. De difícil acceso; difícil de inspeccionar.

¿Podría ser la causa del problema?

"Sí, es muy posible", pensó Casey.

Apagó la terminal y atravesó el piso en dirección a la oficina. Tenía que llamar a Ron Smith para pedirle que verificara el sensor. Caminó por debajo de aviones desiertos hacia las puertas abiertas en el extremo norte del edificio.

Al acercarse a las puertas, vio a dos hombres entrar en el hangar. Vio las siluetas a contraluz, pero notó que uno de ellos llevaba una camisa a cuadros roja. Y el otro tenía puesta una gorra de béisbol.

Casey cambió de dirección para pedirle al gerente de CC del piso que llamara a Seguridad. Pero se había ido; la jaula estaba vacía. Casey miró alrededor y de pronto se dio cuenta de que el lugar estaba vacío, a excepción de una anciana negra que estaba barriendo el piso al otro lado del edificio. La mujer estaba a casi un kilómetro de distancia.

Casey miró el reloj. Faltaban quince minutos para que el personal empezara a llegar.

Los dos hombres se dirigían hacia ella.

Casey dio vuelta y comenzó a caminar en dirección opuesta, por donde había venido. Pensó que podía manejarlo. Con calma, abrió la cartera y sacó el teléfono celular para llamar a Seguridad.

Pero el teléfono no funcionaba. No tenía tono. Se dio cuenta de que estaba en el centro del edificio, que estaba provisto de malla de cobre a lo largo del techo para bloquear transmisiones de radio extrañas durante las pruebas de los sistemas del avión.

No podría usarlo hasta llegar al otro lado del edificio.

A un kilómetro de distancia.

Apuró el paso. Los tacos retumbaban contra el piso de cemento. El ruido parecía resonar en todo el edificio. ¿Era posible que estuviese sola? Por supuesto que no. Había varios cientos de personas en el edificio con ella en ese momento. Simplemente no podía verlos. Estaban dentro de los aviones, o de pie detrás de las enormes herramientas que rodeaban los aviones. Cientos de personas a su alrededor. En cualquier momento vería a algunas de ellas.

Miró por encima del hombro.

Los hombres la estaban alcanzando.

Comenzó a caminar más rápido, casi trotaba, con paso incierto debido a los zapatos de taco bajo. Y de pronto pensó: "Esto es ridículo. Soy ejecutiva de Norton Aircraft y estoy corriendo a través de la planta *a plena luz del día*".

Disminuyó el paso hasta que comenzó a caminar.

Inspiró profundo.

Miró hacia atrás: los hombres estaban más cerca.

Se apresuró.

Hacia la izquierda había un sector de montaje de partes. Por lo general, habría decenas de hombres allí dentro, buscando partes, almacenando. Pero ahora la jaula estaba vacía.

Desierta.

Miró por encima del hombro. Los hombres estaban a cincuenta metros y seguían acercándose.

Sabía que si empezaba a gritar aparecería una decena de mecánicos al instante. Los matones desaparecerían detrás de las herramientas y los andamios y sólo lograría quedar como una tonta. Nunca lo superaría: "La que se volvió loca ese día en la planta".

No pensaba gritar.

No.

¿Dónde diablos estaban las alarmas contra incendio? ¿Las alarmas de emergencia médica? ¿Las alarmas de materiales peligrosos? Sabía que estaban por todo el edificio. Había trabajado allí durante años. Tenía que poder recordar dónde estaban.

Pensaba hacer sonar una y decir que había sido un accidente...

Pero no veía ni una alarma.

Los hombres estaban a sólo treinta metros. Si se echaran a correr, la alcanzarían en unos pocos segundos. Pero actuaban con cautela: al parecer ellos también esperaban ver gente en cualquier momento.

Pero no veía a nadie.

A la derecha, vio un laberinto de columnas azules: los gigantescos soportes industriales que mantenían unidos los cilindros de fuselaje mientras los remachaban. El último lugar en donde podía esconderse.

Soy ejecutiva de Norton. Y es...

¡Al diablo con todo!

Giró a la derecha y se deslizó entre las columnas. Pasó junto a escaleras y lámparas colgantes. Oyó que los hombres gritaron ante la sorpresa y comenzaron a seguirla. Pero para entonces se movía casi a tientas entre medio de las vigas. Se estaba moviendo rápido.

Casey conocía el lugar. Se movía rápido, segura, siempre mirando hacia arriba con la esperanza de ver a alguien. Solía haber veinte o treinta hombres en cada posición del andamiaje encima de ella, encargados de unir los cilindros bajo una luz fluorescente. Ahora no veía a nadie.

Detrás de ella oyó a los hombres murmurar, golpearse contra los travesaños y maldecir.

Comenzó a correr, esquivó vigas que colgaban a baja altura, saltó por encima de cables y cajas y de pronto llegó a un claro. Estación catorce: un avión apoyado sobre el tren de aterrizaje, a gran altura del piso. Y aún más alto, alrededor de la cola, vio los docks de cola, a veinte metros de altura.

Levantó la vista para mirar el avión y vio una silueta adentro. Alguien en la ventanilla.

Alguien dentro del avión.

¡Por fin! Casey subió la escalera hasta el avión, las pisadas retumbaban contra los escalones de metal. Subió dos tramos; luego se detuvo a observar. En lo alto, en los docks de cola, vio a tres mecánicos corpulentos con cascos. Se encontraban a sólo tres metros del techo y estaban trabajando en la última bisagra del timón de dirección; oyó el sonido rápido y explosivo de las herramientas eléctricas.

Miró hacia abajo y vio a los dos hombres que la seguían en el piso inferior. Habían logrado salir del laberinto de vigas, habían mirado hacia arriba, la habían visto y ahora iban tras ella.

Siguió subiendo.

Llegó a la puerta trasera del avión y corrió hacia el interior. El avión aún no estaba terminado; estaba vacío y se lo veía enorme: una serie de cilindros brillantes que se asemejaba a la panza de una ballena metálica. En la mitad del avión, vio a una mujer de origen asiático que colocaba paneles de aislamiento plateados en las paredes. La mujer la miró con evidente timidez.

—¿Hay alguien más trabajando aquí?

La mujer movió la cabeza de un lado a otro: No. Parecía asustada, como si la hubiese descubierto haciendo algo malo.

Casey dio media vuelta y corrió hacia el exterior.

Vio que los hombres estaban sólo un nivel más abajo.

Decidió seguir subiendo.

Hacia los docks de cola.

La escalera tenía tres metros de ancho cuando comenzó a subir; ahora tenía sólo sesenta centímetros. Y era más empinada, se parecía más bien a una escalera plana hacia la nada, rodeada de una vertiginosa maraña de andamios. Por todos lados colgaban cables de electricidad como lianas en medio de la jungla; a medida que lograba avanzar se golpeaba los hombros contra las cajas metálicas de empalme. La escalera se balanceaba con el peso. Cada más o menos diez escalones, la escalera giraba abruptamente con ángulos de noventa grados. Casey se encontraba a doce metros del piso. Al mirar hacia abajo veía la parte superior del fuselaje; hacia arriba, la cola.

Estaba muy alto y de pronto la dominó el miedo. Miró hacia arriba y gritó a los hombres que estaban trabajando en lo alto de la cola:

—¡Eh! ¡Eh!

No le prestaron atención.

Debajo, veía a los otros dos hombres que seguían tras ella; por momentos desaparecían entre los andamios a medida que subían.

—¡Eh! *¡Eh!*

Pero los hombres seguían sin oírla. Al llegar un poco más

alto se dio cuenta del porqué: tenían puestos protectores para los oídos, círculos de plástico negro similares a orejeras, que no les permitían oír sonido alguno.

Siguió subiendo.

A quince metros del piso, la escalera de pronto giraba hacia la derecha, y rodeaba la superficie negra horizontal de los elevadores, que sobresalían de la cola. Los elevadores no le permitían ver bien a los hombres que trabajaban más arriba. Casey siguió su camino alrededor de los elevadores; la superficie era de color negro porque estaban hechos de resina compuesta y recordó que no debía tocarlos sin protección en las manos.

Quería sujetarse de ellos; a esa altura, la escalera no estaba hecha para correr: se balanceaba en forma salvaje y la hacía resbalarse. Se tomó del pasamanos con las manos sudorosas y cayó cinco escalones antes de detenerse.

Continuó subiendo.

Ya no podía ver el piso; las capas de andamios no le permitían hacerlo. No podía ver si el segundo turno ya había llegado.

Siguió adelante.

A medida que ascendía, comenzó a sentir el aire denso y caliente atrapado debajo del techo del edificio 64. Recordó cómo llamaban a esta zona elevada: el baño de vapor.

Logró pasar los elevadores y continuó subiendo. Ahora la escalera volvía a hacer un giro para acercarse a la enorme superficie vertical plana de la cola, que le impedía ver a los hombres que trabajaban al otro lado. Ya no quería mirar hacia abajo; podía ver los soportes de madera del techo encima de ella. Sólo un metro y medio más... otro giro de la escalera... alrededor del timón... y estaría...

Se detuvo y observó.

Los hombres ya no estaban.

Miró hacia abajo y vio los tres cascos amarillos debajo de ella. Estaban bajando hacia el piso en un ascensor.

—¡Eh! ¡Eh!

Los cascos no se inclinaron hacia arriba.

Casey miró hacia atrás. Podía oír los pasos de los dos hombres que corrían hacia ella. Podía sentir la vibración que generaban las pisadas. Sabía que estaban cerca.

Y no tenía adónde ir.

Justo frente a ella, la escalera terminaba en una plataforma de metal de cuarenta centímetros cuadrados colocada junto al timón de cola. Había una baranda alrededor de la plataforma y al otro lado, el vacío.

Estaba a veinte metros de altura sobre una plataforma diminuta junto a la enorme cola del avión.

Los hombres se acercaban.

Y no tenía adónde ir.

"Nunca debí haber comenzado a subir", pensó. Tendría que haber permanecido en el piso. Ahora no tenía alternativa.

Casey pasó la pierna por encima de la baranda. Trató de tomarse de los andamios, y lo logró. El metal estaba tibio debido a la temperatura del aire. Pasó la otra pierna.

Luego comenzó a descender por la estructura exterior del andamio. Se tomaba de las agarraderas y seguía descendiendo.

Casi de inmediato Casey se dio cuenta del error. El andamio estaba construido con soportes en forma de X. Dondequiera que lo sujetase, las manos se deslizaban y los dedos se golpeaban contra las uniones, lo que le producía intenso dolor. Las superficies curvas hacían que los pies se le resbalaran. Los barrotes del andamio tenían bordes filosos, difíciles de asir. Al cabo de unos pocos instantes, Casey se había quedado sin aire. Trabó los brazos entre las barras con los codos doblados y se detuvo a respirar.

No miró hacia abajo.

A la izquierda, vio a los dos hombres sobre la pequeña plataforma. El hombre de la camisa roja y el hombre de la gorra de béisbol. Estaban allí de pie y la miraban sin saber qué hacer. Estaba alrededor de dos metros debajo de ellos, colgada del lado externo de las vigas.

Vio que uno de los hombres se ponía unos guantes de trabajo gruesos.

Supo que tenía que seguir adelante. Con cuidado, destrabó los brazos y comenzó a descender. Un metro y medio. Otros dos metros. Se encontraba a la altura de los elevadores horizontales, que podía ver a través de las vigas entrecruzadas.

Pero las vigas se estaban sacudiendo.

Miró hacia arriba y vio al hombre de la camisa roja bajar detrás de ella. Era fuerte y se movía rápido. Sabía que en pocos segundos la alcanzaría.

El segundo hombre bajaba por las escaleras y se detenía de vez en cuando para mirarla a través de las vigas.

El hombre de la camisa roja estaba a sólo unos tres metros encima de ella.

Casey descendió.

Le quemaban los brazos. Respiraba entrecortado. Había grasa en el andamio en los lugares menos previsibles; las manos se le resbalaban una y otra vez. Sintió al hombre casi encima de ella, descendiendo rápido. Miró hacia arriba y vio las grandes botas anaranjadas. Suelas pesadas de caucho.

En unos instantes le pisaría los dedos.

Mientras Casey seguía luchando por bajar, algo golpeaba contra su hombro izquierdo. Se dio vuelta y vio un cable de electricidad que colgaba del techo. Tenía cinco centímetros de ancho y estaba recubierto con aislamiento de plástico gris. ¿Cuánto peso sería capaz de soportar?

El hombre seguía descendiendo hacia ella.

¡Al diablo!

Se estiró y tiró del cable. Parecía firme. Miró hacia arriba y no vio ninguna caja de conexión. Acercó el cable y lo envolvió con el brazo. Luego con las piernas. Justo cuando las botas del hombre estaban por alcanzarla, se soltó del andamio y quedó colgada del cable.

Trató de bajar alternando una y otra mano, pero tenía brazos muy débiles y comenzó a deslizarse. Las manos le quemaban.

Estaba bajando rápido.

No podía controlarlo.

El dolor causado por la fricción era intenso. Bajó tres metros, luego otros tres. Perdió la noción de lo que ocurría. Los pies se trabaron en una caja de conexión y se detuvo, colgada en el aire. Pasó las piernas al otro lado de la caja y luego tomó el cable que tenía sujeto con las piernas. Dejó caer todo el peso del cuerpo...

Sintió que el cable se desconectó.

La caja lanzó una lluvia de chispas y comenzaron a sonar las alarmas en todo el edificio. El cable se movía hacia atrás y hacia adelante. Oyó gritos que venían de abajo. Al bajar la vista se dio cuenta de que estaba a sólo dos metros del piso. Había brazos extendidos hacia ella. La gente gritaba. Se soltó y cayó.

Se sorprendió de lo rápido que se recuperó. En seguida se puso de pie, avergonzada, y se acomodó la ropa.

—Estoy bien —decía una y otra vez a quienes la rodeaban.

—Estoy bien. En serio.

Los paramédicos llegaron en seguida y con un gesto les dijo que se fueran:

—Estoy bien.

Para entonces, los empleados del piso habían visto la línea azul en la credencial y estaban confundidos: ¿Qué hacía un ejecutivo colgado de los docks de cola? Estaban en duda, daban un paso atrás, no sabían bien qué hacer.

—Estoy bien. Todo está bien. Seguro. Sólo... sigan con lo que estaban haciendo.

Los paramédicos protestaron, pero Casey se abrió paso entre la multitud y comenzó a alejarse; de pronto Kenny Burne estaba a su lado. Pasó el brazo alrededor del hombro de Casey.

—¿Qué diablos está pasando?

—Nada.

—No es momento de andar en el piso, Casey. ¿Recuerdas?

—Sí, lo recuerdo.

Dejó que Kenny la acompañara hasta afuera, hacia el sol de la tarde. Cerró los ojos ante la claridad. La extensa playa de estacionamiento estaba cubierta de autos del segundo turno. Los rayos del sol se reflejaban en las filas de parabrisas.

Kenny se volvió hacia ella:

—Tienes que tener más cuidado, Casey. ¿Entiendes?

—Sí, entiendo.

Se miró la ropa. Una gran mancha de grasa abarcaba la falda y la blusa.

—¿Tienes una muda de ropa aquí? —preguntó Burne.

—No. Tengo que ir a casa.

—Mejor te llevo.

Estuvo a punto de negarse, pero no lo hizo.

—Gracias, Kenny.

Administración

18:00

John Marder levantó la vista desde el sillón del escritorio.

—Oí que hubo un incidente en el edificio 64. ¿Qué pasó?

—Nada. Sólo estaba verificando algo.

—No te quiero sola en el piso, Casey. No después de esa estupidez con la grúa de hoy. Si tienes que ir, que Richman o uno de los ingenieros te acompañe.

—Está bien.

—No es momento de correr riesgos.

—Entiendo.

—Entonces. —Se acomodó en la silla. —¿Qué es eso del periodista?

—Jack Rogers está preparando un artículo que puede volverse en contra. Declaraciones del sindicato acerca de que estamos entregando el ala. Y relaciona las filtraciones de información con eh... roces a nivel ejecutivo.

—¿Roces? —preguntó Marder—. ¿Qué roces?

—Le dijeron que hay problemas entre Edgarton y tú. Me preguntó si creía que los conflictos a nivel gerencial podrían afectar la venta.

—¡Mi Dios! —Marder parecía alterado.—Es ridículo. Apoyo a Hal ciento por ciento en esto. Es esencial para la compañía. Y nadie filtró información. ¿Qué le dijiste?

—Lo detuve por el momento. Pero para evitar que se publique el artículo tenemos que darle algo mejor a cambio. Una entrevista con Edgarton o una exclusiva sobre la venta a China. Es la única salida.

—Bien hecho. Pero Hal no va a conceder entrevistas. Puedo preguntarle, pero sé que no lo hará.

—Bueno, es necesario que alguien lo haga —dijo Casey—. Quizás deberías hacerlo.
—Es difícil. Hal me pidió que evite la prensa hasta que el trato esté cerrado. Tengo que ser cauto. ¿Este hombre es confiable?
—Según mi experiencia, sí.
—Si le doy algo de buena fuente, ¿protegerá la fuente?
—Sin duda. Sólo necesita algo que publicar.
—Está bien. Voy a hablar con él. —Marder anotó algo.—¿Algo más?
—No. Eso es todo.
Se dio vuelta para irse.
—Por cierto, ¿cómo va Richman?
—Bien. Sólo le falta experiencia.
—Parece inteligente. Úsalo. Dale algo que hacer.
—Está bien.
—Ese fue el problema con Comercialización. No le dieron nada para hacer.
—Bien.
Marder se puso de pie:
—Nos vemos mañana en la reunión del GRI.

Una vez que Casey se había retirado, se abrió una puerta lateral. Richman entró en la oficina.
—Idiota. Casi la lastiman en el 64 esta mañana. ¿Dónde estabas?
—Bueno, yo...
—Entiende esto: No quiero que *nada* le pase a Singleton, ¿entendido? La necesitamos de una pieza. No puede hacer este trabajo desde una cama de hospital.
—Entendido, John.
—Mejor que así sea. Te quiero con ella en todo momento, hasta que esto termine.

CC

18:20

Volvió al cuarto piso, donde se encontraba su oficina. Norma seguía en su escritorio con un cigarrillo entre los labios:

—Hay otra pila de papeles esperándote sobre el escritorio.

—Bien.

—Richman se retiró por hoy.

—Bien.

—De todos modos, parecía ansioso por irse. Pero hablé con Evelyn de Contaduría.

—¿Y?

—Los viajes de Richman en Comercialización se cargaron a servicios al cliente en la oficina del programa. Se trata de un fondo reservado que usan para sobornos. Y el chico gastó una fortuna.

—¿Cuánto?

—¿Estás preparada? Doscientos ochenta y cuatro mil dólares.

—¡Qué disparate! —exclamó Casey—. ¿En tres meses?

—Exacto.

—Son un montón de escapadas a esquiar. ¿Bajo qué rubro se cargaron los gastos?

—Gastos de representación. Cliente no especificado.

—¿Entonces quién aprobó los gastos?

—Es una cuenta de producción, lo que significa que está a cargo de Marder —explicó Norma.

—¿Marder aprobó los gastos?

—Así parece. Evelyn lo está verificando. Voy a conseguir algo más. —Norma buscó entre los papeles sobre su escritorio. —No hay mucho más aquí... la FAA va a tardar con la transcripción del GIV. Gran parte está hablado en chino y los traductores están peleando acerca del sentido. La empresa también está haciendo su propia versión de la traducción, así que...

Casey suspiró.

—¿Alguna otra novedad?

En incidentes de este tipo, se enviaba los GIV a la FAA, que transcribía el contenido de los mismos, dado que la empresa tenía los derechos sobre las voces de los pilotos. Y en el caso de las líneas aéreas extranjeras, siempre había discusiones acerca de la traducción. Siempre.

—¿Llamó Allison?

—No, querida. La única llamada personal fue de Teddy Rawley.

Casey suspiró.

—No importa.

—Ese sería mi consejo —acotó Norma.

En su oficina, hechó un vistazo a las fichas apiladas sobre el escritorio. La mayor parte era documentación relacionada con el TransPacific 545. La primera hoja resumía el contenido de la pila:

Formulario 8020-9 de la FAA, INFORME PRELIMINAR DE ACCIDENTE/INCIDENTE

Formulario 8020-6 de la FAA, INFORME DE ACCIDENTE AÉREO

Formulario 8020-6-1, INFORME DE ACCIDENTE AÉREO (CONT.)

Formulario 7230—10 de la FAA, REGISTRO DE POSICIÓN

ARINC HONOLULU

ARTCC LOS ANGELES

CATA DEL SUR DE CALIFORNIA

REGISTRO AUTOMÁTICO DE ENTRADA/SALIDA.

CATA DEL SUR DE CALIFORNIA

Formulario 7230-4 DE LA FAA, REGISTRO DIARIO DE OPERACIÓN DE LA INSTALACIÓN

ARTCC DE LOS ANGELES

CATA DEL SUR DE CALIFORNIA

Formulario 72-30-8 DE LA FAA, CONTROL DE AVANCE DEL VUELO

ARTCC DE LOS ANGELES

CATA DEL SUR DE CALIFORNIA

PLAN DE VUELO, OACI

Había alrededor de diez hojas de diagramas de rutas de vuelo, transcripciones de las comunicaciones grabadas de control de tráfico aéreo y más partes meteorológicos. A continuación había material de Norton, incluida una pila de información de registro de fallas, hasta el momento la única información concreta sobre la cual trabajar.

Decidió llevar el trabajo a casa. Estaba cansada; allí podría echarle un vistazo.

Glendale

22:45

De pronto se incorporó en la cama, se dio vuelta, y apoyó los pies en el piso.

—Escucha, nena —le dijo sin mirarla.

Casey se detuvo a mirar los músculos de la espalda desnuda. El recorrido de la columna. Los hombros marcados.

—Fue bárbaro. Me alegra verte.

—Ajá —acotó Casey.

—Pero ya sabes. Mañana es el gran día.

Casey hubiese preferido que se quedara. Lo cierto era que se sentía más segura con él a su lado durante la noche. Pero sabía que iba a irse. Siempre lo hacía.

—Lo entiendo. Está bien, Teddy —dijo Casey.

Sus palabras lo hicieron darse vuelta hacia ella. Le dedicó su sonrisa encantadora y torcida.

—Casey, eres la mejor.—Se inclinó y la besó, un beso prolongado. Sabía que era porque no le rogaba que se quedara. Ella también lo besó y percibió un leve olor a cerveza. Le acarició el cuello.

Casi de inmediato volvió a tomar distancia.

—Bueno. De todos modos, odio salir corriendo.

—Lo sé, Teddy.

—Por cierto —agregó Teddy—, oí que anduviste por los jardines, a la hora del cambio de turno...

—Sí, es cierto.

—No querrás molestar a las personas equivocadas.

—Lo sé.

Esbozó una sonrisa:

—Confío en que así sea. —La besó en la mejilla y luego se

inclinó para alcanzar las medias. —Bueno. De todos modos, creo que tendría que estar saliendo...

—Seguro, Teddy. ¿Un café antes de irte?

Estaba poniéndose las botas tejanas:

—No. Estuvo muy bien. Me alegro de verte.

Como no quería quedarse sola en la cama, también se levantó. Se puso una camiseta grande y lo acompañó hasta la puerta. Lo despidió con un beso. Él le tocó la nariz y sonrió.

—Bárbaro —repitió.

—Buenas noches, Teddy. Echó el cerrojo y encendió la alarma.

Echó un vistazo por la casa para ver si se había olvidado algo y apagó el estéreo. Otros hombres solían olvidar algo, como excusa para tener una razón por la cual regresar. Pero Teddy nunca lo hacía. No quedaban rastros de su presencia. Sólo la cerveza abierta sobre la mesa de la cocina. La tiró a la basura y limpió el círculo húmedo que había dejado sobre la mesa.

Durante meses se había propuesto ponerle fin a la situación. (Pero, ¿ponerle fin a qué? ¿A *qué*? preguntó una voz.) Pero de alguna forma nunca lograba ponerlo en palabras. Estaba muy ocupada en el trabajo y era tan difícil conocer gente. Hacía seis meses había salido con Eileen, la secretaria de Marder, a un bar de música country en Studio City. Solía frecuentarlo gente joven de la industria del cine, animadores de Disney, que Eillen había descrito como un grupo divertido. A Casey le había resultado insoportable. No era hermosa, y ya no era joven; no tenía ese glamour natural de la chicas que paseaban por el lugar enfundadas en jeans ajustados y tops.

Los hombres eran demasiado jóvenes para ella, los rostros suaves aún no definidos. Y no podía hablar de cualquier cosa con ellos. Se sentía demasiado seria en ese ambiente. Tenía trabajo, una hija y estaba rondando los cuarenta. Nunca volvió a salir con Eileen.

No se trataba de que no tuviese ganas de conocer a alguien. Sino de que era muy difícil. Nunca tenía tiempo ni energía suficiente. Al fin de cuentas, no se preocupaba.

Así que cuando Teddy llamaba para avisarle que andaba por la zona, sacaba el seguro de la puerta y se metía en la ducha. Se preparaba.

Así había sido durante un año ya.

Preparó té y volvió a la cama. Se acomodó contra el respaldo, tomó la pila de papeles y comenzó a revisar los registros de fallas.

Seguía los renglones con el dedo:

```
A/S PWR TEST        0 0 0 0 0 0 1 0 0 0 0
AIL SERVO COMP      0 0 0 0 1 0 0 1 0 0 0
AOA INV             1 0 2 0 0 0 1 0 0 0 1
CFDS SENS FAIL      0 0 0 0 0 0 1 0 0 0 0
CRZ CMD MON INV     1 0 0 0 0 0 2 0 1 0 0
EL SERVO COMP       0 0 0 0 0 0 0 0 0 1 0
EPR/N1 TRA-1        0 0 0 0 0 0 1 0 0 0 0
FMS SPEED INV       0 0 0 0 0 0 4 0 0 0 0
PRESS ALT INV       0 0 0 0 0 0 3 0 0 0 0
G/S SPEED ANG       0 0 0 0 0 0 1 0 0 0 0
SLAT XSIT T/O       0 0 0 0 0 0 0 0 0 0 0
G/S DEV INV         0 0 1 0 0 0 5 0 0 0 1
GND SPEED INV       0 0 0 0 0 0 2 1 0 0 0
TAS INV             0 0 0 0 1 0 1 0 0 0 0
TAT INV             0 0 0 0 0 0 1 0 0 0 0
AUX 1               0 0 0 0 0 0 0 0 0 0 0
AUX 2               0 0 0 0 0 0 0 0 0 0 0
AUX 3               0 0 0 0 0 0 0 0 0 0 0
AUX COA             0 1 0 0 0 0 0 0 0 0 0
A/S ROX-P           0 0 0 0 0 0 1 0 0 0 0
RDR PROX-1          0 0 0 0 1 0 0 1 0 0 0
```

Había otras nueve hojas repletas de información. No estaba segura de lo que representaban todos esos registros, en particular las verificaciones de fallas del rubro AUX. Era probable que uno fuese la unidad de potencia auxiliar, la turbina ubicada en la parte posterior del fuselaje que proveía energía al avión en tierra, y energía de emergencia en caso de falla eléctrica durante el vuelo. Pero, ¿y los demás? ¿Líneas auxiliares de lectura? ¿Verificación de sistemas de apoyo? ¿Y qué era el rubro AUX COA?

Tendría que consultarlo con Ron.

Pasó a la lista DEU, que registraba las fallas por tramo de vuelo. Las revisó rápido, entre bostezos, y de pronto se detuvo:

```
ANÁLISIS DE FALLAS DEU

TRAMO 04                 FALLAS 01

DIFRNCIA  SENS PROX SLTINT D/I
8 ABR              00:36
VLO 180            FC052606H
ALT 11000 M
A/S 320
```

Frunció el ceño.

Apenas podía creer lo que estaba viendo.

Una falla en el sensor de proximidad.

Era exactamente lo que los registros de mantenimiento le indicaban buscar.

A más de dos horas de comenzado el vuelo, se detectó un error en el sensor de proximidad en la barra eléctrica interna. El ala tenía muchos sensores de proximidad, pequeñas planchas electrónicas que detectaban la presencia de metal en la zona. Esos sensores eran necesarios para confirmar que los *slats* y *flaps* se encontraban en la posición correcta respecto del ala, dado que los pilotos no podían verlos desde la cabina.

Según esa falla, se había producido una "disparidad" entre el sensor del lado derecho y el del izquierdo. Si hubiera habido un problema en la caja eléctrica principal del fuselaje, las fallas se habrían generado en ambas alas. Pero sólo el ala derecha registraba la disparidad. Siguió adelante para ver si la falla se repetía.

Avanzó rápidamente por la lista, hoja tras hoja. No detectó nada a simple vista. Pero una sola falla en el sensor indicaba que había que verificarlo. Una vez más, debía consultarlo con Ron...

Era tan difícil tratar de armar una imagen del vuelo a partir de esos indicios. Necesitaba la información ininterrumpida del grabador de vuelo. Pensaba llamar a Rob Wong por la mañana para ver cómo iba.

Mientras tanto...

Casey bostezó, se acomodó las almohadas y siguió trabajando.

Miércoles

Glendale

06:12

El teléfono estaba sonando. Se despertó, molesta y se dio vuelta. Al hacerlo, oyó el ruido de los papeles debajo del codo. Miró y vio los papeles desparramados sobre la cama.

El teléfono seguía sonando. Contestó.

—Mamá. —Seria, al borde de las lágrimas.

—Hola, Alli.

—*Mamá*. Papá quiere que me ponga el vestido rojo y yo quiero usar el azul con flores.

Suspiró.

—¿Qué te pusiste ayer?

—El azul. Pero no está sucio ni *nada*.

Se trataba de una discusión habitual. A Allison le gustaba usar la ropa que se había puesto el día anterior. Una especie de conservadurismo innato de todo niño de siete años.

—Mi amor, sabes que quiero que uses ropa limpia para ir a la escuela.

—Pero *está* limpio, mamá. Y el vestido rojo *no me gusta*.

El mes anterior, el vestido rojo había sido el favorito. Allison había insistido para usarlo todos los días.

Casey se sentó en la cama, bostezó, miró los papeles, las interminables columnas de números. Oyó la voz quejumbrosa de la hija por el teléfono y pensó: "¿Hace falta esto?". Se preguntó por qué Jim no lo había manejado. Todo era tan difícil por teléfono. Jim no cumplía con su parte, no era firme con ella, y la tendencia natural de los hijos a poner a los padres en contra los llevaba a una interminable secuencia de conversaciones a distancia de ese tipo.

Cuestiones triviales; juegos de poder infantiles.

—Allison —interrumpió Casey—. Si papá dice que te pongas el vestido rojo, hay que obedecerle.

—Pero, mamá...

—Él manda ahora.

—Pero, mamá...

—Basta, Allison. Se terminó la discusión. El vestido rojo.

—No, mamá.... —Se echó a llorar.— Te *odio*.

Y colgó.

Casey pensó volver a llamarla, pero decidió no hacerlo. Bostezó, se levantó, fue a la cocina y encendió la cafetera. El fax sonaba en un rincón del living. Fue a ver de qué se trataba.

Era una copia de un informe de prensa de una empresa de relaciones públicas de Washington. Aunque la empresa tenía un nombre neutral, el Instituto para la Investigación Aérea, sabía que se trataba de una empresa de relaciones públicas que representaba al consorcio europeo a cargo de Airbus. El informe estaba armado para aparecer como un noticia de último momento emitida por un servicio de cable, hasta con encabezado en la parte superior. Decía:

> LA AAC DEMORA LA CERTIFICACIÓN DEL AVIÓN DE FUSELAJE ANCHO N-22 A CAUSA DE REPETIDOS INCIDENTES QUE COMPROMETEN LA AERONAVEGABILIDAD

Suspiró.

Prometía ser un día difícil.

Sala de Guerra

07:00

Casey subió las escaleras metálicas hacia la Sala de Guerra. Al llegar arriba encontró a John Marder que iba de un lado a otro, esperándola.

—Casey.

—Buen día, John.

—¿Te enteraste del asunto de la AAC? —Sostenía el fax en alto.

—Sí, ya lo vi.

—Es mentira, por supuesto, pero Edgarton se puso como loco. Está muy alterado. Primero, dos incidentes con el N-22 en dos días y ahora esto. Está preocupado de que la prensa lo destruya. Y no confía en que la gente de relaciones públicas de Benson pueda manejar la situación en forma apropiada.

Bill Benson era uno de los viejos personajes de Norton; se había encargado de las relaciones públicas desde la época en que la compañía vivía de los contratos con las fuerzas armadas y no hacía declaraciones a la prensa. Malhumorado y poco sensible, Benson nunca se había adecuado a las reglas del juego de la era post-Watergate, en la que los periodistas eran celebridades que podían derrocar gobiernos. Era famoso por su hostilidad hacia el periodismo.

—Este fax puede atraer el interés de la prensa, Casey. En especial entre periodistas que desconocen los intereses de la AAC. Y ambos lo sabemos, no van a querer hablar con agentes de prensa. Querrán un ejecutivo de la compañía. Por lo que Hal quiere que te ocupes de toda consulta relacionada con la AAC.

—¿Yo?—preguntó. "Olvídenlo", pensó. Ya tenía un cargo.—Benson no se va a poner muy contento con esto.

—Hal habló personalmente con él. Benson aceptó.

—¿Estás seguro?

—También creo —continuó Marder— que tenemos que armar una presentación decente del N-22 para el periodismo. Algo más que la basura acostumbrada de relaciones públicas. Hal sugirió que prepararas una presentación completa para refutar los alegatos de la AAC, ya sabes: horas de servicio, registro de seguridad, información de confiabilidad de despacho, SDR, etcétera.

—Está bien... —Iba a ser mucho trabajo y...

—Le dije a Hal que estabas muy ocupada y que esto era una carga más, así que aprobó un aumento de dos puntos en la escala de incentivos. Los incentivos eran el paquete de bonificaciones de la empresa y constituían gran parte del ingreso de los ejecutivos. Un aumento de dos puntos significaría una suma de dinero considerable para Casey.

—Muy bien.

—El punto es —agregó Marder— que logremos dar una respuesta efectiva a este fax, una respuesta contundente. Y Hal quiere estar seguro de que lo hagamos. ¿Puedo contar con tu ayuda?

—Por supuesto.

—Grandioso —dijo Marder. Y subió las escaleras hacia la sala.

Richman ya estaba en la habitación, de saco sport y corbata parecía un estudiante. Casey tomó asiento. Marder cobró impulso, sostuvo el fax con la mano en alto y reprendió a los ingenieros.

—Quizás ya hayan notado que la AAC está jugando con nosotros. En el momento oportuno para poner en peligro la venta a China. Pero si leen el memorándum verán que hace alusión a la explosión del rotor en Miami y no menciona el vuelo de TransPacific. Al menos todavía no...

Casey intentó prestar atención, pero estaba distraída calculando cuál sería la diferencia de ingreso con el aumento de la bonificación. Un aumento de dos puntos era... hizo un cálculo mental... algo así como un aumento del veinte por ciento. "¡Dios mío! ¡Veinte por ciento!", pensó. Podría enviar a Allison a un colegio privado. E irse de vacaciones a algún lugar lindo, Hawai o algo por el estilo. Se hospedarían en un buen hotel. Y el año próximo se mudarían a una casa más grande con un jardín inmenso donde Allison podría correr y...

Todos alrededor de la mesa la estaban mirando.

—¿Casey? —preguntó Marder—. ¿El GIVD? ¿Para cuándo podemos contar con la información?

—Lo siento —respondió—. Hablé con Rob esta mañana. El calibrado es lento. Mañana podrá decirnos algo más.

—Bien. ¿Estructura?

Doherty comenzó a hablar en su tono apesadumbrado:

—John, es muy difícil, muy pero muy difícil. Encontramos un perno defectuoso en el *slat* interno número dos. Es una pieza falsificada y...

—Lo vamos a verificar con Prueba de Vuelo —interrumpió Marder—. ¿Hidráulica?

—Seguimos chequeando. Pero hasta ahora todo está bien. Los cables se ajustan a las especificaciones.

—¿Cuándo estará terminado?

—Al final del primer turno de hoy.

—¿Electricidad?

—Ya verificamos los cableados principales —informó Ron—. Nada por ahora, creo que tenemos que programar una PEC del avión completo.

—Estoy de acuerdo. ¿Podemos efectuarlo durante la noche para ganar tiempo?

Ron se encogió de hombros:

—Seguro. Es caro pero...

—No importan los gastos. ¿Algo más?

—Bueno, hay algo raro, sí —comentó Ron—. La lista de fallas DEU indica que hay problemas con los sensores de proximidad del ala. Si los sensores fallaron, puede haberse generado una falsa alarma de *slats* en el *cockpit*.

Eso era lo que Casey había detectado la noche anterior. Hizo una nota para consultarlo con Ron más tarde. Y también el tema de las lecturas del rubro AUX en el material impreso.

Volvió a distraerse pensando en el aumento. Allison podría asistir a un buen colegio. Ya podía verla en un escritorio bajo, en un salón pequeño...

—¿Motores?

—Aún no estamos seguros de si desplegó los reversores —dijo Kenny Burne—. Nos va a tomar otro día.

—Sigan hasta que puedan descartarlo. ¿Aviónica?

—Sin novedad hasta el momento —afirmó Trung.

—El tema del piloto automático...

—Aún no llegamos a eso. Es lo último que verificamos en la secuencia. Lo sabremos para la Prueba de Vuelo.

—Bien —dijo Marder—. Entonces: está la nueva cuestión de los sensores de proximidad. Verifíquenlo hoy. Aún esperamos los resultados del grabador de vuelo, de motores y de aviónica. ¿Eso es todo?

Todos asintieron.

—No quiero retenerlos. Necesito respuestas. —Sostuvo el fax de la AAC en alto. —Esta es la punta del iceberg, muchachos. No tengo que recordarles lo que ocurrió con el DC-10. El avión más avanzado de su época, una maravilla de ingeniería. Pero tuvo un par de incidentes y mala publicidad y ¡bum!, el DC-10 es historia. *Historia*. ¡Así que consíganme esas respuestas!

Norton Aircraft

09:31

Camino al hangar 5 a través de la planta, Richman preguntó:

—Marder parecía bastante alterado, ¿no es cierto? ¿En serio cree todo eso?

—¿Acerca del DC-10? Sí. Un accidente destruyó al avión.

—¿Qué accidente?

—Fue un vuelo de American Airlines de Chicago a Los Angeles. Mayo de 1979. Lindo día, cielo despejado. Apenas despegó, la turbina izquierda se desprendió del ala y cayó. El avión entró en pérdida y se estrelló cerca del aeropuerto. Todos a bordo murieron. Muy dramático, todo terminó en treinta segundos. Un par de personas filmaron el vuelo, así que apareció en las noticias de las once. Los medios enloquecieron y catalogaron al avión de ataúd con alas. Los agentes de viajes se vieron abrumados con cancelaciones de vuelos en DC-10. Douglas nunca volvió a vender uno.

—¿Por qué se cayó la turbina?

—Mal mantenimiento. American no había seguido las instrucciones de Douglas acerca de cómo separar los motores del avión. Douglas les había dicho que en primer lugar desmontasen el ala y luego el pilón que une al motor con el ala. Pero para ahorrar tiempo, American separó el motor y el pilón unidos. Eso significa siete toneladas de metal sobre un montacargas. Durante la operación, uno de los montacargas se quedó sin combustible, y se originó una fisura en el pilón. Pero nunca lo notaron y en un momento dado el motor se cayó. Así que todo fue debido a mantenimiento.

—Puede ser —agregó Richman—. Pero, ¿no se supone que un avión puede volar con una sola turbina?

—Así es —confirmó Casey—. El DC-10 estaba construido para sobrevivir a ese tipo de falla. El avión era ciento por ciento capaz de mantener la aeronavegabilidad. Si el piloto no hubiese disminuido la velocidad, todo hubiese salido bien. Podría haber aterrizado.

—¿Por qué no lo hizo?

—Porque, como de costumbre, hubo una cadena de hechos que llevaron al accidente —explicó Casey—. En este caso, la energía eléctrica de los controles del comandante provenía del motor izquierdo. Cuando se cayó el motor, el comandante se quedó sin instrumentos, incluidos la alarma de entrada en pérdida y la alarma de emergencia, llamada vibrador de comando. Es un dispositivo que hace vibrar el comando para avisarle al piloto que el avión está a punto de entrar en pérdida. El primer oficial aún tenía energía e instrumentos, pero el asiento del primer oficial no contaba con el vibrador de comando. Es un opcional en el caso del primer oficial y American no lo había solicitado. Y Douglas no había incluido ningún sistema de apoyo del sistema de alarma de entrada en pérdida del *cockpit*. Así que cuando el DC-10 comenzó a entrar en pérdida, el primer oficial no se dio cuenta de que tenía que aumentar la potencia.

—Sí —continuó Richman— pero en primer lugar el comandante jamás debería haberse quedado sin instrumentos.

—No es así —explicó Casey—, se trata de un dispositivo de seguridad incorporado. Douglas había diseñado y fabricado el avión para sobrevivir esas fallas. Cuando se desprendió el motor izquierdo, el avión cortó en forma deliberada el suministro de la línea de energía al comandante para evitar nuevos cortos en el sistema. Recuerda, todos los sistemas del avión tienen sistemas de apoyo. Si uno falla, el apoyo entra en funcionamiento. Y era fácil recuperar los instrumentos del comandante; todo lo que el ingeniero de vuelo tenía que hacer era operar un interruptor o encender el suministro de energía de emergencia. Pero no hizo ninguna de las dos cosas.

—¿Por qué no?

—Nadie lo sabe. Y el primer oficial, al no contar con la información necesaria en el tablero, redujo a propósito la velocidad, lo que hizo que el avión entrase en pérdida y se estrellase.

Se quedaron en silencio por un instante y siguieron caminando.

—Toma en cuenta todas las formas en las que se podría haber evitado —continuó Casey—. Los equipos de mantenimiento podrían haber revisado el pilón en busca de daño estructural después de efectuar una reparación inadecuada. Pero no lo hicieron. Continental ya había producido fisuras en dos pilones con el uso de montacargas y podría haberle notificado a American que el procedimiento era peligroso. Pero no lo hicieron. Douglas había notificado a American acerca de los problemas de Continental, pero American no prestó atención.

Richman no salía de su asombro.

—Y luego del accidente Douglas no pudo decir que había sido un problema de mantenimiento, pues American era un cliente valioso. Así que Douglas no iba a dar a conocer la historia. En todos estos incidentes siempre se repite el mismo patrón: la historia nunca sale a la luz a menos que los medios de comunicación la investiguen. Pero la historia es complicada, y eso es difícil de mostrar en televisión... así que se limitan a transmitir las imágenes. La cinta del accidente que muestra el momento en el que se desprende el motor izquierdo, el avión vira hacia la izquierda y se estrella. Las imágenes sugieren que el avión estaba mal diseñado, que Douglas no había prevenido la falla del pilón y no había fabricado el avión de modo que pudiese sobrevivir a esa falla. Lo cual era completamente incorrecto. Pero Douglas jamás vendió otro DC-10.

—Bueno —comentó Richman—, no creo que se pueda culpar a los medios por eso. Ellos no fabrican las noticias. Sólo las transmiten.

—Ese es el punto. No transmitieron una noticia, sólo mostraron una cinta. El accidente de Chicago fue una especie de punto de inflexión para la industria. La primera vez que la mala prensa destruía a un buen avión. El golpe de gracia fue el informe de la CNST. Se emitió el 21 de diciembre. Nadie le prestó atención.

"Así que ahora, cuando Boeing lanza el nuevo 777 prepara una campaña de prensa completa que coincida con el lanzamiento. Permiten a una estación de televisión que filme los años de desarrollo del producto y al final se emite un programa de seis capítulos al respecto por televisión. También lanzan a la venta un libro. Han hecho todo lo posible para crear una buena imagen del avión por adelantado. Porque hay mucho en juego.

Richman caminaba a su lado.

—No puedo creer que la prensa tenga tanto poder.

—Marder tiene razón de estar preocupado. Si alguien de los medios se mete con el vuelo 545, el N-22 habrá tenido dos incidentes en dos días. Y vamos a estar en grandes problemas.

Newsline/Nueva York

13:54

En el centro de Manhattan, en las oficinas del programa semanal de noticias *Newsline*, ubicadas en el piso veintitrés, Jennifer Malone se encontraba en la terminal de edición encargada de revisar una entrevista a Charles Manson. Deborah, la asistente, entró y dejó un fax sobre el escritorio. Como al pasar dijo:

—Pacino canceló.

Jennifer presionó el botón de pausa:

—¿Qué?

—Al Pacino acaba de cancelar.

—¿Cuándo?

—Hace diez minutos. Se enojó con Marty y se fue.

—*¿Qué?* Filmamos cuatro días de material de fondo en Tánger. Su nueva película se estrena esta semana y está programado para uno de doce completo. —Un segmento de doce minutos en *Newsline*, el programa de noticias de mayor audiencia de la televisión, era el tipo de publicidad que no se podía comprar con dinero. Todas las estrellas de Hollywood querían aparecer en el programa. —¿Qué pasó?

—Marty estaba hablando con él mientras lo maquillaban y le dijo a Pacino que no había tenido un éxito importante desde hacía cuatro años. Y supongo que se ofendió y se fue.

—¿Frente a la cámara?

—No. Antes.

—¡Dios mío! Pacino no puede hacer eso. Su contrato le exige que haga publicidad. Esto se arregló hace meses.

—Sí, pero lo hizo.

—¿Qué dice Marty?

—Marty está furioso. No para de decir: "¿Qué esperaba? Este es un programa de noticias. Hacemos preguntas difíciles. Ya sabes, estilo Marty".

Jennifer empezó a maldecir.

—¡Esto es exactamente lo que le preocupaba a todo el mundo!

Marty Reardon era conocido por ser un entrevistador agresivo. A pesar de que había abandonado la división de noticias para trabajar en *Newsline*, por un salario mucho mayor, hacía dos años, aún se veía a sí mismo como un periodista incisivo, duro pero justo, sin límites, aunque en la práctica le gustaba avergonzar a los entrevistados, ponerlos en aprietos con preguntas personales, incluso con preguntas que no guardaban relación alguna con el tema de la nota. Nadie quería usar a Marty para la entrevista con Pacino, porque no le gustaban las celebridades y no le gustaba hacer "notas de promoción". Pero Frances, que por lo general se encargaba de las notas con los famosos, estaba en Tokio ocupada con una entrevista a la princesa.

—¿Dick habló con Marty? ¿Hay posibilidades de salvarlo? —Dick Shenk era el productor ejecutivo de *Newsline*. En sólo tres años había logrado convertir el programa de un insignificante reemplazo veraniego en un éxito rotundo en horario central. Shenk tomaba todas las decisiones importantes, y era la única persona con aplomo suficiente para manejar a una *prima donna* como Marty.

—Dick todavía está almorzando con el señor Early. —Los almuerzos de Shenk con Early, el presidente de la cadena, siempre se extendían hasta avanzada la tarde.

—¿Entonces Dick no se enteró?

—Aún no.

—Bien —dijo Jennifer. Miró el reloj: eran las dos de la tarde. Si Pacino había cancelado, tenían que rellenar un agujero de doce minutos en el programa y menos de setenta y dos horas para hacerlo. —¿Qué tenemos preparado?

—Nada. Están volviendo a compaginar el segmento acerca de la Madre Teresa. Mickey Mantle todavía no llegó. Todo lo que tenemos es ese segmento sobre la Liga Menor de discapacitados en sillas de ruedas.

Jennifer advirtió:

—Dick nunca lo aceptará.

—Lo sé —comentó Deborah—. Es de lo peor.

Jennifer tomó el fax que la asistente había dejado sobre el escritorio. Se trataba de un informe de prensa de un grupo de relaciones públicas, uno de los cientos que los programas de noticias recibían por día. Como todos los faxes de ese tipo, estaba diagramado para simular una noticia de último momento, con encabezado en la parte superior y todo.Decía:

LA AAC DEMORA LA CERTIFICACIÓN DEL AVIÓN DE FUSELAJE ANCHO N-22 A CAUSA DE REPETIDOS INCIDENTES QUE COMPROMETEN LA AERONAVEGABILIDAD.

—¿Qué es esto? —preguntó interesada.

—Hector dijo que te lo entregásemos.

—¿Por qué?

—Pensó que allí podría haber algo.

—¿Por qué? ¿Qué mierda es la AAC? —Jennifer escudriñó el texto; se trataba de un montón de perorata aeroespacial, densa e ininteligible. Pensó: "no hay imágenes".

—Parece ser que es el mismo avión que se incendió en Miami —acotó Deborah.

—¿Hector quiere hacer un segmento sobre seguridad? Buena suerte. Todo el mundo vio la cinta del avión en llamas. Y ni siquiera era tan bueno.—Jennifer dejó el fax a un lado. —Pregúntale si tiene algo más.

Deborah salió. Sola, Jennifer se detuvo a contemplar la imagen congelada de Charles Manson en la pantalla frente a ella. Luego la imagen desapareció al presionar una tecla. Decidió tomarse un momento para pensar.

Jennifer Malone tenía veintinueve años, la productora más joven en la historia de *Newsline.* Había avanzado rápido porque era buena en lo suyo. Había demostrado talento a edad temprana, cuando aún era estudiante en Brown y, al igual que Deborah, hacía una pasantía durante el verano. Se había dedicado a la investigación hasta altas horas de la noche, impaciente con las terminales nexis, escudriñando los servicios de cables. Luego, con el corazón en la boca, se había presentado ante Dick Shenk para proponer una nota sobre ese nuevo virus que azotaba África y el valiente médico del Centro para el

Control de Enfermedades que trabajaba en la zona. Así comenzó el famoso segmento acerca del Ébola, la mayor primicia de *Newsline* del año y otro premio Peabody para la Pared de la Fama de Dick Shenk.

En poco tiempo, había seguido con los segmentos sobre Darryl Strawberry, explotación de yacimientos a cielo abierto en Montana y los juegos de azar entre los iroqueses. Ningún estudiante había logrado que se emitiera un segmento suyo al aire hasta entonces; Jennifer ya contaba con cuatro. Shenk dijo que le gustaba su iniciativa y le ofreció un puesto. El hecho de que fuese inteligente, atractiva y graduada de una de las grandes universidades de los EE.UU. tampoco estaba de más. En junio, cuando obtuvo el título, comenzó a trabajar para *Newsline*.

El programa contaba con quince productores encargados de preparar segmentos. A cada uno se le asignaba una de las figuras que trabajaban frente a las cámaras; se esperaba que cada uno entregara una nota cada dos semanas. La nota promedio requería cuatro semanas de preparación. Luego de dos semanas de investigación, los productores se reunían con Dick Shenk para obtener la luz verde. Luego visitaban las distintas locaciones, filmaban material para imágenes de fondo y hacían las entrevistas secundarias. El productor daba forma a la historia y la narración de la misma estaba a cargo de la estrella que salía al aire, que volaba hacia la locación por un día, filmaba los exteriores y las entrevistas principales y luego tomaba otro avión hacia la siguiente filmación y dejaba que el productor se encargase de editar la cinta. A veces, antes de la emisión, la estrella debía concurrir a los estudios, leer el guión preparado por el productor y hacer la locución en off para agregar a las imágenes.

Cuando por fin salía al aire, la estrella aparecía como un verdadero periodista: *Newsline* protegía con recelo la reputación de sus estrellas. Pero en realidad los productores eran los verdaderos periodistas. Los productores elegían la historia, la investigaban y le daban forma, escribían los guiones y editaban la cinta. Las estrellas que salían al aire se limitaban a hacer lo que les ordenaban.

A Jennifer le gustaba el sistema. Tenía bastante poder y le agradaba trabajar detrás de las cámaras, anónima. El anonimato le parecía útil. Con frecuencia, cuando hacía entrevistas, la trataban como a una segundona y los entrevistados se sentían libres de decir lo que quisieran aunque la cámara estuviese encendida. En algún momento, el entrevistado decía: "¿Cuándo voy a conocer a Marty Reardon?". Ella le decía solemne que eso aún no estaba decidido y continuaba con las preguntas. Y en el ínterin engañaba al estúpido que pensaba que se trataba sólo de un ensayo.

El hecho era que ella hacía la nota. No le importaba si las estrellas recibían el crédito. "Nunca afirmamos que ellos hacen el trabajo periodístico", decía Shenk. "Nunca sugerimos que están entrevistando a alguien que no entrevistaron realmente. En este programa, la figura no es la estrella. La estrella es la nota. La figura frente a cámara es sólo una guía que conduce a la audiencia a través de la nota. Es alguien en quien confían, alguien a quien se sienten cómodos de invitar a su casa."

"Eso era cierto", pensaba Jennifer. Y de todos modos, no había tiempo para hacerlo de otra forma. Una figura de los medios como Marty Reardon tenía más compromisos que el presidente y sin duda era más famoso, más fácil de reconocer en la calle. No se podía pretender que Marty malgastara el tiempo en preparativos, siguiese pistas falsas y armara una nota.

Simplemente no había tiempo.

Esto era televisión: nunca había suficiente tiempo.

Volvió a mirar el reloj. Dick no iba a regresar del almuerzo hasta las tres o tres y media. Marty Reardon no iba a pedirle disculpas a Al Pacino. Así que cuando Dick regresara del almuerzo, iba a ponerse furioso, anotarle otra más a Reardon y luego empezar a desesperarse por encontrar algo con qué rellenar el hueco.

Jennifer tenía una hora para encontrar algo.

Encendió el televisor y comenzó a pasar los canales. Y volvió a mirar el fax que estaba sobre el escritorio.

LA AAC DEMORA LA CERTIFICACIÓN DEL AVIÓN DE FUSELAJE ANCHO N-22 A CAUSA DE REPETIDOS INCIDENTES QUE COMPROMETEN LA AERONAVEGABILIDAD.

"Un momento", pensó. ¿*Repetidos* incidentes? ¿Significaba que existía un problema continuo que afectaba la seguridad? En ese caso, allí podría haber una nota. No acerca de la seguridad de vuelo, eso se había hecho millones de veces. Esas historias interminables acerca del control de tráfico aéreo, el hecho de que usaran computadoras de la década del 60, lo anticuado y riesgoso del sistema. Ese tipo de notas sólo ponían nervioso al expectador. La audiencia no podía encontrar una relación porque no había nada que hacer al respecto. ¿Pero un avión específico con problemas? Esa era una nota sobre seguridad del producto. No compre este producto. No vuele en este avión.

"Eso puede ser muy, *muy* efectivo", pensó.

Tomó el teléfono y marcó un número.

Hangar 5

11:15

Casey encontró a Ron Smith con la cabeza en el compartimento accesorio delantero, justo detrás del tren de nariz. A su alrededor, el personal del área eléctrica estaba inmerso en el trabajo.

—Ron, necesito información sobre la lista de fallas. —Llevaba la lista consigo, las diez páginas.

—¿Qué hay con eso?

—Hay cuatro lecturas AUX. Líneas uno, dos, tres y COA. ¿Para qué se usan?

—¿Es importante?

—Eso es lo que estoy tratando de determinar.

—Bueno. —Ron suspiró.—AUX 1 es el generador auxiliar, la turbina ubicada en la cola. Aux 2 y AUX 3 son líneas de apoyo, en caso de que el sistema necesite ampliarse más adelante. AUX COA es una línea auxiliar para Adicionales Opcionales del Cliente, como un GAR. Que este avión no tiene.

—Estas líneas —continuó Casey— registran un valor cero. ¿Eso significa que se las está usando?

—No necesariamente. Cero es el valor predeterminado, así que habría que verificarlo.

—Bien. —Dobló la tira de hojas de computadora. —¿Y qué hay de las fallas del sensor de proximidad?

—Nos estamos ocupando de eso ahora. Puede surgir algo. Pero mira, las lecturas de fallas son flashes de un instante en el tiempo. Nunca vamos a descubrir lo que ocurrió con el vuelo por medio de flashes. Necesitamos la información del GIVD. Tienes que conseguirla por nosotros, Casey.

—Estuve presionando a Rob Wong...

—Presiónalo más —dijo Smith—. El grabador de vuelo es la clave.

Desde la parte trasera del avión se oyó un grito:

—¡La puta madre! ¡Esto es *increíble*!

Provenía de Kenny Burne.

Estaba de pie sobre una plataforma detrás del motor izquierdo y agitaba los brazos ofuscado. Los demás ingenieros movían la cabeza en señal de asombro a su alrededor.

Casey se acercó:

—¿Encontraste algo?

—Déjame ver —dijo Burne y señaló el motor—. En primer lugar, los sellos del ducto de refrigeración están mal instalados. Algún idiota de mantenimiento los puso al revés.

—¿Eso afecta la seguridad de vuelo?

—Tarde o temprano, sí. Pero eso no es todo. Mira esta cubierta interna de los reversores.

Casey trepó al andamio hasta ubicarse detrás del motor, donde los ingenieros inspeccionaban las cubiertas desplegadas de los reversores.

—Muéstrenle, muchachos.

—Dirigieron la luz de una linterna hacia la superficie interna de una de las cubiertas. Casey vio una superficie de acero sólida, con curvatura perfecta, cubierta de hollín del motor. Alumbraron el logo de Pratt and Whitney, grabado cerca del borde de ataque de la camisa de metal.

—¿Lo ves? —preguntó Kenny.

—¿Qué? ¿El sello de la pieza? —preguntó Casey. El logo de Pratt and Whitney era un círculo con un águila dentro y las letras P y W.

—Eso es. El sello.

—¿Qué pasa con él?

—Casey. El águila esta *al revés.* Está mirando hacia el lado equivocado.

—Ah. —No lo había notado.

—Ahora bien, ¿crees que Pratt and Whitney pondría al águila al revés? De ninguna manera. Es una pieza falsa, Casey.

—Bien. Pero, ¿afectó la seguridad de vuelo?

Ese era el punto crítico. Ya habían encontrado partes no autorizadas en el avión. Amos había dicho que habría más y sin duda tenía razón. Pero la pregunta era: ¿Alguna de ellas había afectado el comportamiento del avión durante el accidente?

—Es posible —dijo Kenny—. Pero no puedo desarmar este motor, por Dios. Eso nos tomaría dos semanas.

—¿Entonces cómo lo sabremos?

—Necesitamos el grabador de vuelo, Casey. Tenemos que tener esa información.

—¿Quiere que vaya a Información Digital? —preguntó Richman—. ¿Y vea cómo va Wong?

—No —dijo Casey—. No sirve de nada.—A veces, Rob Wong era temperamental. Presionarlo más no serviría de nada; era probable que se fuera y no regresara por un par de días.

Sonó el teléfono celular. Era Norma.

—Está empezando —dijo. hay llamados de Jack Rogers, de Larry Jordan del LA *Times*, de alguien de apellido Winslow del *Washington Post*. Y un pedido de antecedentes del N-22, de *Newsline*.

—¿*Newsline*? ¿Ese programa de televisión?

—Sí.

—¿Están preparando una nota?

—No creo. Sonaba más bien como un tanteo.

—Bueno. Te llamo. —Se sentó en un rincón del hangar y sacó un anotador. Comenzó a preparar una lista de los documentos que tenía que incluir en la presentación a la prensa. Resumen de los procedimientos de certificación de aeronaves nuevas de la FAA. Anuncio de la certificación del N-22 por parte de la FAA, Norma tendría que rastrearlo cinco años atrás. El informe de la FAA del año anterior respecto de la seguridad de vuelo. El informe interno de la empresa acerca de la seguridad que ofrece el N-22 en vuelo desde 1991 hasta el presente, los registros eran impecables. La historia anual actualizada del N-22. La lista de DA emitidas para el avión hasta la fecha, que eran sólo unas pocas. El resumen de características del avión en una carilla, con las estadísticas básicas respecto de la velocidad y la autonomía, tamaño y peso. No quería enviar demasiado. Pero eso cubriría lo básico.

Richman se quedó mirándola:

—¿Y ahora qué?

Desprendió la hoja del anotador y se la entregó.

—Llévele esto a Norma. Que prepare la presentación para la prensa y la envíe a quien la solicite.

—Muy bien. —Miró la lista. —No estoy seguro de poder leer...

—Norma lo entenderá. Sólo entréguesela.

—OK.

Richman partió silbando alegremente.

Sonó el teléfono. Era Jack Rogers que la llamaba directamente:

—Sigo oyendo que el ala entra en el acuerdo de compensación. Me dicen que Norton envía las herramientas a Corea, pero que de allí las van a enviar a Shangai.

—¿Hablaste con Marder?

—No. Nos dejamos mensajes.

—Habla con él —recomendó Casey— antes de hacer cualquier cosa.

—¿Marder va a hacer una declaración oficial?

—Sólo habla con él.

—Bien. Pero él lo va a negar, ¿no es así?

—Habla con él.

Rogers suspiró.

—Mira, Casey. No quiero demorar la publicación de una historia que sé que es cierta y leerla dos días después en el LA *Times*. Ayúdame con esto. ¿Hay algo de cierto en el tema de las herramientas para fabricar el ala? ¿O no?

—No puedo decir una palabra.

—Hagamos algo. Si fuese a escribir que varias fuentes de alto nivel de Norton niegan que el ala se esté enviando a China, supongo que no habrá problema al respecto.

—No, así es. —Una respuesta cautelosa, pero se trataba de una pregunta cautelosa.

—Bien, Casey. Gracias. Voy a hablar con Marder.

Colgó.

Newsline

14:25

Jennifer Malone discó el número en el fax y preguntó por el contacto: Alan Price. El señor Price estaba almorzando y habló con la asistente, de apellido Weld.

—Oí que hay demoras con la certificación del avión de Norton. ¿Cuál es el problema?

—¿Se refiere al N-22?

—Así es.

—Bueno, es un tema delicado, así que preferiría hacer declaraciones extraoficiales.

—¿En qué medida extraoficiales?

—Antecedentes.

—Adelante.

—Antes, los europeos aceptaban la certificación de la FAA para un avión nuevo porque se suponía que era rigurosa. Pero últimamente la AAC ha cuestionado el proceso de certificación de la FAA. Creen que la agencia estadounidense está de acuerdo con los fabricantes de ese país y que es posible que hayan disminuido los controles.

—¿En serio?

"Perfecto", pensó Jenny. Burocracia estadounidense incompetente; a Dick Shenk le encantaba ese tipo de historia. Y la FAA había estado en la mira durante años; ha de haber muchos misterios allí.

—¿Qué pruebas tienen?

—Bueno, los europeos consideran que todo el sistema deja mucho que desear. Por ejemplo, la FAA no archiva los documentos de certificación. Permiten a las empresas que lo hagan. Se ve como demasiado informal.

—Así es.

Jennifer escribió: *FAA involucrada con fabricantes: ¡Corrupción!*

—De todos modos, si quiere más información, le sugiero que llame directamente a la AAC o a Airbus. Le puedo facilitar los números.

En vez de eso, llamó a la FAA. Logró que la comunicaran con la oficina de relaciones públicas, con un tal Wilson.

—Oí que la AAC se niega a respaldar la certificación del N-22 de Norton.

—Sí —admitió Wilson—. Se han tomado su tiempo.

—¿La FAA ya emitió la certificación del N-22?

—Por supuesto. No se puede fabricar un avión en este país sin la aprobación de la FAA y la certificación del proceso de diseño y fabricación de principio a fin.

—¿Tienen los documentos de certificación?

—No. Los archivan los fabricantes. Están en manos de Norton.

"¡Ajá! Entonces es cierto", pensó.

Norton archiva la certificación, no la FAA.

¿El lobo cuida las ovejas?

—¿Le molesta que Norton archive la documentación?

—No, para nada.

—Y, ¿están satisfechos con el proceso de certificación?

—Por supuesto. Y como le dije, la certificación se hizo hace cinco años.

—Oí que los europeos no están satisfechos con el proceso de certificación en su conjunto.

—Bueno, usted sabe —comentó Wilson con tono diplomático—, la AAC es una organización relativamente nueva. A diferencia de la FAA, no posee autoridad estatutaria. Por lo que creo que aún está tratando de decidir cómo proceder.

Llamó a la oficina de información de Airbus Industrie en Washington y la comunicaron con un empleado de Marketing de apellido Samuelson. Con cierta reticencia admitió haber oído acerca de la demora de la AAC respecto de la certificación, aunque no tenía nada que decir al respecto.

—Pero Norton está teniendo muchos problemas en este momento —dijo—. Por ejemplo, creo que el negocio con China no es tan firme como ellos dicen.

Era la primera vez que oía hablar de la venta a China. Anotó: *Venta a China ¿N-22?*

—Ya veo —agregó Jennifer.

—Quiero decir —continuó Samuelson—, hay que admitir que el Airbus A-340 es un avión superior en muchos aspectos. Es más nuevo que el avión de Norton. Tiene mejor autonomía. Es mejor en todo sentido. Hemos tratado de explicárselo a los chinos y están comenzando a verlo desde nuestro punto de vista. De todos modos, a mi manera de ver, la venta de Norton a la República Popular se va a caer. Y es obvio que las cuestiones de seguridad forman parte de esa decisión. Extraoficialmente, creo que a los chinos les preocupa que el avión no sea seguro.

C. creen avión inseguro.

—¿Con quién puedo hablar al respecto?

—Bueno, como bien sabrá los chinos son algo reticentes a hablar de una negociación no concretada —explicó Samuelson—. Pero conozco a alguien en la Secretaría de Comercio que podría ayudarla. Está con el Ex-Im Bank, que proporciona financiación a largo plazo para ventas al exterior.

—¿Cómo se llama? —preguntó Jennifer.

Se llamaba Robert Gordon. La operadora de la Secretaría de Comercio tardó quince minutos para ubicarlo. Jennifer hacía garabatos mientras tanto. Finalmente la secretaria dijo:

—Lo siento, el señor Gordon está en una reunión.

—Llamo de parte de *Newsline* —aclaró Jennifer.

—Bueno. —Pausa. —Un momento, por favor.

Jennifer sonrió. Nunca fallaba.

Gordon la atendió y ella le preguntó acerca de la certificación de la AAC y de la venta de Norton a la República Popular China:

—¿Es verdad que peligra la venta?

—Toda venta de aviones está en peligro hasta que se concreta, señorita Malone. Pero hasta donde yo sé, la venta a China sigue en pie. Oí rumores acerca de problemas con la certificación de la AAC para Europa.

—¿Cuál es el problema?

—Bueno... No soy experto en aviones, pero la compañía ha tenido un montón de problemas.

Norton tiene problemas.

—El incidente en Miami de ayer —continuó Gordon—. Y por supuesto habrá oído acerca del incidente en Dallas.

—¿De qué se trata?

—El año pasado, se incendió una turbina en la pista. Y hubo que evacuar el avión por los toboganes. Un par de personas se rompieron las piernas al saltar del ala.

Incidente en Dallas —turbina / piernas rotas—¿vídeo?

—Ah... sí...

—No sé usted —agregó Gordon—, pero a mí no me gusta mucho volar y, Dios Santo... gente que tiene que saltar del avión... No es un avión a bordo del que me gustaría estar.

Anotó:

saltar del avión

avión inseguro

Y debajo, en mayúsculas grandes, escribió:

TRAMPA MORTAL.

Llamó a Norton Aircraft para escuchar su versión de la historia. Habló con un empleado de relaciones públicas llamado Benson. Sonaba como uno de esos ejecutivos abombados. Decidió asestarle un buen golpe de entrada:

—Quiero información acerca del incidente de Dallas.

—¿Dallas? —Sonó sorprendido.

Bien.

—El año pasado —continuó Jennifer—, se incendió una turbina y evacuaron el avión. Hubo piernas rotas.

—Sí. Fue un incidente con un 737 —contestó Benson.

Incidente c / 737

—¿Y? ¿Qué me puede decir al respecto?

—Nada. No es nuestro avión.

—Vamos. Mire, ya sé acerca del incidente.

—Es un avión de la Boeing.

Jennifer dejó escapar un suspiro:

—¡Dios mío! Es suficiente.

Era tediosa la manera en la cual esos tipos de relaciones públicas se negaban a cooperar. Como si un buen periodista de investigación fuese incapaz de llegar al fondo del asunto. Parecían creer que si ellos no se lo decían, nadie lo haría.

—Lo siento, señorita Malone, no fabricamos ese avión.

—Bueno, si eso es cierto —dijo con evidente sarcasmo—, supongo que me puede decir cómo verificarlo.

—Por supuesto. Marque el código de área 206 y pida que la comuniquen con Boeing. Ahí la pueden ayudar.

Clic.

¡Por Dios! ¿Cómo era posible que estas empresas tratasen así al periodismo? Si ahuyentas a un periodista, siempre recibirás algo a cambio. ¿Cómo no lo entendían?

Llamó a Boeing y pidió hablar con relaciones públicas. La atendió un contestador automático, la voz de una pelotuda que recitaba un número de fax y decía que había que enviar las preguntas y ellos se comunicarían luego. "Increíble", pensó Jennifer. Una de las principales empresas estadounidenses y ni siquiera se dignaban a atender el teléfono.

Colgó ofuscada. No tenía sentido esperar. Si el incidente de Dallas estaba relacionado con un 737, entonces no tenía historia.

Ninguna maldita historia.

Tamborileaba con los dedos sobre el escritorio tratando de decidir qué hacer.

Volvió a llamar a Norton y pidió hablar con alguien de la gerencia, y no con relaciones públicas. La comunicaron con la oficina del presidente de la empresa y luego transfirieron la comunicación a una mujer de apellido Singleton.

—¿En qué puedo servirle? —preguntó la mujer.

—Entiendo que hay demoras con la certificación del N-22 en Europa. ¿Qué problema tiene el avión? —preguntó Jennifer.

—No tiene ningún problema. El N-22 ha estado en servicio en este país durante cinco años.

—Bueno... ciertas fuentes indican que el avión no es seguro. Se incendió una turbina ayer en Miami...

—En realidad, se quemó el rotor. Se esta investigando en este momento. —La mujer hablaba con voz pausada, con calma, como si la explosión de una turbina fuese lo más natural del mundo.

"*¡Se quemó un rotor!*"

—Ah... sí. Ya veo. Pero si es verdad que el avión no tiene problemas, ¿por qué la AAC demora la certificación?

La mujer al otro lado hizo una pausa:

—Sólo puedo darle información extraoficial al respecto.

Se la notaba inquieta, tensa.

Bien. Estaba logrando algún resultado.

—No hay ningún problema con el avión, señorita Malone. La cuestión está relacionada con los motores. En este país, los aviones utilizan turbinas Pratt & Whitney. Pero la AAC nos dice que si queremos vender el avión en Europa tendremos que equiparlo con turbinas IAE.

—¿IAE?

—Un consorcio europeo que fabrica turbinas. Como Airbus. Un consorcio.

—Bien.

IAE = Consorcio Europa

—Se dice que la AAC pretende que equipemos el avión con turbinas fabricadas por IAE para adecuarlo a los estándares de ruido y emisión de contaminantes, que son más estrictos que los que se aplican en los EE.UU. Pero lo cierto es que fabricamos aviones y no turbinas y creemos que el cliente debe decidir cuál prefiere. Nosotros instalamos la turbina que solicita el cliente. Si quieren una IAE, instalamos una IAE. Si quieren una Pratt and Whitney, instalamos una Pratt and Whitney. Si se deciden por una GE, instalamos una GE. El negocio siempre se ha manejado así. El cliente elige la turbina. Por lo que consideramos que se trata de una intromisión injustificada de la AAC. Con gusto instalamos turbinas IAE si Lufthansa o Sabena nos lo piden. Pero no creemos que la AAC deba establecer los términos del ingreso en un mercado. En otras palabras, la cuestión no tiene nada que ver con la aeronavegabilidad.

Jennifer frunció el ceño:

—¿Me está diciendo que es una disputa de reglamentación?

—Correcto. Es una cuestión de bloques comerciales. La AAC intenta forzarnos a utilizar turbinas europeas. Pero si ese es su propósito, pensamos que deberían hacerlo con las empresas europeas, no con nosotros.

Disputa regulatoria!!!

—¿Y por qué no han presionado a los europeos?

—Tendría que preguntárselo a la AAC. Pero francamente creo que lo han intentado y los han mandado al demonio. Los aviones se fabrican de acuerdo con las especificaciones de los clientes. Los operadores eligen las turbinas, los paquetes electrónicos, la configuración interna. Es su elección.

Jennifer hacía garabatos en el anotador. Escuchaba el tono de la voz de la mujer al otro extremo de la línea para intentar captar qué tipo de emoción transmitía. Sonaba un poco aburrida, como una maestra al final de la jornada. Jennifer no detectó nervios, dudas ni secretos ocultos.

"¡Mierda!", pensó. No hay historia.

Hizo un último intento: llamó a la Comisión Nacional de Seguridad del Transporte, en Washington. La comunicaron con un tal Kenner de relaciones públicas.

—Llamo por la certificación de la AAC del N-22.

Kenner sonó sorprendido:

—Bueno, usted sabe, no es precisamente nuestra área. Quizás quiera hablar con alguien de la FAA.

—¿Puede decirme algo extraoficialmente?

—Bueno, la certificación de la FAA es en extremo rigurosa y ha servido como modelo a los entes regulatorios extranjeros. Hasta donde recuerdo, los entes regulatorios de todo el mundo han aceptado la certificación de la FAA como requisito suficiente. Ahora la AAC acabó con esa tradición y no creo que sea un secreto por qué. Se trata de política, señorita Malone. La AAC pretende que los fabricantes estadounidenses usen turbinas europeas, así que amenazan con no conceder la certificación. Y, por supuesto, Norton está a punto de cerrar un negocio con China y Airbus quiere el contrato.

—¿Entonces la AAC está tratando de arruinar la reputación del avión?

—Bueno, es evidente que están sembrando dudas.

—¿Dudas legítimas?

—No hasta donde yo sé. El N-22 es un buen avión. Y está comprobado. Airbus alega que tiene un avión flamante; Norton afirma que tiene un avión de eficiencia comprobada. Es probable que los chinos opten por la eficiencia comprobada. Siempre es un poco más barato.

—¿Pero el avión es seguro?

—Por supuesto que sí.

CNST afirma que es seguro.

Jennifer le agradeció y colgó. Se acomodó en la silla y suspiró. No hay historia.

Nada.
Punto final.
Se acabó.
—¡Mierda!

Presionó un botón del intercomunicador:
—Deborah, acerca del asunto del avión...
—*¿Lo estás viendo?* —preguntó Deborah a los gritos.
—¿Viendo qué?
—CNN. Es increíble.
Jennifer tomó el control remoto.

Restaurante El Torito

12:05

En El Torito se comía bien por un precio razonable, y además ofrecía cincuenta y dos variedades de cerveza. Era el lugar favorito de los ingenieros. Todos los miembros del GRI estaban reunidos alrededor de una mesa en el centro del salón principal, cerca del bar. La camarera había tomado el pedido y se alejaba de la mesa cuando Kenny Burne dijo:

—Oí que Edgarton tiene algunos problemas.

—¿Acaso no los tenemos todos? —preguntó Doug Doherty y se estiró para alcanzar las papas fritas y la salsa.

—Marder lo detesta.

—¿Y qué? —agregó Ron Smith—. Marder odia a todo el mundo.

—Sí pero la cuestión es que oí que Marder no va a...

—¡Dios mío! *¡Miren!* —dijo Doug Doherty señalando el televisor ubicado al otro lado del salón.

Todos se dieron vuelta a mirar el televisor montado encima del bar. El volumen estaba bajo, pero la imagen era elocuente: el interior de un avión de fuselaje ancho de Norton filmado por una cámara que no dejaba de sacudirse. Los pasajeros literalmente volaban por el aire y golpeaban contra los portamantas y las paneles de las paredes, algunos se arrastraban por encima de los asientos.

—¡La puta... —exclamó Kenny.

Se levantaron y corrieron hacia la barra gritando "¡Volumen! ¡Suban el volumen!". Las imágenes aterradoras continuaban.

Cuando Casey llegó al bar el segmento del vídeo había terminado. La pantalla mostraba a un hombre delgado de bigote que llevaba puesto un traje azul impecable que de alguna manera daba la impresión de un uniforme. Casey reconoció a Bradley King, un abogado especializado en accidentes de aviones.

—Bueno, eso lo explica todo. Es King, el Rey del Aire.

—Creo que las imágenes hablan por sí mismas —decía King—. Mi cliente, el señor Song, nos proporcionó el material, que da una idea acabada de la odisea a la que fueron sometidos los pasajeros de este vuelo fatal. El avión perdió el control y entró en un descenso en picada no provocado. ¡Estuvo a ciento cincuenta metros de estrellarse contra el Océano Pacífico!

—¿Cómo? —preguntó Kenny—. ¿Que hizo *qué*?

—Como saben soy piloto y por lo tanto puedo afirmar con absoluta convicción que lo ocurrido es el resultado de las conocidas fallas de diseño del N-22. Norton ha estado al tanto de estas fallas de diseño durante años y no ha hecho nada al respecto. Los pilotos, los operadores y los especialistas de la FAA han presentado serias quejas acerca del avión. Conozco pilotos que se niegan a volar el N-22 porque no es seguro.

—En especial los que reciben tu dinero —agregó Burne.

En pantalla, King decía:

—Sin embargo la empresa Norton Aircraft no ha hecho nada significativo para solucionar estas cuestiones de seguridad. Realmente es increíble que hayan sabido acerca de estos problemas y no hayan hecho nada. Debido a esta negligencia criminal, era sólo cuestión de tiempo hasta que ocurriese una tragedia de este tipo. Ahora hay tres muertos, dos pasajeros inválidos y el copiloto está en coma. En total, hubo que internar a cincuenta y siete pasajeros. ¡Es una vergüenza para la aviación!

—¡Ese gusano! —exclamó Burne—. ¡*Sabe* que no es cierto!

Pero la pantalla mostraba la grabación de CNN una vez más, esta vez en cámara lenta: cuerpos que daban vueltas por el aire, imágenes por momentos borrosas, por momentos nítidas. Al verlo, Casey comenzó a transpirar. Se sintió mareada y con frío y le faltaba el aire. El restaurante a su alrededor se volvió difuso, de un verde pálido. Se apoyó en seguida en uno de los taburetes de la barra y respiró hondo.

En pantalla, era el turno de un hombre de barba con aire de especialista ubicado cerca de una de las pistas del aeropuerto de LAX. En el fondo se veía pasar los aviones por las calles de rodaje. No podía oír lo que decía debido al alboroto causado por los ingenieros al ver la imagen.

—¡Pelotudo!

—¡Idiota!

—¡Forro!

—¡Malparido!

—¿Se pueden callar, muchachos?

El hombre de la barba era Frederick Barker, un antiguo empleado de la FAA. Barker había sido testigo en varios juicios en contra de la compañía en los últimos años. Todos los ingenieros lo odiaban.

—Por supuesto, me temo que el problema es innegable —continuó Barker.

"¿Qué problema?", pensó Casey.

En ese momento las imágenes regresaron a los estudios de CNN en Atlanta, una presentadora y detrás de ella la fotografía del N-22. Debajo de la fotografía decía ¿INSEGURO? en enormes letras rojas.

—¡Por Dios! —interrumpió Burne—, ¿pueden creer todas esas mentiras? Primero King, el Rey del Aire, y ahora la escoria de Barker. ¿No saben que Barker *trabaja* para King?

La pantalla mostraba ahora un edificio bombardeado en Medio Oriente. Casey se dio vuelta, se puso de pie y respiró hondo.

—¡Maldición! Quiero una cerveza —dijo Kenny Burne. Volvió a la mesa. Los demás lo siguieron entre murmullos acerca de Fred Barker.

Casey tomó la cartera, sacó el teléfono celular y llamó a la oficina:

—Norma, llama a CNN y consigue una copia de la cinta que acaban de transmitir acerca del N-22.

—Estaba a punto de...

—Ahora. Hazlo ahora mismo.

Newsline

15:06

—¡Deborah! —gritó Jennifer, mientras miraba las imágenes—. Llama a CNN y consigue una copia de la cinta sobre Norton.

Jennifer observó transfigurada. La estaban transmitiendo una vez más, esta vez en cámara lenta, seis cuadros por segundo. ¡Y se podía ver! ¡Fantástico!

Vio a un pobre hombre volar por el aire como un clavadista fuera de control, que agitaba las extremidades en todas direcciones. El hombre golpeó contra un asiento, el cuello se le *quebró* y el cuerpo dio un giro antes de volver a ser despedido y golpear contra el techo... ¡Increíble! ¡Se había roto el cuello *delante de la cámara*!

Era la mejor filmación que había visto. ¡Y qué sonido! ¡Maravilloso! La gente gritaba de pánico, sonidos imposibles de imitar, gritos en chino, lo que lo hacía *muy exótico* y todos esos *ruidos de golpes* increíbles a medida que las personas, el equipaje y la mierda golpeaban contra las paredes y el techo... ¡Virgen Santa!

¡Era una cinta estupenda! ¡Difícil de creer! Y duraba una *eternidad*, cuarenta y cinco segundos, ¡y todos buenos! Pues aun cuando la cámara temblaba, cuando hacía rayas o la imagen era borrosa, eso mejoraba el efecto. No se le podía *pagar* a un camarógrafo para hacer eso.

—¡Deborah! ¡Deborah!

Estaba tan agitada que tenía el pulso acelerado. Era como si el corazón se le fuese a salir del pecho. Tenía una vaga idea de quién era el hombre que ahora estaba en pantalla, un abogado oportunista, que proporcionaba al segmento sus argumentos iniciales; debía de ser el dueño de la cinta. Pero sin duda se la iba a dar a *Newsline*, querría la publicidad, lo que significaba que... ¡tenía una historia! ¡Fantástico! Un par de retoques y compaginación y ¡listo!

Deborah entró con las mejillas coloradas, ansiosa.

—Quiero toda la información acerca de Norton Aircraft de los últimos cinco años. Haz una búsqueda en la terminal Nexis respecto del N-22, de un tipo de nombre Bradley King y de otro... —Volvió a mirar la pantalla. —Frederick Barker. Todo lo que haya. ¡Lo quiero ahora!

Veinte minutos más tarde, tenía listo un bosquejo de la historia y la información básica respecto de los personajes clave. Un artículo del *Los Angeles Times* de hacía cinco años acerca del lanzamiento del avión, la certificación y el vuelo inaugural para el primer cliente del N-22. Aviónica y sistemas de control electrónicos y piloto automático de avanzada, bla, bla, bla...

Una nota del *New York Times* acerca de Bradley King, el controvertido abogado querellante acusado de acercarse a las familias de las víctimas de accidentes antes de que las empresas aéreas les comunicaran oficialmente la muerte de su familiar. Otra nota del *Los Angeles Times* informa acerca de un juicio colectivo llevado a cabo por Bradley King luego del accidente en Atlanta. El *Independent Press-Telegram* de Long Beach había publicado: El Colegio de Abogados de Ohio amonesta por mal comportamiento a Bradley King, "El Rey de los Cuasi Delitos Aéreos", al comprobar que se puso en contacto con familiares de las víctimas; King niega estar en falta. Un artículo del *New York Times*: ¿Bradley King ha ido demasiado lejos?

Una nota del *Los Angeles Times* acerca de la controvertida separación del "soplón" Frederick Barker de la FAA. Barker, abiertamente crítico, aduce haber renunciado por diferencias de opinión respecto del N-22. El supervisor de la FAA declaró que habían despedido a Barker por filtrar información a la prensa. Barker inicia su carrera como "consultor aeronáutico".

Según el *Independent Press-Telegram* de Long Beach, Fred Barker inicia una campaña contra el N-22 de Norton, al que le adjudica una "historia de incidentes inaceptables que comprometen la seguridad". El *Telegraph-Star* de Orange County informa acerca de la campaña de Fred Barker para garantizar la seguridad en las aerolíneas. También el *Telegraph-Star* afirma que Barker acusa a la FAA de no imponer restricciones a un "avión inseguro de Norton" y que Barker es el testigo clave en una demanda de Bradley King, sobre la cual se llegó a un acuerdo fuera del tribunal.

Jennifer comenzaba a vislumbrar la forma que tomaría la historia. Estaba claro que debían mantenerse alejados del cazador de ambulancias, Bradley King. Pero Barker, ex empleado de la FAA, resultaría útil. También podría hacer una crítica a las prácticas de certificación de la FAA.

Y notó que Jack Rogers, el periodista del *Telegraph-Star* de Orange County, adoptaba una posición crítica respecto de Norton Aircraft. Encontró varios artículos de Rogers en ese sentido:

Telegraph-Star de Orange County, Edgarton bajo presión para activar las ventas de la compañía en problemas. Disenso entre directores y máximos responsables. Dudas acerca de sus posibilidades de éxito.

Telegraph-Star de Orange County, drogas y mafias en la línea de montaje de los biturbos de Norton.

Telegraph-Star de Orange County, rumores de problemas sindicales. Los trabajadores se oponen a la venta a China; alegan que va a llevar a la empresa a la ruina.

Jennifer sonrió.

Sin duda, las cosas estaban mejorando.

Llamó a Jack Rogers al periódico:

—He estado leyendo los artículos acerca de Norton. Son excelentes. Entiendo que usted cree que la empresa tiene algunos problemas.

—Muchos problemas.

—¿Con los aviones?

—Bueno, sí, pero también con el sindicato.

—¿De qué se trata?

—No está claro. Pero la planta está en pie de guerra y la gerencia no está haciendo su trabajo —explicó Rogers—. El sindicato está enojado por la venta a China. Cree que no debería hacerse.

—¿Se atreve a decirlo frente a una cámara?

—Por supuesto. No puedo revelar las fuentes, pero le diré lo que sé.

"Sin duda lo hará", pensó Jennifer. El sueño de todo periodista dedicado a la prensa escrita era aparecer de alguna forma en televisión. Para ellos, era la verdadera fuente de ingresos. No importa el éxito en el ámbito de la prensa escrita, no se era nadie sin acceso a la televisión. Una vez que la televisión le confería fama a un nombre, se podía pasar al circuito de conferencias y así obtener cinco mil o diez mil dólares sólo por dar una charla durante un almuerzo.

—Quizá tenga que ausentarme más adelante durante la semana... Mi oficina se va a poner en contacto con usted.

—Sólo dígame cuándo —dijo Rogers.

Llamó a Fred Barker a Los Angeles. Parecía estar esperando el llamado.

—Es una cinta muy efectista —señaló Jennifer.

—Es escalofriante cuando los *slats* se extienden a casi la velocidad del sonido. Eso es lo que ocurrió en el vuelo de TransPacific. Es el noveno incidente de esta naturaleza desde que el avión entró en servicio.

—¿El *noveno*?

—Así es. No es nada nuevo, señorita Malone. Al menos otras tres muertes se pueden atribuir al diseño defectuoso de Norton y sin embargo la compañía no ha hecho nada al respecto.

—¿Tiene una lista?

—Déme su número de fax.

Se detuvo a examinar la lista. Era un poco detallada para su gusto, pero de todos modos elocuente:

Incidentes de extensión de *slats* del Norton N-22

1. 4 de enero de 1992. Los *slats* se extendieron a 10.000 metros de altura, a .84 Mach. La palanca de *flaps/slats* se accionó de manera inadvertida.

2. 2 de abril de 1992. Los *slats* se extendieron mientras el avión se encontraba en vuelo de crucero a .81 Mach. Se estima que golpearon la palanca de *flaps/slats* con una carpeta.

3. 17 de julio de 1992. Adjudicado en un principio a turbulencia; sin embargo, luego se supo que los *slats* se habían extendido como resultado del movimiento inadvertido de la palanca de *flaps/slats*. Cinco pasajeros heridos, tres de gravedad.

4. 20 de diciembre de 1992. Los *slats* se extendieron durante el vuelo de crucero sin que se moviera la palanca de *slats/flaps* en el *cockpit*. Dos pasajeros heridos.

5. 12 de marzo de 1993. El avión entró en pérdida a .82 Mach. Se determinó que los *slats* se habían extendido y que la palanca no se encontraba en la posición arriba/trabado.

6. 4 de abril de 1993. El primer oficial apoyó el brazo sobre la palanca de *flaps/slats*, movió la palanca hacia abajo y extendió así los *slats*. Varios pasajeros heridos.

7. 4 de julio de 1993. El piloto informó que se accionó la palanca de *flats/slats* y se extendieron los *slats*. El avión estaba en vuelo de crucero a .81 Mach.

8. 10 de junio de 1994. Los *slats* se extendieron mientras el avión se encontraba en vuelo de crucero sin que se moviera la palanca de *flaps/slats*.

Tomó el teléfono y volvió a llamar a Barker:

—¿Se anima a hablar de estos incidentes en cámara?

—He prestado testimonio acerca de ello en varias oportunidades. Estaré feliz de hacerlo en cámara. El hecho es que quiero ver este avión reparado antes de que muera más gente. Y nadie está dispuesto a hacerlo: ni la compañía, ni la FAA. Es una desgracia.

—¿Y cómo puede estar tan seguro de que se trata de un incidente con los *slats*?

—Tengo un informante en Norton —respondió Barker—. Un empleado desconforme que está cansado de las mentiras. Mi fuente me dice que fueron los *slats* y que la compañía lo está encubriendo.

Jennifer colgó y apretó un botón del intercomunicador:

—¡Deborah! ¡Tengo que hablar con Viajes!

Jennifer cerró la puerta de la oficina y se sentó tranquila. Sabía que tenía una historia.

Una historia fabulosa.

Ahora la cuestión era: ¿qué punto de vista adoptar? ¿Cómo enfocarla?

En un programa como *Newsline*, el enfoque era esencial. Los productores más antiguos del show hablaban de "contexto", que para ellos significaba situar la historia en un marco más amplio. Indicar el significado de la historia al informar lo que había pasado antes o conectarlo con otros hechos similares. Los productores más antiguos consideraban al contexto tan importante que para ellos era una especie de obligación moral o ética.

Jennifer estaba en desacuerdo. Pues al eliminar todo el sermoneo, el contexto era sólo un hilo conductor, una manera de inflar la historia, una manera poco útil dado que el contexto significaba referirse al pasado.

A Jennifer no le interesaba el pasado; pertenecía a la nueva generación para la cual la verdadera televisión era el *ahora*, los hechos que ocurrían *en este momento*, un flujo de imágenes en un presente electrónico perpetuo, sin fin. El contexto, por su propia naturaleza, exigía algo más que el *ahora*, y su interés no iba más allá. Y pensaba que lo mismo les ocurría a los demás. El pasado estaba muerto y enterrado. ¿Quién se ocupaba de lo que había comido el día anterior? Lo inmediato y lo acuciante era el *ahora*.

Y la mejor televisión era *ahora*.

Así que un buen marco para la nota nada tenía que ver con el pasado. La lista de incidentes previos de Fred Barker era en realidad un problema, pues atraía la atención hacia el pasado aburrido y difuso. Tendría que encontrar la manera de mencionarlo y seguir adelante.

Lo que buscaba era una forma de encarar la historia de modo que se desarrollara en el *ahora*, con un hilo que el telespectador pudiese seguir. Los mejores enfoques atrapaban al espectador al presentarle la historia como un conflicto entre el bien y el mal, una cuestión moral. Porque eso llegaba a la audiencia. Al presentar una historia de esa forma, se lograba la aceptación inmediata. Era cuestión de hablar el mismo idioma.

Pero como además la historia debía desarrollarse rápido,

esa fábula tenía que depender de una serie de ganchos que no necesitaran explicación. Cosas que la audiencia daba por ciertas. Ya sabían que las grandes empresas eran corruptas, manejadas por cerdos sexistas y ambiciosos. No hacía falta probarlo; sólo era necesario mencionarlo. Ya sabían que las burocracias de los gobiernos eran ineficientes y lentas. Tampoco hacía falta probarlo. Y también sabían del cinismo con el que se fabricaban artículos sin la menor preocupación por la seguridad del consumidor.

Partiendo de esos elementos comunes, tenía que construir su fábula.

Una fábula con ritmo acelerado, situada en el *ahora*.

Por supuesto, el enfoque tenía otra exigencia. Antes que nada, debía vender el segmento a Dick Shenk. Debía ver la historia desde un ángulo que le resultara atractivo a Dick Shenk, que concordase con su visión del mundo. Y no era una tarea fácil; Shenk era más sofisticado que la audiencia. Más difícil de complacer.

En las oficinas de *Newsline* se lo conocía como el Crítico, por la dureza con la que rechazaba los segmentos propuestos. Cuando caminaba por la oficina, Shenk adoptaba una actitud amable, una especie de gran hombre bondadoso. Pero todo cambiaba cuando escuchaba una propuesta. Entonces se tornaba peligroso. Dick Shenk había recibido una buena educación y era inteligente, muy inteligente, y podía ser encantador cuando se lo proponía. Pero en el fondo era malvado. Y se había vuelto cada vez peor con el tiempo. Además, fomentaba su lado desagradable pues lo consideraba la clave de su éxito.

Iba a presentarle una propuesta. Sabía que estaría desesperado por una nota. Pero también estaría ofuscado por lo de Pacino, enojado con Marty y ese mal humor podía volverse contra ella y su propuesta en un instante.

Para evitar su bronca, para venderle el segmento, tendría que actuar con cautela. Debía darle a la historia una forma tal que, más que cualquier otra cosa, captara la hostilidad y bronca de Shenk y la canalizara en la dirección correcta.

Tomó un anotador y comenzó a delinear un bosquejo de lo que iba a decir.

Administración

13:04

Casey subió al ascensor del edificio de la administración, Richman iba detrás.

—No lo entiendo —dijo él—. ¿Por qué están todos tan molestos con King?

—Porque está mintiendo. Sabe que el avión no llegó a estar a ciento cincuenta metros del Océano Pacífico. Estarían todos muertos si hubiese sido así. El incidente ocurrió a once mil metros de altura. Como mucho el avión cayó novecientos o mil metros. Eso ya es bastante malo.

—¿Entonces? Lo están escuchando. Está presentando el caso de su cliente. Sabe lo que hace.

—Sí que lo sabe.

—¿Norton llegó alguna vez a un arreglo extrajudicial con él antes?

—Tres veces —afirmó Casey.

Richman se encogió de hombros:

—Si ustedes pueden probar que está equivocado, llévenlo a juicio.

—Sí, pero los juicios son muy costosos y la publicidad no ayuda. Es más barato llegar a un acuerdo y sólo sumar el costo del chantaje al precio del avión. Las empresas pagan ese precio y lo trasladan a los clientes. Así que al final, todo pasajero gasta unos pocos dólares extra en el pasaje, en un impuesto oculto. El impuesto de costas legales. El impuesto Bradley King. Así funciona en el mundo real.

Las puertas se abrieron; habían llegado al cuarto piso. Casey se apresuró por el corredor hacia su oficina.

—¿A dónde vamos ahora? —preguntó Richman.

—A buscar algo importante de lo que me había olvidado por completo. —Lo miró. —Y también usted.

Newsline

16:45

Jennifer Malone se dirigió a la oficina de Dick Shenk. En el camino, pasó junto a la Pared de la Fama: fotografías, placas y premios amontonados. Las fotografías mostraban momentos íntimos con los ricos y famosos: Shenk a caballo junto a Reagan; Shenk en un yate con Cronkite; Shenk en un partido de softball en Southampton con Tisch; Shenk con Clinton; Shenk con Ben Bradley. Y en el rincón más alejado, la fotografía de un Shenk absurdamente joven con pelo hasta los hombros y una Arriflex montada en el hombro mientras filmaba a John Kennedy en el Despacho Oval.

Dick Shenk había iniciado su carrera en los 60 como productor de documentales fragmentarios, en los días en los que las secciones de noticias eran líderes en gastos para las cadenas de televisión: autónomas, con jugosos presupuestos y personal de sobra. Esa fue la gran época de programas como *White Papers* de la CBS y *Reports* de la NBC. En ese entonces, cuando Shenk era un muchacho que andaba con la Arri al hombro, estaba inmerso en el mundo y se ocupaba de material real, importante. Con el tiempo y el éxito, había reducido sus horizontes. Ahora, su mundo se limitaba a la casa de fin de semana en Connecticut y la mansión en Nueva York. Si iba a alguna otra parte, lo hacía en limosina. Pero a pesar de su educación privilegiada, los estudios cursados en Yale, hermosas ex esposas, un buen pasar y el éxito mundano, Shenk, a los sesenta años, no estaba satisfecho con su vida. Al trasladarse de un lado a otro en la limosina, sentía que no se lo apreciaba lo suficiente: poco reconocimiento, respeto insuficiente por sus logros. El muchacho inquisidor de la cámara se había convertido con el tiempo en un adulto quejumbroso y amargado. Al sentir que se le negaba el respeto, Shenk se lo negaba a la vez a los demás y así adoptaba un cinismo perverso hacia todo lo que lo rodeaba. Y eso era por que, según ella, compraría su versión de la historia de Norton.

Jennifer entró en la oficina y se detuvo en el escritorio de Marian.

—¿Vas a ver a Dick? —preguntó Marian.

—¿Está?

Marian asintió.

—¿Quieres compañía?

—¿La necesito? —preguntó Jennifer al tiempo que levantaba una ceja.

—Bueno, ha estado bebiendo.

—Está todo bien. Puedo manejarlo —afirmó Jennifer.

Dick Shenk la escuchó con los ojos cerrados, los dedos apretados unos contra otros como si estuviese rezando. De vez en cuando, asentía mientras ella hablaba.

Relató el segmento propuesto. Enumeró todos los puntos fuertes: el incidente de Mima, el asunto de la certificación de la AAC, el vuelo de TransPacific, la amenazada venta a China. El ex empleado de la FAA que sostiene que el avión presenta una larga historia de problemas de diseño no resueltos. El periodista especializado que afirma que hay problemas de conducción, drogas y violencia en el piso; controversia respecto del nuevo presidente, que intenta remontar las ventas. Retrato de una compañía otrora orgullosa ahora en problemas.

La manera de encarar el segmento era, según Jennifer, Corrupción bajo la Superficie. Redondeó la idea: empresa mal manejada fabrica un producto defectuoso durante años. Las personas idóneas presentan quejas pero la compañía hace caso omiso de ellas. La FAA está del lado de la empresa y no hace nada al respecto. Ahora, al fin sale a la luz. Los europeos cuestionan la certificación; los chinos van con cautela; el avión sigue matando pasajeros, tal como los críticos lo habían previsto. Y hay imágenes, cintas elocuentes que muestran la odisea de los pasajeros en la que varios perecieron. La conclusión es evidente: el N-22 es una trampa mortal.

Concluyó. Hubo un largo silencio. Luego Shenk abrió los ojos.

—No está mal.

Jennifer sonrió.

—¿Cuál es la respuesta de la empresa? —preguntó con voz cansina.

—Lo niegan todo. El avión es seguro; los detractores mienten.

—Era de esperar —dijo Shenk—. Los productos estadounidenses son de lo peor. —Dick tenía un BMW; prefería los relojes suizos, el vino francés y los zapatos ingleses. —Todo lo que produce este país es basura. —Se hundió en la silla, como si ese pensamiento lo hubiese agotado. Luego volvió a adoptar un tono cansino, pensativo:

—¿Qué ofrecen como prueba?

—No mucho —respondió Jennifer—. Los incidentes de Miami y TransPacific aún se están investigando.

—¿Cuándo estarán listos los informes?

—Faltan semanas.

—Me gusta. Me gusta mucho. Es periodismo con convocatoria... y hace mierda a *60 minutos.* Hicieron un programa sobre repuestos para aviones adulterados el mes pasado. ¡Pero aquí estamos hablando de un avión completo! Una trampa mortal. *¡Perfecto!* Va a causar pánico.

—Yo también lo creo —dijo Jennifer, que ahora tenía una sonrisa de oreja a oreja. ¡Le había gustado!

—Y me encantaría escarmentar a Hewitt —agregó Dick. Don Hewitt, el legendario productor de *60 minutos*, era el rival de Shenk. Hewitt siempre había gozado de mejor prensa, lo que lo indignaba. —Esos idiotas. ¿Recuerdas cuando hicieron ese programa sensacional sobre jugadores profesionales de golf fuera de temporada?

—En verdad no... —contestó Jennifer.

—Fue hace tiempo —continuó Shenk. Por un instante pareció perturbado, la mirada perdida, y Jennifer se dio cuenta de que había bebido bastante durante el almuerzo. —No importa. ¿Dónde estábamos? Tienes al de la FAA, al periodista, la cinta de Miami. El gancho es la filmación casera, partimos de ahí.

—Correcto —dijo ella mientras asentía.

—Pero CNN lo va a transmitir día y noche —protestó—. Para la semana que viene va a ser historia antigua. Tenemos que ponerla al aire el sábado.

—Correcto.

—Tienes doce minutos —anunció Shenk. Giró con la silla, miró las rayas de colores en la pared que representaban los segmentos del programa en proceso de producción y dónde se encontrarían las estrellas del programa. —Y tienes a Marty. El jueves entrevista a Bill Gates en Seattle; lo mandamos a Los Angeles el viernes. Lo vas a tener durante seis o siete horas.

—Bien.

Se dio vuelta hacia ella:

—¡Manos a la obra!

—Bien. Gracias, Dick.

—¿Seguro que va a estar listo a tiempo?

Comenzó a juntar los papeles:

—Confía en mí.

Al cruzar el escritorio de María, lo oyó gritar:

—Pero recuerda, Jennifer: ¡no vengas con una historia sobre *repuestos*! ¡No quiero una maldita historia sobre *repuestos*!

CC/Norton

14:21

Casey entró en la oficina de CC con Richman. Norma había vuelto de almorzar, a punto de encender otro cigarrillo.

—Norma, ¿has visto una casete de vídeo por alguna parte? ¿Una de esas casetes de ocho milímetros?

—Sí. Estaba sobre el escritorio la otra noche. La guardé. —Buscó en un cajón del escritorio y lo encontró. Miró a Richman:

—Marder llamó dos veces. Pidió que lo llamara en seguida.

—Bien —contestó Richman y se dirigió a su oficina. Cuando se hubo ido, Norma dijo:

—Habla mucho con Marder. Eileen me lo dijo.

—¿Marder se está mezclando con la familia Norton?

—Por Dios, está casado con la única hija de Charley.

—¿Qué quieres decir? ¿Que Richman es informante de Marder?

—Habla con él unas tres veces por día.

Casey frunció el ceño:

—¿Por qué?

—Buena pregunta, querida. Creo que te están tendiendo una trampa.

—¿Para qué?

—No tengo idea.

—¿Tendrá algo que ver con la venta a China?

Norma se encogió de hombros:

—No lo sé. Pero Marder es el pugilista más pesado que hemos tenido en el Directorio. Y es bueno cuando se trata de no dejar rastro. Tendría mucho cuidado con el chico. —Se inclinó sobre el escritorio y bajó la voz: —Cuando volví de almorzar, no había nadie. El chico guarda el portafolio en la oficina. Así que eché un vistazo.

—¿Y?

—Richman fotocopia todo lo que encuentra. Tiene fotocopias de todos los papeles que hay sobre tu escritorio. Y también de los registros telefónicos.

—¿Mis registros telefónicos? ¿Con qué fin?

—No tengo la menor idea. Pero hay más. También encontré el pasaporte. Estuvo cinco veces en Corea durante los últimos dos meses.

—¿Corea?

—Así es, querida. Seúl. Iba casi todas las semanas. Viajes cortos. Uno o dos días a lo sumo. No más de eso.

—Pero...

—Hay más. Los coreanos incluyen el número de vuelo en las visas de inmigrantes. Pero los números que figuran en el pasaporte de Richman corresponden a matrículas de aviones, no a vuelos comerciales.

—¿Usaba un jet privado?

—Así parece.

—¿Un jet de Norton?

—No. Hablé con Alice en Operaciones. Ninguno de los jets de la empresa ha estado en Corea durante el último año. Han hecho vuelos constantes desde y hacia Pekín durante meses. Pero ninguno a Corea.

Casey frunció el ceño.

—Aún hay más —continuó Norma—. Hablé con el representante en Seúl. Es un antiguo novio. ¿Recuerdas cuando Marder tuvo esa emergencia odontológica hace un mes y se tomó tres días?

—Sí...

—Fue con Richman a Seúl. El representante se enteró cuando ya se habían ido y se enojó porque lo habían dejado al margen. No lo invitaron a ninguna de las reuniones en las que participaron. Lo tomó como un insulto hacia su persona.

—¿Qué reuniones?

—Nadie lo sabe. —Norma la miró. —Ten cuidado con el chico.

Estaba en la oficina hojeando la pila de télex más recientes cuando Richman asomó la cabeza.

—¿Qué hacemos ahora? —preguntó alegre.

—Surgió algo. Necesito que vaya a la Oficina Regional de Estándares de Vuelo. Tiene que ver a Dan Greene y obtener fotocopias del plan de vuelo y el manifiesto de la tripulación del 545.

—¿No tenemos esa información?

—No. Sólo los informes preliminares. Dan ya debe de tener listos los definitivos. Los quiero a tiempo para la reunión de mañana. La oficina está en El Segundo.

—¿El Segundo? Eso me va a tomar el resto del día.

—Lo sé, pero es importante.

Richman dudó:

—Creo que sería más útil por aquí...

—Vamos. Llámeme en cuanto los tenga.

Sistemas de Compaginación de Vídeo

16:30

La sala trasera de Sistemas de Compaginación de Vídeo, en Glendale, estaba repleta de fila tras fila de computadoras que emitían un sonido constante, las carcazas anchas a rayas color púrpura de las máquinas fabricadas por Silicon Graphics Indigo. Scott Harmon, con la pierna enyesada, se movía con dificultad por el piso surcado por cables.

—Bien —dijo— en un segundo estará listo.

Llevó a Casey a uno de los puestos de edición. Era un cuarto de tamaño mediano con un cómodo sillón ubicado contra la pared del fondo, debajo de publicidades de películas. La consola de edición estaba rodeada por las tres paredes restantes; tres monitores, dos osciloscopios y varios teclados. Scott comenzó a presionar teclas. Le hizo un gesto para que se sentase junto a él.

—¿De qué se trata? —preguntó Scott.

—Filmación casera.

—¿Superocho común? —Miraba el osciloscopio mientras hablaba. —Eso parece. Sonido Dolby. Estándar.

—Eso creo...

—Bien. Según esto, hay nueve minutos cuarenta en una cinta de sesenta minutos.

La pantalla se encendió y Casey pudo ver picos montañosos en medio de la niebla. La cámara apuntó luego a un joven norteamericano de unos treinta años que caminaba por una calle con un bebé sobre los hombros. En el fondo se veía un poblado de techos color beige. Había bambú a ambos lados del camino.

—¿Dónde es esto?

Casey se encogió de hombros:

—Parece ser China. ¿Se puede adelantar?

—Por supuesto.

Las imágenes comenzaron a sucederse a gran velocidad; rayas de estática en pantalla. Casey alcanzó a ver una pequeña casa, con la puerta abierta; una cocina, ollas y utensilios negros; una valija abierta sobre una cama; una estación de trenes, una mujer subiendo a un tren; congestión de tránsito en lo que parecía ser Hong Kong; un hall de aeropuerto de noche, el joven estadounidense con el bebé sobre las rodillas y el bebé llorando. Luego una puerta de embarque y una auxiliar de vuelo que cortaba los tickets...

—Detente —ordenó Casey.

Scott presionó teclas y la velocidad disminuyó:

—¿Es esto lo que buscabas?

—Sí.

Vio a la mujer cruzar la manga hasta el avión con el bebé en brazos. Hubo una interrupción y luego apareció la mujer con el bebé sobre la falda. La cámara enfocó el rostro de la mujer, que le obsequió un bostezo exagerado. Estaban a bordo, durante el vuelo; las luces nocturnas iluminaban la cabina; las ventanillas en el fondo se veían negras. Se oía el zumbido constante de los motores.

—Increíble. —Casey reconoció a la mujer que había entrevistado en el hospital. ¿Cuál era su nombre? Lo tenía anotado.

A su lado, en la consola, Harmon acomodó la pierna y gruñó:

—Eso me va a enseñar.

—¿Qué cosa?

—A no esquiar por las pistas de mayor dificultad con nieve-sopa.

Casey asintió, con los ojos puestos en la pantalla. La cámara volvió a enfocar al bebé que dormía, luego la imagen se volvió difusa antes de desaparecer.

—El muchacho no sabía apagar la cámara —comentó Harmon.

La imagen siguiente transcurría a plena luz del día. El bebé estaba despierto y sonriente. Una mano apareció en primer plano con el fin de atraer la atención del bebé. La voz del hombre decía: "Sarah... Sa-rah... Sonríe para papi. Son-rí-e...

La beba sonrió e hizo un gorgoteo.

—Linda beba —dijo Harmon.

Se oyó la voz del hombre:

—¿Cómo se siente al llegar a los EE.UU., Sarah? ¿Lista para ver el lugar donde nacieron tus papis?

La beba gorgoteó y agitó las manos en el aire, tratando de alcanzar la cámara.

La mujer dijo algo acerca de que todos se verían raros y la lente se volvió hacia ella. El hombre dijo: "¿Y, mamá? ¿Estás contenta de volver a casa?"

—No, Tim —dijo y volvió la cabeza—. Por favor.

—Vamos, Em. ¿Qué estás pensando?

La mujer dijo:

—Bien, lo que realmente quiero, y con lo que he soñado durante meses, es una hamburguesa con queso.

—¿Con salsa de picante frijoles Xu-xiang? —preguntó él.

—¡Por Dios, *no*! Una hamburguesa con queso, cebolla, tomate, lechuga, pepino y mayonesa.

La cámara volvió a enfocar a la beba, que estaba metiéndose el pie en la boca y llenándose los dedos de saliva.

—¿Está rico? —pregunto el padre entre risas—. ¿Es tu desayuno, Sarah? ¿No vas a esperar a las azafatas?

De pronto, la mujer volvió la cabeza y miró por encima de la cámara:

—¿Qué fue eso? —preguntó preocupada.

—Vamos, Em —contestó el hombre, que seguía riendo.

—Deténla ahí —ordenó Casey.

Harmon presionó una tecla. La expresión de ansiedad en el rostro de la mujer quedó congelada.

—Vuelve cinco segundos atrás —pidió Casey.

En la parte inferior de la pantalla apareció el contador en un marco blanco. La cinta comenzó a retroceder y una vez más aparecieron las rayas de estática.

—Bien —dijo Casey—, ahora sube el volumen.

La beba se chupaba los dedos con tal entusiasmo que sonaba como una catarata. El zumbido en la cabina se convirtió en un ruido continuo. "¿Está rico?", dijo el hombre, acompañado de una risa muy fuerte y la voz distorsionada. "¿Es tu desayuno, Sarah? ¿No vas a esperar a las azafatas del vuelo?"

Casey trató de escuchar entre las frases del hombre. Para oír los sonidos de la cabina, los murmullos de las demás voces, el roce de las telas, el sonido intermitente de los cuchillos y tenedores del *galley* delantero...

Y ahora algo más.

¿Otro sonido?

La mujer giró la cabeza de pronto."¿Qué fue eso?"

—Maldición —dijo Casey.

No podía estar segura. El zumbido del ambiente no le permitía oír lo demás. Se inclinó hacia adelante para oír mejor.

Se oyó la voz del hombre, la risa resonante: "Vamos, Em".

La beba volvió a reír, un ruido agudo y ensordecedor.

Casey movía la cabeza en señal de frustración. ¿Había o no un sonido de tono bajo? Quizá debían volver a retroceder la cinta e intentar escucharla una vez más.

—¿Puedes usar un filtro de audio? —preguntó Casey.

"Ya casi estamos en casa, querida", dijo el marido.

—¡Dios mío! —exclamó Harmon con la mirada puesta en la pantalla.

En el monitor, todo se veía inclinado en un ángulo absurdo. La pequeña se deslizó por la falda de la madre, quien la agarró y la apretó contra su pecho. La cámara se sacudía y giraba. Los pasajeros en el fondo gritaban y se tomaban de los apoyabrazos, mientras el avión iniciaba un descenso abrupto.

La cámara volvió a sacudirse y todos parecieron hundirse en los asientos, la madre aplastada por la fuerza de la gravedad, con las mejillas deformadas, los hombros caídos, la niña envuelta en llanto. Luego se oyó el grito del hombre: "¿Qué diablos?" y la mujer se elevó en el aire, sujetada sólo por el cinturón de seguridad.

Luego la cámara voló por el aire, se oyó un crujido repentino y comenzó a dar vueltas con rapidez. Cuando la imagen volvió a estabilizarse se veía algo blanco, a rayas. Antes de darse cuenta de qué se trataba, la cámara se movió y mostró un apoyabrazos visto desde abajo, dedos aferrados al tapizado. La cámara había caído al pasillo y estaba filmando derecho hacia arriba. Los gritos continuaban.

—¡Dios mío! —repitió Harmon.

La imagen comenzó a inclinarse y a cobrar velocidad, las filas de asientos se sucedían. Pero iba hacia atrás, notó: el avión estaba ascendiendo una vez más. Antes de que pudiese descifrar la imagen, la cámara se elevó en el aire.

"*Ingrávida*", pensó. El avión debía de haber alcanzado el pico del ascenso y comenzaba a descender de nuevo, un instante de ingravidez antes de...

La imagen se estrelló contra el piso y comenzó a retorcerse y rebotar con rapidez. Se oyó un sonido metálico y Casey vio la imagen borrosa de una boca abierta, y una dentadura. En seguida estaba moviéndose otra vez y pareció caer sobre un asiento. Un zapato enorme se dirigió a la lente y la pateó.

La imagen comenzó a dar vueltas y volvió a estabilizarse. Estaba una vez más en el pasillo, apuntando hacia atrás. La imagen nítida instantánea era horrenda: brazos y piernas que sobresalían de las filas de asientos hacia el pasillo. La gente gritaba y se aferraba a lo que podía. De inmediato, la cámara comenzó a moverse de nuevo.

El avión había iniciado otro descenso abrupto.

La cámara se deslizó cada vez más rápido, chocó contra el mamparo central y giró de modo que ahora enfocaba hacia adelante. Se dirigía a toda velocidad hacia un cuerpo atravesado en el pasillo. Una anciana china levantó la cabeza en el instante preciso para que la cámara la golpeara en la frente y saliera despedida para luego dar vueltas y volver a caer.

Apareció la imagen de algo brillante, como la hebilla de un cinturón y luego comenzó a avanzar una vez más hacia el compartimiento delantero, sin detenerse; golpeó contra un zapato de mujer en el pasillo, dio vueltas y siguió avanzando.

Se metió en el *galley* delantero, donde se detuvo por un instante. Una botella de vino se deslizó por el piso, pegó contra la cámara y ésta dio varias vueltas y comenzó a rebotar sobre cada cara alternativamente, la imagen se sacudía a medida que la cámara avanzaba hacia el *cockpit*.

La puerta de la cabina de comando estaba abierta. Por un instante se pudo ver el cielo a través de las ventanas del *cockpit*, hombros azules y una gorra y luego la cámara se estrelló contra algo y se detuvo. Apareció una imagen nítida de color gris uniforme.

Luego de un instante, comprendió que ese había sido el momento en el que se había incrustado debajo de la puerta del *cockpit*, justo donde Casey la había encontrado y estaba filmando la alfombra. No había nada más que ver, sólo el gris borroso de la alfombra, pero podía oír las alarmas del *cockpit*, las advertencias electrónicas y las voces pregrabadas, una tras otra: "*Airspeed.. Airspeed...*" y "*Stall... Stall...*". Más alarmas electrónicas, voces alteradas que gritaban en chino.

—Detén la cinta.

Harmon obedeció.

—¡Por Dios! —dijo.

Vio la cinta una vez más y luego la volvió a ver en cámara lenta. Pero notó que, incluso en cámara lenta, la mayor parte de las imágenes eran borrosas. No paraba de decir: "No puedo ver; no puedo distinguir lo que ocurre".

Harmon, que para entonces se había acostumbrado a la secuencia, le dijo:

—Puedo hacer un análisis de cuadro mejorado.

—¿De qué se trata?

—Puedo utilizar la computadora para ingresar e interpolar cuadros donde el movimiento es demasiado rápido.

—¿Interpolar?

—La computadora registra un cuadro y el siguiente y genera un cuadro intermedio. En síntesis, se trata de una decisión de unión de coordenadas. Pero disminuye la velocidad...

—No —afirmó Casey—. No quiero ningún agregado de las computadoras. ¿Qué más se puede hacer?

—Puedo duplicar o triplicar los cuadros. En segmentos rápidos puede haber un cierto temblor pero al menos permitiría ver las imágenes. Así por ejemplo. —Se detuvo en un segmento en el cual la cámara volaba por el aire y luego disminuía la velocidad. —En este caso, todos los cuadros no son más que imágenes borrosas, se trata de movimiento de la cámara y no de los objetos, pero aquí. ¿Ves este cuadro? Esta imagen se puede distinguir.

Mostraba la imagen de la cabina vista desde el frente hacia el fondo. Los pasajeros caían sobre los asientos, los brazos y piernas no eran más que destellos de movimientos rápidos.

—Así que ese cuadro se puede utilizar —explicó Harmon.

Casey se dio cuenta de a dónde quería llegar. Incluso con movimiento rápido la cámara estaba lo suficientemente estable como para generar una imagen útil, cada más o menos doce cuadros.

—OK —aceptó Casey—. Hazlo.

—Y hay más por hacer. Podemos enviarla a...

Casey se negó:

—Bajo ningún concepto esta cinta puede salir del edificio.

—Bien.

—Necesito dos copias. Y asegúrate de que estén completas.

AAI/Hangar 4

17:25

El grupo de Servicios de Recuperación y Mantenimiento seguía ocupado con el avión de TransPacific en el hangar 5. Casey pasó por allí camino al siguiente hangar de la línea. Allí estaba trabajando el equipo de Mary Ringer, Análisis de Artefactos del Interior, en silencio casi absoluto como dentro de una enorme cueva.

El pavimento estaba surcado por tiras de cinta adhesiva anaranjada de casi noventa metros de longitud que simulaban las paredes del N-22 de TransPacific. Las cintas transversales indicaban los mamparos principales; las filas de asientos estaban marcadas con cintas paralelas. Aquí y allá, había banderas blancas sostenidas por bloques de madera que indicaban distintos puntos críticos.

A dos metros de altura, habían montado aún más cintas que delineaban el techo y los compartimientos de equipaje del avión. El efecto del conjunto era el de una silueta fantasmagórica anaranjada de las dimensiones de la cabina de pasajeros.

Dentro de ese contorno, cinco mujeres se movían con cuidado y lentitud, todas psicólogas e ingenieras. Las mujeres estaban colocando prendas de vestir, bolsos de mano, cámaras, juguetes y otros efectos personales sobre el piso. En algunos casos, una cinta azul delgada iba desde el objeto hasta algún otro punto de la cabina, para indicar cómo se había desplazado el objeto durante el accidente.

Alrededor del hangar, las paredes estaban cubiertas de enormes fotografías ampliadas del interior, tomadas el lunes. El equipo de AAI trabajaba en silencio, concentrado en las fotos y anotaciones que le servían de referencia.

El Análisis de Artefactos del Interior no se hacía con mucha frecuencia. Era un esfuerzo desesperado que no solía proporcionar información útil. En el caso del TPA 545, habían convocado al equipo a cargo de Ringer desde el principio, dado que la gran cantidad de heridos implicaba la amenaza de demandas. Los pasajeros literalmente no sabrían qué les había pasado; las versiones solían ser descabelladas. El AAI intentaba descifrar el movimiento de objetos y personas por la cabina. Pero se trataba de una tarea lenta y difícil.

Vio a Mary Ringer, una mujer robusta de pelo gris de unos cincuenta años, cerca de la sección trasera del avión:

—Mary, ¿qué tenemos respecto de las cámaras?

—Me imaginé que te interesaría saberlo. —Mary consultó unos papeles. —Encontramos diecinueve cámaras. Trece cámaras fotográficas y seis de vídeo. De las trece fotográficas, cinco estaban rotas con la película expuesta. Otras dos no tenían película. Revelamos las otras seis y tres de ellas contenían fotografías previas al momento del incidente. Pero las estamos usando para intentar ubicar a los pasajeros, pues TransPacific aún no envió la lista de pasajeros por asiento.

—¿Y las de vídeo?

—Veamos... —Consultó los papeles. Volvió a suspirar. —Seis cámaras de vídeo, dos con imágenes tomadas dentro del avión, ninguna durante el incidente. Oí acerca de la cinta que emitieron por televisión. No sé de dónde salió. El pasajero debe de habérsela llevado consigo al bajar en LAX.

—Es probable.

—¿Qué hay del grabador de información de vuelo? Lo necesitamos para...

—Ustedes y todos los demás. Me estoy ocupando de eso. —Miró alrededor del compartimiento posterior delineado por las cintas. Vio la gorra del piloto sobre el piso de cemento, en un rincón. —¿No tenía nombre la gorra?

—Sí, en el interior —contestó Mary—. Zen Ching o algo parecido. Pedimos que tradujesen la etiqueta.

—¿Quién hizo la traducción?

—Eileen Han, de la oficina de Marder. Lee y escribe en mandarín y nos ayuda. ¿Por qué?

—Sólo tenía una pregunta. No es importante. —Casey se dirigió a la salida.

—Casey —dijo Mary—, necesitamos el grabador de vuelo.

—Lo sé —respondió Casey—. Lo sé.

Llamó a Norma.

—¿Quién puede hacerme una traducción del chino?

—¿Quieres decir, además de Eileen?

—Así es. Además de ella. —Pensó que era mejor mantenerlo al margen de la oficina de Marder.

—Veamos... ¿Qué te parece Ellen Fog, de Contaduría? Trabajó como traductora para la FAA.

—¿El marido trabaja en Estructura con Doherty?

—Sí, pero Ellen es muy discreta.

—¿Estás segura?

—Lo *sé* —afirmó Norma con cierto tono.

Edificio 102/Contaduría

17:50

Casey se dirigió a Contaduría, ubicado en el subsuelo del edificio 102. Llegó justo antes de las seis. Encontró a Ellen Fog lista para irse a casa.

—Ellen —dijo—, necesito un favor.

—Por supuesto. —Ellen era una mujer de unos cuarenta años con excelente predisposición, madre de tres hijos.

—¿Trabajaste para la FAA como traductora?

—Hace mucho tiempo.

—Necesito traducir algo.

—Casey, puedes conseguir un traductor mucho mejor...

—Preferiría que lo hicieras tú. Es confidencial. —Le entregó la cinta a Ellen. —Necesito lo que dicen las voces durante los últimos nueve minutos.

—Bien.

—Y preferiría que no lo comentaras con nadie.

—¿Incluido Bill? —Se refería a su marido.

Casey asintió:

—¿Es un problema?

—Para nada. —Miró la cinta que tenía en la mano. —¿Para cuándo?

—¿Mañana? ¿El viernes como máximo?

—Hecho —afirmó Ellen.

LIAN

17:55

Casey llevó la segunda copia de la cinta al Laboratorio de Interpretación de Audio de Norton, alojado en la parte posterior del edificio 24. El LIAN estaba a cargo de un ex empleado de la CIA oriundo de Omaha, un genio de la electrónica paranoico llamado Jay Ziegler, que fabricaba sus propias consolas de audio y equipos de reproducción de cintas pues, según él, no confiaba en nadie como para que se lo hiciese.

Norton había creado el LIAN para ayudar a las dependencias del gobierno a interpretar las cintas de los grabadores de voces del *cockpit*. Después de un accidente, el gobierno tomaba los GVC y los analizaba en Washington, con el fin de que no se filtrase información a la prensa antes de terminar la investigación. Pero aun cuando las dependencias contaban con personal idóneo para transcribir las cintas, no eran tan útiles a la hora de interpretar los sonidos dentro de la cabina de comando: las alarmas y señales electrónicas que solían sonar. Estas alarmas representaban sistemas patentados por Norton, por lo cual había sido necesario crear instalaciones donde analizarlos.

La puerta gruesa a prueba de ruido, como de costumbre, estaba cerrada. Casey golpeó y después de un rato una voz por el altoparlante dijo: "La clave".

—Soy Casey Singleton, Jay.

—La clave.

—Por Dios, Jay. Abre la puerta.

Se oyó un *clic* en medio del silencio. Esperó. La puerta se abrió apenas un poco. Vio a Jay Ziegler, con el pelo largo hasta los hombros y anteojos oscuros.

—Ah, está bien. Adelante, Casey. Estás autorizada para esta zona.

Abrió un poco más la puerta y Casey se deslizó hacia el interior. De inmediato, Ziegler cerró la puerta de un golpe y echó tres cerrojos uno tras otro.

—Es mejor que llames antes, Casey. Tenemos un código de seguridad encriptado de cuatro niveles.

—Lo siento, Jay. Surgió algo urgente.

—La seguridad es asunto de todos.

Le entregó el ovillo de cinta magnética. Ziegler lo miró.

—Esto es cinta magnética de dos centímetros y medio. No solemos ver este tipo de cinta aquí.

—¿Se puede leer?

Ziegler asintió.

—Puedo leer lo que sea, Singleton. Cualquier cosa. —Colocó la cinta en un tambor horizontal y la enrolló. Luego miró por encima del hombro. —¿Estás autorizada para ver el contenido de esto?

—Es mi cinta, Jay.

—Sólo preguntaba.

—Tendría que decirte que la cinta es...

—No me digas nada, Singleton. Es mejor así.

Cuando echó a andar la cinta aparecieron las escalas ondulantes de los osciloscopios en todos los monitores de la habitación: líneas verdes sobre fondo negro.

—Bien. Tenemos pista de audio superocho, con codificación Dolby D, tiene que ser una filmación de vídeo casera... —Por los altoparlantes oyó unos crujidos reiterados.

Ziegler miró los monitores. Algunos mostraban información rara, modelos tridimensionales del sonido que parecían collares de cuentas multicolores brillantes. Los programas también generaban partes a distintos hertz.

—Pasos —anunció Ziegler—. Zapatos con suela de goma sobre césped o tierra. Entorno rural, no hay señales urbanas. Pasos probablemente masculinos. Y... una leve arritmia. Es probable que esté cargando algo. No demasiado pesado. Pero definitivamente no hay equilibrio.

Casey recordó la primera imagen de la cinta: un hombre se alejaba de una aldea china por un camino con un niño sobre los hombros.

—Exacto —dijo impresionada.

Luego se oyó un sonido de alta frecuencia, alguna especie de ave.

—Espera, espera... —dijo Ziegler mientras presionaba botones. Volvió a escuchar ese sonido varias veces, las cuentas dibujaban ondas. —¡Ajá! —dijo finalmente—. No está en la base de datos, ¿Transcurre en el extranjero?

—China.

—Bueno, no puedo hacer todo.

Los pasos continuaron. Se oyó el silbido del viento. En la cinta, una voz masculina dijo: "Se durmió...".

—Estadounidense, entre un metro cincuenta y nueve y un metro sesenta de estatura, de unos treinta y cinco años de edad.

Presionó un botón y uno de los monitores mostró la imagen de la cinta: el hombre se alejaba por el camino. Congeló la imagen.

—Bien —dijo Ziegler—, ¿qué estoy haciendo?

—Los últimos nueve minutos contienen imágenes filmadas a bordo del TPA 545. La cámara grabó todo el incidente.

—¿En serio? —preguntó Ziegler, frotándose las manos—. Esto va a ser interesante.

—Quiero saber todo lo que puedas decirme acerca de sonidos extraños en los instantes previos al hecho. Tengo una pregunta acerca de...

—No me lo digas —dijo con la mano en alto—. No quiero saber. Quiero partir desde cero.

—¿Cuándo puedo esperar algún resultado?

—En veinticuatro horas. —Ziegler miró el reloj. —Mañana por la tarde.

—Bien y, ¿Jay? Te agradecería que lo mantengas en secreto. Ziegler la miró estupefacto.

—¿Qué cinta? —preguntó.

CC

18:10

Casey volvió a su escritorio un poco después de las 18:00. Había más télex esperándola:

DE: S. NIETO, RSV VANC
A: C. SINGLETON, CC/GRI

P/O ZAN PING EN HOSP GEN VANC COMPLICACIONES POR CIRUGÍA INCONSCIENTE PERO ESTABLE. REP EMPRESA MIKE LEE VISITÓ EL HOSP HOY. VOY A INTENTAR VER AL P/O MAÑANA PARA VERIFICAR ESTADO Y ENTREVISTARLO SI ES POSIBLE.

—Norma. Recuérdame llamar a Vancouver mañana por la mañana.

—Voy a anotarlo. Por cierto, llegó esto para ti. —Le dio un fax.

Una única hoja que parecía tomada de una revista de a bordo. Arriba decía: "Empleado del Mes", seguido de una fotografía con manchas de tinta, borrosa.

Debajo decía: "El comandante John Zhen Chang, piloto senior de TransPacific, es nuestro empleado del mes. El padre del comandante Chang fue piloto y John ha volado durante veinte años, siete de ellos para TransPacific. Fuera del *cockpit*, el Comandante Chang disfruta del ciclismo y el golf. En la foto lo vemos en familia en la playa de la Isla Lantan con su esposa, Soon, y sus hijos, Erica y Tom".

Casey frunció el ceño:

—¿Qué es esto?

—No tengo la menor idea —dijo Norma.

—¿Dé dónde proviene? —Había un número de teléfono en la parte superior, pero ningún nombre.

—Se trata de un negocio de fotocopias en La Tijera —precisó Norma.

—Cerca del aeropuerto —acotó Casey.

—Sí. Es una zona concurrida, no tienen idea de quién lo envió.

Casey se detuvo a mirar la fotografía:

—¿Proviene de una revista de a bordo?

—Es de TransPacific, pero no es el ejemplar de este mes. Sacaron el contenido de los bolsillos de los asientos; ya sabes: información a los pasajeros, cartillas de emergencia, bolsas de mareo, revistas de a bordo, y nos lo enviaron. Pero esta página no pertenece a la revista.

—¿Podemos conseguir los ejemplares anteriores?

—Estoy en eso.

—Me gustaría ver mejor esta fotografía.

—Ya lo suponía —dijo Norma.

Pasó a ocuparse del resto de los papeles que había sobre el escritorio.

DE: T. Korman, SERV AL CLIENTE
A: C. Singleton, CC/GRI

Hemos completado los parámetros de diseño del Sistema de Pantalla Virtual para el N-22 para uso del personal de tierra en las estaciones de reparación locales y extranjeras. El lector de CD-ROM se puede ajustar el cinturón y se redujo el peso de las antiparras. Este sistema permite al personal de mantenimiento consultar los Manuales de Mantenimiento 12A/102 -12A/406, incluidos los diagramas y los cortes de piezas. Se distribuirán muestras para recibir comentarios mañana. Se comenzará a producir a partir del 1/5.

Ese Sistema de Pantalla Virtual formaba parte del esfuerzo ininterrumpido de Norton para ayudar a los clientes a mejorar el mantenimiento. Los fabricantes de aviones habían comprobado hacía tiempo que la mayor parte de los problemas operativos se deben a mal mantenimiento. Por lo general, un avión de línea con buen mantenimiento puede volar durante décadas; algunos de los viejos N-5 fabricados por Norton tenían sesenta años y aún estaban en servicio. Por otra parte, un avión mal mantenido podía verse en problemas o incluso estrellarse en cuestión de segundos.

Debido a la presión financiera ejercida por la desregulación, las líneas aéreas estaban disminuyendo la cantidad de personal. Y estaban disminuyendo el tiempo de estadía en los aeropuertos entre ciclos; el tiempo de permanencia en tierra se había reducido en algunos casos de dos horas a menos de veinte minutos. Todo eso aumentaba la presión sobre el personal de mantenimiento. Norton, al igual que Boeing y Douglas, consideraban que iba en beneficio propio ayudar a los equipos de mantenimiento a trabajar con mayor eficiencia. Esa era la razón por la cual era tan importante el Sistema de Pantalla Virtual, que proyectaba los manuales de mantenimiento en la parte interior de un par de antiparras.

Siguió adelante.

A continuación encontró el resumen semanal de fallas de partes, compilado para permitir a la FAA hacer un seguimiento más exhaustivo de los problemas de piezas. Ninguna de las fallas de la semana anterior era grave. Un compresor de motor se había detenido; un indicador de EGT del motor había sufrido una falla; una luz de obstrucción en un filtro de aceite se había encendido injustificadamente; un indicador de temperatura de combustible se había encendido sin motivo.

Luego había más informes de seguimiento de incidentes anteriores del GRI. Servicio al Cliente verificaba todos los aviones que sufrían incidentes cada dos semanas durante los seis meses posteriores al mismo para asegurarse de que las conclusiones del GRI habían sido correctas y de que el avión no sufriese mayores problemas. Al cabo de ese tiempo confeccionaban un informe resumido como el que tenía frente a ella sobre el escritorio:

INFORME DE INCIDENTE AÉREO

INFORMACIÓN CONFIDENCIAL
PARA USO INTERNO SOLAMENTE

INFORME Nº: GRI-8-2776 FECHA DE HOY: 8 de abril
MODELO:N-20 FECHA DEL INCIDENTE: 4 de marzo

OPERADOR: Jet atlantic NFA	Nº DE FUSELAJE:1280
ELABORADO POR: J. Ramones RSV	LUGAR: PS Portugal
REFERENCIA: a) AVN-SVC-O8774/ADH
TEMA: Falla en Rueda de Tren de Aterrizaje Principal Durante Decolaje

DESCRIPCIÓN DEL HECHO:

Se informó que durante el carreteo previo al decolaje se encendió la luz que indica que una de las ruedas no está girando y la tripulación técnica abortó el despegue. Las cubiertas del tren de nariz reventaron y hubo fuego en el alojamiento de las ruedas que fue sofocado por camiones de bomberos desde tierra. Los pasajeros y la tripulación descendieron por los toboganes de evacuación. No se registraron heridos.

MEDIDAS TOMADAS:

La inspección del avión reveló los siguientes daños:

1. Ambos *flaps* sufrieron daños significativos.
2. El motor Nº 1 sufrió daños debido al hollín.
3. El fuselado de la articulación del flap interno sufrió daños menores.
4. La rueda Nº 2 estaba en llanta y había perdido alrededor del treinta por ciento de la superficie. El eje y el pistón del tren de nariz no registraron daños.

De la revisión de los factores humanos surgieron las siguientes conclusiones:

1. Los procedimientos de cabina de comando requieren mayor análisis por parte del operador.
2. Los procedimientos de reparación en el exterior requieren mayor análisis por parte del operador.

El avión se encuentra en proceso de reparación. El operador está llevando a cabo una revisión de los procedimientos internos.

David Levine
Integración Técnica
Servicio al Cliente
Norton Aircraft Company
Burbank, CA

Los informes resumidos siempre eran diplomáticos; Casey sabía que en ese incidente el mantenimiento había sido tan malo que la rueda de nariz se trabó durante el despegue, hizo reventar las llantas y ocasionó lo que pudo haber sido un incidente grave. Pero el informe no lo mencionaba. Había que leer entre líneas. El problema era del operador; pero se trataba a la vez de un cliente, y no estaba bien visto acusar al cliente.

Con el tiempo, Casey lo sabía, el vuelo 545 de TransPacific terminaría resumido en un informe igualmente diplomático. Pero quedaba mucho por hacer antes de eso.

Norma regresó.

—La oficina de TransPacific está cerrada. Tendré que buscar la revista mañana.

—Está bien.

—¿Querida?

—¿Qué ocurre?

—Es hora de ir a casa.

Casey lanzó un suspiro.

—Tienes razón, Norma.

—Y descansa, ¿sí?

Glendale

21:15

Allison había dejado un mensaje en el contestador automático para avisarle que había una fiesta en casa de Amy y pasaría la noche allí y que el padre le había dado permiso. A Casey no le gustó demasiado; pensaba que Allison no tenía que quedarse a dormir en la casa de las amigas la noche previa a un día de clase, pero no había nada que pudiese hacer. Se acostó, acomodó la foto de la hija para poder verla y luego se puso a trabajar. Estaba revisando las cintas de vuelo del TPA 545, verificando las coordinadas de ruta para cada tramo con las transcripciones de las comunicaciones de radio con ARINC Honolulu y el Centro Oakland. Sonó el teléfono.

—Casey Singleton.

—Hola, Casey. Habla John Marder.

Se sentó en la cama. Marder nunca la llamaba a casa. Miró el reloj. Eran más de las nueve de la noche.

Marder se aclaró la garganta:

—Acabo de recibir un llamado de Benson en Relaciones Públicas. Tiene un pedido de un equipo de filmación de una cadena televisiva para filmar dentro de la planta. Lo rechazó.

—¡Ajá! —Ese era el procedimiento habitual; no se permitía a los equipos de televisión filmar dentro de la planta.

—Luego recibió una llamada de la productora de ese programa de noticias *Newsline*, de nombre Malone. Dijo que *Newsline* había solicitado permiso para ingresar en la planta e insistió en que se le concediera. Muy insistente y segura de sí misma. Benson le dijo que se olvidara del tema.

—Entiendo.

—Dijo que había sido amable con ella.

—Bien. —Se quedó esperando.

—Esta tal Malone dijo que *Newsline* estaba preparando una nota acerca del N-22 y quería una entrevista con el presidente de la empresa. Benson le dijo que Hal estaba en el exterior y era imposible ponerse en contacto con él.

—Ya veo.

—Luego ella sugirió que reconsideráramos la solicitud dado que la nota de *Newsline* iba a concentrarse en la preocupación respecto de la seguridad que ofrece el avión, dos problemas en dos días, un problema en un motor y la extensión de *slats*, varios pasajeros muertos. Dijo que había hablado con quienes lo criticaban, no dio nombres pero puedo adivinar, y que quería darle una la oportunidad de responder a los cargos al presidente de la empresa.

Casey suspiró.

—Benson le dijo que quizás podría conseguirle una entrevista con el presidente la semana próxima —continuó Marder— y ella dijo que no, que no serviría pues *Newsline* pensaba poner la nota al aire este fin de semana.

—¿Este fin de semana?

—Así es. No podían haber elegido un momento peor. El día anterior a mi viaje a China. Es un programa de mucho éxito. Todo el país lo va a ver.

—Sí.

—Luego la mujer dijo que quería ser justa pues siempre se veía mal que la empresa no ofreciera una respuesta a las acusaciones. Así que si el presidente no estaba disponible para hablar con *Newsline*, quizás algún otro vocero de alto rango podía hacerlo.

—Ajá.

—Así que voy a recibir a esta tarada mañana al mediodía en mi oficina.

—¿Frente a cámara?

—No, no. Sólo una entrevista, sin cámaras. Pero vamos a hablar de la investigación del GRI, así que me parecería mejor que estuvieses presente.

—Por supuesto.

—Parece ser que van a hacer una nota terrible para el N-22. Es esa maldita cinta de CNN. Eso detonó todo esto. Pero ya estamos metidos en esto, Casey. Y tenemos que manejarlo de la mejor manera posible.

—Allí estaré.

Jueves

Marina del aeropuerto

06:30

Jennifer Malone se despertó con el zumbido leve pero insistente del despertador. Lo apagó y miró el hombro bronceado del hombre que estaba acostado a su lado. Estaba molesta. Era un doble de serie de televisión que había conocido hacía algunos meses. De rostro y cuerpo musculoso, sabía cómo hacer lo suyo... pero por Dios, odiaba que pasaran la noche con ella. Lo había sugerido amablemente después de la segunda vez. Pero él sólo se dio vuelta y se quedó dormido. Y ahí estaba, roncando.

Jennifer odiaba despertarse con un hombre en la habitación. Detestaba todo al respecto, los sonidos que hacían al respirar, el olor que despedía la piel, el pelo graso sobre la almohada. Incluso los más codiciados, las celebridades que le hacían palpitar el corazón, parecían ballenas varadas en la playa a la mañana siguiente.

Era como si los hombres no supiesen cuál era su lugar. Llegaban, conseguían lo que querían, ella obtenía lo que quería, todos estaban contentos. ¿Así que por qué mierda no se iban a su casa?

Lo había llamado desde el avión: "Hola. Estoy llegando a la ciudad, ¿qué tienes que hacer esta noche?" Y él le había contestado, sin dudar, "Hacerte el amor". Que a ella le había parecido perfecto. Era un poco raro estar sentada en un avión al lado de un contador inclinado sobre una computadora portátil y que una voz le dijese al oído que iban a hacer el amor en cada una de las habitaciones de la suite.

Y había cumplido con su palabra. No andaba con vueltas este hombre, y tenía mucha energía, esa vitalidad pura californiana que era imposible encontrar en Nueva York. No había razón alguna para hablar de ningún tema. Sólo sexo.

Pero ahora, el sol se colaba por la ventana...

Carajo.

Se levantó. Sintió el aire frío del aire acondicionado en la piel y fue al armario a elegir qué iba a usar. Iba a entrevistar a personas bastante simples, así que se decidió por un par de jeans, una remera blanca de Agnes B y un blazer azul exclusivo de Jil Sander. Llevó todo al baño y dejó correr el agua de la ducha. Mientras se calentaba el agua, llamó al camarógrafo y le pidió que el equipo estuviese listo en el lobby del hotel en una hora.

Mientras tomaba la ducha, revisó las actividades para ese día. Primero Barker, a las nueve. Haría una toma rápida con algún fondo de aviones para hacerlo entrar en calor y luego haría el resto en su oficina.

Después el periodista, Jack Rogers. No había tiempo de entrevistarlo en las oficinas del periódico en Orange County; iba a comenzar con él en Burbank, otro aeropuerto, distinta apariencia. Hablaría acerca de Norton con los edificios de la empresa a su espalda.

Luego, al mediodía, hablaría con el tipo de Norton. Pero para entonces ya estaría al tanto del punto de vista de los otros dos e intentaría asustar a la gente de Norton para conseguir acceso al presidente de la empresa.

Y luego... veamos. El cazador de ambulancias más tarde, sólo un rato. Alguien de la FAA el viernes también. Marty haría la toma fuera de la planta de Norton, el guión aún no estaba listo pero todo lo que necesitaba era la introducción y el resto se agregaría luego. Imágenes de pasajeros subiendo al avión, condenados a muerte. Despegues y aterrizajes, y algunas buenas imágenes de aviones que se estrellan.

Y eso era todo.

Ese segmento iba a funcionar, pensó al salir de la ducha. Sólo había una cosa que le molestaba.

El tipo en la cama.

¿Por qué no se iba a casa?

CC

06:40

Cuando Casey entró en las oficinas de CC, Norma la miró y señaló en dirección al pasillo.

Casey frunció el ceño.

Norma sacudió el pulgar.

—Ya estaba aquí cuando llegué esta mañana. Hace una hora que está hablando por teléfono. El bello durmiente no parece tan dormido.

Casey avanzó por el pasillo. Al llegar a la oficina de Richman le oyó decir: "Por supuesto que no. Estamos convencidos de cómo va a terminar todo esto. No. No. Estoy seguro. No tiene la menor idea. Ni una sospecha.

Casey asomó la cabeza.

Richman estaba reclinado en el asiento con los pies sobre el escritorio mientras hablaba por teléfono. Pareció asombrado al verla. Tapó el auricular con la mano:

—Sólo voy a estar aquí un momento.

—Bien.

Casey volvió a su oficina y se puso a hojear los papeles. No quería tenerlo alrededor. Pensó que era hora de otro encargue.

—Buen día —dijo Richman al entrar. Estaba de muy buen humor, con una sonrisa de oreja a oreja. —Tengo los documentos de la FAA que quería. Los dejé sobre el escritorio.

—Gracias. Hoy necesito que vaya a las oficinas centrales de TransPacific.

—¿TransPacific? ¿No es en el aeropuerto?

—De hecho, creo que están en el centro de Los Angeles. Norma va a conseguir la dirección exacta. Necesito los ejemplares anteriores de la revista de a bordo. Todos los que haya. Al menos desde hace un año.

—¿No se puede enviar a un mensajero a que lo haga?

—Es urgente.

—Pero me voy a perder la reunión del GRI.

—No hace falta que esté presente en el GRI. Y además necesito esas revistas lo antes posible.

—¿Revistas de a bordo? ¿Para qué?

—Bob, tráigalas.

Sonrió de costado:

—Está tratando de librarse de mí, ¿no es cierto?

—Sólo necesito esas revistas, entrégueselas a Norma y llámeme.

Sala de Guerra

07:30

John Marder estaba retrasado. Llegó a la sala corriendo con aire distraído y molesto y se dejó caer en una silla.

—Bien —comenzó—, veamos. ¿Dónde estamos con el tema del 545? ¿Grabador de vuelo?

—Nada todavía —dijo Casey.

—Necesitamos esa información. Consíguela, Casey. ¿Estructura?

—Bueno, es muy difícil, muy muy difícil por cierto —dijo Doherty apesadumbrado—. Aún me preocupa ese perno de sujeción. Creo que tenemos que ser más cuidadosos...

—Doug. Ya te lo dije. Lo vamos a verificar en Prueba de Vuelo. ¿Qué hay del sistema hidráulico?

—Está perfecto.

—¿El cableado?

—Bien. Por supuesto que estamos a temperatura ambiente. Hay que enfriarlo para estar seguros.

—Eso lo vamos a ver en Prueba de Vuelo. ¿Sistema eléctrico?

—La Prueba Eléctrica de Ciclo está programada para las 18:00 y se va a efectuar durante toda la noche. Si hay algún problema lo sabremos por la mañana.

—¿Alguna sospecha hasta ahora?

—Sólo los sensores de proximidad del ala derecha.

—¿Los probaron?

—Sí, y parecen normales. Es obvio que para verificarlos en serio habría que desmontarlos del ala y eso significa...

—Demorar todo —interrumpió Marder—. Olvídenlo. ¿Motores?

—Los motores están en perfecto estado —anunció Kenny Burne—. Algunos sellos del sistema de refrigeración están instalados al revés. Y tenemos una cubierta de reversor no autorizada. Pero eso no puede haber causado el accidente.

—Bien. Quedan eliminados los motores. ¿Aviónica?

—La verificación de aviónica indica que todo está dentro de los límites normales.

—¿Qué hay del piloto automático? ¿Con el piloto tratando de tomar el control?

—El piloto automático funciona bien.

—Entiendo —Marder miró alrededor de la habitación—. Así que no tenemos nada, ¿no es así? Setenta y dos horas de investigación y no tenemos la menor idea de lo que pasó a bordo del TPA 545.

Todos se quedaron callados.

—¡Dios mío! —dijo Marder disgustado. Dio un golpe sobre la mesa. —¿No entienden? ¡Quiero que esta mierda esté *resuelta*!

Bulevar Sepulveda

10:10

Fred Barker le estaba resolviendo todos los problemas.

Para comenzar, Jennifer necesitaba una toma del entrevistado camino a trabajar para que Marty agregase encima la introducción ("Hablamos con Fred Barker, ex agente de la FAA y actual activista en favor de la seguridad de las aeronaves"). Barker sugirió un lugar en Sepulveda, con una vista espectacular de las pistas de la zona sur del Aeropuerto Internacional de Los Angeles. Era perfecto y se ocupó de mencionar que ningún otro equipo de televisión lo había usado antes.

Luego necesitaba una toma en pleno trabajo, también para agregarle la locución en off ("Desde que abandonó la FAA, Barker ha trabajado sin descanso con el fin de atraer la atención del público hacia los diseños de aviones defectuosos y en especial del N-22"). Barker sugirió un rincón de su oficina, donde se colocó delante de una biblioteca repleta de gruesas carpetas de documentación de la FAA y con el escritorio cubierto de panfletos de aspecto técnico que hojeó para la cámara.

A continuación necesitaba su perorata acostumbrada, con el tipo de detalle con el que Reardon no tendría tiempo de molestarse durante la entrevista. Barker también estaba listo para eso. Sabía dónde estaban los interruptores del aire acondicionado, el refrigerador, los teléfonos y todas las demás fuentes de ruido que necesitarían desconectar para la filmación. Barker también tenía listo un monitor de vídeo para volver a pasar la cinta de CNN del vuelo TPA 545 mientras hacía su comentario al respecto. El monitor era un Trinitron ubicado en un rincón oscuro de la habitación para que pudiesen obtener una imagen de él. Había una toma en V de modo que pudiesen obtener energía en forma directa para sincronizar el audio de sus comentarios. Y Barker está usando cinta de dos centímetros y medio, así que la calidad de la imagen era perfecta. Incluso tenía una maqueta enorme del N-22 con partes móviles en el ala y la cola que podía usar para demostrar qué había salido mal durante el vuelo. El modelo estaba apoyado sobre un pedestal encima del escritorio de modo de que no se viera como un artilugio. Y Barker estaba vestido para la ocasión: look informal en mangas de camisa y corbata, con aire de ingeniero, de experto en la materia.

Además, Barker era bueno frente a las cámaras. Se lo veía relajado. No usaba la jerga aeronáutica y daba respuestas cortas. Parecía entender cómo ella compaginaría el segmento de modo que no la forzó a nada. Por ejemplo, no recurrió al modelo del avión en el medio de una respuesta. En vez de eso, respondía, y luego decía: "Al respecto, me gustaría recurrir al modelo". Cuando ella estaba de acuerdo, repetía la respuesta previa y tomaba el modelo al mismo tiempo. Todo lo hacía con naturalidad, sin sobresaltos ni movimientos torpes.

Por supuesto Barker tenía experiencia, no sólo en televisión sino también ante los tribunales. El único problema era que no le proporcionaba emociones fuertes: no había sorpresas ni ataques de ira. Por el contrario, el tono, los modales, los gestos sugerían un profundo pesar. Era desafortunado que surgiera una situación como esa. Era desafortunado que no se tomasen medidas para corregir el problema. Era desafortunado que las autoridades no le hubiesen prestado atención durante tantos años.

—El avión ha tenido ocho incidentes previos con los *slats* —afirmó. Sostuvo el modelo cerca del rostro, lo hizo girar de modo que no se reflejaran las luces montadas por el equipo de filmación. —Estos son los *slats* —señaló y extendió un panel móvil en el frente del ala. Corrió la mano y dijo: —¿Pueden hacer un acercamiento?

—No llegué a tiempo —dijo el camarógrafo—. ¿Puede repetirlo?

—Seguro. ¿Empieza con un plano general?

—Dos de apertura —dijo el camarógrafo.

Barker asintió. Hizo una pausa y retomó:

—Ha habido ocho incidentes previos con los *slats* en este avión. —Una vez más sostuvo el modelo, esta vez con la inclinación correcta para que no reflejase la luz. —Estos son los *slats* —explicó. Y luego extendió el panel ubicado en la parte delantera del ala. Luego hizo otra pausa.

—Esta vez lo tengo —anunció el camarógrafo.

Barker continuó:

—Los *slats* sólo se extienden para despegues y aterrizajes. Durante el vuelo permanecen alojados en el ala. Pero en el N-22 de Norton, los *slats* se han extendido por sí solos durante el vuelo. Se trata de un error de diseño. —Otra pausa. —Ahora voy a demostrar lo que pasa, así que quizá quieras hacer una toma del avión completo.

—Estoy abriendo.

Barker esperó paciente un momento y luego dijo:

—La consecuencia de este error de diseño es que cuando se extienden los *slats* el avión sube la nariz de esta manera con el riesgo de entrar en pérdida. —Inclinó el modelo un poco hacia arriba. —En este punto, es casi imposible de controlar. Si el piloto trata de volver al avión al nivel de vuelo, éste compensa en exceso y emprende un descenso abrupto. Una vez más, el piloto corrige para salir del descenso. El avión comienza a trepar. Luego otro descenso en picada para luego volver a trepar. Eso es lo que ocurrió con el vuelo 545. Es por eso que murió gente.

Barker hizo una pausa.

—Terminamos con el modelo —dijo—. Así que lo voy a apoyar.

—Está bien.—dijo Jennifer. Había estado observando a Barker en el monitor del piso y se le ocurrió que podría tener problemas para pasar del plano más general a la toma del momento en que apoyaba el avión. Lo que necesitaba era que repitiese...

—El avión emprende un descenso abrupto. Luego trepa. Después vuelve a descender. Eso es lo que ocurrió con el vuelo 545. Es por eso que murió gente. —Con pesar apoyó el modelo. A pesar de que lo hizo con suavidad, el gesto parecía sugerir que se estrellaba.

Jennifer no se hacía ilusiones respecto de lo que estaba viendo. Eso no era una entrevista; era una actuación. Pero ese enfoque profesional no era poco frecuente en la actualidad. Cada vez más entrevistados parecían comprender los ángulos de las cámaras y las secuencias de compaginación. Había visto ejecutivos llegar maquillados a la entrevista. Al principio, quienes trabajaban en televisión se habían alarmado ante esa nueva sofisticación. Pero con el tiempo se habían acostumbrado. Nunca había suficiente tiempo; siempre estaban corriendo de una locación a otra. Un entrevistado preparado les simplificaba el trabajo.

Pero por el simple hecho de que Barker fuese natural y hábil frente a cámara no lo iba a dejar escapar sin someterlo a un pequeño interrogatorio. La última parte de su trabajo de hoy era cubrir las preguntas básicas, en caso de que Marty no tuviese tiempo o se olvidara de formularlas.

—Señor Barker —comenzó.

—¿Sí? —Se dio vuelta hacia ella.

—Verifiquen cómo se ve —le dijo al camarógrafo.

—Se ve lejos. Acércate un poco a la cámara.

Jennifer corrió la silla de modo de quedar justo al lado de la lente. Barker giró levemente para quedar de frente en esa nueva posición.

—Se ve perfecto ahora.

—Señor Barker, usted trabajaba para la FAA...

—Así es, pero abandoné la institución porque no estaba de acuerdo con la actitud permisiva con los fabricantes. El avión de Norton es el resultado de esas políticas permisivas.

Una vez más Barker demostraba su habilidad. Su respuesta era una declaración completa. Sabía que era más probable que sus comentarios salieran al aire si no eran respuestas directas a una pregunta.

—Existe cierta controversia en torno a su retiro de la institución —mencionó Jennifer.

—Estoy al tanto de algunas de las acusaciones acerca de por qué me fui de la FAA —dijo Barker en una nueva declaración—. Pero el hecho es que mi partida es una vergüenza para la FAA. Critiqué la forma en la que se trabajaba y como se negaron a responder, me fui. Así que no me asombra que aún traten de desacreditarme.

—La FAA sostiene que usted filtró información a la prensa. Dicen que lo despidieron por eso.

—No hay pruebas de las acusaciones que la FAA ha hecho contra mí. No he visto a ningún agente de la FAA presentar una sola prueba que avale sus críticas.

—¿Usted trabaja para Bradley King, el abogado?

—He participado como perito en temas de aviación en algunos casos. Creo que es importante que alguien que sabe del tema hable.

—¿Recibe dinero de Bradley King?

—Todo perito recibe honorarios por su tiempo y los gastos incurridos. Es un procedimiento normal.

—¿Es cierto que es empleado de tiempo completo de Bradley King? ¿Que su oficina, todo lo que hay en esta habitación, todo lo que vemos, ha sido pagado por King?

—Recibo fondos del Instituto de Investigación Aérea, una organización sin fines de lucro con sede en Washington. Mi trabajo es promover la seguridad en la aviación aerocomercial. Hago todo lo que está a mi alcance para que los cielos sean seguros para los viajeros.

—Vamos, señor Barker: ¿acaso usted no es un perito que vende sus servicios?

—En verdad tengo ideas muy definidas acerca de la seguridad de vuelo. Es natural que preste servicios a empleadores que comparten mis preocupaciones.

—¿Cuál es su opinión de la FAA?

—La FAA tiene buenas intenciones, pero tiene un doble mandato: tanto reglamentar la actividad aerocomercial como promoverla. Hace falta una reforma integral de esa institución. Es demasiado permisiva con los fabricantes.

—¿Puede darnos un ejemplo? —Le estaba dando letra. Por las conversaciones previas que habían mantenido sabía qué iba a decir.

Una vez más, Barker hizo una declaración:

—Un buen ejemplo de esta actitud permisiva es la manera en la cual la FAA maneja la certificación. Los documentos necesarios para certificar un nuevo modelo no quedan en poder de la FAA, sino de los propios fabricantes. Esto no parece muy adecuado. El lobo cuida de las ovejas.

—¿La FAA está haciendo un buen trabajo?

—Me temo que el trabajo de la FAA deja mucho que desear. Las vidas de los estadounidenses están corriendo riesgos innecesarios. Con franqueza, es hora de un análisis exhaustivo. De lo contrario, me temo que van a seguir muriendo pasajeros, como ocurrió a bordo de este avión de Norton. —Hizo un gesto lento, de modo que la cámara lo acompañara, hacia el modelo apoyado sobre el escritorio. —En mi opinión, lo que ocurrió a bordo de ese avión es una desgracia.

La entrevista terminó. Mientras el equipo guardaba las cosas, Barker se acercó a ella.

—¿A quién más van a entrevistar?

—El próximo es Jack Rogers.

—Es un buen hombre.

—Y alguien de Norton. —Consultó los papeles. —Un tal John Marder.

—Ah.

—¿Y eso qué significa?

—Bueno, Marder sabe cómo hablar. Le va a dar la perorata de las Directivas de Aeronavegabilidad. Usa mucho la jerga de la FAA. Pero el hecho es que estuvo a cargo del programa del N-22. Supervisó el desarrollo del avión. Sabe que hay un problema, es parte de él.

Fuera de Norton

11:10

Después de la serenidad ensayada de Barker, el periodista Jack Rogers resultó un poco chocante. Apareció vestido con un saco color verde limón que anunciaba a gritos que venía de Orange County y la corbata con motivo escocés parecía salirse de la pantalla del monitor. Parecía un profesional del golf, vestido para una entrevista de trabajo.

Jennifer no dijo nada al principio; sólo le agradeció que hubiese venido y lo acomodó delante del alambrado, con la planta de Norton como fondo. Repasaron juntos las preguntas. Él intentaba responderlas con frases cortas, ávido por complacerla.

—¡Hace calor! —dijo Jennifer—. ¿Cómo vamos, George?

—Ya casi está listo.

Jennifer se dio vuelta hacia Rogers. El sonidista desabrochó los botones de la camisa de Rogers y le colocó el micrófono en el cuello. A medida que los preparativos continuaban, Rogers entró en calor. Jennifer llamó a la maquilladora para que le secara el sudor. Parecía aliviado. Luego, con la excusa del calor, lo convenció de que se quitara el saco y lo sostuviese apoyado en el hombro. Dijo que le iba a dar un aire convincente de periodista. Él estuvo de acuerdo. Jennifer le sugirió que se aflojara el nudo de la corbata y así lo hizo.

Jennifer se dirigió una vez más al camarógrafo:

—¿Cómo va?

—Mejor sin el saco. Pero la corbata es una pesadilla.

Jennifer se dirigió ahora a Rogers. Le sonrió.

—Esto no funciona muy bien. ¿Qué le parece si se quita la corbata y levanta las mangas de la camisa?

—Nunca lo hago —dijo Rogers—. Nunca uso la camisa arremangada.

—Le daría ese aspecto fuerte pero informal. Usted sabe, camisa arremangada, listo para dar pelea. Periodista comprometido. Esa es la idea.

—Nunca llevo la camisa arremangada.

Jennifer no entendía:

—¿Nunca?

—Nunca.

—Bueno, sólo hablamos de una imagen. Se lo vería más fuerte en cámara. Más enfático, con mayor aplomo.

—Lo siento.

"¿Qué significa esto", pensó. La mayor parte de la gente daría cualquier cosa por aparecer en *Newsline*. Harían la entrevista en ropa interior si ella se lo pidiese. Varios lo habían hecho. Y ahí estaba ese periodista idiota. ¿Cuánto podía ganar? ¿Treinta mil al año? Menos que la cuenta de gastos mensual de Jennifer.

—Yo... no puedo. Porque... tengo psoriasis.

—No hay problema. ¡Maquillaje!

De pie con el saco colgado del hombro, sin corbata y con la camisa arremangada, Jack Rogers contestó las preguntas. Daba vueltas, hablaba treinta o cuarenta segundos corridos. Si le hacía dos veces la misma pregunta, en busca de una respuesta más corta, él empezaba a transpirar y le daba una respuesta más larga.

Tenían que cortar a cada rato para que la maquilladora le secara el rostro. Tenía que repetirle una y otra vez que lo estaba haciendo bien, *muy* bien. Que le estaba dando muy buen material.

Y de hecho lo estaba haciendo, pero no lograba dar en el clavo. No parecía entender que ella estaba preparando un segmento compuesto por varias entrevistas, que la toma promedio duraría menos de tres segundos y que pretendían de él una oración o parte de una oración antes de pasar a otra cosa. Rogers ponía todo su empeño, trataba de ser útil, pero estaba entrando en demasiados detalles que Jennifer no podía usar e información que no le interesaba.

Al final comenzó a preocuparse de que no podría usar nada

de esa entrevista, de que estaba perdiendo el tiempo con ese hombre.

Necesitamos algo con efecto para el cierre . —Hizo un gesto con el puño cerrado. —Así que le voy a hacer una serie de preguntas y usted las va a contestar con una oración efectiva.

—Bien.

—Señor Rogers el ¿N-22 puede costarle a Norton la venta a China?

—Dada la frecuencia de los incidentes que involucran...

—Lo siento. Necesito sólo una frase simple. ¿Es posible que el N-22 le cueste a Norton la venta a China?

—Sí, es muy posible.

—Lo siento —repitió—. Jack, necesito una frase como: El N-22 bien podría costarle a Norton la venta a China.

—Ah, entiendo.

—¿Podría el N-22 costarle a Norton la venta a China?

—Sí. Me temo que debo decir que puede costarle la venta a China.

"Dios mío", pensó.

—Jack, necesito que mencione a Norton en la frase. De lo contrario no vamos a saber a qué se está refiriendo.

—Bien.

—Adelante.

—El N-22 bien podría costarle a Norton la venta a China, en mi opinión.

Jennifer suspiró. Era insulso. No tenía carga emotiva. Podría estar hablando de la factura de teléfono. Pero se estaba acabando el tiempo.

—Excelente —dijo Jennifer—. Muy bien. Sigamos. Dígame: ¿Norton es una empresa en problemas?

—Sin duda —afirmó.

Jennifer suspiró:

—Jack.

—Lo siento. —Tomó aire. Luego, allí de pie dijo: Creo que...

—Un momento —interrumpió Jennifer—. Apoye el peso sobre el pie que está más adelante, de modo que se incline hacia la cámara.

—¿Así? —Cambió el punto de apoyo, se movió un poquito.

—Sí, así. Perfecto. Ahora sigamos.

De pie allí delante del alambrado que protegía a Norton

Airfcraft, con el saco por encima del hombro y la camisa arremangada, el periodista Jack Rogers dijo:

—Creo que no existen dudas de que Norton Aircraft es una empresa en graves problemas.

Luego hizo una pausa. Miró a Jennifer.

Jennifer sonrió.

—Muchas gracias. Estuvo estupendo.

NORTON. ADMINISTRACIÓN

11:55

Casey entró en la oficina de Marder unos minutos antes del mediodía. Marder estaba arreglándose la corbata y los gemelos:

—Pensé que sería mejor sentarnos ahí —dijo y señaló la mesa para café con sillas ubicadas en un rincón de la habitación—. ¿Lista?

—Creo que sí.

—Me voy a hacer cargo al principio —explicó Marder— y si necesito ayuda, recurro a ti.

—Bien.

Marder no dejaba de caminar por la habitación:

—Seguridad informó que había un equipo de filmación junto a la reja sur. Estaban haciendo una entrevista con Jack Rogers.

—Eso oí.

—Ese idiota, ¡por Dios! Ya me imagino lo que *ese* tenía que decir.

—¿Hablaste alguna vez con Rogers? —preguntó Casey.

Sonó el intercomunicador:

—Llegó la señorita Malone —dijo la voz de Eileen.

—Que pase.

Marder caminó hasta la puerta para recibirla.

Casey se sorprendió al verla entrar. Jennifer Malone era casi una adolescente, apenas mayor que Richman. No podía tener más de veintiocho o veintinueve años. Era rubia y bastante linda, con el típico aire tenso neoyorquino. Llevaba el pelo corto, lo que atenuaba su sexualidad y estaba vestida de manera informal: jeans, remera blanca y un blazer azul con cuello extraño. El típico look hollywoodense.

Casey se sintió incómoda con sólo verla. Marder se volvió hacia ella y dijo:

—Señorita Malone, le presento a Casey Singleton, nuestra especialista en control de calidad del Grupo de Revisión de Incidentes.

La jovencita rubia esbozó una sonrisa.

Casey le dio la mano.

"Tiene que ser una broma", pensó Jennifer Malone. "¿Este es uno de los capitanes de la industria? ¿Este tipo nervioso con el pelo echado hacia atrás y un traje de segunda? ¿Y quién es esta mujer salida de un catálogo de boutique de barrio? Singleton era más alta que Jennifer —hecho que a Jennifer disgustaba—, y atractiva, con el aspecto saludable típico del medio oeste. Tenía apariencia de atleta y se la veía en buen estado físico, aunque ya había pasado la edad en la cual podía lucir bien con el poco maquillaje que usaba. Tenía rasgos tensos, duros. Estaba bajo presión.

Jennifer estaba decepcionada. Se había preparado durante todo el día para esa entrevista, puliendo sus argumentos. Pero se había imaginado un adversario mucho más difícil. En su lugar, parecía estar de nuevo en el colegio, con el director y la tímida bibliotecaria. Personas insignificantes sin una pizca de clase.

¡Y esa oficina! Pequeña, con las paredes grises y muebles baratos y funcionales. No tenía personalidad. Era lo mismo que nada filmar allí, pues la habitación no ofrecía atractivo alguno. ¿La oficina del presidente sería igual? En ese caso, sería mejor grabar la entrevista en alguna otra parte. Al aire libre, o en la línea de montaje. Porque esas oficinuchas no servían para el programa. Los aviones eran grandes y potentes. Los telespectadores no creerían que los encargados de fabricarlos eran personas vulgares con oficinas lúgubres.

Marder la había invitado a sentarse en unos sillones ubicados en un rincón con un ademán grandilocuente, como si la invitase a un banquete. Como le dejó elegir dónde sentarse, ocupó una silla de espaldas a la ventana, de modo que ellos quedaran de frente al sol.

Sacó los papeles y los ordenó.

—¿Quiere tomar algo? ¿Café?—preguntó Marder.

—Café, gracias.

—¿Cómo lo toma?

—Solo.

Casey la observó ordenar los papeles.

—Voy a ser franca —comenzó Malone—. Tenemos material comprometido sobre el N-22 facilitado por sus detractores. Y acerca de la forma en la que se maneja la empresa. Pero toda historia tiene dos caras. Queremos asegurarnos de incluir su respuesta a las críticas.

Marder no dijo nada; se limitó a asentir. Estaba sentado con las piernas cruzadas y un anotador sobre las rodillas.

—Para empezar —continuó Malone—, sabemos lo que pasó en el vuelo de TransPacific.

"¿En serio? Porque nosotros no", pensó Casey.

—Los *slats* se abrieron, ¿se extendieron?, en pleno vuelo y el avión se volvió inestable, comenzó a subir y bajar y causó la muerte de pasajeros. Todo el mundo vio la filmación de ese trágico accidente. Sabemos que los pasajeros han iniciado acciones legales contra la empresa. También sabemos que el N-22 tiene un historial de problemas de *slats*, que ni la FAA ni la empresa han querido solucionar. A pesar de los nueve incidentes distintos ocurridos en los últimos años.

Malone hizo una pausa, luego prosiguió:

—Sabemos que la FAA es tan permisiva que ni siquiera exige a las empresas que presenten los documentos de certificación. La FAA permitió a Norton conservar la documentación aquí.

"¡Por Dios!", pensó Casey. "No entiende *nada*."

—Permítame rebatir el último punto —interrumpió Marder—. La FAA no toma posesión física de los documentos de certificación de ninguna empresa. Ni de Boeing, ni de Douglas, ni de Airbus, ni nuestros. En realidad, preferiríamos que los archivara la FAA. Pero la FAA no los puede archivar, pues los documentos contienen información confidencial. Si estuviesen en manos de la FAA, la competencia podría obtenerlos gracias a la ley de Libertad de la Información. A algunos de nuestros competidores les interesaría hacerlo. Airbus en especial ha estado presionando para que se modifique la política de la FAA, por las razones que acabo de expresar. Por lo que supongo que estas impresiones acerca de la FAA las obtuvo de alguien de Airbus.

Casey notó que Malone dudó y bajó la vista hacia los papeles. Era cierto, pensó. Marder había dado en el clavo con la fuente. Airbus le había dado la pista, probablemente a través de su brazo publicitario, el Instituto de Investigación Aérea. ¿No se había dado cuenta de que el Instituto era una pantalla de Airbus?

—¿Pero no está de acuerdo en que —continuó Malone con calma— el arreglo es un poco permisivo si la FAA permite que Norton archive su propia documentación?

—Señorita Malone —dijo Marder imperturbable—, acabo de decirle que preferiríamos que la FAA los archivase. Pero no hicimos la Ley de Libertad de la Información. No hacemos las leyes. *Sí* pensamos que, si gastamos miles de millones de dólares en el desarrollo de un diseño propio, no tiene por qué estar a disposición de la competencia gratis. A mi entender, el espíritu de la Ley de Libertad de la Información no es permitir a los competidores extranjeros robar la tecnología estadounidense.

—¿O sea que está en contra de la Ley de Libertad de la Información?

—Para nada. Sólo digo que no surgió con la intención de facilitar el espionaje industrial. —Marder se acomodó en la silla. —Ahora bien, usted mencionó el vuelo 545.

—Así es.

—En primer lugar, no estamos de acuerdo en que el accidente fue el resultado de una extensión de *slats*.

"Bien", pensó Casey, "Marder se estaba arriesgando. Lo que estaba diciendo no era cierto, pero bien podría..."

—Estamos investigando la situación —continuó Marder— y aunque es prematuro hablar de los resultados obtenidos, creo que no la han informado bien. Supongo que esta información proviene de Fred Barker.

—Hemos hablado con el señor Barker, entre otros...

—¿Han hablado con la FAA respecto del señor Barker? —preguntó Marder.

—Sabemos que es una persona controvertida...

—Está siendo bondadosa con él. Digamos que adopta una posición basada en hechos incorrectos.

—Que usted *considera* incorrectos.

—No, señorita Malone. *Son* incorrectos —dijo Marder. Señaló los papeles que Malone había esparcido sobre la mesa.—No pude evitar notar la lista de incidentes de *slats*. ¿La obtuvo de Barker?

Malone dudó por un instante:

—Sí.

—¿Puedo verla?

—Por supuesto.

Le entregó el papel a Marder. Éste se detuvo a observarlo.

—¿La información es incorrecta, señor Marder?

—No, pero es incompleta y engañosa. Esta lista está basada en nuestra propia documentación, pero es incompleta. ¿Sabe lo que son las Directivas de Aeronavegabilidad, señorita Malone?

—¿Las Directivas de Aeronavegabilidad?

Marder se levantó y se dirigió al escritorio:

—Cada vez que se produce un incidente en vuelo en nuestro avión, lo analizamos a fondo para determinar qué pasó y por qué. Si hay algún problema con el avión, emitimos un Boletín de Servicio; si la FAA considera que las empresas deben cumplir obligatoriamente con el Boletín, entonces lanza una Directiva de Aeronavegabilidad. Después de que el N-22 entró en servicio activo, descubrimos un problema de *slats*, y se publicó una Directiva de Aeronavegabilidad para solucionarlo. Las empresas nacionales deben modificar los aviones por ley, para evitar nuevos incidentes.

Volvió con otra hoja de papel y se la entregó a Malone:

—Esta es una lista completa de incidentes:

Incidentes de slats en el N-22

1. **4 de enero de 1992. (EL)** Extensión de *slats* a 10.500 m, a .84 Mach. Se accionó accidentalmente la palanca de *flaps/slats*. Se emitió Directiva de Aeronavegabilidad 44-8 como resultado del incidente..

2. **2 de abril de 1992. (EL)** Los *slats* se extendieron mientras el avión se encontraba en vuelo de crucero a .81 Mach. Se informó que una carpeta golpeó la palanca de *flaps/slats*. La D/A 44-8 no se aplicó pero habría evitado el incidente.

3. 17 de julio de 1992. (**EL**) Catalogado inicialmente como turbulencia severa, luego se determinó que se habían extendido los *slats* como resultado del movimiento inadvertido de la palanca de *flaps/slats*. No se había incorporado la D/A 44-8, lo que habría evitado el incidente.

4. 20 de diciembre de 1992. (**EL**) Los *slats* se extendieron en vuelo de crucero sin que se moviese la palanca de *flaps/slats* en el *cockpit*. Se confirmó que el cableado de *slats* estaba fuera de tolerancia en tres posiciones. Se emitió D/A 51-29 como resultado del incidente.

5. 12 de marzo de 1993. (**EE**) Avión sufrió buffet prepérdida a .82 Mach.Se determinó que los *slats* estaban extendidos y la palanca no estaba en posición arriba y trabada. No se había incorporado la D/A 51-29, lo que habría evitado el incidente.

6. 4 de abril de 1993. (**EE**) El primer oficial apoyó el brazo sobre la palanca de *flaps/slats* al operar el piloto automático y la accionó. Como resultado se extendieron los *slats*. No se había incorporado la D/A 44-8, lo que habría prevenido el incidente.

7. 4 de julio de 1993. (**EE**) El piloto informó que se movió la palanca de *flaps/slats* y se extendieron los *slats*. El avión se encontraba en vuelo de crucero a .81 Mach. No se había incorporado la D/A 44—8, lo que habría evitado el incidente.

8. 10 de junio de 1994. (**EE**) Los *slats* se extendieron cuando el avión se encontraba en vuelo de crucero sin movimiento de la palanca de *flaps/slats*. Se confirmó que se excedió la tolerancia del cableado de *slats*. No se había incorporado la D/A 51-29, lo que habría evitado el incidente.

—Las frases subrayadas —señaló Marder— son las que omitió el señor Barker en el documento que le entregó. Luego del primer incidente de *slats*, la FAA emitió una Directiva de Aeronavegabilidad para modificar los controles del *cockpit*. Las empresas tenían un plazo de un año para implementarlo. Algunas lo hicieron de inmediato; otras, no. Como puede apreciar, los incidentes subsiguientes tuvieron lugar en aviones en los que no se había introducido aún la modificación.

—Bueno, no tan...

—Por favor, déjeme terminar. En diciembre de 1992, descubrimos un segundo problema. Los cables que accionaban los *slats* algunas veces se aflojaban. La gente de mantenimiento no lo detectaba. Por lo tanto emitimos un segundo Boletín de Servicio y agregamos un dispositivo para medición de tensión, de modo que el personal de mantenimiento pudiese controlar con mayor facilidad si el cableado se encontraba dentro de las especificaciones. Así se resolvió. En diciembre, ya estaba resuelto.

—Es obvio que no —dijo Malone con la lista en la mano—. Hay más incidentes en 1993 y 1994.

—Sólo las empresas extranjeras —afirmó Marder—. ¿Ve la especificación OL y OE? Significa "operador local" y "operador extranjero". Los operadores locales deben introducir las modificaciones establecidas por las Directivas de Aeronavegabilidad de la FAA. Pero los operadores extranjeros no se encuentran bajo la jurisdicción de la FAA. Y no siempre introducen las modificaciones. Desde 1992, todos los incidentes ocurrieron en aviones de operadores extranjeros que no habían acatado las normas.

Malone examinó la lista:

—¿Así que permiten conscientemente a las empresas volar aviones inseguros? Se sientan a ver qué pasa, ¿eso es lo que me quiere decir?

Marder tomó aire. Casey pensó que iba a explotar, pero no lo hizo:

—Señorita Malone, fabricamos aviones, no los operamos. Si Indonesia Airlines o Pakistani Air no cumplen con las Directivas de Aeronavegabilidad, no podemos forzarlos a hacerlo.

—Bien. Si se limitan a fabricar aviones, hablemos de cuán bien lo hacen. A juzgar por la lista, ¿Cuántas modificaciones introdujeron a los *slats*? ¿Ocho?

"No entiende. No escucha. No entiende lo que se le dice", pensó Casey.

—No. Dos ajustes —respondió Marder.

—Pero aquí figuran ocho incidentes. Usted dijo que...

—Sí —dijo Marder, irascible— pero no hablamos de incidentes, hablamos de D/A, y sólo fueron dos. —Estaba empezando a enfadarse, las mejillas coloradas.

—Ya veo. Entonces Norton tuvo dos problemas de diseño con los *slats* de este avión.

—Se hicieron dos correcciones.

—Dos correcciones del diseño original defectuoso —agregó Malone—. Y sólo para los *slats*. No llegamos aún a los *flaps* ni al timón de cola o los tanques de combustible ni al resto del avión. Sólo en este diminuto sistema, dos correcciones. ¿No pusieron el avión a prueba antes de vendérselo a clientes desprevenidos?

—Por supuesto que sí —dijo Marder entre dientes—. Pero tiene que comprender que...

—Lo que sí comprendo —continuó Malone— es que hay personas muertas a causa de sus errores de diseño, señor Marder. El avión es una trampa mortal. Y a ustedes parece no importarles.

—*¡La puta madre!* —Marder agitó los brazos en el aire y se levantó de un salto. Comenzó a caminar por la habitación. —¡No puedo creerlo!

"Fue casi demasiado fácil", pensó Jennifer. De hecho, *había sido* demasiado fácil. Sospechaba del ataque histriónico de Marder. Durante la entrevista, se había formado una opinión completamente distinta de él. Ya no era el director de colegio. Se dio cuenta al mirarlo a lo ojos. La mayoría de las personas movían los ojos involuntariamente cuando se les hacía una pregunta. Miraban hacia arriba, hacia abajo o a los lados. Pero la mirada de Marder permanecía fija, en calma. Mantenía un control absoluto.

Y sospechaba que aún mantenía el control y el enojo era deliberado. Pero, ¿por qué?

En realidad, no le importaba. Su propósito desde el principio había sido descolocarlos. Quería preocuparlos lo suficiente como para lograr acceso al presidente. Jennifer quería que Marty Reardon entrevistase al presidente.

Era vital para la historia. El segmento se vería afectado si *Newsline* presentaba un caso serio en contra del N-22 y la empresa respondía a través de un empleado de nivel intermedio o un insignificante vocero de prensa. Pero si lograra poner al aire al presidente, el segmento adquiriría un mayor nivel de credibilidad.

Quería llegar al presidente.

Todo iba bien.

—Explícaselo, Casey —dijo Marder.

Casey se había sorprendido ante el arranque de Marder. Aunque era conocido por su mal genio, perder el control frente a un periodista era un error táctico grave. Y ahora, aún ruborizado y molesto detrás del escritorio, dijo:

—Explícaselo, Casey.

Casey dirigió la mirada hacia Malone.

—Señorita Malone, creo que todos aquí están comprometidos con la seguridad de vuelo. —Esperaba que eso explicase el estallido de Marder.

—Estamos comprometidos con brindar un producto seguro, y el N-22 posee un registro de seguridad excelente. Y si hay algún problema con uno de nuestros aviones...

—*Lo hubo* —dijo Malone con la mirada fija en Casey.

—Sí. Y estamos investigando el incidente. Formo parte del equipo que lleva a cabo la investigación y estamos trabajando contra el reloj para comprender lo que ocurrió.

—¿Quiere decir por qué se extendieron los *slats*? Pero ya deberían saberlo. Ha pasado tantas veces.

—En este momento...

—Escuche —interrumpió Marder—, no fueron los *slats*. Frederick Barker es un alcohólico sin remedio y un mentiroso a sueldo que trabaja para un abogado miserable. Nadie en su sano juicio le prestaría atención.

Casey se mordió el labio. No podía contradecir a Marder frente a la periodista, pero...

—Si no fueron los *slats*... —contraatacó Malone.

—No fueron los *slats* —dijo Marder decidido—. Vamos a emitir un informe preliminar dentro de las próximas veinticuatro horas que lo demostrará de manera concluyente.

"¿*Cómo*? ¿Qué está diciendo?", pensó Casey. No existía ningún informe preliminar.

—¿En serio? —dijo Malone, con voz pausada.

—Así es —afirmó Marder—. Casey Singleton es el vocero de prensa del Grupo de Revisión de Incidentes. Nosotros nos comunicaremos con usted, señorita Malone.

Malone pareció darse cuenta de que Marder estaba dando por terminada la entrevista.

—Pero queda mucho por analizar, señor Marder. El incidente de la explosión del rotor en Miami. Y la oposición gremial a la venta a China... —protestó Malone.

—*Vamos*... —dijo Marder.

—Dada la seriedad de los cargos, creo que deberían considerar nuestra oferta de darle al presidente, el señor Edgarton, la posibilidad de dar una respuesta.

—Eso no va a ocurrir —afirmó Marder.

—Es por su beneficio —acotó Malone—. Si tenemos que decir que el presidente de la compañía se negó a hablar con nosotros, suena...

—Mire —dijo Marder—, terminemos con esta farsa. Sin TransPacific no tienen historia alguna. Y vamos a lanzar un informe preliminar al respecto mañana. Se le va a informar cuándo. Es todo lo que podemos decir por el momento, señorita Malone. Gracias por venir.

La entrevista había terminado.

NORTON. ADMINISTRACIÓN

12:43

—No lo puedo creer —dijo Marder una vez que Malone se hubo ido—. A esa mujer no le interesan los hechos. No le interesa la FAA. No le interesa cómo fabricamos aviones. Sólo le interesa injuriarnos. ¿Trabaja para Airbus? Eso es lo quiero saber.

—John, acerca del informe preliminar... —dijo Casey.

—Olvídalo. Yo me encargo. Vuelve al trabajo. Voy a hablar con el décimo piso para ver qué hacemos y tengo que arreglar un par de cosas. Hablamos más tarde.

—Pero John, le dijiste que no habían sido los *slats*.

—Es mi problema. Vuelve a trabajar.

Cuando Casey se fue, llamó a Edgarton.

—Mi vuelo sale en una hora —dijo Edgarton—. Voy a Hong Kong a demostrar mi preocupación por las familias de las víctimas con una visita. Voy a hablar con la empresa y a dar las condolencias a los familiares.

—Buena idea, Hal.

—¿Cómo va el asunto de la prensa?

—Bueno... como sospechaba —dijo Marder—. *Newsline* está armando un programa muy negativo para el N-22.

—¿Se puede detener?

—Por supuesto. Sin duda.

—¿Cómo? —preguntó Edgarton.

—Vamos a emitir un informe preliminar en el que conste que no fue una cuestión de *slats*. Va a establecer que la causa fue un repuesto falsificado en los reversores.

—¿Hay un repuesto falsificado en el avión?

—Sí. Pero no causó el accidente.

—Bien. Un repuesto falso es una buena excusa. De esa forma no es un problema de Norton.

—Correcto.

—¿Y la chica va a decir eso?

—Sí.

—Mas vale que lo haga —dijo Edgarton—. Porque puede ser un problema tener que hablar con esos idiotas.

—Reardon, Marty Reardon —especificó Marder.

—Quienquiera que sea. ¿Sabe lo que tiene que decir?

—Sí.

—Ya se lo explicaste.

—Sí. Y vamos a repasarlo esta tarde.

—Bien. También quiero que vea a esa mujer que se ocupa de cómo manejar a la prensa.

—No sé, Hal; en serio piensas...

—Sí —dijo Edgarton terminante—. Y tú también. Singleton tiene que estar bien preparada para la entrevista.

—OK.

—Recuerda —amenazó Edgarton—: Si lo arruinas, eres hombre muerto.

Colgó.

Fuera del edificio de la administración

13:04

Fuera del edificio de la administración, Jennifer Malone subió al auto más alterada de lo que se animaba a admitir. Era muy poco probable que lograra tener acceso al presidente. Y estaba preocupada de que, lo presentía, Casey Singleton fuese designada vocero de prensa.

Eso podría modificar la carga emotiva del segmento. La audiencia quería ver a esos directivos robustos y arrogantes recibir su merecido. Una mujer atractiva, seria e inteligente no daría la misma impresión. ¿Eran lo suficientemente inteligentes como para saberlo?

Y, por supuesto, Marty iría al ataque.

Eso tampoco se vería bien.

El sólo hecho de imaginarlos juntos le ponía la piel de gallina. Singleton era capaz y ejercía cierta atracción con su actitud abierta. Marty estaría atacando la maternidad y la comida casera. Y era imposible detener a Marty. Iría derecho a cortarle la cabeza.

Pero más allá de eso, Jennifer estaba empezando a preocuparse por el peso de todo el segmento. Barker había sido muy convincente durante la entrevista; se había sentido satisfecha cuando terminó. Pero si esas Directivas de Aeronavegabilidad eran ciertas, entonces la compañía estaba bien respaldada. Y le preocupaba la historia de Barker. Si la FAA estaba en lo cierto acerca de él, no tenía demasiada credibilidad. Y pasarían por tontos al brindarle espacio en televisión.

El periodista, Jack Comosellame, era otra decepción. No

salía bien en cámara y el material que ofrecía era débil. Porque al fin de cuentas a nadie le interesaba el consumo de drogas en el piso de la fábrica. Todas las empresas estadounidenses tenían problemas de drogas. Eso no era noticia. Ni tampoco probaba que el avión fuese malo, que era lo que ella necesitaba. Necesitaba imágenes vívidas y persuasivas para demostrar que el avión era una trampa mortal.

No las tenía.

Hasta ahora, todo lo que tenía era la cinta de CNN, que era noticia vieja, y la explosión del rotor en Miami, que no era muy elocuente en términos visuales. Humo que salía de un ala.

No era mucho.

Lo peor de todo era que, si la empresa iba realmente a lanzar un informe preliminar que contradecía a Barker...

Sonó el teléfono celular.

—Háblame —dijo Dick Shenk.

—Hola, Dick.

—¿Y? ¿Cómo vamos? Estoy mirando el pizarrón en este momento. Marty termina con Bill Gates en dos horas.

Una parte de ella quería decir: Olvídalo. La historia es floja. No logro armarla. Fue tonto pensar que podía tenerla lista en dos días.

—Jennifer, ¿lo mando o no?

Pero no podía decir que no. No podía admitir que se había equivocado. La iba a matar si abandonara la nota a esta altura. Todo acerca de la manera en la que había hecho la propuesta y la seguridad con la que había salido de su oficina ejercía presión sobre ella. Había una sola respuesta posible.

—Sí, Dick. Lo quiero.

—¿Va a estar listo para el sábado?

—Sí, Dick.

—¿Y no es una nota sobre repuestos?

—No, Dick.

—Porque no quiero que sea una copia de *60 minutos*, Jennifer. Mejor que no tenga nada que ver con repuestos.

—Para nada, Dick.

—No te noto muy confiada.

—Tengo total confianza, Dick. Sólo estoy cansada.

—Bien. Marty sale de Seattle a las cuatro. Va a llegar al hotel a eso de las ocho. Debes tener listo el cronograma de filmación para cuando llegue y envíame una copia a casa. Es todo tuyo durante el día de mañana.

—Bien, Dick.

—¡A la carga! —dijo y colgó.

Cerró el teléfono y suspiró.

Arrancó y dio marcha atrás.

Casey vio a Malone salir del estacionamiento. Manejaba un Lexus negro, el mismo que Jim. Malone no la vio, aunque no hubiese cambiado nada. Casey tenía mucho en qué pensar.

Aún trataba de entender la estrategia de Marder. Se había puesto furioso con la periodista, le había dicho que no era una cuestión de *slats* y que el GRI iba a emitir un informe preliminar. ¿Cómo podía decir eso? Marder era corajudo pero esta vez estaba cavando su propia fosa. Para ella, su conducta sólo podía causar daño a la empresa, y a sí mismo.

Y John Marder, bien lo sabía, era incapaz de dañarse a sí mismo.

CC

14:10

Norma escuchó a Casey durante varios minutos sin interrumpirla. Finalmente, dijo:

—¿Y cuál es la pregunta?

—Creo que Marder me va a designar vocero de la empresa.

—Típico. Los peces gordos siempre se esconden. Edgarton jamás lo haría. Y Marder tampoco. Eres el enlace de prensa del GRI. Y vicepresidenta de Norton. Eso es lo que va a decir al pie de la pantalla.

Casey permaneció en silencio.

Norma la miró:

—¿Cuál es la pregunta? —repitió.

—Marder le dijo a la periodista que el incidente del 545 no tuvo nada que ver con los *slats* y que íbamos a emitir un informe preliminar mañana.

—Mmmm.

—No es cierto.

—Mmmm.

—¿Por qué está haciendo esto? ¿Por qué me metió en esto?

—Se está salvando el pellejo. Quizás esté evitando un problema que él conoce y tú no.

—¿Qué problema?

Norma no lo sabía:

—Supongo que tiene que ser algo relacionado con el avión. Marder estuvo a cargo del programa del N-22. Sabe más que nadie en la compañía acerca del avión. Debe de haber algo que no quiere que se sepa.

—¿Y por eso hace un anuncio falso?

—Eso es lo que pienso.

—¿Y a mí me toca hacerlo público?

—Así parece.

Casey se quedo en silencio:

—¿Qué debo hacer?

—Averígualo —dijo Norma con los ojos entrecerrados escudriñando el humo del cigarrillo.

—No hay *tiempo...*

Norma se encogió de hombros:

—Averigua qué pasó con el vuelo. Porque tu cabeza está en juego, querida. Así es como Marder lo dispuso.

Se cruzó con Richman en el pasillo:

—¡Hola!

—Más tarde —contestó Casey.

Entró en la oficina y cerró la puerta. Tomó una fotografía de su hija y se detuvo a mirarla. En la foto, Allison acababa de salir de la piscina de un vecino. Estaba de pie junto a otra niña de su edad, ambas en traje de baño, empapadas. Cuerpitos delgados, rostros con sonrisas a las que le faltaban algunos dientes, despreocupadas e inocentes.

Casey puso a un lado la foto y se ocupó de una caja grande apoyada sobre el escritorio. La abrió y sacó una bandeja de discos compactos portátil con funda de neoprene. Había cables conectados a un par de antiparras. Eran demasiado grandes y parecían las que se usan por seguridad, con la diferencia de que estas no daban la vuelta completa alrededor de la cabeza. Y en el interior estaban cubiertas por una capa extraña que reflejaba la luz. Sabía que se trataba del Sistema de Proyección Virtual de mantenimiento. Una tarjeta firmada por Tom Korman cayó de la caja: "Primera prueba del SPV de Vídeo. ¡Que lo disfrutes!".

¡Que lo disfrutes!

Dejó las antiparras a un costado y dio un vistazo a los demás papeles sobre el escritorio. Al fin había llegado la transcripción de las comunicaciones del *cockpit*. También vio un ejemplar de *TransPacific Flightlines*. Había un papel que marcaba una página.

Abrió la revista y vio la fotografía de John Chang, empleado del mes. La fotografía no era lo que se había imaginado por el fax. John Chang era un hombre de algo más de cuarenta años en muy buen estado físico. La esposa, algo más robusta, sonreía a su lado. Y los hijos, en cuclillas a los pies de los padres, ya eran grandes: la hija tenía unos dieciocho años y el hijo era mayor de veinte. El hijo era una versión más moderna del padre: llevaba el pelo muy corto y un aro diminuto.

Leyó el epígrafe: "Aquí se relaja en la playa de la Isla Lantan con su mujer, Soon, y sus hijos, Erica y Tom".

Delante de la familia, había una toalla azul extendida sobre la arena; cerca de ellos había una canasta de mimbre para picnic de la que sobresalía un trozo de tela a cuadros azules. Era una escena trivial sin ningún interés.

¿Por qué alguien habría de enviársela?

Miró la fecha de la revista: enero, tres meses atrás.

Pero alguien tenía un ejemplar de la revista y se lo había enviado por fax a Casey. ¿Quién? ¿Un empleado de la empresa? ¿Un pasajero? ¿Quién?

¿Y *por qué*?

¿Qué se suponía que debía deducir de ella?

Mientras miraba la revista, le vinieron a la mente las pistas no resueltas de la investigación. Quedaba mucho por verificar y era mejor que empezara.

Norma tenía razón.

Casey no sabía qué buscaba Marder. Pero quizá no era importante. Pues su trabajo seguía siendo el mismo de siempre: averiguar qué había ocurrido en el vuelo 545.

Salió de la oficina.

—¿Dónde está Richman?

Norma sonrió:

—Lo envié a Relaciones Públicas a ver a Benson para que consiga unos boletines de prensa estándar en caso de que sean necesarios.

—Benson ha de estar enojadísimo por esto.

—Eso creo. Hasta podría hacerle pasar un mal rato a Richman —comentó Norma.

Sonrió y miró el reloj:

—Pero creo que tienes una hora o un poco más para hacer lo que quieras. Así que manos a la obra.

LIAN

15:05

—Singleton —comenzó Ziegler mientras le indicaba donde sentarse. Después de golpear durante cinco minutos la puerta a prueba de ruidos había logrado entrar en el laboratorio de audio.—Creo que encontramos lo que estaba buscando.

En el monitor frente a ella vio la imagen congelada de la beba sonriente, sentada sobre la falda de la madre.

“Buscaba el instante inmediatamente anterior al incidente. Aquí estamos a aproximadamente dieciocho segundos. Voy a comenzar con audio completo y luego voy a agregar los filtros. ¿Lista?

—Sí.

Ziegler puso la cinta en marcha. A todo volumen, el sollozo de la niña era como un arroyo torrentoso. El zumbido de la cabina era ahora un rugido constante. “¿Está rico?” preguntó la voz del hombre a la niña, a los gritos.

—Filtro —gritó Ziegler—. Filtro alta frecuencia.

El sonido se volvió más apagado.

—Filtro de ruido ambiente de cabina.

De pronto el sollozo de la niña se volvió más nítido en el fondo silencioso, ya sin el zumbido de fondo.

—Filtro de alta frecuencia Delta-V.

El sollozo disminuyó. Lo que oía ahora eran ruidos de fondo: cubiertos, roces de telas.

El hombre dijo: “¿Es—es—tu—de—yu—no—rah?”. La voz salía entrecortada.

—El filtro Delta-V no sirve para la voz humana. Pero no te importa, ¿no?

—No —respondió Casey.

El hombre dijo: “¿No—vas—pe—ar—afat—est—uelo?”.

Cuando el hombre terminó la frase, la pantalla quedó casi en silencio otra vez, sólo unos sonidos distantes.

—Ahora —dijo Ziegler—. Empieza.

Apareció un contador en la pantalla. El tiempo comenzó a correr; los números rojos avanzaban rápido con décimas y centésimas de segundo.

La mujer volvió la cabeza de pronto: "¿Qué—ue—so?".

—¡Maldición! —exclamó Casey.

Ahora podía oírlo. Un zumbido leve, un sonido grave definido y trémulo.

—El filtro lo atenúa —explicó Ziegler—; un ronroneo bajo y profundo. En el rango de los dos a cinco hertz. Casi una vibración.

"No hay duda", pensó Casey. Gracias a los filtros podía oírlo. Estaba ahí.

La voz del hombre irrumpió, una risa resonante: "Vam—s—Em".

La niña volvió a reír, un crujido agudo y ensordecedor.

"—asi—casa", dijo el marido.

El ronroneo grave cesó.

—¡Deténla! —pidió Casey.

Los números rojos quedaron congelados. Los números se veían grandes en la pantalla: 11:59:32.

"Casi doce segundos", pensó. Y doce segundos era el tiempo que tardaban los *slats* en llegar a su máxima extensión.

Los slats se habían extendido en el vuelo 545.

Ahora la pantalla mostraba el descenso abrupto, la niña resbalaba de la falda de la madre, la madre se aferraba a ella, pánico en el rostro de la madre. Los pasajeros ansiosos en el fondo. Debido a los filtros, los gritos generaban extraños ruidos entrecortados, similares a la estática.

Ziegler detuvo la cinta.

—Ahí está la información, Singleton. Yo diría que es irrefutable.

—Los *slats* se extendieron.

—A juzgar por lo que se oye. Es inconfundible.

—¿Por qué?

El avión estaba en vuelo de crucero. ¿Por qué habrían de extenderse? ¿Fue espontáneo o lo accionó el piloto? Casey deseó una vez más contar con el grabador de información de vuelo. Todas estas preguntas encontrarían respuesta en unos instantes con la información del GIV. Pero todo iba muy lento.

—¿Viste el resto de la cinta?

—Bueno, el próximo punto de interés son las alarmas del *cockpit* —dijo Ziegler—. Una vez que la cámara queda estancada en la puerta puedo escuchar el audio y armar una secuencia de lo que el avión le dijo al piloto. Pero eso me va a tomar otro día.

—Quédatela. Quiero todo lo que puedas conseguirme.

Sonó el radiollamada. Lo desenganchó del cinturón y leyó:

***JM ADMIN MVQEA

John Marder quería verla. En su oficina. Ahora.

NORTON. ADMINISTRACIÓN

17:00

John Marder estaba tranquilo, lo que indicaba peligro.

—Sólo una entrevista corta —dijo—. Diez, quince minutos a lo sumo. No habrá tiempo de entrar en detalles. Pero como responsable del GRI, estás en perfectas condiciones de explicar el compromiso de la empresa con la seguridad. La profundidad con la que investigamos los accidentes. Nuestro compromiso con el servicio al cliente. Luego puedes explicar que nuestros informes preliminares muestran que el accidente se debió a una cubierta de reversor falsificada instalada en una estación de reparación extranjera, de modo que no pudo haber sido un incidente de *slats*. Y Barker y *Newsline* quedan fuera de combate.

—John. Vengo de Audio. No hay duda; fue una extensión de *slats*.

—En el peor de los casos, lo de audio es circunstancial. Ziegler está loco. Hay que esperar los resultados del grabador de información de vuelo para saber con precisión lo que pasó. Mientras tanto, el GRI hizo un descubrimiento preliminar que descarta los *slats*.

Como si oyese su propia voz a la distancia, le dijo:

—John, esto no me gusta.

—Casey, estamos hablando del futuro.

—Entiendo, pero...

—El contrato con los chinos es la salvación de la compañía. Capital, desarrollo, un modelo nuevo de avión, un futuro promisorio. De eso estamos hablando, Casey. Miles de puestos de trabajo.

—Comprendo, John pero...

—Quiero hacerte una pregunta, Casey. ¿Crees que hay algún problema con el N-22?

—No, en absoluto.

—¿Lo consideras una trampa mortal?

—No.

—¿Y qué hay de la compañía? ¿Crees que es una buena compañía?

—Por supuesto.

La miró fijo. Finalmente le dijo:

—Hay alguien con quien quiero que hables.

Edward Fuller era el jefe de la sección legal de Norton. Era un hombre flaco de cuarenta años de edad. Estaba incómodo sentado en la oficina de Marder.

—Edward —explicó Marder—, tenemos un problema. *Newsline* va a emitir una nota acerca del N-22 este fin de semana en horario central y va a ser muy desfavorable.

—¿Cuán desfavorable?

—Piensan catalogar al N-22 de trampa mortal.

—Eso sí es desfavorable.

—Sin duda. Necesito saber si puedo hacer algo al respecto.

—¿Hacer algo? —preguntó Fuller con el ceño fruncido.

—Así es. Creemos que *Newsline* está siendo puramente sensacionalista. Consideramos que la nota carece de investigación seria y se basa en prejuicios hacia nuestro producto. A nuestro parecer se trata de una difamación deliberada e imprudente.

—Ya veo.

—Entonces, ¿qué podemos hacer? —preguntó Marder—. ¿Podemos evitar que pongan la nota al aire?

—No.

—¿Podemos obtener una orden judicial que se lo prohíba?

—No. Eso es interdicción preventiva. Y no lo aconsejaría desde el punto de vista publicitario.

—¿No quedaría bien?

—¿Un intento de amordazar a la prensa? ¿Violar la Primera Enmienda? Eso sugeriría que tenemos algo que esconder.

—En otras palabras —dijo Marder—, pueden emitir la nota y estamos indefensos ante ellos.

—Así es.

—Bien. Pero creo que la información que utiliza *Newsline* es imprecisa y tendenciosa. ¿Podemos exigir que se otorgue igual cantidad de tiempo a nuestros argumentos?

—No —afirmó Fuller—. La doctrina de la igualdad de oportunidades, que incluía la concesión de igual cantidad de tiempo, desapareció en la época de Reagan. Los programas de noticias televisivos no tienen ninguna obligación de presentar todas las aristas de un tema en particular.

—¿Entonces pueden decir lo que se les antoje? ¿No importa lo tendencioso que sea?

—Correcto.

—Eso no es justo.

—Es la ley —dijo Fuller y se encogió de hombros.

—Bien. Entonces, este programa va a salir al aire en un momento muy particular para la empresa. La publicidad adversa bien puede costarnos la venta a los chinos.

—Es probable.

—Supongamos que perdemos un negocio por culpa del programa. Si podemos demostrar que *Newsline* presentó una imagen equivocada, y les demostrásemos que así lo fue, ¿podríamos demandarlos por daños?

—En la práctica, no. Es probable que tuviésemos que demostrar que actuaron con "total desinterés" por los hechos que ellos conocían. Y eso siempre ha sido muy difícil de probar.

—¿Así que no podemos demandar a *Newsline* por daños?

—No.

—¿Pueden decir lo que quieran y si nos sacan del negocio es mala suerte?

—Correcto.

—¿Existe restricción *alguna* sobre lo que pueden decir?

—Bueno, si diesen una imagen falsa de la empresa, se los podría demandar. Pero hasta ahora, tenemos una demanda de un abogado en favor de un pasajero del vuelo 545. Así que *Newsline* puede aducir que sólo están informando los hechos: que un abogado hizo las siguientes acusaciones.

—Comprendo. Pero un demanda hecha en un tribunal tiene limitaciones en cuanto a su publicidad. *Newsline* va a presentar estos reclamos absurdos a cuarenta millones de espectadores. Y al mismo tiempo estarán legitimando los reclamos, con sólo repetirlos por televisión. El daño a la empresa proviene de la exposición de los reclamos y no del reclamo original.

—Entiendo su punto de vista. Pero la ley no lo considera de esa forma. *Newsline* está en su derecho de informar acerca de una demanda.

—¿*Newsline* no tiene la obligación de establecer de manera independiente los cargos, no importa cuán descabellados? Si un abogado dijese, por ejemplo, que damos trabajo a abusadores de menores, ¿*Newsline* podría informarlo sin riesgo de recibir una demanda?

—Correcto.

—Digamos que vamos a juicio y ganamos. Es claro que *Newsline* presentó una imagen falsa del producto, basado en las declaraciones del abogado, que salieron del tribunal. ¿Acaso *Newsline* está obligado a retractarse de las declaraciones hechas ante cuarenta millones de espectadores?

—No, no tienen ninguna obligación.

—¿Por qué?

—*Newsline* puede decidir qué es noticia. Si consideran que el resultado del litigio no tiene importancia desde el punto de vista informativo, no tienen porqué informarlo. Es su decisión.

—Y mientras tanto, la compañía va a la quiebra —agregó Marder—. Treinta mil empleados pierden sus puestos de trabajo, hogares y beneficios sociales y empiezan una nueva carrera en Burger King. Y otros cincuenta mil quedan sin trabajo cuando nuestros proveedores dejan de recibir pedidos en Georgia, Ohio, Texas y Connecticut. Todas esa excelentes personas que han dedicado su vida al diseño, la fabricación y el mantenimiento de la mejor aeronave del negocio obtienen a cambio un apretón de manos y una patada en el trasero. ¿Es así como funciona?

Fuller se encogió de hombros:

—Así funciona el sistema. Sí.

—Diría que el sistema es una mierda.

—El sistema es el sistema —señaló Fuller.

Marder miró a Casey, luego se volvió hacia Fuller:

—Ahora bien, Ed. Esta situación suena muy desigual. Fabricamos un producto excelente y todas las mediciones objetivas de desempeño del mismo demuestran que es seguro y confiable. Invertimos años para diseñarlo y probarlo. Poseemos un registro impecable. Y estás diciendo que un equipo de televisión puede venir, pasar uno o dos días en la zona y destruir nuestro producto por televisión abierta. Y al hacerlo, no son responsables de sus actos y no tenemos forma de recuperar los daños.

Fuller asintió.

—Muy injusto —repitió Marder.

Fuller se aclaró la garganta:

—Bueno, no siempre fue así. Pero durante los últimos treinta años, desde Sullivan en 1964, se invocó la Primera Enmienda en casos de difamación. Ahora la prensa tiene mucho más campo de acción.

—Incluido espacio para el abuso —acotó Marder.

Fuller se encogió de hombros:

—El abuso de la prensa es una queja que viene de lejos. Sólo unos pocos años después de que se aprobó la Primera Enmienda, Thomas Jefferson se quejó de lo imprecisa que era la prensa, de lo injusta...

—Pero, Ed, no estamos hablando de hace doscientos años. Y no estamos hablando de un par de editoriales negativos en periódicos de la colonia. Hablamos de un programa de televisión con imágenes elocuentes que en un instante llega a cuarenta, cincuenta millones de personas, un gran porcentaje de la población, y *asesina* nuestra reputación. La asesina. Sin justificación. Eso es de lo que estamos hablando. Entonces, ¿Qué me aconsejas, Ed?

—Bueno —volvió a aclararse la garganta—, siempre aconsejo a mis clientes que digan la verdad.

—Eso está bien, Ed. Es un consejo sensato. Pero, ¿Qué *hacemos*?

—Lo mejor sería que estuviesen preparados para explicar lo que ocurrió a bordo del vuelo 545.

—Ocurrió hace cuatro días. Todavía no tenemos resultados.

—Sería mejor que los tuvieran —afirmó Fuller.

Después que Fuller salió de la oficina, Marder clavó la mirada en Casey. No dijo nada. Se limitó a observarla.

Casey se quedó allí de pie por un instante. Comprendió lo que Marder y el abogado estaban haciendo. Había sido una representación muy convincente. Pero el abogado también estaba en lo cierto, pensaba. Lo mejor sería decir la verdad y explicar lo que había ocurrido en el vuelo. Mientras lo escuchaba, había comenzado a pensar que de alguna forma encontraría la manera de decir la verdad, de que las cosas funcionaran. Había suficientes cabos sueltos, suficiente incertidumbre, que ella podía utilizar para armar una historia coherente.

—Está bien, John. Voy a hacer la entrevista.

—¡Excelente! —exclamó Marder; sonrió y frotó las manos una contra otra—. Sabía que harías lo correcto, Casey. *Newsline* reservó un espacio mañana a las cuatro de la tarde. Mientras tanto, quiero que te pongas en contacto con una consultora en manejo de prensa, alguien externo a la empresa...

—John, lo voy a hacer a mi modo.

—Es una mujer encantadora y...

—Lo siento. No tengo tiempo.

—Puede ayudarte, Casey. Puede darte algunos consejos.

—John —insistió—, tengo mucho trabajo.

Y salió de la habitación.

Centro de Información Digital

18:15

No había prometido decir lo que Marder quería que dijera; sólo había prometido hacer la entrevista. Tenía menos de veinticuatro horas para obtener resultados de la investigación. No era tan ingenua como para pensar que podía determinar lo que había ocurrido. Pero podía encontrar algo que decir al periodista.

Aún quedaban muchos cabos sueltos: el posible problema del perno de sujeción, el posible problema del sensor de proximidad, la posible entrevista con el primer oficial en Vancouver, la cinta de vídeo que había dejado en Sistemas de compaginación de vídeo, la traducción que estaba haciendo Ellen Fog, el hecho de que los *slats* se habían extendido, pero se los había retraído inmediatamente después, ¿qué significaba exactamente?

Quedaba mucho que verificar.

—Sé que necesitas la información —dijo Rob Wong, dando vueltas en la silla—. Lo sé, créeme. —Estaba en la sala de Proyección Digital, frente a las pantallas repletas de datos. —¿Pero qué quieres que haga?

—Rob, los *slats* se extendieron. Tengo que saber por qué, y qué más ocurrió en el vuelo. No puedo saberlo sin la información del grabador de vuelo.

—En ese caso es mejor que te hagas a la idea. Hemos estado recalibrando las ciento veinticuatro horas de información. Las primeras noventa y siete horas están bien. Las últimas veintitrés horas presentan anomalías.

—Sólo me interesan las últimas tres horas.

—Entiendo. Pero para recalibrar esas tres horas, tenemos

que volver al momento en que se corta y trabajar a partir de allí. Tenemos que calibrar veintitrés horas de información. Y nos está llevando alrededor de dos horas por cuadro para recalibrar.

Casey frunció el ceño:

—¿Eso qué quiere decir? —Ya estaba haciendo cálculos.

—Dos minutos por cuadro significa que nos va a llevar sesenta y cinco semanas.

—¡Es más de un año!

—Si trabajamos veinticuatro horas al día. En tiempo real, nos tomaría tres años generar la información.

—Rob, lo necesitamos *ya*.

—Es imposible, Casey. Vas a tener que resolverlo sin el GIV. Lo siento, Casey. Así están las cosas.

Llamó a Contaduría:

—¿Puedo hablar con Ellen Fog?

—No vino. Dijo que trabajaría en casa.

—¿Me puede dar el número?

—Por supuesto. Pero no la va a encontrar ahí. Tenía una comida, una especie de beneficencia a la que iba con el marido.

—Dígale que llamé.

Llamó a Compaginación de vídeo, en Glendale, la empresa a la que le había dejado la cinta de vídeo. Pidió hablar con Scott Harmon: "Scott tomó el día libre. Lo puede encontrar mañana a partir de las nueve de la mañana".

Llamó a Steve Nieto, el representante en Vancouver, y habló con la secretaria.

—Steve no está. Tuvo que salir temprano. Pero sé que quería hablar con usted. Dijo que tenía malas noticias.

Casey dejó escapar un suspiro. Parecía ser que era el único tipo de noticia que recibía.

—¿Puede ponerse en contacto con él?

—No hasta mañana.

—Dígale que llamé.

Sonó el teléfono celular.

—¡Mi Dios! Ese Benson sí que es desagradable —dijo

Richman—. ¿Qué le pasa? Pensé que me iba a pegar.

—¿Dónde está?

—En la oficina. ¿Voy para allá?

—No. Ya son más de las seis. Es suficiente por hoy.

—Pero...

—Hasta mañana, Bob.

Colgó.

Al salir del hangar 5, vio a los equipos encargados de la parte eléctrica preparar el TPA 545 para la prueba de esa noche. Habían levantado tres metros el avión completo, de modo que ahora estaba apoyado sobre pesadas fijaciones de metal azul ubicadas debajo de las alas y en la parte anterior y posterior del fuselaje. Los equipos de trabajo habían colocado redes negras de seguridad bajo la parte inferior de la aeronave, a unos seis metros del piso. A lo largo del fuselaje, las puertas y los paneles de accesorios estaban abiertos y los electricistas que trabajaban sobre las redes estaban conectando cables desde las cajas de conexión hasta la consola de prueba de la PEC, una caja cuadrada de un metro ochenta colocada en el centro del piso a un costado del avión.

La Prueba Eléctrica de Ciclo, como se llamaba, consistía en enviar impulsos eléctricos a todas las partes del sistema eléctrico del avión. En una rápida sucesión, se verificaba todos los componentes: desde las luces de la cabina hasta las luces de lectura, los paneles del *cockpit*, el encendido de los motores y las ruedas del tren de aterrizaje. El ciclo completo de la prueba duraba dos horas. El ciclo era repetido doce veces de noche.

Al pasar junto a la consola, vio a Teddy Rawley. La saludó desde lejos, pero no se acercó. Estaba ocupado; sin duda había oído que la Prueba de Vuelo se haría en tres días y querría estar seguro de que la prueba del sistema eléctrico se llevara a cabo correctamente.

Le devolvió el saludo, pero ya se había dado vuelta.

Casey fue de regreso a la oficina.

Afuera, estaba oscureciendo, el azul del cielo cada vez más profundo. Caminó hacia el edificio de la administración con el sonido de fondo de los despegues en el aeropuerto de Burbank. En el camino vio a Amos Peters que iba hacia el automóvil con un montón de papeles bajo el brazo. Miró hacia atrás y la vio.

—¡Hola, Casey!

—Hola, Amos.

Dejó caer los papeles sobre el techo del automóvil con un estruendo y se inclinó para abrir la puerta:

—Oí que te pusieron en la línea de fuego.

—Sí. —No estaba sorprendida de que lo supiera. Era probable que toda la planta ya lo supiera. Fue una de las primeras cosas que había aprendido en Norton. Todos sabían todo minutos después de que había ocurrido.

—¿Vas a hacer la entrevista?

—Dije que sí.

—¿Vas a decir lo que quieren que digas?

Se encogió de hombros.

—No te hagas la heroína. Son gente de televisión. Están por debajo de la escoria en la escala evolutiva. Sólo miente. ¡Al diablo con todo!

—Vamos a ver.

Amos suspiró:

—Ya eres lo suficientemente grande como para saber cómo son las cosas. ¿Vas a casa?

—Todavía no.

—No andaría por la planta de noche, Casey.

—¿Por qué no?

—La gente está alterada. Durante los próximos días me iría a casa temprano. ¿Entiendes?

—Lo voy a tener en cuenta.

—Hazlo, Casey. Lo digo en serio.

Subió al auto y se fue.

CC

19:20

Norma se había ido. La oficina de CC estaba desierta. La gente de limpieza había comenzado a trabajar en las oficinas del fondo; en una radio portátil se oía *Corre, niña, corre.*

Casey fue a la máquina de café, se sirvió una taza de café frío y lo llevó a la oficina. Encendió las luces y miró la pila de papeles que la aguardaba sobre el escritorio.

Se sentó e intentó no sentirse desalentada por cómo iba todo. Faltaban veinte horas para la entrevista y las pistas no la llevaban a ninguna parte.

"Sólo miente. ¡Al diablo con todo!"

Suspiró. Quizá Amos tuviera razón.

Se detuvo a mirar los papeles y dejó a un lado la fotografía de John Chang y la familia sonriente. No sabía qué hacer, excepto revisar los papeles. Y verificar.

Volvió a encontrar los cuadros del plan de vuelo. Una vez más, sintió que allí había algo. Recordó que algo se le había ocurrido justo antes de que Marder la llamara la noche anterior. Tenía un presentimiento... ¿Pero de qué se trataba?

Sea lo que fuere, ya lo había olvidado. Hizo a un lado el plan de vuelo, que incluía la Declaración General (Entrada/ Salida) donde se detallaba la tripulación:

John Zhen Chang, Comandante	7/5/51 M
Leu Zan Ping, Primer Oficial	11/3/59 M
Richard Yong, Primer Oficial	9/9/61 M
Gerhard Reinmann, Primer Oficial	23/7/49 M
Thomas Chang, Primer Oficial	29/6/70 M
Henri Marchand, Ingeniero de Vuelo	25/4/69 M

Robert Sheng, Ingeniero de Vuelo	13/6/62 M
Harriet Chamg, Auxiliar de a Bordo	12/5/76 F
Linda Ching, Auxiliar de a Bordo	18/5/76 F
Nancy Morley, Auxiliar de a Bordo	19/7/75 F
Kay Liang, Auxiliar de a Bordo	4/6/67 F
John White, Auxiliar de a Bordo	30/1/70 M
M.V. Chang, Auxiliar de a Bordo	1/4/77 F
Sha Yan Hao, Auxiliar de a Bordo	13/3/73 F
Y. Jiao, Auxiliar de a Bordo	18/11/76 F
Harriet King, Auxiliar de a Bordo	10/10/75 F
B. Choi, Auxiliar de a Bordo	18/11/76 F
Yee Chang, Auxiliar de a Bordo	8/1/74 F

Hizo una pausa, bebió un sorbo de café frío. Había algo extraño acerca de la lista, pensaba. Pero no podía dar en el clavo.

Dejó la lista a un costado.

Luego, una transcripción de las comunicaciones del Control de Aproximación de Tráfico Aéreo del Sur de California. Como de costumbre, estaba impreso sin signos de puntuación. La transmisión con el 545 estaba intercalada con transmisiones a varios otros aviones:

0543:12	UAH198	tres seis cinco control de superficie tres cinco cero
0543:17	USA2585	en frecuencia nuevamente cambio de radio perdón
0543:15	CATA	uno nueve ocho copio
0543:19	AAL001	combustible restante cuatro cero cero uno
0543:22	CATA	copio dos cinco ocho cinco sin problema ahora lo tenemos
0543:23	TPA545	este es transpacific cinco cuatro cinco tenemos una emergencia
0543:26	CATA	afirmativo cero cero uno

0543:29	CATA	adelante cinco cuatro cinco
0543:30	TPA545	solicito autorización para aterrizaje de emergencia en los angeles
0543:32	AAL001	bajo a veintinueve mil
0543:35	CATA	ok cinco cuatro cinco recibida solicitud de autorización para aterrizar
0543:40	TPA545	afirmativo
0543:41	CATA	describa el tipo de la emergencia
0543:42	UAH198	tres dos uno superficie treinta y dos mil
0543:55	AAL001	mantengo dos seis nueve
0544:05	TPA545	tenemos una emergencia con los pasajeros necesitamos ambulancias en tierra unas treinta o cuarenta ambulancias quizá más
0544:10	CATA	tpa cinco cuatro cinco repita solicita cuarenta ambulancias
0544:27	UAH198	viraje uno dos cuatro punto nueve
0544:35	TPA545	afirmativo nos topamos con turbulencia severa durante el vuelo tenemos pasajeros y tripulación técnica heridos
0544:48	CATA	copio uno nueve ocho buen día
0544:50	CATA	transpacific copio pedido en tierra de cuarenta ambulancias

0544:52	UAH198	gracias

Casey analizó los intercambios. Pues sugerían una conducta errática del piloto.

Por ejemplo, el incidente de TransPacific había ocurrido poco después de las cinco de la mañana. En ese momento, el avión aún estaba en contacto radial con Honolulu ARINC. Con tantos heridos, el comandante podría haber informado acerca de la emergencia a Honolulu.

Pero no lo había hecho.

¿Por qué no?

En vez de eso, el piloto continuó hasta Los Angeles. Y había esperado hasta estar a punto de aterrizar para informar acerca de la emergencia.

¿Por qué había esperado tanto tiempo?

¿Y por qué había dicho que el incidente había sido causado por turbulencia?

Sabía que no era cierto. El comandante le había dicho a la auxiliar que los *slats* se habían extendido. Y Casey sabía, gracias a la prueba de audio de Ziegler, que los *slats sí* se habían extendido. Entonces, ¿por qué el piloto no lo había dicho? ¿Por qué mentirle a control de aproximación?

Todos estaban de acuerdo en que John Chang era un excelente piloto. ¿Entonces cuál era la explicación de semejante comportamiento? ¿Se encontraba en estado de shock? Aun los pilotos más diestros a veces se comportaban de manera extraña durante una emergencia. Pero aquí parecía haber un patrón, casi un plan. Siguió adelante:

0544:59	CATA	necesitan personal médico también qué tipo de heridas presentan
0545:10	TPA545	no estoy seguro
0545:20	CATA	pueden darnos una estimación
0545:30	TPA545	lo siento es imposible dar una estimación

0545:32	AAL001	dos uno dos nueve despejado
0545:35	CATA	hay alguien inconsciente
0545:40	TPA545	no no lo creo pero hay dos muertos

El comandante pareció informar acerca de las muertes como si se tratara de algo incidental. ¿Qué estaba ocurriendo realmente en ese avión?

0545:43	CATA	copio cero cero uno
0545:51	CATA	tpa cinco cuatro cinco en que condiciones se encuentra el avión
0545:58	TPA545	la cabina de pasajeros sufrió daños daños menores solamente

Casey pensó: "¿Sólo daños menores?". Esa cabina había soportado millones de dólares en daños. ¿Acaso el comandante no había ido atrás a verlo por sí mismo? ¿Desconocía el alcance de los daños? ¿Por qué habría dicho lo que dijo?

0546:12	CATA	en qué condiciones se encuentra la cabina de comando
0546:22	TPA545	la cabina de comando está operativa UOIV está normal
0546:31	CATA	copio cinco cuatro cinco en qué condiciones se encuentra la tripulación técnica
0546:38	TPA545	comandante y primer oficial en buenas condiciones

En ese momento uno de los primeros oficiales estaba cubierto de sangre. Otra vez, ¿el piloto lo sabía? Miró el resto de la transcripción; luego la dejó a un lado. Se la mostraría a Felix al día siguiente y le pediría su opinión.

Continuó. Leyó los Informes de Estructura, los Informes de la Cabina Interna, los registros relevantes de mantenimiento para el perno de sujeción de *slats* falsificado y la tapa del reversor no autorizada. Sin cesar, con paciencia, siguió trabajando hasta entrada la noche.

Eran las diez de la noche cuando volvió a analizar la información de fallas del vuelo 545. Esperaba poder saltearlo y utilizar en su lugar la información del grabador de vuelo. Pero no le quedaba más remedio.

Cansada, bostezando, se detuvo a ver las columnas de números de la primera página:

A/S PWR TEST	0	0	0	0	0	0	1	0	0	0	0
AIL SERVO COMP	0	0	0	0	1	0	0	1	0	0	0
AOA INV	1	0	2	0	0	0	1	0	0	0	1
CFDS SENS FAIL	0	0	0	0	0	0	1	0	0	0	0
CRZ CMD MON INV	1	0	0	0	0	0	2	0	1	0	0
EL SERVO COMP	0	0	0	0	0	0	0	0	0	1	0
EPR/N1 TRA-1	0	0	0	0	0	0	1	0	0	0	0
FMS SPEED INV	0	0	0	0	0	0	4	0	0	0	0
PRESS ALT INV	0	0	0	0	0	0	3	0	0	0	0
G/S SPEED ANG	0	0	0	0	0	0	1	0	0	0	0
SLAT XSIT T/O	0	0	0	0	0	0	0	0	0	0	0
G/S DEV INV	0	0	1	0	0	0	5	0	0	0	1
GND SPD INV	0	0	0	0	0	0	2	1	0	0	0
TAS INV	0	0	0	0	1	0	1	0	0	0	0
TAT INV	0	0	0	0	0	0	1	0	0	0	0
AUX 1	0	0	0	0	0	0	0	0	0	0	0
AUX 2	0	0	0	0	0	0	0	0	0	0	0
AUX 3	0	0	0	0	0	0	0	0	0	0	0
AUX COA	0	1	0	0	0	0	0	0	0	0	0
A/S ROX-P	0	0	0	0	0	0	1	0	0	0	0
RDR PROX-1	0	0	0	0	1	0	0	1	0	0	0
AOA BTA	1	0	2	0	0	0	0	0	0	0	1
FDS RG	0	0	0	0	0	0	1	0	0	0	0
F-CMD MON	1	0	0	0	0	0	2	0	1	0	0

No quería hacerlo. Todavía no había cenado y sabía que tenía que comer algo. De todos modos, las únicas preguntas que podía responder con la lista estaban relacionadas con las lecturas correspondientes a los auxiliares. Lo había consultado con Ron, quien había dicho que el primer auxiliar era la Unidad Auxiliar de Potencia (UAP), el segundo y tercero no se usaban y el cuarto, AUX COA, era una línea instalada por el cliente. Pero no había nada en esas líneas, según Ron, pues la lectura cero era normal. Era el valor predeterminado.

Así que había terminado con la lista.

Había terminado.

Se puso de pie, se estiró y miró el reloj. Era las diez y cuarto. Pensó que era mejor dormir un poco. Después de todo, iba a aparecer en televisión al día siguiente. No quería que su madre la llamase luego para decirle: "Querida, se te veía tan *cansada...*"

Casey dobló la tira de hojas impresas y la guardó.

El cero, pensó, era el valor predeterminado perfecto. Pues eso era todo lo que había conseguido después de toda la noche de trabajo.

Un gran cero.

Nada.

—Un enorme cero —gritó—. Significa que no hay nada en la línea.

No quería pensar en lo que significaba: el tiempo se estaba acabando, su plan para apurar la investigación había fracasado e iba a terminar la tarde del día siguiente en televisión bombardeada a preguntas por Marty Reardon sin ninguna buena respuesta para darle. Excepto las que Marder quería que diera.

"Sólo miente. ¡Al diablo con todo!"

Quizás así era como todo iba a terminar.

"Eres lo suficientemente grande como para saber cómo son las cosas."

Casey apagó la luz del escritorio y se dirigió hacia la puerta.

Le dijo buenas noches a Esther, la mujer de la limpieza, y salió al corredor. Subió al ascensor y presionó el botón de la planta baja.

El botón se encendió al tocarlo.

El número "1" iluminado.

Bostezó cuando las puertas comenzaron a cerrarse. Estaba muy cansada. Era inútil trabajar hasta tan tarde. Sólo cometería errores tontos, pasaría cosas por alto.

Miró el botón iluminado.

Y entonces se dio cuenta.

—¿Se olvida algo? —preguntó Esther cuando vio regresar a Casey a la oficina.

Buscó con urgencia entre los papeles sobre el escritorio. Tiraba papeles en todas direcciones y los dejaba caer al piso.

Ron había dicho que el valor predeterminado era cero y, por lo tanto, al obtener un cero no se sabía si la línea estaba o no en uso. Pero si aparecía un 1... entonces eso podría indicar... Encontró la lista y buscó con el dedo entre las columnas de números:

```
AUX 1          0 0 0 0 0 0 0 0 0 0 0
AUX 2          0 0 0 0 0 0 0 0 0 0 0
AUX 3          0 0 0 0 0 0 0 0 0 0 0
AUX COA        0 1 0 0 0 0 0 0 0 0 0
```

¡Había un 1! AUX COA registraba una falla en el segundo tramo del vuelo. Eso significaba que el AUX COA *sí* estaba en uso.

¿Pero con qué fin?

Contuvo la respiración.

No se animaba a tener esperanzas.

Ron dijo que el AUX COA era una línea para Adicionales Opcionales del Cliente. El cliente lo utilizaba para agregados, como un GAR.

El GAR era el Grabador de Acceso Rápido, otro grabador de información de vuelo que facilitaba la tarea de los equipos de mantenimiento. Registraba muchos de los parámetros que registraba el GIVD normal. Si hubiera un GAR es ese avión, eso podría resolver todos los problemas.

Pero Ron insistía en que el avión no contaba con un GAR.

Dijo que había revisado la cola, que era donde normalmente se lo instalaba en el N-22. Y allí no estaba.

¿Se había molestado en revisar otras partes?

¿Realmente había revisado el avión?

Porque Casey sabía que un ítem opcional como el GAR no

estaba sujeto a la normas de la FAA. Podía estar en cualquier parte del avión donde el operador quisiera instalarlo: en el compartimiento accesorio posterior, o en la bodega, o en el panel de radio debajo del *cockpit*... Podía estar en cualquier parte.

¿Ron habría revisado realmente?

Decidió verificarlo por sí misma.

Pasó los siguientes diez minutos revisando los gruesos Manuales de Servicios de Reparación del N-22, sin éxito. Los manuales ni siquiera mencionaban el GAR, o al menos no pudo encontrar ninguna referencia. Pero los manuales que tenía en la oficina eran sus propios ejemplares; Casey no estaba directamente relacionada con mantenimiento y no tenía las versiones actualizadas. La mayor parte de los manuales se remontaban a la época en la que había ingresado en la compañía; hacía cinco años.

Entonces notó el Sistema de Pantalla Virtual apoyado sobre el escritorio.

"Un momento", pensó. Tomó las antiparras y se las puso. Las conectó a la bandeja de discos compactos. Encendió el aparato.

No pasó nada.

Durante algunos instantes intentó hacerlo arrancar hasta que se dio cuenta de que no había CD-Rom dentro. Buscó en la caja, encontró un disco plateado y lo introdujo en el aparato. Volvió a presionar el botón de encendido.

Las antiparras comenzaron a emitir luz. Ante sus ojos estaba una página del primer manual de mantenimiento proyectada sobre la parte interna de las antiparras. No estaba muy segura de cómo funcionaba el sistema pues las antiparras estaban a sólo dos centímetros de los ojos, pero la página proyectada parecía flotar en el espacio, cincuenta centímetros más allá. La página era casi transparente; podía ver a través de ella.

A Korman le gustaba decir que la realidad virtual era virtualmente inútil, excepto para unas pocas aplicaciones específicas. Una de ellas era mantenimiento. Personas ocupadas que trabajaban en entornos técnicos, personas con las manos ocupadas o cubiertas de grasa que no tenían tiempo o predisposición a consultar un manual grueso. Si uno se encontraba a diez metros de altura tratando de reparar un motor, era imposible acarrear un manual de dos kilos. Por lo que las pantallas virtuales eran ideales para ese tipo de situaciones. Y Korman había fabricado una.

Al presionar los botones del lector de discos, Casey descubrió que podía avanzar por el manual. También había una función de búsqueda que encendía un teclado suspendido en el espacio; tenía que presionar dos veces otro botón para mover un puntero hasta la letra Q, luego la A y luego la R. Era algo rudimentario.

Pero funcionaba.

Luego de zumbar un instante, apareció una página frente a sus ojos:

N—22
GRABADOR DE ACCESO RÁPIDO (GAR)
UBICACIONES RECOMENDADAS

Al presionar más botones, buscó entre una serie de diagramas que mostraban en detalle todas las posibles ubicaciones del GAR en el N-22.

En total había unas treinta ubicaciones.

Casey se enganchó la bandeja de discos en el cinturón y se dirigió a la puerta.

Marina del aeropuerto

22:20

Marty Reardon aún se encontraba en Seattle.

La entrevista con Gates se había extendido y había perdido el avión. Entonces llegaría por la mañana y Jennifer tenía que rever el cronograma de actividades.

Supo que iba a ser un día difícil. Había pensado empezar a las nueve. Ahora no iba a poder empezar hasta por lo menos las diez. Estaba en la habitación del hotel tratando de resolverlo en la computadora portátil.

9:00—10:00	Traslado desde LAX
10:00—10:45	Barker en oficina
11:00—11:30	King en el aeropuerto
11:30—12:00	FAA en el aeropuerto
12:15—13:45	Traslado a Burbank
14:00—14:30	Rogers en Burbank
14:30—15:30	Exterior en Norton
16:00—16:30	Singleton en Norton
16:30—18:00	Traslado a LAX

Demasiado ajustado. No había tiempo para almorzar, para demoras por tránsito, para demoras normales de producción. Y era viernes; Marty iba a querer tomar el vuelo de las 18:00 de vuelta a Nueva York. Marty tenía novia nueva y le gustaba pasar los fines de semana con ella. Marty iba a estar furioso si perdía el vuelo.

Y sin duda lo iba a perder.

El problema era que para el momento en que Marty terminara con Singleton en Burbank, iba a ser la hora punta. Nunca podría llegar al avión. Debía salir de Burbank a las 14:30. Lo que significaba adelantar la entrevista con Singleton y dejar al abogado para más tarde. Tenía miedo de perder al representante de la FAA si cambiaba el horario a último momento. Pero el abogado tenía que ser flexible. Esperaría hasta la medianoche si se lo pidiese.

Había hablado con el abogado más temprano. King era un fanfarrón, pero era soportable en pequeñas dosis. Cinco, diez segundos. Efectista. Valía la pena.

9:00—10:00	Traslado desde LAX
10:00—10:45	Barker en oficina
11:00—11:30	FAA en el aeropuerto
11:30—12:30	Traslado a Burbank
12:30—13:00	Rogers en Burbank
13:00—14:00	Exteriores en Norton
14:00—14:30	Singleton en Norton
14:30—16:00	Traslado a LAX
16:00—16:30	King en el aeropuerto
17:00—18:00	Pista

Eso funcionaría. Revisó mentalmente las alternativas. Si el representante de la FAA fuera bueno (Jennifer no lo conocía aún, más que por teléfono), entonces Marty podría acabar con él en seguida. Si tomara demasiado tiempo llegar a Burbank, sacaría a Rogers, que de todas formas era débil, y pasaría directo a los exteriores frente a la empresa. La entrevista con Singleton sería rápida (Jennifer quería apurar a Marty para que no atacase demasiado a la mujer). Un cronograma ajustado sería útil.

De vuelta a LAX y una vez entrevistado King, Marty partiría a las seis y Jennifer tendría la cinta. Pensaba ir a una cabina de edición en el O y O, editar el segmento y transmitirlo a Nueva York esa noche. Iba a llamar a Dick el sábado por la mañana para obtener los comentarios, luego haría las revisiones y lo volvería a enviar al mediodía, con tiempo de sobra para salir al aire.

Hizo una nota para recordar llamar a Norton por la mañana y decirles que necesitaba adelantar dos horas la nota con Singleton.

Por último, se ocupó de la pila de documentación que Norton

había enviado por fax a su oficina, para que Deborah investigara. Jennifer no se había molestado siquiera en mirarla, y no pensaba hacerlo ahora, a menos que no tuviese nada mejor que hacer. Los ojeó rápido. Era lo que esperaba: una autojustificación según la cual el N-22 era seguro, poseía un excelente registro...

Pasaba las hojas cuando de pronto se detuvo.

Se quedó mirando.

—Tiene que ser una broma —dijo.

Y cerró la ficha.

Hangar 5

22:30

Por la noche, la planta parecía desierta, las playas de estacionamiento casi vacías, los edificios perimetrales en silencio. Pero estaba bien iluminada. Seguridad mantenía reflectores encendidos toda la noche. Y había monitores de vídeo montados en las esquinas de todos lo edificios. Al cruzar del edificio de la Administración al hangar 5, oyó los pasos contra el asfalto.

La enormes puertas del hangar 5 estaban cerradas y trabadas. Vio a Teddy Rawley hablando con un miembro del equipo de electricidad junto al hangar. Una nube de humo de cigarrillo se elevaba hacia los reflectores. Se dirigió a la puerta lateral.

—¡Hola, nena! ¿Todavía por aquí?

—Sí.

Comenzó a atravesar la puerta.

—El edificio está cerrado —le advirtió el electricista—. No se permite entrar a nadie. Se está llevando a cabo la PEC.

—Está bien —dijo Casey.

—Lo siento, pero no puede entrar —repitió el hombre—. Ron Smith dio órdenes estrictas. Nadie debe entrar. Si toca cualquier cosa en el avión...

—Voy a tener cuidado.

Teddy la miró, se acercó y dijo:

—Sé que lo harás, pero vas a necesitar esto. —Le dio una linterna pesada, de un metro de largo.—Está oscuro ahí dentro, ¿recuerdas?

—Y no se puede encender las luces, no puede haber cambios de flujo en el ambiente... —agregó el otro.

—Entiendo —contestó Casey.

El equipo utilizado para la prueba era sensible; al encender las luces fluorescentes del techo podía producirse un cambio en las lecturas.

—Quizá sea mejor que llame a Ron y le avise que usted va a entrar.

—Llame a quienquiera —contestó Casey.

—Y no toque los pasamanos, porque...

—No lo haré. ¡Por Dios! Sé lo que hago.

Entró en el hangar.

Teddy tenía razón; estaba oscuro adentro. Sentía el espacio a su alrededor, antes que verlo. Apenas podía distinguir la silueta del avión, amenazante encima de ella. Todas las puertas y compartimentos estaban abiertos y por todas partes había cables colgados. Debajo de la cola, la caja de prueba estaba iluminada por una luz azul tenue. Se encendió el monitor, a medida que los sistemas se activaban en secuencia. Vio que se encendieron las luces del *cockpit*, luego se apagaron. Oscuridad una vez más. Un instante después, se encendieron las luces balizas en las puntas de las alas y la cola y emitieron flashes estroboscópicos a través de la habitación. Luego volvió la oscuridad.

Las luces delanteras de pronto emitieron una luz brillante desde el ala y el tren de aterrizaje comenzó a retraerse. Dado que el avión estaba montado por encima del piso, el tren de aterrizaje podía bajar y subir con total libertad. Lo haría doce veces durante la noche.

Afuera oyó hablar al electricista todavía con tono preocupado. Teddy se rió y el electricista dijo algo más.

Casey encendió la linterna y avanzó. La linterna emitía un haz potente. Movió el borde y así amplió el alcance del haz de luz.

El tren de aterrizaje estaba ahora totalmente levantado. Luego se abrieron las puertas y el tren de aterrizaje comenzó a extenderse, bajaron los enormes neumáticos, luego comenzaron a girar con un impulso hidráulico. Un instante después, se encendió en el timón la luz de insignia que iluminó la cola. Luego se apagó una vez más.

Se dirigió al compartimiento accesorio posterior en la cola. Sabía que Ron había dicho que el GAR no estaba allí, pero sentía que tenía que verificarlo. Subió la ancha escalera extendida hacia la parte posterior del avión con cuidado de no tocar los pasamanos. Los cables de la prueba eléctrica estaban pegados con cinta adhesiva a los pasamanos; no quería alterarlos o causar fluctuaciones de campo debido a la presencia de la mano.

El compartimiento de accesorios posterior, ubicado en la curva ascendente de la cola, estaba justo sobre su cabeza. Las puertas del mismo estaban abiertas. Iluminó el interior con la linterna. La cara inferior de la UPA, el generador que servía de fuente auxiliar de energía, ocupaba la parte superior del compartimiento: un laberinto de tubos semicirculares y empalmes blancos envueltos alrededor de la unidad principal. Debajo había una serie de medidores, ranuras para paneles, y cajas para los sistemas de control de vuelo negras, cada una con placas laminadas para transferencia de calor. Si además había un GAR, bien podría no verlo; los GAR sólo medían unos cincuenta centímetros cuadrados.

Hizo una pausa para ponerse las antiparras y encendió el lector de discos compactos. De inmediato apareció un diagrama del compartimiento accesorio posterior frente a sus ojos. Podía ver a través del diagrama hacia el verdadero compartimiento detrás. El bloque rectangular que indicaba la ubicación del QAR estaba marcado en rojo en el diagrama. En el verdadero compartimiento, el espacio estaba ocupado por un medidor extra: presión hidráulica para un sistema de control de vuelo.

Ron estaba en lo cierto.

Aquí no estaba el GAR.

Casey bajó la escalera hasta el piso y caminó por debajo del avión hasta el compartimiento accesorio delantero, ubicado justo detrás del tren de nariz. También estaba abierto. De pie sobre el piso, iluminó el interior con la linterna y cambió a la pantalla correcta del manual. Una imagen nueva flotaba en el aire. Mostraba el GAR ubicado en en el panel eléctrico delantero derecho, junto a las barras de activación hidráulica.

No estaba allí. El espacio estaba vacío, el enchufe redondo expuesto en la parte posterior, los puntos de contacto de metal brillaban.

Tenía que estar en alguna parte dentro del avión.

Se dirigió hacia la derecha, donde una escalera extensible la conducía hasta la puerta de pasajeros, justo detrás del *cockpit*, a diez metros de altura. Oyó el sonido de sus pasos sobre el metal al entrar en el avión.

Estaba oscuro. Dirigió la linterna hacia la parte posterior; el haz de luz se movía por la cabina de pasajeros. La cabina estaba peor que antes; en muchos lugares, la luz se reflejaba en el plateado opaco de las planchas de aislamiento. Los electricistas habían quitado los paneles internos que rodean las ventanillas para alcanzar las cajas de conexión ubicadas a lo largo de las paredes. Aún se podía percibir un leve olor a vómito; alguien había tratado de combatirlo con un aerosol con aroma floral.

Detrás de ella, el *cockpit* se encendió de repente. Se encendieron las luces individuales ubicadas encima de los asientos; luego la fila de pantallas de vídeo, las luces intermitentes de los paneles superiores. Sonó la señal de la impresora del GIVD ubicada en el pedestal e imprimió un par de renglones de prueba, luego quedó en silencio. Todas las luces de la cabina de comando se apagaron.

Oscuridad nuevamente.

El ciclo seguía adelante.

De inmediato se encendieron las luces del *galley* delantero, justo delante de ella; se iluminaron los indicadores de los cazos y microondas; sonaron las alarmas de exceso de temperatura y los cronómetros. Luego se apagó todo. Silencio.

A oscuras otra vez.

Casey seguía de pie junto a la puerta; estaba tocando los botones de la bandeja del CD-Rom cuando le pareció oír pasos. Se detuvo a escuchar.

Era difícil de precisar; a medida que los ciclos eléctricos avanzaban, se producía una sucesión constante de timbres suaves y chasquidos de los disyuntores y solenoides de los paneles de aviónica a su alrededor. Se esforzó por escuchar.

Sí ahora estaba segura.

Pasos.

Alguien caminaba despacio, decidido, por el hangar.

Asustada, se asomó y gritó: "¿Teddy? ¿Eres tú?".

Se detuvo a escuchar.

Los pasos cesaron.

Silencio.

El chasquido de los disyuntores.

Decidió no preocuparse. Estaba allí arriba, sola dentro del avión hecho pedazos y eso la estaba poniendo nerviosa. Estaba cansada. Estaba imaginando cosas.

Caminó alrededor del *galley* hacia el lado izquierdo, donde la pantalla mostraba un panel eléctrico adicional, cerca del piso. El panel no tenía tapa. Lo miró a través del diagrama transparente. El panel estaba ocupado en su mayoría con cajas secundarias de aviónica y había poco espacio...

Tampoco estaba allí.

Avanzó hacia el mamparo a mitad de cabina. Allí había un pequeño compartimiento de almacenaje en el marco del mamparo, justo debajo del hueco para revistas. Para Casey era estúpido instalar allí el GAR y no se sorprendió al no encontrarlo tampoco ahí.

Cuatro menos. Quedaban veintiséis.

Se dirigió hacia la cola, hacia el compartimiento posterior interno. Era un sitio más probable: un panel de servicio cuadrado ubicado justo a la izquierda de la puerta trasera sobre el costado del avión. El panel no se atornillaba sino que la tapa tenía bisagras y facilitaba el acceso a los tripulantes en caso de apuro.

Llegó hasta la puerta, que estaba abierta. Sintió una brisa fresca. Afuera, oscuridad: no podía ver el piso, doce metros hacia abajo. El panel estaba a la izquierda, junto a la puerta y ya estaba abierto. Lo miró a través del diagrama. Si el GAR estaba ahí, debía estar en la esquina inferior derecha, junto a las llaves de corte de las luces de cabina y el intercomunicador de la tripulación.

Allí no estaba.

Se encendieron las luces ubicadas en la punta del ala: luces estroboscópicas brillantes intermitentes, que generaron sombras severas en el interior a través de la puerta abierta y la hilera de ventanillas. Luego se apagaron.

Clinc.

Se quedó quieta.

El sonido había venido de alguna parte cerca del *cockpit*. Había sido un sonido metálico, como si alguien pateara una herramienta.

Se detuvo a escuchar otra vez. Oyó una pisada suave, un crujido.

Había alguien en la cabina.

Se sacó las antiparras y las dejó colgadas del cuello. En silencio, se deslizó hacia la derecha y se agachó detrás de una fila de asientos en el fondo del avión.

Oyó pasos que se acercaban. Un patrón complicado de sonidos. Un murmullo. ¿Había más de uno?

Contuvo la respiración.

Se encendieron las luces de la cabina; primero en la parte delantera, luego en el medio, luego atrás. Pero la mayor parte de las luces del techo estaban colgando, de modo que generaban sombras extrañas. Luego se apagaron.

Tomó la linterna con fuerza. El peso se sentía reconfortante. Movió la cabeza hacia la derecha, para poder espiar entre los asientos.

Oyó los pasos otra vez, pero no podía ver nada.

Luego se encendieron las luces de aterrizaje y apareció una hilera de óvalos en el techo reflejados por las ventanillas de ambos lados. Y una sombra que bloqueaba el reflejo y hacía desaparecer los óvalos uno tras otro.

Alguien avanzaba por el pasillo.

"Nada bueno", pensó.

¿Qué podía hacer? Tenía la linterna en la mano pero no tenía ilusiones acerca de su habilidad para defenderse. Tenía el teléfono celular. El radiollamada. El...

En silencio desconectó el radiollamada.

El hombre estaba cerca. Se estiró hacia adelante; le dolía el cuello. Entonces lo vio. Estaba casi al fondo del avión y miraba en todas direcciones. No podía verle el rostro, pero en el reflejo de las luces de aterrizaje pudo ver la camisa roja a cuadros.

Las luces de aterrizaje se apagaron.

Oscuridad en la cabina.

Contuvo la respiración.

Oyó el sonido metálico débil de un disyuntor que venía de algún lugar del compartimiento delantero. Sabía que era eléctrico, pero aparentemente el hombre de la camisa roja no. Murmuró algo, como sorprendido, y se fue rápido hacia adelante.

Casey esperó.

Después de un rato, le pareció oír pisadas que se alejaban por la escalera de metal. No estaba segura, pero le pareció.

El avión a su alrededor estaba en silencio.

Con cuidado, salió de detrás de los asientos. Pensó que era hora de abandonar el lugar. Fue hasta la puerta abierta, alerta. No había duda, los pasos se alejaban, el sonido era cada vez más débil. Se encendieron las luces de la nariz y vio una sombra alargada. Un hombre.

Se alejaba.

Una voz dentro le dijo: *Sal de aquí*. Pero tocó las antiparras que llevaba alrededor del cuello y dudó. Debía darle tiempo suficiente al hombre para salir del hangar; no quería bajar y encontrarlo en el piso. Así que decidió verificar otro compartimiento.

Se puso las antiparras y presionó el botón del aparato. Vio la página siguiente.

El próximo compartimiento estaba cerca, ubicado justo afuera de la puerta trasera, junto a la cual se encontraba. Se asomó, sostenida del fuselaje con la mano derecha, y se dio cuenta de que podía ver el panel sin dificultad. La tapa ya estaba abierta. Había tres hileras verticales de barras eléctricas, que probablemente controlaban las dos puertas traseras; eran interruptores de transferencia de mando. Y debajo...

Sí.

El Grabador de Acceso Rápido.

Era verde, con una raya blanca alrededor de la parte superior. Leyenda grabada: MANT GAR 041/B MANT. Una caja de metal de unos cincuenta centímetros cuadrados con un enchufe hacia afuera. Casey metió la mano, tomó la caja y tiró con suavidad. Se oyó un clic y la caja se liberó del encastre. Ya estaba en sus manos.

¡Bien!

Volvió a meter el cuerpo dentro del avión, ahora con la caja en la mano. Estaba tan ansiosa que temblaba. ¡Eso cambiaba todo!

Estaba tan ansiosa que no oyó los pasos que avanzaban presurosos detrás de ella hasta que fue demasiado tarde. Unas manos fuertes la empujaron, lanzó un quejido y sus manos resbalaron. Cayó hacia afuera, hacia el vacío.

Cayó.

Hacia el piso, diez metros hacia abajo.

Pronto, demasiado pronto, sintió un dolor agudo en la mejilla, y luego el cuerpo se detuvo, pero algo andaba mal. Sentía una extraña presión en varios puntos del cuerpo. Ya no caía, sino que se elevaba. Luego caía otra vez. Era como una hamaca gigante.

La red.

Había caído dentro de la red de seguridad.

No podía ver en la oscuridad pero la red de seguridad negra estaba colocada debajo del avión y había caído en ella. Casey se dio vuelta y vio una silueta en la puerta del avión. La figura se dio vuelta y corrió por el avión. Se puso de pie como pudo, pero era difícil mantener el equilibrio. La red se ondulaba levemente.

Avanzó hacia la superficie metálica del ala. Oyó pisadas

sobre la escalera de metal, en algún lugar hacia adelante. El hombre iba hacia ella.

Tenía que salir de allí.

Tenía que salir de la red antes de que la alcanzara. Se acercó al ala y luego oyó a alguien toser. Provenía del otro extremo del ala, en algún lugar a su izquierda.

Había alguien más.

En el piso.

Esperando.

Se detuvo y sintió el balanceo suave de la red debajo de ella. Sabía que en un instante se encenderían más luces. Entonces podría ver dónde estaba el hombre.

De pronto, las potentes luces estroboscópicas en lo alto de la cola comenzaron a titilar con rapidez. Eran tan potentes que iluminaban todo el hangar.

Ahora podía ver quién había tosido.

Era Richman.

Llevaba puesto un rompevientos azul oscuro y pantalones oscuros. Los modales cansinos de estudiante habían desaparecido. Richman estaba de pie junto al ala, tenso, alerta. Miraba con cuidado a derecha e izquierda. Escudriñaba el piso.

De pronto, las luces se apagaron y el hangar volvió a quedar a oscuras. Casey avanzó. Oía la red crujir por el peso. ¿Richman también la oiría? ¿Podía detectar dónde estaba?

Llegó al ala y se estiró en la oscuridad.

La tomó con la mano y se acercó al borde. Sabía que tarde o temprano la red tenía que acabarse. El pie pegó contra una soga gruesa; se inclinó y tocó unos nudos.

Casey se acostó en la red, tomó el borde con las dos manos y giró hacia un costado; cayó. Por un instante quedó colgada con un brazo, con la red estirada hacia abajo. Estaba en completa oscuridad. No sabía cuál era la distancia al piso: ¿Dos metros? ¿tres metros?

Pisadas de alguien que corría.

Soltó la red y cayó.

Cayó de pie y luego sobre las rodillas. Sintió un fuerte dolor en la rótula al pegar contra el suelo. Oyó a Richman toser una vez más. Estaba muy cerca, hacia la izquierda. Se levantó y comenzó a correr hacia la salida. Volvieron a encenderse las luces de aterrizaje, severas y potentes. En el reflejo, vio a Richman taparse los ojos con las manos.

Sabía que no podría ver por unos segundos. No era mucho. Pero quizá sería suficiente.

¿Dónde estaba el otro hombre?

Corrió.

Pegó contra la pared del hangar con un golpe metálico sordo. Detrás de ella, alguien dijo: "¡Eh!". Avanzó pegada a la pared con la intención de encontrar la puerta. Oyó pasos a la carrera.

¿Dónde? ¿Dónde?

Detrás de ella, pasos acelerados.

Tocó madera, guías verticales, más madera, luego la barra de metal. La manija de la puerta. Empujó.

Aire fresco.

Estaba afuera.

Teddy se dio vuelta:

—Eh, nena —dijo con una sonrisa—. ¿Cómo va eso?

Cayó de rodillas, luchando por respirar. Teddy y el electricista se acercaron de prisa.

—¿Qué ocurre? ¿Cuál es el problema?

Estaban casi encima de ella, la agarraban con ánimo de ayudar. Trató de respirar con normalidad. Logró balbucear:

—Llamen a Seguridad.

—¿Qué?

—¡Llamen a Seguridad! ¡Hay alguien adentro!

El electricista corrió al teléfono. Teddy se quedó con ella. Luego recordó el GAR. Sintió pánico por un instante. ¿Dónde estaba?

Se puso de pie.

—¡No! La perdí.

—¿Qué perdiste, nena?

—La caja... —Se dio vuelta; quedó de frente al hangar. Tendría que lograr que entrasen de nuevo, para...

—¿La que tienes en la mano? —preguntó Teddy.

Se miró la mano izquierda.

Allí estaba el GAR, lo aferraba con tanta fuerza que tenía los dedos blancos.

Glendale

23:30

—Ahora, vamos —dijo Teddy, y la llevó del brazo a la habitación—. Todo está bien.

—Teddy, no sé por qué...

—Mañana lo averiguamos —dijo para calmarla.

—Pero, ¿qué estaba haciendo...

—Mañana —repitió Teddy.

—Pero, ¿qué estaba...?

No podía terminar las frases. Estaba sentada en la cama. De pronto el cansancio extremo la sobrepasó.

—Voy a dormir en el sillón. No quiero que estés sola esta noche. —La miró y le acarició el mentón. —No te preocupes por nada.

Estiró el brazo y tomó el GAR de las manos de Casey. No quería soltarlo.

—Lo vamos a dejar justo aquí. —Teddy lo apoyó encima de la mesa de luz. Le hablaba como si fuese una niña.

—Teddy, es importante...

—Ya lo sé. Va a estar ahí cuando despiertes. ¿OK?

—OK.

—Llama si necesitas algo. —Salió y cerró la puerta.

Miró la almohada. Tenía que sacarse la ropa y prepararse para dormir. Le dolía la mejilla; no sabía qué le había pasado. Necesitaba mirarse la cara.

Tomó el GAR y lo puso debajo de la almohada. Miró la almohada, se apoyó y cerró los ojos.

"Sólo por un momento", pensó.

Viernes

Glendale

06:30

Algo andaba mal.

Casey se incorporó de pronto. Le dolía todo el cuerpo; se quejó. Sentía cierto ardor en el rostro. Se tocó la mejilla y saltó del dolor.

La luz del Sol entraba por la ventana hasta los pies de la cama. Vio dos arcos idénticos de grasa sobre el cubrecama. Todavía tenía los zapatos puestos. Aún estaba vestida.

Estaba acostada sobre el cubrecama, completamente vestida.

En medio de quejidos, se incorporó y bajó los pies al piso. Le dolía todo. Miró la mesa de luz. El reloj anunciaba que eran las seis treinta.

Metió la mano bajo la almohada y sacó la caja de metal verde con la línea blanca.

El GAR.

Olió café.

Se abrió la puerta y apareció Teddy en calzoncillos con una taza de café.

—¿Cómo va?

—Me duele todo.

—Lo imaginaba. —Le ofreció el café. —¿Puedes sostenerlo?

Casey asintió y tomó la taza agradecida. Le dolieron los hombros al llevarse la taza a los labios. El café estaba caliente y fuerte.

—La cara no está tan mal —le dijo después de examinarla—. Sólo de un lado. Supongo que es donde pegaste contra la red...

De pronto lo recordó: la entrevista.

—¡Dios mío! —exclamó. Se levantó de la cama y volvió a quejarse.

—Tres aspirinas —recomendó Teddy— y un baño bien caliente.

—No tengo tiempo.

—Hazlo. Lo más caliente que puedas soportar.

Fue al baño y abrió la ducha. Se miró al espejo. Tenía la cara manchada con grasa y un moretón violáceo que comenzaba a la altura de la oreja y se extendía por el cuello. Pensó que podía cubrirlo con el pelo. No se notaría.

Tomó otro sorbo de café, se sacó la ropa y se metió en la ducha. Tenía moretones en el codo, el muslo y las rodillas. No podía recordar cómo se los había hecho. La ducha caliente resultaba reconfortante.

Cuando salió de la ducha estaba sonando el teléfono. Abrió la puerta.

—No contestes —gritó Casey.

—¿Estás segura?

—No hay tiempo. Hoy no.

Entró en el dormitorio a vestirse.

Sólo faltaban diez horas para la entrevista con Marty Reardon. En ese lapso, había una sola cosa que quería hacer: Resolver el vuelo 545.

Norton/SID

07:40

Rob Wong apoyó la caja verde sobre la mesa, la conectó a un cable y presionó una tecla en la consola. Una pequeña luz roja se encendió en la caja del GAR.

—Está cargada —dijo Wong. Se acomodó en la silla y miró a Casey. —¿Lista para probarlo?

—Lista.

—Mantén los dedos cruzados. —Presionó una sola tecla en la consola.

La luz roja de la caja comenzó a titilar con rapidez.

Inquieta, Casey preguntó:

—¿Eso es...?

—Está todo bien. Está traspasando la información.

Luego de unos instantes, la luz roja dejó de titilar.

—¿Y ahora qué?

—Ya está. Veamos la información. —La pantalla comenzó a mostrar columnas de números. Wong se inclinó hacia adelante para ver desde más cerca: —Se ve bastante bien, Casey. Este puede ser tu día de suerte. —Escribió algo con el teclado durante algunos segundos. Luego se acomodó en la silla:

—Ahora veamos si es tan bueno como parece.

En el monitor, apareció el esqueleto de un avión que rápidamente se fue completando hasta volverse tridimensional. Apareció un fondo color azul cielo. Un avión color plata visto horizontalmente de perfil. El tren de aterrizaje estaba afuera.

Wong presionó algunas teclas y movió el avión de modo de verlo desde la cola. Agregó un campo verde hasta la línea del horizonte y una pista gris. La imagen era esquemática pero efectiva. El avión comenzó a moverse. Carreteó por la pista.

Modificó la actitud, con la nariz hacia arriba. El tren de aterrizaje se plegó hacia el interior de las alas.

—Acabas de despegar —comentó Wong sonriente.

El avión seguía subiendo. Wong presionó una tecla y se abrió un rectángulo en el lado derecho de la pantalla. Apareció una serie de números que cambiaban a gran velocidad.

—No es un GIVD, pero es bastante bueno. Contiene los datos más importantes: altitud, velocidad, rumbo, combustible, deltas sobre las superficies de control (*flaps*, *slats*, alerones, elevadores, timón). Todo lo necesario. Y la información es estable, Casey.

El avión seguía ascendiendo. Wong apretó un botón y aparecieron nubes blancas. El avión continuó subiendo a través de las nubes.

—Supongo que no quieres ver todo el vuelo. ¿Sabes cuándo ocurrió el accidente?

—Sí. Fue a unas nueve cuarenta de vuelo.

—¿A las nueve horas cuarenta?

—Correcto.

—Ahí viene.

En el monitor, el avión estaba nivelado; el rectángulo de números a la derecha, estable. Luego comenzó a titilar una luz roja entre los números.

—¿Qué es eso?

—Registro de fallas. Es una, eh... discordancia de *slats*.

Miró el avión en pantalla. Nada había cambiado.

—¿Los *slats* se están extendiendo?

—No. No es nada. Sólo una falla.

Miró un momento más. El avión seguía nivelado. Pasaron cinco segundos. Entonces los *slats* sobresalieron del borde de ataque.

—Los *slats* se están extendiendo —dijo Wong con la vista puesta en los números. Y luego:

—*Slats* en extensión total.

—¿Así que hubo una falla antes? ¿Y entonces los *slats* se extendieron luego?

—Correcto.

—¿Extensión espontánea?

—No. Comandada. Ahora el avión sube la nariz y... oh, oh... excede el límite de *buffet*... ahora suena la alarma de entrada en pérdida y...

En la pantalla, el avión comenzó un descenso abrupto. Las nubes blancas pasaban cada vez más rápido. Comenzaron a sonar las alarmas que titilaban en la pantalla.

—¿Qué es eso? —preguntó Casey.

—El avión está excediendo la curva de aceleración de la gravedad. ¡Increíble! ¡Míralo!

El avión salió del descenso abrupto y comenzó a trepar con un ángulo muy pronunciado.

—Está a dieciséis... dieciocho... veintiún grados —exclamó Wong atónito—. ¡Veintiún grados!

Para vuelos comerciales, el ángulo de ascenso estándar era de tres a cinco grados. Diez grados era excesivo y se lo utilizaba sólo en despegues. A veintiún grados, los pasajeros se sentirían como si el avión estuviese subiendo en ángulo recto.

Más alarmas.

—Excedencias —dijo Wong con tono neutro—. Está llevando la estructura al límite de estrés. No está fabricado para soportarlo. ¿Hicieron una inspección de estructura?

Mientras miraban, el avión volvió a emprender un descenso abrupto.

—No puedo creerlo. Se supone que el piloto automático evita esto...

—Estaba en manual.

—Aun así estas oscilaciones abruptas tendrían que activar el piloto automático. —Wong señaló la ventana de datos a un costado.— Sí, ahí está. El piloto automático intenta tomar control. El piloto sigue volviéndolo a manual. Es una locura.

Otro ascenso.

Otro descenso.

En total, miraron asombrados cómo el avión soportó seis ciclos de descensos y ascensos hasta que de pronto, de manera abrupta, volvió a estabilizarse.

—¿Qué ocurrió?

—El piloto automático tomó el control, *finalmente*. —Rob Wong suspiró. —Bueno, diría que sabes lo que pasó con el avión, Casey. Pero tienes que ser adivina para saber *por qué*.

Sala de Guerra

09:00

El personal de limpieza estaba trabajando en la Sala de Guerra. Estaban lavando los vidrios de las ventanas que daban al piso de la fábrica, y limpiando la mesa de fórmica y las sillas. En el otro rincón, una mujer limpiaba la alfombra.

Doherty y Ron Smith estaban de pie cerca de la puerta mirando unos papeles.

—¿Qué ocurre? —preguntó Casey.

—No hay reunión del GRI hoy —dijo Doherty—. Marder la canceló.

—¿Y cómo no se me informó...?

Entonces recordó. Había desconectado el radiollamada la noche anterior. Volvió a encenderlo.

La prueba del sistema eléctrico PEC salió perfecta —anunció Ron—. Tal como lo dijimos todo el tiempo, es un avión excelente. Sólo hay dos fallas repetidas. Obtuvimos una falla reiterada en AUX COA, que comienza pasados cinco ciclos, alrededor de las diez y treinta; no sé a qué se debe.—Miró a Casey, expectante. Sin duda había oído que había estado en el hangar la noche anterior, más o menos a esa hora.

Pero no se lo iba a explicar a él. Al menos, no en ese preciso momento:

—¿Y qué hay del sensor de proximidad? —preguntó.

—Esa fue la otra falla —dijo Smith—. De veintidós ciclos que probamos durante la noche, el sensor de proximidad del ala falló seis veces. No hay duda de que anda mal.

—Y si el sensor de proximidad falló durante el vuelo...

—Aparece como disparidad de *slats* en el *cockpit*.

Dio media vuelta para irse.

—¡Eh! —dijo Doherty—. ¿A dónde vas?
—Tengo que ver una cinta de vídeo.
—Casey, ¿sabes qué diablos está pasando?
—Vas a ser el primero en enterarse —contestó. Y se fue.

De la misma forma en que el día anterior la investigación se había estancado de pronto, hoy parecía avanzar hacia una solución. La clave había sido el GAR. Al fin podía reconstruir la secuencia de hechos del vuelo 545. Y con eso, las piezas del rompecabezas estaban tomando rápidamente sus lugares.

Mientras caminaba hasta el auto, llamó a Norma con el teléfono celular:

—Norma, necesito una lista de las rutas de TransPacific.

—Tengo una aquí mismo. Vino con el paquete de la FAA. ¿Qué quieres saber?

—El horario de vuelos a Honolulu.

—Voy a ver. —Hubo una pausa. —No vuelan a Honolulu, sólo van a...

—No importa. Es todo lo que necesitaba saber. —Era la respuesta que esperaba.

—Escucha —dijo Norma—, Marder ya llamó tres veces. Dice que no contestas el radiollamada.

—Dile que no puedes localizarme.

—Y Richman ha intentado...

—No puedes localizarme —insistió Casey.

Colgó y corrió hasta el auto.

Mientras conducía, llamó a Ellen Fog en Contaduría. La secretaria dijo que Ellen estaba trabajando en casa otra vez. Casey pidió el número y llamó.

—Ellen, habla Casey Singleton.

—Ah, sí, Casey. —La voz sonaba tranquila. Cautelosa.

—¿La traducción está lista?

—Sí. —Neutro. Sin expresividad.

—¿Está terminada?

—Sí. Completa.

—¿Me la puedes enviar por fax?

Hubo una pausa:

—No creo que deba —contestó Ellen.

—Bien...

—¿Sabes por qué? —preguntó Ellen.

—Puedo imaginarlo.
—La llevo a la oficina. ¿A las dos en punto?
—Perfecto.

Las piezas estaban encajando. Rápido.

Ahora Casey estaba segura de poder explicar lo que había ocurrido a bordo del 545. Casi podía describir la cadena completa de hechos fortuitos. Con suerte, la cinta que había dejado en Sistemas de Compaginación de Vídeo le daría la confirmación definitiva.

Sólo quedaba una pregunta.

¿Qué iba a hacer al respecto?

Bulevar Sepulveda

10:45

Fred Barker estaba transpirando. El aire acondicionado de la oficina estaba apagado y ahora, sometido al interrogatorio insistente de Marty Reardon, la transpiración le corría por las mejillas, brillaba en la barba y humedecía la camisa.

—Señor Barker... —dijo Marty y al mismo tiempo se inclinó hacia adelante. Marty tenía cuarenta y cinco años, bien parecido, de labios finos y mirada penetrante. Tenía aspecto de fiscal renuente, un hombre experimentado que lo había visto todo. Hablaba de manera pausada, con frecuencia con frases cortas, la encarnación de la sensatez. Le estaba dando al testigo toda salida posible. Y su tono favorito era el de la desilusión. Cejas negras levantadas: ¿Cómo es posible? Marty preguntó:

—Señor Barker, usted ha descrito "problemas" con el N-22 de Norton. Pero la empresa sostiene que se emitieron Directivas de Aeronavegabilidad que resolvieron esos problemas. ¿Es cierto?

—No. —Ante el interrogatorio de Marty, Barker había eliminado las oraciones completas. Ahora decía lo indispensable.

—¿Las Directivas no funcionaron?

—Bueno, acaba de haber otro incidente, ¿o no es cierto? Está relacionado con los *slats*.

—Norton nos dijo que no se trató de un problema de *slats*.

—Creo que se van a enterar de que así fue.

—¿Entonces Norton Aircraft miente?

—Están haciendo lo que siempre hacen. Aparecen con alguna explicación complicada que oculta el verdadero problema.

—Alguna explicación complicada —repitió Marty. ¿Pero acaso los aviones no son complicados?

—No en este caso. El accidente es el resultado de su incapacidad para modificar una falla de diseño de larga data.

—¿Está seguro de lo que dice?

—Sí.

—¿Cómo puede estar tan seguro? ¿Es usted ingeniero?

—No.

—¿Tiene un título afín a la actividad aeroespacial?

—No.

—¿En qué se especializó en la Universidad?

—Eso fue hace mucho tiempo...

—¿No fue música, señor Barker? ¿No obtuvo una Licenciatura en música?

—Bueno, sí, pero...

Jennifer observaba el ataque de Marty con sentimientos encontrados. Siempre era divertido ver cómo una entrevista cambiaba de curso y a los televidentes les encantaba ver a los expertos arrogantes hechos pedazos. Pero el ataque de Marty ponía en peligro el segmento completo. Si Marty acababa con la credibilidad de Barker...

Por supuesto que podía dejarlo de lado, pensó. No estaba obligada a incluirlo.

—Licenciado en música —dijo Marty con su tono razonable—. Señor Barker, ¿usted cree que eso lo habilita para poner en tela de juicio un avión?

—No por sí solo, pero...

—¿Obtuvo otros títulos?

—No.

—¿Recibió algún tipo de capacitación en el área científica o en ingeniería?

Barker trató de aflojarse el cuello de la camisa:

—Bueno, trabajé para la FAA...

—¿La FAA le brindó algún tipo de capacitación científica o en el área de ingeniería? ¿Le enseñaron, por ejemplo, acerca de la dinámica de los fluidos?

—No.

—¿Aerodinámica?

—Bueno, tengo mucha experiencia...

—Estoy seguro. Pero, ¿posee *capacitación formal* en aerodinámica, cálculo, metalurgia, análisis estructural o cual-

quier otro tema relacionado con la fabricación de una aeronave?
—No, formal no.
—¿Informal?
—Por cierto, sí. Toda una vida de experiencia.
—Bueno. Eso sí está bien. Veo que tiene muchos libros, detrás de usted, sobre el escritorio. —Reardon se inclinó hacia adelante y tomó uno de los libros que estaban abiertos.—Este, por ejemplo, se llama *Métodos de integridad estructural avanzada para tolerancia a los daños y durabilidad de la estructura.* Bastante denso. ¿Comprende el libro?
—La mayor parte, sí
—Por ejemplo —Reardon señaló la página abierta y la dio vuelta para leer. —Aquí en la página 807 dice: "Leevers y Radon introdujeron un parámetro de biaxialidad B que relaciona la magnitud del estrés T como en la ecuación 5". ¿Lo entiende?
—Sí. —Barker tragó saliva.
—¿Qué es un parámetro de biaxialidad?
—Eh... Bueno, es difícil de explicar en pocas palabras...
Marty se incorporó: ¿Quiénes son Leevers y Radon?
—Son investigadores de la especialidad.
—¿Los conoce?
—No personalmente.
—Pero conoce su trabajo.
—Los nombres me resultan familiares.
—¿Acaso sabe algo acerca de ellos?
—Personalmente no, no.
—¿Y son investigadores importantes en la especialidad?
—Ya le dije que no sé. —Barker se aflojó el cuello otra vez.
Jennifer se dio cuenta de que tenía que ponerle fin. Marty estaba haciendo su rutina de perro de caza, enardecido por el olor del miedo. Jennifer no podía usar nada de ese material, lo significativo era que Barker había llevado adelante esa cruzada durante años, tenía una trayectoria y estaba comprometido con la causa. En todo caso, ya contaba con la explicación acerca de los *slats* del día anterior y tenía respuestas claras a las preguntas que ella misma había formulado. Jennifer le tocó el hombro a Marty:
—Se hace tarde.
Marty respondió de inmediato; estaba aburrido. Se puso de pie de un salto:

—Lo siento, señor Barker, tenemos que irnos. Gracias por su tiempo. Ha sido de gran ayuda.

Barker parecía estar en estado de shock. Balbuceó algo. La encargada de maquillaje se acercó a él con algodones en la mano:

—Le voy a ayudar a quitarse el maquillaje...

Marty Reardon se dirigió a Jennifer. En voz baja le dijo:

—¿Qué diablos estás haciendo?

—Marty —le dijo en el mismo tono—, la cinta de CNN es dinamita. La historia es dinamita. La gente está asustada de subirse a un avión. Estamos alimentando la controversia. Esto es un servicio público.

—No con este payaso. Todo lo que busca es un arreglo extrajudicial. No sabe de qué carajo está hablando.

—Marty, te guste o no este tipo, el avión tiene antecedentes de problemas. Y la cinta es fabulosa.

—Sí, y todo el mundo vio la cinta —agregó Reardon—. Pero, ¿cuál es la historia ? Es mejor que me muestres algo.

—No te preocupes, Marty.

—Más te vale.

El resto de la frase estaba sobrentendida: O llamo a Dick Shenk y esto se acaba.

Carretera de la aviación

11:15

Para lograr una imagen distinta, hicieron la toma del representante de la FAA en la calle, con el aeropuerto como fondo. El hombre era flacucho y usaba anteojos. La luz del Sol le hacía pestañear rápido. Se lo veía débil e insulso. Era tan insignificante que Jennifer ni siquiera podía recordar el nombre. Confiaba en que no iba a hacer un buen papel.

Por desgracia, hizo trizas a Barker.

—La FAA maneja una gran cantidad de información delicada. Alguna está protegida por patentes. Otra es técnica. Alguna es delicada para la industria. Otra es delicada para la empresa. Dado que la transparencia de todas las partes es crítica en nuestra función, hay reglas estrictas respecto de la diseminación de la información. El señor Barker violó esas reglas. Parecía soñar con aparecer en televisión y ver su nombre en los periódicos.

—Él dice que no es cierto —respondió Marty—. Dice que la FAA no estaba haciendo su trabajo y tenía que hacerlo público.

—¿A los abogados?

—¿Abogados?

—Así es. La mayor parte de las filtraciones de información fueron a abogados que manejaban casos en contra de las empresas, información incompleta acerca de las investigaciones en curso. Y eso es ilegal.

—¿Le hicieron juicio?

—No se nos permite querellar. No poseemos esa autoridad. Pero para nosotros estaba claro que los abogados le pagaban a cambio de información. Pasamos el caso al Ministerio de Justicia, que no hizo nada al respecto. Estábamos muy enfadados con el tema. Pensábamos que tenía que ir a la cárcel, y los abogados con él.

—¿Por qué no pasó nada?

Tendría que preguntárselo a la Justicia. Pero el Ministerio de Justicia está compuesto de abogados. Y a los abogados no les gusta enviar a otros abogados a la cárcel. Es una especie de cortesía profesional. Barker trabajaba para abogados y lo salvaron. Sigue trabajando para abogados. Todo lo que dice está destinado a apoyar o incitar una demanda superflua. No le interesa la seguridad aérea. Si así fuese, estaría trabajando para nosotros. Trataría de brindar un servicio público y no de hacer mucho dinero.

—Como usted sabe, la FAA es objeto de una gran controversia... —comentó Marty.

Jennifer pensó que era mejor detener a Marty ahora. No tenía sentido continuar. Tenía la intención de descartar la mayor parte de la entrevista. Pensaba utilizar la afirmación hecha al principio acerca de que Barker buscaba publicidad. Ese había sido el comentario menos dañino y sería una forma de brindar una respuesta equilibrada en el segmento.

Porque necesitaba a Barker.

—Marty, lo siento; debemos ir al otro extremo de la ciudad.

Marty asintió y agradeció al hombre de inmediato (otra señal de que estaba aburrido), firmó un autógrafo para el hijo del hombre y subió a la limosina antes que Jennifer.

—¡Dios mío! —exclamó Marty cuando arrancó la limo.

Saludó al representante de la FAA a través de la ventanilla y le sonrió. Luego se desplomó en el asiento.

—No lo entiendo, Jennifer —dijo como presagiando algo malo—. Quizá me equivoque, pero creo que no tienes una historia. Sólo se trata de algunas acusaciones absurdas de abogados y sus secuaces a sueldo. Pero no hay nada concreto.

—Tenemos una historia —respondió—. Ya lo verás. —Intentó parecer confiada.

Marty gruñó descontento.

El auto avanzó y se dirigió al norte, hacia el valle, hacia Norton Aircraft.

Sistemas de Compaginación de Vídeo

11:17

—Ya viene la cinta —dijo Harmon. Tamborileaba los dedos sobre la consola.

Casey se acomodó en la silla y sintió punzadas. Todavía faltaban algunas horas hasta la entrevista. Y aún no había podido decidir cómo manejarla.

La cinta comenzó.

Harmon había triplicado los cuadros y la imagen se movía en cámara lenta con sobresaltos. El cambio hacía que la escena se viese aún más horrorosa. Miró en silencio cómo los cuerpos se desplomaban, cómo la cámara dio vueltas y cayó, y cómo finalmente se estancó en la puerta de la cabina de comando.

—Retrocede.

—¿Cuánto?

—Lo más lentamente posible.

—¿Un cuadro a la vez?

—Sí.

La imágenes iban al revés. La alfombra gris. La imagen borrosa cuando la cámara salió despedida del piso. El reflejo que se colaba por la puerta abierta de la cabina de comando. La luminosidad que entraba por las ventanillas del *cockpit*, los hombros de los dos pilotos a ambos lados del pedestal: comandante a la izquierda, primer oficial a la derecha.

El brazo del comandante extendido hacia el pedestal.

—Deténla.

Miró el cuadro. El comandante tenía el brazo estirado, sin

gorra; el rostro del primer oficial derecho hacia adelante. No lo veía.

El comandante con el brazo extendido.

Casey arrastró la silla hacia la consola y espió el monitor. Luego se puso de pie y se acercó tanto a la pantalla que podía ver los filamentos.

"Ahí está", pensó. A todo color.

¿Pero qué iba a hacer al respecto? Nada, se dio cuenta. No había nada que pudiese hacer. Ahora tenía la información, pero era imposible darla a conocer y conservar el puesto. Pero se dio cuenta que de todos modos era probable que perdiese el trabajo. Marder y Edgarton la habían puesto entre la espada y la pared para que se encargara de la prensa. Ya sea que mintiese, como Marder quería que lo hiciera, o que dijese la verdad, estaba en problemas. No había salida.

La única solución posible que se le ocurrió fue no hacer la entrevista. Pero tenía que hacerla. Estaba atrapada.

—Bien —dijo Casey y suspiró—, ya vi suficiente.

—¿Qué quieres hacer?

—Haz otra copia.

Harmon presionó una tecla en la consola. Se acomodó en la silla. Se lo veía algo incómodo.

—Señora Singleton, creo que debo decirle algo. La gente que trabaja aquí vio la cinta y, con toda franqueza, están muy alterados.

—Me lo imagino.

—Todos vieron al tipo de la televisión, el abogado, que dice que están encubriendo el verdadero motivo del accidente...

—Ajá...

—Y una persona en especial, una chica de recepción, piensa que debemos entregar la cinta a las autoridades o a los canales de televisión. Quiero decir, es como el asunto de Rodney King. Estamos sentados encima de una bomba de tiempo. Hay vidas en juego.

Casey suspiró. En realidad, no la había tomado por sorpresa. Pero generaba un problema nuevo y tendría que resolverlo:

—¿Ya lo hizo? ¿Es eso lo que trata de decirme?

—No —contestó Harmon—. Todavía no.

—Pero la gente está preocupada.

—Sí.

—¿Y usted? ¿Qué piensa?

—Para ser sincero —comentó Harmon—, a mí también me molesta. Quiero decir que usted trabaja para la empresa y tiene sus obligaciones. Eso lo entiendo. Pero si realmente hay algún problema con el avión y mueren personas por ello...

La mente de Casey trabajaba a gran velocidad otra vez, tratando de resolver la situación. No había forma de saber cuántas copias de la cinta se habían hecho. Ya no había tiempo para contener o controlar los hechos. Y estaba harta de las intrigas, con la aerolínea, con los ingenieros, con los sindicalistas, con Marder, con Richman. Todos esos intereses en conflicto y ella atrapada en el medio, tratando de mantenerlo unido.

¡Y ahora la maldita empresa de vídeo!

—¿Cuál es el nombre de la chica de recepción? —preguntó Casey.

—Christine Barron.

—¿Sabe que la empresa firmó un acuerdo de no divulgación con nosotros?

—Sí, pero... creo que piensa que su conciencia está primero.

—Tengo que hacer una llamada. Por una línea privada.

La llevó a una oficina que no estaba en uso. Hizo dos llamadas. Cuando regresó, le dijo a Harmon:

—La cinta es propiedad de Norton. No se la puede entregar a nadie sin nuestra autorización. Y han firmado un acuerdo de no divulgación con nosotros.

—¿No tiene cargo de conciencia? —preguntó Harmon.

—No —respondió Casey—. No. Estamos investigando y vamos a llegar al fondo del asunto. Están hablando de cosas que no entienden. Si dan a conocer la cinta, van a ayudar a un abogado inescrupuloso a demandarnos por daños. Firmaron un AND con nosotros. Si lo violan, quedan fuera del negocio. Ténganlo en cuenta.

Tomó la copia de la cinta y salió de la habitación.

Norton/CC

11:50

Frustrada y ofuscada, Casey entró como un rayo en la oficina de CC. Una mujer mayor la estaba esperando. Se presentó como Martha Gershon, de "entrenamiento para los medios". En persona, parecía una abuelita de cuento: pelo gris, recogido en un rodete y un vestido beige de cuello alto.

—Lo siento. Estoy muy ocupada. Sé que Marder le pidió que me viese pero me temo que...

—Me doy cuenta de lo ocupada que está —aseguró Martha Gershon. Tenía una voz tranquila, reconfortante. —No tiene tiempo para mí, en especial hoy. Y en realidad no *quiere* verme, ¿verdad? Porque le importa un bledo John Marder.

Casey se detuvo.

Miró de nuevo a la agradable señora que estaba allí de pie en la oficina, sonriente.

—Ha de sentir que el señor Marder la manipuló. Lo comprendo. Ahora que lo he conocido, debo admitir que no transmite una gran sensación de integridad. ¿No le parece?

—No.

—Y no creo que le agraden mucho las mujeres —agregó Gershon—. Y sospecho que hizo que usted hablara ante las cámaras con la esperanza de que fracasara. ¡Dios mío! No me gustaría ver que eso pasara.

Casey se quedo mirándola.

—Por favor, siéntese.

—Gracias; querida. —La mujer se sentó en el sillón, con la falda desplegada, las manos enlazadas impecables sobre el regazo. Permaneció en absoluta calma.—No voy a robarle mucho tiempo. Pero quizá estaría más cómoda si usted también se sentara.

Casey se sentó.

—Hay sólo algunas cosas que quiero recordarle antes de la entrevista. Usted sabe que la entrevista es con Martin Reardon.

—No, no lo sabía.

—Así es, lo que significa que va a tener que enfrentar un estilo de entrevista específico. Eso lo hace más fácil.

—Espero que tenga razón.

—La tengo, querida. ¿Está cómoda ahora?

—Creo que sí.

—Quiero verla sentada en su silla. Ahí está. Échese hacia atrás. Cuando se inclina hacia adelante parece demasiado ansiosa y el cuerpo se tensiona. Apóyese en el respaldo, de modo que pueda recibir lo que se le dice y permanecer relajada. Quizá quiera intentarlo en la entrevista. Siéntese con la espalda contra el asiento y relájese.

—Está bien —dijo Casey y se echó hacia atrás.

—¿Más relajada ahora?

—Eso creo.

—¿Por lo general se toma las manos de esa forma sobre el escritorio? Me gustaría ver qué pasa si las separa. Sí. Apóyelas sobre el escritorio, así. Si cierra las manos, se pone tensa. Es mucho mejor permanecer receptiva. Bien. ¿Se siente natural?

—Pienso que sí.

—Debe de estar bajo gran presión en este momento —dijo Gershon con un gesto de simpatía—. Pero conozco a Martin Reardon desde que era un periodista joven. Creía que Marty era testarudo y superficial. Me temo que estaba en lo cierto. Marty es puro truco y nada de contenido. No le va a causar ningún problema, Katherine. No a una mujer de su inteligencia. No va a tener ningún problema.

—Me está haciendo sentir muy bien —admitió Casey.

—Le estoy diciendo las cosas tal cual son. Lo más importante que hay que tener en cuenta con Reardon es que usted sabe más que él. Ha trabajado en este negocio durante años. Reardon es literalmente un recién llegado. Es probable que haya llegado esta mañana y que se vaya de la ciudad esta noche. Es brillante, buen orador y tiene buena memoria, pero no posee sus conocimientos. Recuerde: usted sabe más que él.

—Bien.

—Ahora, dado que Reardon casi no tiene información a su

disposición, su principal habilidad es manipular la información que usted le proporcione. Reardon tiene fama de mago, en realidad utiliza un único truco. Hace que usted esté de acuerdo con él en una serie de afirmaciones, de modo que usted asiente, sí, sí , sí , y de pronto ataca con algo salido de la galera. Lo ha hecho durante toda su vida. Es sorprendente que la gente no se haya dado cuenta.

"Le va a decir: Usted es mujer. Sí. Vive en California. Sí. Tiene un buen empleo. Sí. Disfruta de la vida. Sí. ¿Entonces por qué robó el dinero? Y usted ha estado asintiendo hasta ahora y de pronto se siente confundida, la agarra con la guardia baja y obtiene una reacción que puede aprovechar.

"Recuerde: todo lo que busca es esa reacción a una frase. Si no la obtiene, va a volver a preguntar, y va a formular la pregunta de otra forma. Puede volver al mismo tema una y otra vez. Si insiste en un tema en particular, significa que no obtuvo lo que buscaba.

—Entiendo.

—Martin tiene otro truco. Hace una afirmación controvertida y luego hace una pausa, a la espera de que usted complete la idea. Puede decirle: Casey, usted fabrica aviones, por lo que ha de *saber* que los aviones son inseguros... Y espera que usted responda. Pero dése cuenta de que no ha hecho ninguna pregunta.

Casey asintió.

—O puede repetir sus palabras con tono incrédulo.

—Comprendo.

—*¿Comprende?* —repitió Gershon, sorprendida, con las cejas levantadas. Era una buena imitación de Reardon. —Ya va a ver lo que le digo. Va a estar tentada de defenderse. Pero no tiene por qué. Si Martin no hace una pregunta, no tiene por qué decir nada.

Casey asintió. Sin decir nada.

—Muy bien. —Gershon sonrió. —Le va a ir muy bien. Recuerde tomar todo el tiempo que quiera. La entrevista se graba, así que luego cortan las pausas. Si no comprende una pregunta, pida que sea más claro. Marty es muy bueno para formular preguntas vagas que provocan respuestas específicas. Recuerde: en realidad no sabe de qué está hablando. Sólo está aquí por un día.

—Comprendo —afirmó Casey.

—Ahora bien. Si no le incomoda mirarlo, hágalo. De lo contrario, elija un punto cerca de su cabeza , como la punta de una silla o un cuadro en la pared detrás de él, y fije la vista allí. La cámara no podrá detectar que no lo está mirando realmente. Sólo haga todo lo necesario para mantener la concentración.

Casey hizo un intento: trató de fijar la vista junto a la oreja de Gershon.

—Muy bien. Lo va a hacer bien. Queda sólo una cosa más por decirle, Katherine. Usted trabaja en una industria compleja. Si trata de explicarle esa complejidad a Marty, se verá frustrada. Va a sentir que no está interesado. Es probable que hasta la interrumpa. Porque *no está* interesado. Mucha gente se queja de que a la televisión le falta concentración. Pero es la naturaleza del medio. La televisión no está relacionada para nada con la información. La información es activa, atrapante. La televisión es pasiva. La información es desinteresada, objetiva. La televisión es emotiva. Es entretenimiento. Diga lo que dijere, haga lo que hiciere, a Marty no le interesan en absoluto ni usted ni la compañía ni los aviones. Se le paga para que utilice su único talento confiable: provocar a las personas, hacerlas caer en arranques emotivos, enfadarlas, hacerles decir algo exagerado. No le interesa saber acerca de los aviones. Busca un *momento* televisivo. Si lo ve de esa forma, puede manejarlo.

Y sonrió, con su sonrisa de abuela:

—Sé que lo va a hacer muy bien, Casey.

—¿Va a estar ahí? ¿En la entrevista?

—No —contestó Gershon con una sonrisa—. Martin y yo tenemos una larga historia en común. No nos agradamos demasiado el uno al otro. En las raras ocasiones en las que nos cruzamos, me temo que solemos tratarnos con desprecio.

Administración

13:00

John Marder estaba sentado a su escritorio. Estaba ordenando papeles, apuntes, para que Casey los utilizara durante la entrevista. Quería que estuviesen completos y ordenados. Primero, el registro de partes de la cubierta del reversor no autorizada del motor número dos. Encontrar esa pieza había sido un golpe de suerte. Kenny Burne, a pesar de su arrogancia, había hecho algo bien. La cubierta de un reversor era una pieza visible, algo que todos podían identificar.

Y era sin duda un repuesto falso. Pratt and Whitney iba a poner el grito en el cielo cuando lo viese: la famosa águila del logo impresa al revés. Lo que era más importante, la presencia de una pieza falsa podía desviar la atención en esa dirección, y disminuiría la presión...

Sonó la línea privada.

Contestó:

—Marder.

Oyó el ruido sibilante característico de las comunicaciones satelitales. Hal Edgarton llamaba desde el jet de la compañía camino a Hong Kong.

—¿Ya pasó? —preguntó Edgarton.

—Todavía no, Hal. Falta una hora.

—Espero tu llamado apenas termine.

—Prometido, Hal.

—Y mejor que sean buenas noticias —advirtió Edgarton y cortó.

Burbank

13:15

Jennifer estaba preocupada. Tenía que dejar solo a Marty durante un rato. Y no era buena idea dejar solo a Marty durante una filmación : era incansable y tenía demasiada energía, exigía atención constante. Alguien tenía que tomarlo de la mano y ocuparse de él. Marty era como las demás estrellas de *Newsline* que trabajaban frente a las cámaras: si bien alguna vez habían sido cronistas, se habían convertido en actores, con todas las características de los actores: ególatras, vanidosos, exigentes. Una verdadera molestia, eso es lo que eran.

También sabía que Marty, a pesar de los cuestionamientos respecto de la historia de Norton, en el fondo sólo estaba preocupado por las apariencias. Sabía que habían armado el segmento en poco tiempo. Sabía que era bajo y sucio. Y tenía miedo de que, al compaginar el segmento, pudiese quedar al frente de una nota floja. Tenía miedo de que sus amigos hiciesen comentarios sarcásticos acerca de la nota durante el almuerzo en el Four Seasons. No era la responsabilidad periodística lo que le preocupaba. Sólo le importaban las apariencias.

Y la prueba, Jennifer lo sabía, estaba en sus manos. Sólo había estado ausente durante veinte minutos, pero al llegar con el auto alquilado a la locación vio a Marty caminar de un lado a otro con la cabeza gacha, confundido e infeliz.

Así era Marty.

Bajó del auto. Él se acercó de inmediato y comenzó a quejarse, a decir que tenían que acabar con el segmento, llamar a Dick y decirle que no estaba funcionando... Jennifer lo interrumpió.

—Marty. Mira esto.

Tomó la cinta de vídeo que llevaba consigo, se la dio al camarógrafo y le pidió que la pasara. El camarógrafo la metió en la cámara mientras ella iba hasta el pequeño monitor colocado sobre el césped.

—¿De qué se trata? —preguntó Marty de pie junto al monitor.

—Mira.

Comenzó la cinta. Empezó con un bebé sobre el regazo de la madre. ¡Gu-gu! ¡Ga-ga! El bebé se chupaba los dedos del pie.

Marty miró a Jennifer, las cejas oscuras levantadas.

Jennifer permaneció en silencio.

La cinta continuaba.

Con el reflejo del sol en el monitor, era difícil ver en detalle, pero era suficientemente claro. De pronto comenzaron a volar cuerpos por el aire. Marty contuvo la respiración mientras observaba, interesado.

—¿Dónde lo obtuviste?

—De un empleado disconforme.

—¿Un empleado de...?

—Una editora de vídeos que trabaja para Norton. Una ciudadana responsable que creyó que debía hacerse público. Ella me llamó.

—¿Es de Norton?

—Lo encontraron en el avión.

—Increíble —dijo Marty con la vista en el monitor—. Increíble. —Los cuerpos se sacudían, la cámara estaba en movimiento.— Esto es abrumador.

—¿No es fabuloso?

La cinta continuaba. Era buena. Toda la cinta lo era; aun mejor que la de CNN, más dinámica, más contundente. Dado que la cámara se había soltado y se movía a los saltos por el avión, esa cinta transmitía mejor lo que había ocurrido en el vuelo.

—¿Quién más la tiene? —preguntó Marty.

—Nadie.

—Pero el empleado disconforme bien pudo...

—No —afirmó Jennifer—. Prometí que pagaríamos los gastos legales si no se la daba a nadie más. No lo hará.

—Entonces es una exclusiva.

—Correcto.

—Una cinta *verdadera* provista desde el *interior* de Norton.

—Correcto.
—Entonces tenemos un segmento fabuloso —anunció Marty.

"¡Bienvenido al mundo de los vivos!", pensó Jennifer mientras observaba a Marty caminar hasta el alambrado y comenzar los preparativos para la nota. ¡El segmento se había salvado!
Sabía que podía contar con Marty para editar la cinta. Porque, por supuesto, la nueva cinta no agregaba nada a la información que ya habían grabado. Pero Marty era un profesional. Sabía que los segmentos empezaban y terminaban con las imágenes. Lo importante era que las imágenes fuesen buenas.
Y esa cinta era atrapante.
Así que Marty estaba feliz ahora; iba y venía y miraba hacia los edificios de Norton a través del alambrado. La situación era perfecta para Marty, una cinta obtenida desde el interior de la empresa, lo que hacía referencia directa a la obstrucción y el encubrimiento. Marty podía exprimir al máximo ese aspecto.
Mientras la encargada de maquillaje le hacía unos retoques en el cuello, Marty dijo:
—Tendríamos que enviarle la cinta a Dick. Para que pueda aprovecharla.
—¡Hecho! —exclamó Jennifer y señaló a uno de los autos que pasaban por la avenida.
Dick la tendría en su poder en una hora. Iba a estar fascinado al verla.
Por supuesto que la aprovecharía. Usaría trozos para promocionar el programa del sábado: "¡Escalofriantes imágenes del accidente de Norton! ¡Imágenes aterradoras de muerte en las alturas! Sólo en *Newsline*, el sábado a las diez".
Lo pasarían cada media hora hasta el comienzo del programa. Al llegar el sábado por la noche, todo el mundo estaría expectante.

Marty improvisó lo que iba a decir, y lo hizo bien. Estaban de vuelta en el auto en dirección a la entrada de Norton, unos minutos adelantados.
—¿Quién es el contacto de la empresa?
—Una mujer de apellido Singleton.

—¿Una mujer? —Marty frunció el ceño. —¿Cuál es el arreglo?

—Es vicepresidente. Treinta y pico largos. Y está en el grupo de investigación.

Marty extendió el brazo:

—Quiero la ficha y las notas.

Comenzó a leerlas en el auto.

—¿Te das cuenta de lo que tenemos que hacer ahora, Jennifer? El segmento cambió. La cinta dura unos cuatro minutos y medio. Y se puede repetir algunas imágenes, yo lo haría. Así que no queda mucho tiempo para Barker y los demás. Se va a limitar a la cinta y la representante de Norton. Ese es el núcleo del segmento. Por lo tanto no tenemos elección. Hay que hacerla pedazos, así nomás.

Jennifer no dijo nada. Esperó mientras Marty hojeaba los papeles.

—Espera un momento —dijo Marty. Estaba mirando una ficha. —¿Eso es una broma?

—No —dijo Jennifer.

—Esto es dinamita —afirmó Reardon—. ¿Dónde lo conseguiste?

—Norton me lo envió por error en una reseña informativa hace tres días.

—Un accidente desafortunado —dijo Marty—. En especial para la señora Singleton.

Sala de Guerra

14:15

Casey atravesaba la planta en dirección a AAI cuando sonó el teléfono celular. Era Steve Nieto, el representante en Vancouver.

—Malas noticias —anunció Nieto—. Fui al hospital ayer. Está muerto. Edema cerebral. Mike Lee no estaba, así que me pidieron que identificase el cuerpo y...

—Steve, no por el teléfono celular, envía un télex.

—Bien.

—Pero no lo envíes aquí. Envíalo a PV en Yuma.

—¿En serio?

— Sí.

—Bueno.

Cortó y entró en el hangar 4, donde las cintas estaban dispuestas en el piso. Quería hablar con Ringer acerca de la gorra de piloto que habían encontrado. Casey estaba comenzando a comprender que la gorra era crucial para resolver la historia.

Se le ocurrió algo y llamó a Norma.

—Creo que sé de dónde vino el fax acerca de la revista de vuelo.

—¿Es importante?

—Sí. Llama al Hospital Centinela en el aeropuerto. Pide hablar con la auxiliar de abordo Kay Liang. Y esto es lo que quiero que le preguntes. Es mejor que lo anotes.

Habló con Norma durante algunos minutos y luego cortó. De inmediato, volvió a sonar el teléfono.

—Casey Singleton.

—¿Dónde estás, por Dios? —gritó Marder.

—En el hangar 4; estoy tratando de...

—Se supone que debes estar *aquí* —gritó Marder—, para la entrevista.

—La entrevista es a las cuatro.

—Se adelantó. Están aquí *ahora*.

—¿Ahora?

—Sí, están todos aquí, el equipo de filmación, todos. Están haciendo los preparativos. Todos están esperándote. Es *ahora*, Casey.

Así fue como se encontró a sí misma en la Sala de Guerra, sentada en una silla con un maquilladora que le pintaba exageradamente la cara. La Sala de Guerra estaba llena de gente, había hombres que acomodaban reflectores sobre tarimas y adherían placas de cartón al techo. Otros se encargaban de ajustar micrófonos a la mesa y las paredes. Dos equipos de cámaras se estaban preparando con dos cámaras cada uno, cuatro cámaras en total, que apuntaban en direcciones opuestas. Habían acomodado dos sillas a ambos lados de la mesa; una para ella y una para el entrevistador.

No le pareció apropiado que la grabación se hiciese en la Sala de Guerra; no sabía por qué Marder lo había permitido. Opinaba que era una falta de respeto que esa habitación, en la que trabajaban, discutían y luchaban por comprender lo que había ocurrido con los aviones en vuelo se convirtiese en el escenario de un programa de televisión. Y eso no le gustaba.

Casey estaba con la guardia baja; todo estaba ocurriendo demasiado rápido. La maquilladora no dejaba de pedirle que mantuviese la cabeza quieta, que cerrase los ojos y luego que los abriese. Eileen, la secretaria de Marder, se acercó y le puso una carpeta de cartón manila en las manos:

—John quiso asegurarse de que esto llegara a tus manos —dijo Eileen.

Casey intentó mirar la carpeta.

—¡Por favor! —insistió la maquilladora—. Necesito que mire hacia arriba por un instante. Sólo un instante y puede irse.

Jennifer Malone, la productora, se acercó con una sonrisa de oreja a oreja:

—¿Cómo anda todo, señora Singleton?

—Muy bien, gracias —respondió Casey. Seguía con la cabeza levantada.

—Barbara —le dijo Malone a la maquilladora—, asegúrate

de que la... — E hizo un gesto impreciso con la mano en dirección a Casey.

—No se preocupe —contestó la maquilladora.

—¿De qué tiene que asegurarse? —preguntó Casey.

—Un retoque —explicó la mujer—. Nada más.

—Le doy un minuto para que termine aquí y luego Marty va a venir a conocerla; después vamos a repasar los temas principales que vamos a tratar, antes de empezar.

—Bien.

Malone se fue. Barbara, la maquilladora, siguió embadurnando el rostro de Casey.

—Voy a aplicar un poco debajo de los ojos —explicó—, para que no se la vea tan cansada.

—¿Señora Singleton?

Casey reconoció la voz de inmediato, una voz que había oído durante años. La maquilladora se corrió hacia atrás y Casey vio a Marty Reardon de pie frente a ella. Reardon estaba en mangas de camisa y corbata. Tenía Kleenex ajustados al cuello de la camisa. Estiró el brazo.

—Marty Reardon, encantado de conocerla.

—Hola.

—Gracias por su ayuda con este asunto —dijo Marty—. Vamos a tratar de que duela lo menos posible.

—Bien...

—Por supuesto sabe que vamos a grabar. Así que si se equivoca o algo por el estilo, no se preocupe; cortamos. Si en algún momento quiere reformular una frase, hágalo. Puede decir exactamente lo que quiera.

—Entendido.

—En primer lugar, vamos a hablar del vuelo de TransPacific. Pero voy a tener que tocar otros temas también. En algún momento, le voy a preguntar acerca de la venta a China. Y es probable que surjan preguntas acerca de la actitud de los sindicatos al respecto, si hay tiempo. Pero en realidad no quiero meterme en esos asuntos. Quiero limitarme al vuelo de TransPacific. ¿Usted es miembro del grupo de investigación?

—Así es.

—Bien, perfecto. Suelo cambiar de tema con frecuencia cuando entrevisto. Espero que no le moleste. Estamos aquí para comprender la situación lo mejor posible.

—Bien.

—Nos vemos luego —dijo Reardon. Sonrió y se fue.

La maquilladora volvió a ponerse frente a ella.

—Mire hacia arriba. —Case miró hacia el techo. —Es un hombre muy agradable —comentó la maquilladora—. En el fondo es bueno. Se le cae la baba por los hijos.

—Cinco minutos —dijo alguien.

—¿Sonido?

—Listos. Sólo faltan los cuerpos.

La maquilladora empezó a empolvar el cuello de Casey. Casey dio un salto del dolor.

—Le puedo dar un número de teléfono.

—¿Para qué?

—Es una organización muy buena, muy buena gente. La mayoría psicólogos. Y muy discretos. La pueden ayudar.

—¿Con qué?

—Mire hacia la izquierda, por favor. Debe de haberla golpeado muy fuerte.

—Me caí —explicó Casey.

—Por supuesto. Entiendo. Le voy a dejar mi tarjeta en caso de que cambie de opinión —le dijo mientras le aplicaba polvo—. Mmmm. Es mejor que le ponga un poco de base para sacar el morado. —Buscó en la caja y sacó un trozo de esponja cubierto de maquillaje. Comenzó a aplicarlo sobre el cuello de Casey. —No me creería todos los casos que veo, con este tipo de trabajo, y la mujer siempre lo niega. Pero hay que detener la violencia familiar.

—Vivo sola —agregó Casey.

—Creo que cuando se producen los casos de violencia uno piensa que no hay nada que hacer. Es parte de la depresión, de la desesperación. Pero tarde o temprano todos enfrentamos la verdad.

Malone se acercó.

—¿Marty habló con usted? Vamos a cubrir en especial el accidente y es probable que empiece con eso. Pero quizá haga referencia a la venta a China y los sindicatos. Tómese su tiempo. Y no se preocupe si salta de un tema a otro. Siempre lo hace.

—Mire hacia la derecha —indicó la maquilladora y se ocupó del otro lado del cuello. Casey miró hacia la derecha. Un hombre se acercó y dijo:

—¿Puedo darle esto? —Y tiró una caja plástica de la que sobresalía un cable en las manos de Casey.

—¿Qué es? —preguntó Casey.

—Mire hacia la derecha, por favor. Es el micrófono inalámbrico. En un instante le ayudo con eso.

Sonó el teléfono celular de Casey que se encontraba en la cartera, junto a la silla.

—¡Apaguen eso! —gritó alguien.

Casey se agachó y lo abrió:

—Es mío.

—Lo siento.

Lo acercó a la oreja. John Marder preguntó:

—¿Recibiste la carpeta que te llevó Eileen?

—Sí.

—¿La revisaste?

—Todavía no.

—Sólo levante un poco el mentón.

Por teléfono, Marder le dijo:

—La carpeta contiene la documentación relativa a lo que hablamos. El informe de la pieza de la camisa del reversor, todo. Todo está ahí.

—Eh... Bueno...

—Sólo quería asegurarme de que estuvieses lista.

—Estoy lista.

—Bien. Contamos contigo.

Cortó y desconectó el teléfono.

—Mentón arriba. Muy bien.

Cuando terminó con el maquillaje, Casey se puso de pie y la mujer le pasó un pequeño cepillo por los hombros y le puso spray en el pelo. Luego acompañó a Casey al baño y le mostró cómo pasar el cable del micrófono por debajo de la blusa, a través del sostén y engancharlo en la solapa. El cable bajaba por el interior de la falda y luego volvía a subir hasta el receptor. La mujer ajustó el receptor a la cintura de la falda de Casey y lo encendió.

—Recuerde. De ahora en más está al aire en vivo. Pueden oír todo lo que diga.

—Bien —dijo Casey. Se ajustó la ropa. Sintió el receptor contra la cintura, y el cable contra la piel del pecho. Se sentía apretada e incómoda.

La maqilladora la tomó del brazo y la llevó de regreso a la Sala de Guerra. Casey se sintió como si la arrojaran a los leones.

Dentro de la Sala de Guerra, las luces brillaban. Hacía mucho calor. La condujeron hasta su silla. Le aconsejaron que tuviese cuidado de no tropezar con los cables de las cámaras y le ayudaron a sentarse. Había dos cámaras detrás de ella y dos frente a ella. El camarógrafo que estaba a su espalda le pidió que corriese la silla un centímetro a la derecha. Lo hizo. Un hombre vino y le ajustó el micrófono, pues dijo que se oían roces de tela.

Al otro lado, Reardon estaba ajustándose el micrófono por sí mismo mientras hablaba con el camarógrafo. Luego se sentó sin esfuerzo en su lugar. Parecía relajado e informal. La miró de frente y sonrió.

—No hay de qué preocuparse. Es pan comido.

—Vamos muchachos, ya están en las sillas —dijo Malone—. Hace calor.

—Cámara A lista.

—Cámara B lista.

—Sonido listo.

—Luces —dijo Malone.

Casey había pensado que las luces ya estaban encendidas, pero, de pronto, se vio iluminada por potentes luces que la cegaban desde todas direcciones. Se sintió como en el interior de un horno encendido.

—Prueba de cámaras —anunció Malone.

—Bien acá.

—Estamos listos.

—Bien —dijo Malone. Que corra la cinta.

Comenzó la entrevista.

Sala de Guerra

14:33

Marty Reardon la miró a los ojos, sonrió y señaló a su alrededor:

—Así que aquí es donde ocurre todo.

Casey asintió.

—Aquí se reúnen los especialistas de Norton para analizar los accidentes aéreos.

—Sí.

—Y usted forma parte de ese grupo.

—Sí.

—Usted es vicepresidenta de Certificación de Calidad de Norton Aircraft.

—Sí.

—Y ha trabajado para la empresa durante cinco años.

—Sí.

—A esta habitación la llaman la Sala de Guerra, ¿no es así?

—Algunos lo hacen.

—¿Por qué?

Casey hizo una pausa. No podía encontrar una manera de explicar las discusiones, los ataques de ira, los arranques que acompañaban cada intento de aclarar un incidente sin decir algo que Reardon puediese tomar fuera de contexto.

—No es más que un apodo —contestó Casey.

—La Sala de Guerra. Mapas, diagramas, planos de guerra, presión. Tensión en estado de sitio. Su empresa, Norton Aircraft, se encuentra bajo presión en este momento, ¿no es así?

—No estoy segura de a qué se refiere —dijo Casey.

Reardon levantó las cejas. La AAC, la Autoridad Aeronáutica Europea se niega a otorgar la certificación a uno de sus aviones, el N-22, pues alega que no es seguro.

—En realidad, el avión está certificado, pero...

—Y están a punto de vender cincuenta aviones a China. Pero ahora también los chinos están preocupados por la seguridad que ofrece el avión.

Casey no se alteró ante la insinuación; se concentró en Reardon. El resto de la habitación pareció desvanecerse.

—No estoy al tanto de que los chinos estén preocupados.

—Pero *sí* está al tanto de la razón que *subyace* a los cuestionamientos de seguridad. Hubo un accidente grave esta semana. Con uno de sus N-22.

—Sí.

—El vuelo 545 de TransPacific. Un accidente en pleno vuelo sobre el Océano Pacífico.

—Así es.

—Tres personas murieron. ¿Cuántos heridos?

—Creo que cincuenta y seis —afirmó. Sabía que sonaría mal no importaba la forma en que lo dijese.

—Cincuenta y seis heridos —insistió Reardon—. Cuellos rotos. Miembros cercenados. Contusiones. Daño cerebral. Dos personas paralizadas de por vida...

Reardon dejó la frase inconclusa, con la mirada puesta en Casey.

No había formulado una pregunta. Casey no dijo nada. Se limitó a esperar al calor de las luces.

—¿Cómo se siente al respecto?

—Creo que todos en Norton se preocupan enormemente por la seguridad. Es por eso que ponemos a nuestras estructuras a prueba para soportar tres veces la vida útil de diseño...

—Una gran preocupación. ¿Usted cree que esa es una respuesta adecuada?

Casey dudó. ¿Qué estaba diciendo?

—Lo siento —continuó Casey—, creo que no comprendo...

—¿Acaso no es obligación de la compañía fabricar aviones seguros?

—Por supuesto. Y eso es lo que hacemos.

—No todos están de acuerdo. La AAC no está de acuerdo. Los chinos pueden no estar de acuerdo... ¿Acaso la compañía no tiene la *obligación* de modificar el diseño de un avión que *sabe* que no es seguro?

—¿Qué quiere decir?

—Lo que quiero decir es que lo que le ocurrió al vuelo 545 ya había ocurrido antes. Muchas veces. Con los N-22. ¿No es cierto?

—No —respondió Casey.

—¿No?—Reardon frunció el ceño.

—No —repitió Casey categórica. Ese era el momento, pensó. Estaba saltando al vacío.

—¿Esta es la primera vez?

—Sí.

—Entonces, quizá pueda explicar qué significa esta lista. —Reardon sacó una hoja de papel y la sostuvo en alto. Desde lejos, Casey sabía de qué se trataba —Esta es una lista de incidentes con los *slats* en el N-22 que se remontan a 1992, poco después de que el avión comenzara a volar. Ocho episodios. Ocho episodios distintos. El de TransPacific es el noveno.

—Esa información es imprecisa.

—Dígame por qué.

Casey explicó, con tanta brevedad como pudo, cómo funcionaba el tema de las Directivas de Aeronavegabilidad. Explicó por qué se habían emitido para el N-22. Cómo se había solucionado el problema, excepto en el caso de las empresas extranjeras que no habían cumplido con las directivas. Y que no se había producido ningún incidente con una empresa local desde 1992.

Reardon escuchó con los ojos bien abiertos, como si nunca hubiese oído barbaridad semejante.

—Déjeme ver si entiendo —continuó Reardon—. De acuerdo con usted, la compañía respetó todas las reglas al emitir estas normas de seguridad aérea, que se supone que solucionan el problema.

—No —contestó Casey—. La compañía *solucionó* el problema.

—¿En serio? Hasta donde sabemos, la extensión de los *slats* en vuelo causó la muerte de los pasajeros del vuelo 545.

—Eso no es correcto. —Estaba caminando por la cuerda floja, una cuerda delgada, un tecnicismo, y lo sabía. Si le preguntaba "¿Hubo extensión de *slats*?", entonces se vería en problemas. Esperó la siguiente pregunta con la respiración contenida.

—¿Las personas que nos dijeron que hubo extensión de *slats* están equivocadas? —preguntó Reardon.

—No sé cómo pueden saberlo —respondió Casey. Y se decidió a ir aún más lejos. —Sí, están equivocados.

—¿Fred Barker, ex investigador para la FAA, está equivocado?

—Sí.

—¿La AAC está equivocada?

—Bueno, como usted sabe, la AAC en realidad está demorando la certificación por problemas de emisión de ruidos, y ...

—Ocupémonos de eso por un instante —sugirió Reardon.

Recordó lo que había dicho Gershon: *No está interesado en la información.*

—¿La AAC está equivocada? —repitió la pregunta.

"Esto exige una respuesta compleja", pensó Casey. ¿Cómo podía explicarlo en pocas palabras?

—Se equivocan al decir que el avión no es seguro.

—Por lo tanto, usted opina que las críticas al N-22 son totalmente infundadas.

—Correcto. Es un avión excelente.

—Un avión bien diseñado.

—Sí.

—Un avión seguro.

—Sin lugar a duda.

—Usted volaría en él.

—Siempre que pueda.

—Su familia, sus amigos...

—Por supuesto.

—¿Ni siquiera una duda remota?

—Correcto.

—¿Y cuál fue su reacción al ver la cinta del vuelo 545 por televisión?

Después de hacerle contestar que sí varias veces va a sacar algo de la galera.

Pero Casey estaba preparada.

—Todos aquí sabíamos que se trataba de un accidente trágico. Cuando vi las imágenes, me sentí muy mal por la gente que había estado allí.

—¿Sintió pena?

—Sí.

—¿No modificó su convicción acerca del avión? ¿No la hizo cuestionarse respecto del N-22?

—No.

—¿Por qué no?

—Porque el N-22 tiene un historial de seguridad excelente. Uno de los mejores de la industria.

—Uno de los mejores *de la industria*... —Reardon sonrió incrédulo.

—Así es, señor Reardon. Permítame preguntarle. El año pasado, cuarenta y tres mil estadounidenses murieron en accidentes de auto. Cuatro mil personas se ahogaron. Dos mil personas murieron atragantadas con alimentos. ¿Sabe cuántas murieron en transportes aerocomerciales?

Reardon hizo una pausa. Esbozó una sonrisa.

—Tengo que admitir que está desafiando al jurado.

—Es una pregunta justa, señor Reardon, ¿Cuántas personas murieron en aviones de línea el año pasado?

Reardon frunció el ceño:

—Diría... Diría que unos mil.

—Cincuenta —reveló Casey. Murieron cincuenta personas. ¿Sabe cuántas personas murieron el año anterior a ese? Dieciséis. Menos que en accidentes de bicicletas.

—¿Y cuántas de ellas murieron a bordo del N-22? —preguntó Reardon con los ojos entrecerrados, tratando de recuperarse.

—Ninguno —respondió Casey.

—Así que usted está tratando de decir...

—Vivimos en un país en el cual cuarenta y tres mil personas mueren todos los años en accidentes de auto y nadie se preocupa por ello. Suben a los autos ebrios o cansados, sin siquiera pensarlo dos veces. Pero estas mismas personas sienten pánico con sólo pensar en subir a un avión. Y la razón —agregó Casey— es que la televisión exagera constantemente los verdaderos peligros que presenta la aviación. La cinta logra que las personas tengan miedo de volar. Y sin razón alguna.

—¿Usted cree que la cinta no debería haber salido al aire?

—Yo no dije eso.

—Pero dijo que va a generar miedo en la gente, sin razón alguna.

—Correcto.

—¿Usted cree que este tipo de imágenes no deberían emitirse?

"¿A dónde quiere llegar? ¿Por qué hace esto?", pensó Casey.

—Yo no dije eso.

—Se lo estoy preguntando.

—Ya dije —insistió Casey— que esas cintas crean una imagen errónea de los peligros que ofrece la aviación aerocomercial.

—Incluidos los peligros que ofrece el N-22.

—Ya dije que creo que el N-22 es un avión seguro.

—Entonces cree que estas cintas no deberían mostrarse al público en general.

"*¿Qué estaba haciendo?*" Aún no podía entenderlo. No le contestaba; estaba concentrada en busca de una respuesta. Trataba de ver a dónde quería llegar y tenía la mala impresión de que sabía de qué se trataba.

—¿Opina que ese tipo de cintas debería mantenerse en secreto, señora Singleton?

—No —respondió Casey.

—*No* se las debería ocultar.

—No.

—¿Alguna vez Norton mantuvo en secreto una cinta de este tipo?

"¡Oh, oh!", pensó. Trataba de determinar cuánta gente sabía acerca de la cinta. Llegó a la conclusión de que eran demasiadas personas: Ellen Fong, Ziegler, la gente de Sistemas de Compaginación de Vídeo. Unas doce personas, quizá más...

—Señora Singleton, ¿sabe usted si existe alguna otra grabación de este accidente?

Sólo miente, había dicho Amos.

—Sí —confesó Casey—. Hay otra cinta.

—¿La vio?

—Sí.

—Es terrible, aterradora, ¿no es así?

"La tienen", pensó. Tenían la cinta. Tendría que ir con mucho cuidado de ahora en más.

—Es trágica. Lo que ocurrió con el vuelo 545 es una verdadera tragedia. —Estaba cansada. Le dolían los hombros por la tensión.

—Señora Singleton, permítame preguntárselo directamente: ¿Norton ocultó esa cinta?

—No.

Ceño fruncido, expresión de asombro.

—Pero no la hicieron pública, ¿no es verdad?

—No.

—¿Por qué no?

—Encontramos la cinta en el avión y se la está utilizando en la investigación en curso. Consideramos que no era apropiado hacerla conocer hasta terminar con la investigación.

—No estaban encubriendo los conocidos defectos del N-22.

—No.

—Hay gente que no está de acuerdo con usted, señora Singleton. *Newsline* obtuvo una copia de la cinta de una empleada de Norton con la conciencia intranquila pues creía que la empresa *sí* estaba encubriendo el hecho y que la cinta debía darse a conocer.

Casey se mantuvo tiesa. No se movió.

—¿Está sorprendida? —preguntó Reardon, haciendo una mueca con los labios.

Casey no respondió. La cabeza le daba vueltas. Tenía que planear su siguiente movimiento.

Reardon sonreía, con aire de superioridad. Disfrutaba el momento.

Ahora.

—Señor Reardon, ¿usted vio la cinta? —preguntó Casey en un tono que sugería que la cinta no existía, que Reardon estaba inventando.

—Sí —respondió Reardon solemne—. La he visto. Es una experiencia dura, dolorosa. Es un testimonio horrendo de lo que ocurrió a bordo de ese N-22.

—¿La vio completa?

—Por supuesto. Y también nuestros asociados en Nueva York.

"Así que había llegado a Nueva York", pensó.

Cuidado.

Mucho cuidado.

—Señora Singleton, ¿Norton tenía alguna intención de dar a conocer la cinta?

—No nos corresponde darla a conocer. Íbamos a devolvérsela a sus dueños una vez terminada la investigación. Los dueños son quienes deben decidir qué hacer con ella.

—Una vez terminada la investigación... —repitió Reardon mientras movía la cabeza de un lado al otro—. Disculpe, pero para ser una empresa que *de acuerdo con usted* está comprometida con la seguridad de vuelo parece haber un patrón evidente de encubrimientos.

—¿Encubrimientos?

—Señora Singleton, ¿si hubiese un problema con el avión, un problema serio, un problema reiterado, algo de lo que la empresa estuviese al tanto, nos lo diría?

—Pero no hay ningún problema.

—¿No lo hay? —Reardon estaba mirando hacia abajo, hacia la pila de papeles. —Si el N-22 es tan seguro como usted dice, señora Singleton, entonces, ¿cómo explica esto?

Y le entregó una hoja de papel.

Ella la tomó y la leyó.

—¡Dios mío! —exclamó.

Reardon había alcanzado su momento cumbre. La había sorprendido con las defensas bajas. Casey sabía que no se vería bien. Sabía que no había forma de recuperarse de ello, no importa qué dijese a partir de ese momento. Pero estaba concentrada en el papel que tenía delante de sus ojos, sorprendida de verlo en ese momento.

Era una fotocopia de la carátula de un informe elaborado tres años antes.

INFORMACIÓN CONFIDENCIAL
SÓLO PARA USO INTERNO

NORTON AIRCRAFT

COMITÉ DE ACCIÓN DE REVISIÓN INTERNA

RESUMEN EJECUTIVO

CARACTERÍSTICAS DE VUELO INESTABLE DEL N-22

Y a continuación figuraba la lista de miembros del comité. El primer nombre era el de Casey, dado que lo había presidido.

Casey sabía que no había nada de malo en el informe, ni en las conclusiones del mismo. Pero hasta el título, "Características de Vuelo Inestable del N-22", parecía indicar lo contrario. Iba a ser difícil de explicar.

No le interesa la información.

Pensó que sólo se trataba de un informe interno de la compañía. Nunca tendrían que haberlo dado a conocer. Hacía tres años que lo habían hecho; muy pocos recordarían siquiera su existencia. ¿Cómo había llegado a manos de Reardon?

Miró la parte superior de la hoja y vio un número de fax y el nombre del emisor: NORTON; CC.

Provenía de su propia oficina.

¿Cómo?

¿Quién había sido?

Richman, pensó, desalentada.

Richman lo había colocado en el paquete de información de prensa que estaba sobre su escritorio. El material que Casey le había pedido a Norma que enviara por fax a *Newsline*.

¿Cómo se había enterado Richman?

Marder.

Marder conocía a fondo el informe. Había estado a cargo del programa del N-22; él lo había solicitado. Y ahora Marder había dispuesto que se lo diese a conocer mientras ella se encontraba ante las cámaras, porque...

—¿Señora Singleton?

Casey levantó la vista. Una vez más enfrentó las luces.

—¿Sí?

—¿Reconoce el informe?

— Sí —respondió.

—¿Es su nombre el que figura al pie?

—Sí.

Reardon le entregó otras tres hojas, el resto del informe.

—De hecho, usted presidió un *comité secreto* dentro de la empresa para investigar la "inestabilidad de vuelo" del N-22. ¿No es así?

"¿Qué voy a hacer con esto?", pensó.

No le interesa la información.

—No fue un secreto. Es el tipo de análisis que normalmente realizamos en relación con el aspecto operativo de nuestras aeronaves una vez que están en servicio.

—Usted misma admitió que se trata de un informe acerca de inestabilidades en vuelo.

—Mire, este informe es algo positivo.

—¿Positivo? —Cejas levantadas, sorpresa.

—Sí. Después del primer incidente con los *slats* hace cuatro años, surgió la pregunta de si el avión presentaba inestabilidad de manejo, en ciertas configuraciones. No dejamos de lado esta cuestión. No la pasamos por alto. La encaramos de frente: formamos un comité para poner a prueba el avión en distintas condiciones y verificar si esto era cierto. Y llegamos a la conclusión...

—Permítame leerlo —interrumpió Reardon— del mismo informe: "El avión se vale de computadoras para mantener la estabilidad básica".

—Así es —explicó Casey—. Todos los aviones modernos utilizan...

—"El avión demostró marcada sensibilidad a la operación manual durante cambios de actitud."

Ahora Casey revisaba las páginas. Seguía con la vista las citas de Reardon.

—Sí, pero si lee el resto de la frase, usted...

Reardon la interrumpió:

—Los pilotos informaron que no se puede controlar el avión.

—Pero usted está tomando frases fuera de contexto.

—¿No me diga? —Expresión de sorpresa. —Son todas citas de *su* informe. Un informe secreto de Norton.

—Pensé que quería escuchar lo que yo tenía que decir. —Comenzaba a ponerse nerviosa. Sabía que se notaba, pero no le importó.

Reardon se apoyó en el respaldo de la silla y estiró las manos. La imagen de la ecuanimidad.

—Adelante, señora Singleton.

—Entonces permítame explicar. Este informe se elaboró con el fin de determinar si el N-22 presentaba problemas de estabilidad. Llegamos a la conclusión de que no era así y...

—Eso es lo que usted dice.

—Pensé que me iba a permitir explicar.

—Por supuesto.

—Entonces, voy a poner en contexto las frases del informe que usted acaba de leer. El informe dice que el N-22 se vale de computadoras. Todos los aviones modernos se valen de computadoras para mantener la estabilidad en vuelo. Y no es porque no puedan volarlos los pilotos. Sí pueden hacerlo. No hay ningún problema. Pero las empresas exigen aviones eficientes desde el punto de vista del consumo de combustible. La máxima eficiencia en términos de consumo de combustible proviene del empuje mínimo durante el vuelo.

Reardon hizo un gesto con la mano para indicar que la explicación era improcedente.

—Lo siento, pero esa es información aledaña...

—Para reducir al mínimo el empuje —continuó Casey—, el avión debe mantener una actitud muy precisa, una posición muy precisa en el aire. La posición más eficiente es con la nariz levemente hacia arriba. Las computadoras mantienen el avión en esta posición durante el vuelo normal. Nada de esto es anormal.

—¿No es anormal? *¿Inestabilidad* de vuelo?

Cambiaba constantemente de tema; no le permitía alcanzarlo.

—Allí es a donde quiero llegar.

—Estamos ansiosos de que lo haga. —Abierto sarcasmo.

Casey luchó por conservar la calma. No importaba cuán mal estaban las cosas en ese momento, iban a estar peor si perdía el control.

—Usted leyó una frase antes. Permítame completarla: El avión muestra marcada sensibilidad a la operación manual durante cambios de actitud, *pero esta sensibilidad se encuentra por completo dentro de los parámetros de diseño y no presenta problemas a los pilotos debidamente habilitados*. Ese es el resto de la frase.

—Pero usted admitió que presenta sensibilidad a la operación. ¿Acaso no es otra manera de decir inestabilidad?

—No. Sensible no significa inestable.

—No se puede controlar el avión —dijo Reardon acompañado de un gesto con la cabeza.

—Sí se puede.

—Hicieron un estudio porque estaban preocupados.

—Hicimos el estudio porque es nuestro trabajo garantizar que el avión es seguro —afirmó—. Y estamos convencidos: *es* seguro.

—Un estudio secreto.

—No fue secreto.

—Nunca se lo distribuyó. Nunca se lo presentó a la opinión pública...

—Es un estudio interno.

—¿No hay nada que esconder?

—No.

—Entonces, ¿por qué no nos han dicho la verdad acerca del vuelo 545 de TransPacific?

—¿La verdad?

—Nos dicen que el equipo de investigación de accidente *ya posee* un informe preliminar acerca de la causa probable. ¿No es así?

—Estamos cerca —confesó.

—Cerca... Señora Singleton, ¿descubrieron algo o no?

Casey miró fijo a Reardon. La pregunta quedó pendiente en el aire.

—Lo siento —dijo el camarógrafo que estaba detrás de Casey—. Pero tenemos que volver a cargar las cámaras.

—¡A recargar las cámaras!

—¡Recarga!

Reardon parecía como si lo hubiesen abofeteado. Pero se recuperó casi de inmediato.

—Esto no ha terminado —le dijo a Casey sonriente.

Estaba relajado: sabía que la había vencido. Se puso de pie y le dio la espalda. Se apagaron las luces más potentes, de pronto la habitación pareció quedar a oscuras. Alguien volvió a encender el aire acondicionado.

Casey también se puso de pie. Se quitó el micrófono de la cintura. La maquilladora se acercó a ella presurosa, con el aplicador de polvo en la mano. Casey levantó la mano:

—En un instante.

Con las luces apagadas, vio a Richman, que se dirigía a la puerta.

Casey salió tras él.

Edificio 64

15:01

Lo alcanzó en el pasillo, lo tomó del brazo y lo obligó a darse vuelta.

—¡Hijo de puta!

—Bueno —contestó Richman—. Tómelo con calma. —Sonrió e hizo un gesto con la cabeza por encima del hombro de Casey. Al mirar hacia atrás vio salir al pasillo al sonidista y a uno de los camarógrafos.

Furiosa, Casey lo empujó hacia atrás, a través de la puerta del baño de mujeres. Richman se echó a reír:

—Bueno, Casey. No pensé que importara...

Estaban dentro del baño. Lo empujó contra la hilera de lavabos.

—¡Hijo de puta! —susurró—. No sé qué carajo cree que está haciendo, pero les dio el informe y lo voy a...

—No va a hacer nada —dijo Richman con voz repentinamente fría. Le quitó las manos de encima. —Aún no lo ha entendido, ¿no es cierto? Se *terminó*, Casey. Acaba de arruinar la venta a China. Está *liquidada*.

Lo miró sin entender. Se lo veía fuerte, seguro; era otra persona.

—Edgarton está liquidado. La venta a China está cancelada. Está acabada. —Sonrió. —Tal como John lo predijo.

"Marder", pensó. Marder estaba detrás de todo eso.

—Si se cancela la venta a China, Marder se va. Edgarton se va a encargar de eso.

Richman movía la cabeza de un lado a otro, condescendiente.

—No es así. Edgarton está patas para arriba en Hong Kong;

nunca sabrá qué lo derribó. Para el mediodía del domingo, Marder va a ser el nuevo presidente de Norton Aircraft. Le va a llevar diez minutos convencer al Directorio. Porque hicimos un trato más importante con Corea: ciento diez aviones en firme con opción a otros treinta y cinco. Ciento sesenta mil millones de dólares. El Directorio va a estar encantado.

—Corea —repitió Casey. Estaba tratando de unir las piezas. Porque era un pedido muy grande, el más grande en la historia de la compañía. —Pero, ¿por qué...

—Porque les dio el ala —contestó Richman—. Y a cambio, están más que contentos de comprar ciento diez aviones. No les preocupa la prensa sensacionalista estadounidense. Saben que el avión es seguro.

—¿Les entregó el *ala*?

—Por supuesto. Es un negocio redondo.

—Sí —agregó Casey— para matar a la compañía.

—Economía globalizada —dijo Richman—. El signo de los tiempos.

—Pero están destruyendo la compañía —protestó Casey.

—Dieciséis mil millones de dólares —repitió Richman—. En el momento en que se sepa, las acciones de Norton van a subir hasta el techo. Todo va a estar bien.

"Todos menos el personal de la empresa", pensó.

—El negocio ya está concretado. Todo lo que necesitábamos era que alguien desacreditara públicamente el N-22. Y acaba de hacerlo por nosotros.

Casey suspiró. Dejó caer los hombros.

Se vio reflejada en el espejo detrás de Richman. El maquillaje se había endurecido a la altura del cuello y se estaban formando grietas. Tenía los ojos negros. Estaba demacrada, exhausta. Vencida.

—Así que sugiero —continuó Richman— que me pregunte muy amablemente cuál es su siguiente paso. Porque su única alternativa es cumplir órdenes. Haga lo que se le dice, sea una buena chica, y quizá John le pague indemnización. Digamos, tres meses. De lo contrario, va a la calle con una mano atrás y otra adelante.

Se inclinó hacia ella.

—¿Entiende lo que digo?

—Sí —contestó Casey.

—Estoy esperando. Pídalo amablemente.

Aun exhausta, su cabeza trabajaba a toda velocidad, analizaba las opciones en busca de una salida. Pero no podía encontrar ninguna. *Newsline* iba a emitir la nota. El plan de Marder tendría éxito. Estaba vencida. Estaba derrotada desde el principio. Desde el día en que Richman había llegado.

—Sigo esperando —le recordó Richman.

Miró la piel tersa, olió el perfume. El maldito lo estaba disfrutando. Y en un momento de furia, de profunda ira, vio de pronto una alternativa.

Desde el principio, había tratado con todas las fuerzas de hacer lo correcto, de resolver el dilema del vuelo 545. Había sido honesta, directa, y sólo había conseguido meterse en problemas.

¿O no era así?

—No hay más que enfrentar los hechos —dijo Richman—. Todo se acabó. No hay nada que pueda hacer.

Se apartó del lavabo.

—Míreme —lo desafió.

Y salió de la habitación.

Sala de Guerra

15:15

Casey volvió a su asiento. El sonidista se acercó y ajustó el receptor del micrófono a la cintura del vestido.

—Diga algunas palabras, por favor. Sólo para probar.

—Probando, probando, estoy cansada.

—Bien, gracias.

Vio a Richman deslizarse hacia el interior de la habitación y pararse contra la pared del fondo. Tenía una leve sonrisa en el rostro. No parecía preocupado. Confiaba en que no había nada que Casey pudiese hacer. Marder había hecho un negocio espectacular: estaba entregando el ala, estaba destruyendo la empresa, y la había usado a Casey para lograrlo.

Reardon se sentó frente a ella, movió los hombros, se ajustó la corbata. Le sonrió.

—¿Cómo va?

—Estoy bien.

—Hace calor aquí adentro. —Miró el reloj. —Ya casi terminamos.

Malone se acercó y le habló al oído a Reardon durante algunos instantes.

—¿En serio? —preguntó Reardon y levantó las cejas. Luego asintió varias veces. Finalmente, dijo:

—Lo tengo.—Comenzó a buscar entre los papeles y en la carpeta que tenía frente a él.

—¿Estamos listos muchachos? —preguntó Malone.

—Cámara A lista.

—Cámara B lista.

—Sonido listo.

—Grabando.

"Ahora o nunca", pensó Casey. Respiró profundo y miró expectante a Reardon.

Reardon le sonrió.

—Usted es ejecutiva de Norton Aircraft.

—Sí.

—Ha trabajado en la empresa durante cinco años.

—Sí.

—Usted es una ejecutiva de alto rango, en la que la empresa confía.

Asintió. Si sólo supiera.

—Hubo un incidente con el vuelo 545. Se trata de una avión que *según usted* es perfectamente seguro.

—Correcto.

—Sin embargo, tres personas murieron y más de cincuenta resultaron heridas.

—Así es.

—La filmación, que todos hemos visto, es aterradora. El Grupo de Revisión de Incidentes de la empresa ha estado trabajando contra reloj. Y a nuestro entender han descubierto algo.

—Sí —respondió Casey.

—Ustedes saben lo que pasó en ese vuelo.

Cuidado.

Tenía que hacerlo con mucho, mucho cuidado. Porque lo cierto era que no sabía; sólo tenía una sospecha bastante grande. Aún faltaba ordenar la secuencia, verificar que los hechos se habían sucedido en un orden determinado: la reacción en cadena. No estaban seguros.

—Estamos muy cerca de descubrir algo —anunció Casey.

—No hace falta decir que estamos ansiosos de oír de qué se trata.

—Vamos a hacer un anuncio mañana.

Detrás de las luces, vio la expresión de asombro de Richman. No lo había esperado. El maldito estaba tratando de ver a dónde quería llegar Casey.

Que lo intente.

Al otro lado de la mesa, Reardon se inclinó hacia un costado y Malone le habló al oído. Reardon asintió y volvió a dirigirse a Casey:

—Señora Singleton, si ya lo saben, ¿por qué esperar?

—Por que se trata de un accidente grave, como usted señaló. Ya se ha opinado demasiado al respecto sin fundamento y desde los ámbitos más diversos. Norton Aircraft piensa que se debe actuar con responsabilidad. Antes de afirmar algo públicamente, debemos verificar nuestras conclusiones mediante la Prueba de Vuelo, con el mismo avión que sufrió el accidente.

—¿Cuándo se hará ese vuelo?

—Mañana por la mañana.

Reardon suspiró apenado:

—Pero es demasiado tarde para nuestro programa. —Usted comprende que le está negando a la empresa la posibilidad de responder a los cargos graves de los que se la acusa.

Casey tenía una respuesta preparada:

—El vuelo de prueba está programado para las 05:00. Vamos a dar una conferencia de prensa inmediatamente después, mañana al mediodía.

—Mediodía —repitió Reardon.

Permaneció inmutable, pero Casey sabía que lo entendería. Mediodía en Los Angeles eran las 15:00 en Nueva York. Tiempo suficiente para aparecer en los programas de noticias de Nueva York y Los Angeles. Las conclusiones preliminares de Norton ocuparían un espacio importante tanto en estaciones locales como en las redes de noticias. Y *Newsline*, que salía al aire a las 22:00 el sábado por la noche, estaría desactualizado. Según las conclusiones de la conferencia de prensa, el segmento editado para *Newsline* la noche anterior bien podría ser historia antigua. Incluso podría llegar a resultar vergonzoso.

Reardon suspiró:

—Por otra parte —continuó—, queremos ser justos con ustedes.

—Por supuesto —respondió Casey.

NORTON. ADMINISTRACIÓN

16:15

—¡La puta madre que la parió! —exclamó Marder—. Lo que pueda hacer ahora no cambia nada.

—Pero si programó una prueba de vuelo... —objetó Richman.

—¿A quién le importa?

—Y creo que va a permitir a las cámaras de televisión que lo filmen.

—¿Y qué? El vuelo de prueba sólo va a empeorar las cosas. No tiene idea de lo que causó el accidente. Y no tiene idea de lo que pueda pasar si hace volar al avión de TransPacific. Es probable que no puedan reproducir el incidente. Y puede haber problemas que nadie conoce.

—¿Como qué?

—El avión tuvo que soportar cargas de fuerza G enormes. Puede haber daño estructural que no notamos. Puede ocurrir cualquier cosa cuando el avión salga a volar —anunció Marder con tono despreocupado—. Esto no cambia nada. *Newsline* sale al aire los sábados por la noche de diez a once. El sábado por la tarde voy a notificar al Directorio que vamos a recibir publicidad negativa y que tenemos que programar una reunión de emergencia para el domingo por la mañana. Hal no puede llegar a tiempo desde Hong Kong. Y sus amigos del Directorio le van a dar la espalda cuando se enteren del negocio de dieciséis mil millones de dólares. Todos tienen acciones. Saben lo que un anuncio semejante puede hacer con el precio de las acciones. Soy el próximo presidente de la compañía y nadie puede hacer nada para impedirlo. Hal Edgarton no puede. Y mucho menos Casey Singleton.

—No sé —comentó Richman—. Creo que está planeando algo. Es inteligente, John.

—No lo suficiente —respondió Marder.

Sala de Guerra

16:20

Ya habían desarmado las cámaras; habían despegado las planchas blancas de poliestireno del techo y quitado los micrófonos; habían desaparecido las cajas eléctricas y las fundas de las cámaras. Pero la negociación continuaba. Ed Fuller, el flacucho responsable del área legal, estaba presente; también estaban Teddy Rawley, el piloto, y dos ingenieros que trabajaban para vuelo de prueba para responder preguntas técnicas.

Malone era la que negociaba para *Newsline*; Reardon caminaba de un lado a otro en el fondo, y de tanto en tanto se detenía a decirle algo al oído. Su aplomo parecía haber desaparecido con el brillo de las luces; ahora se lo veía cansado, molesto e impaciente.

Malone atacó con el hecho de que ya que *Newsline* estaba dedicando un segmento completo al N-22, era de interés empresario permitir que *Newsline* filmara la prueba de vuelo.

Casey dijo que no había problema. Las pruebas de vuelo se filmaban con una docena de cámaras de vídeo montadas dentro y fuera del avión; la gente de *Newsline* podría ver todo el vuelo desde los monitores en tierra. Luego les darían la grabación para que pudiesen emitirla.

Malone se negó. No era suficiente. Tenía que haber un equipo de *Newsline* a bordo.

Casey dijo que era imposible, que ningún fabricante de aviones había permitido jamás un equipo externo a la empresa a bordo de una prueba de vuelo. Les confesó que ya estaba haciéndoles una concesión al permitirles observar los monitores en tierra.

No era lo suficientemente bueno según Malone.

Ed Fuller agregó que se trataba de una cuestión de riesgo. Norton no podía permitir personal externo a la compañía que no estaba asegurado a bordo del avión.

—Se dará cuenta de que existe cierto riesgo inherente a toda prueba de vuelo. Es imposible que no sea así.

Malone dijo que *Newsline* aceptaría cualquier riesgo y estaba dispuesta a firmar una dispensa de responsabilidad.

Ed dijo que tendría que redactar la dispensa pero que los abogados de *Newsline* debían aprobarla y no había tiempo suficiente.

Malone garantizó que podía obtener la aprobación de los abogados de *Newsline* en una hora. A cualquier hora del día o de la noche.

Fuller cambió de táctica. Dijo que si Norton fuera a permitir que *Newsline* presenciara la prueba de vuelo, quería estar seguro de que iban a transmitir los resultados del vuelo con precisión. Quería el derecho a aprobar las imágenes editadas.

Malone adujo que la ética periodística lo prohibía y que, en todo caso, no había tiempo. Si la prueba de vuelo terminara alrededor del mediodía, tendría que cortar la película en el móvil y transmitirla de inmediato a Nueva York.

Fuller dijo que aún persistía el problema para la empresa. Quería que se hiciese una descripción fidedigna de la prueba de vuelo.

Después de varias idas y vueltas, Malone aceptó incluir treinta segundos de comentario no sujeto a edición acerca de los resultados del vuelo a cargo de un vocero de Norton, que extraerían de la conferencia de prensa.

Fuller exigió un minuto.

Llegaron a un acuerdo por cuarenta segundos.

—Tenemos otro problema —anunció Fuller—. Si permitimos que filmen la prueba de vuelo, no queremos que usen la cinta que obtuvieron hoy, la que muestra el verdadero accidente.

—De ninguna manera —afirmó Malone. Esa cinta iba a salir al aire.

—Dijeron que habían obtenido la cinta de un empleado de Norton —dijo Fuller—. Eso no es verdad. Queremos que establezcan fehacientemente el origen de la cinta.

—Bueno, sí la conseguimos de alguien que trabaja para Norton.

—No —insistió Fuller—. No es cierto.

—Se trata de personal subcontratado.

—No es así. Le puedo citar la definición de subcontratación del Ente Recaudador de Impuestos, si quiere.

—Es un buen punto...

—Hemos obtenido una declaración jurada de la recepcionista Christine Barrow. No es empleada de Norton Aircraft. De hecho, tampoco es empleada de Sistemas de Compaginación de Vídeo. Es personal temporario ubicada por una agencia.

—¿Cuál es el punto?

—Queremos que transmitan los hechos con precisión: que obtuvieron la cinta de fuentes externas a la compañía.

Malone se encogió de hombros:

—Como ya dije, es un buen punto.

—Entonces, ¿cuál es el problema?

Malone se detuvo a pensarlo un instante:

—Está bien.

Fuller deslizó un papel por encima de la mesa:

—Este breve documento certifica que así lo entiende. Fírmelo.

Malone miró a Reardon. Este se encogió de hombros.

Malone lo firmó.

—No entiendo por qué tanto alboroto al respecto.

Estaba a punto de devolvérselo cuando hizo una pausa.

—Quiero dos equipos a bordo durante la prueba de vuelo. ¿Estamos de acuerdo?

—No —contestó Fuller—. Eso nunca fue lo que acordamos. Los equipos van a ver el vuelo desde tierra.

—Eso no nos sirve.

Casey accedió a que los equipos de *Newsline* ingresaran a la zona de prueba, podían filmar los preparativos, el despegue y el aterrizaje. Pero no podían estar a bordo durante el vuelo.

—Lo siento —dijo Malone.

Ted Rawley se aclaró la garganta:

—Creo que no comprende la situación, señorita Malone. No se puede andar filmando por el avión durante una prueba. Todo el mundo debe estar atado con un arnés de cuatro puntos. Ni siquiera puede levantarse para ir al baño. Y no se puede llevar luces ni baterías, porque generan campos magnéticos que pueden alterar las lecturas.

—No necesitamos luces. Podemos filmar con la luz disponible.

—No comprende. Puede ponerse muy duro ahí arriba.
—Es por eso que tenemos que estar ahí —contestó Malone.

Ed Fuller carraspeó:
—Quiero ser muy claro, señorita Malone. Bajo ninguna circunstancia la empresa va a permitir a su equipo a bordo. Está fuera de toda discusión.
La expresión de Malone era rígida, decidida.
—Señora —agregó Rawley—, tiene que entender que tiene que haber una razón por la cual la prueba se hace sobre el desierto. Sobre enormes espacios deshabitados.
—Significa que puede estrellarse.
—Significa que no sabemos lo que puede pasar. Confíe en mí: usted quiere estar en tierra.
Malone volvió a negarse:
—No. Nuestros equipos tienen que estar a bordo.
—Señora, vamos a someternos a grandes aceleraciones...
—Va a haber treinta cámaras distribuidas por el avión —explicó Casey—, que van a cubrir todos los ángulos posibles: *cockpit*, alas, cabina de pasajeros, todo. Ustedes tienen los derechos exclusivos para utilizar las cintas. Nadie sabrá que no son sus cámaras las que lo filmaron.
Malone estaba furiosa, pero Casey sabía que la tenía en sus manos. La mujer sólo estaba interesada en las imágenes.
—Quiero colocar las cámaras.
—Concedido —dijo Rawley.
—Tengo que poder decir que nuestras cámaras estuvieron a bordo. Tengo que poder decirlo.
Al final, Casey logró llegar a un acuerdo. *Newsline* tendría permiso para colocar dos cámaras fijas en cualquier lugar del avión para cubrir la prueba de vuelo. Tomarían las imágenes directamente de esas cámaras. Además, se les permitiría usar imágenes de otras cámaras montadas en el interior del avión. Por último, *Newsline* tenía permiso para filmar una toma con Reardon en el exterior del edificio 64, donde estaba ubicada la línea de montaje.
Norton proveería transporte a los equipos de *Newsline* hasta la zona de prueba en el desierto de Arizona más tarde ese mismo día, los ubicaría en un hotel local y los llevaría a la zona de prueba por la mañana y de vuelta a Los Angeles por la tarde.
Malone le devolvió el papel a Fuller:
—Trato hecho.

Al salir a filmar la toma con Malone, Reardon miraba impaciente el reloj. Casey se quedó sola con Rawley y Fuller en la Sala de Guerra.

Fuller suspiró:

—Espero que hayamos tomado la decisión correcta. —Miró a Casey. —Hice lo que me pediste cuando llamaste desde la compañía de vídeo más temprano.

—Sí, Ed. Estuviste perfecto.

—Pero vi la cinta. Es aterradora. Me temo que cualquiera que sea el resultado de la prueba de vuelo, lo único que van a recordar es esa cinta.

—Si alguien llega a verla —acotó Casey.

—Mi preocupación es que *Newsline* va a emitirla sea como fuere —confesó Fuller.

—Creo que no lo harán. No cuando acabemos con ellos —afirmó Casey.

Fuller suspiró:

—Espero que estés en lo cierto. Hay mucho en juego.

—Es mejor que les avisen que tienen que traer ropa abrigada. Tú también, nena. Y otra cosa: estuve viendo a esa mujer. Cree que va a estar a bordo mañana —comentó Rawley.

—Es probable.

—Y tú también, ¿verdad? —preguntó Teddy.

—Puede ser —dijo Casey.

—Es mejor que lo pienses bien. Porque ya viste el vídeo del GAR, Casey. El avión sobrepasó ciento sesenta por ciento las cargas de fuerza G para las que lo diseñaron. El piloto sometió al avión a fuerzas para las que no estaba diseñado. Y mañana lo voy a remontar y voy a volver a hacerlo.

Casey se encogió de hombros:

—Doherty verificó el fuselaje. Sacaron rayos X y...

—Sí, lo verificó. Pero no a fondo. En circunstancias normales revisaríamos el fuselaje durante un mes, antes de devolverlo a servicio activo. Obtendríamos rayos X de cada juntura del avión. Eso no se hizo.

—¿Qué quieres decir?

—Estoy diciendo que cuando someta al avión a las mismas aceleraciones, hay posibilidades de que la estructura no lo soporte.

—¿Estás tratando de asustarme?

—No, sólo te lo digo. Esto es grave, Casey. El mundo real. Bien podría pasar.

Fuera del edificio 64

16:55

—Ningún fabricante de aviones en la historia de la industria ha permitido un equipo de televisión a bordo de una prueba de vuelo —explicó Reardon—. Pero este vuelo es tan importante para el futuro de Norton Aircraft y están tan confiados en los resultados, que aceptaron permitir a nuestros equipos que filmen. Así que hoy, por primera vez, vamos a ver imágenes del avión del vuelo 545, el controvertido N-22 de Norton. Quienes lo atacan dicen que es una trampa mortal. La empresa sostiene que es seguro. La prueba de vuelo va a determinar quién tiene razón.

Reardon hizo una pausa.

—Listo —anunció Jennifer.

—¿Hace falta algo para compaginar?

—Sí.

—¿Dónde se hace la prueba?

—En Yuma.

—Bien.

De pie bajo el sol de la tarde, frente al edificio 64, bajó la vista hacia sus pies y dijo, en voz baja y seguro:

—Estamos aquí, en las instalaciones de prueba de Norton en Yuma, Arizona. Son las cinco de la mañana y el equipo de Norton está haciendo los últimos preparativos para poner en el aire al vuelo 545. —Levantó la vista. —¿A qué hora amanece?

—No tengo idea —confesó Jennifer—. Cubre todas las posibilidades.

—Está bien —dijo Reardon. Volvió a bajar la vista a sus pies y continuó: —En los momentos previos al amanecer, la tensión aumenta. En la oscuridad previa al amanecer, la tensión aumenta. A medida que amanece, aumenta la tensión.

—Es suficiente —dijo Jennifer.

—¿Cómo quieres que hagamos el cierre?

—Hay que cubrirlo de las dos formas, Marty.

—¿Ganamos o qué?

—Tenemos que cubrirlo de las dos formas para estar seguros.

Reardon volvió a mirarse los pies:

—El avión aterriza en medio del júbilo generalizado. Rostros felices alrededor de nosotros. El vuelo ha sido un éxito. Norton comprobó lo que decía. Al menos por ahora. —Tomó aire. —El avión aterriza en medio de un silencio sepulcral. Norton está en la ruina. La controversia respecto del N-22 sigue creciendo. —Levantó la vista. —¿Es suficiente?

—Es mejor que filmemos algunas imágenes con el tema de la controversia que sigue creciendo. Podemos cerrar con eso.

—Buena idea.

Para Marty siempre era una buena idea que él apareciese en cámara. Se acomodó derecho, puso la mandíbula en la posición correcta y miró de frente a la cámara.

—Aquí, en este edificio donde se fabrica el N-22, no... A mis espaldas se encuentra el edificio donde... no. Esperen. —Movió la cabeza y volvió a mirar a la cámara.

—Y sin embargo la controversia respecto del N-22 no ha terminado. Aquí, en el edificio donde se fabrica el avión, los trabajadores sostienen que es un avión seguro y confiable. Pero quienes lo critican están convencidos de lo contrario. ¿Habrá otra cosecha de muerte en los cielos? El tiempo lo dirá. Desde Burbank, California, Marty Reardon para *Newsline*.

Pestañeó.

—¿Demasiado cursi? ¿Demasiado énfasis en lo económico?

—Excelente, Marty.

Ya estaba quitándose el receptor de la cintura y el micrófono. Le dio un beso en la mejilla a Jennifer.

—Me voy —dijo y corrió hacia el auto que lo esperaba.

Jennifer se dirigió al equipo:

—Guarden todo, muchachos. Nos vamos a Arizona.

Sábado

Instalaciones de prueba de Norton Yuma, Arizona

04:45

Al este, una delgada franja roja comenzaba a asomar detrás de la silueta chata de las Montañas Gila. El cielo era de un índigo profundo y aún se podía ver algunas estrellas. Hacía frío; Casey podía ver su aliento. Subió el cierre del rompevientos hasta el tope y dio algunos saltos para entrar en calor.

En la pista, las luces iluminaban el avión de TransPacific, mientras el equipo de Prueba de Vuelo terminaba de colocar las cámaras. Había hombres sobre las alas, alrededor de las turbinas, cerca del tren de aterrizaje.

El equipo de *Newsline* ya se encontraba en el lugar, filmando los preparativos. Malone estaba junto a Casey, mirándolos:

—Sí que hace frío —comentó.

Casey entró en la Estación de Prueba de Vuelo, una construcción baja estilo colonial español junto a una torre. Adentro, la habitación estaba repleta de monitores, cada uno de los cuales transmitía las señales de una única cámara. La mayor parte de las cámaras estaban enfocadas hacia partes específicas (encontró la cámara dirigida al perno de sujeción derecho) y eso le confería a la habitación un aspecto técnico, industrial. No era muy excitante.

—Esto no es lo que esperaba —confesó Malone.

Casey comenzó a señalar alrededor:

—Ese es el *cockpit*, tomado desde arriba; el *cockpit*, de frente al piloto. Ahí está Rawley, en el asiento. La cabina de pasajeros, tomada desde adelante hacia atrás; cabina de pasajeros, vista hacia adelante. El ala derecha, tomada desde adentro.

El ala izquierda. Esas son las principales cámaras montadas en el interior. Y también está el avión de seguimiento.

—¿El avión de seguimiento?

—Un F-14 de combate que sigue al avión durante todo el vuelo, así que también están esas cámaras.

Malone frunció el ceño.

—No sé —dijo decepcionada—. Pensé que iba a ser más... usted sabe, espectacular.

—Todavía estamos en tierra.

Malone seguía con el ceño fruncido, descontenta.

—Esos ángulos de la cabina, ¿quién va a estar ahí durante el vuelo?

—Nadie.

—¿Quiere decir que los asientos van a estar vacíos?

—Así es; es un vuelo de prueba.

—Eso no se va a ver muy bien.

—Pero así son los vuelos de prueba. Así se hace.

—Pero no se *ve* bien —insistió Malone—. Esto no es acuciante. Tendría que haber personas en los asientos. Al menos, en algunos. ¿No podemos poner gente a bordo? ¿No puedo ir a bordo?

Casey le indicó que era imposible:

—Es un vuelo peligroso. La estructura sufrió un gran estrés durante el accidente. No sabemos qué va a pasar.

Malone resopló:

—Vamos, no hay abogados aquí. ¿Qué le parece?

Casey se limitó a mirarla. Era una muchacha tonta e inexperta, que sólo estaba interesada en el *look*, que vivía por las apariencias, superficial. Sabía que tenía que negarse.

En su lugar, se oyó a sí misma decir:

—No le gustaría.

—¿Me está diciendo que no es seguro?

—Le estoy diciendo que no le va a gustar.

—Voy a subir —afirmó Malone. Miró a Casey con expresión desafiante. —¿Y usted?

En su mente, Casey podía oír a Marty Reardon decir: *A pesar de su insistencia respecto de la seguridad que ofrecía el N-22, la propia vocero de Norton, Casey Singleton, se negó a subir al avión para el vuelo de prueba. Dijo que la razón para no ir a bordo era...*

¿Qué?

Casey no tenía una respuesta; al menos, no una que sirviese para la televisión. No tenía una respuesta que *funcionara*. Y, de pronto, los días de presión, el esfuerzo de tratar de resolver el incidente, de armar una imagen para la televisión, de asegurarse de no pronunciar una sola frase que pudiera tomarse fuera de contexto, de alterar toda su vida por esta intromisión injustificada de las cámaras, la hicieron ponerse furiosa. Sabía con exactitud lo que le esperaba. Malone había visto las cintas, pero no entendía que eran reales.

—Bueno —dijo Casey—, vamos.

Se dirigieron al avión.

A bordo del TPA 545

05:05

Jennifer comenzó a temblar: hacía frío dentro del avión y la luz de los tubos fluorescentes, las filas de asientos vacíos, los largos pasillos, lo hacían parecer aún más frío. Se asombró al notar, en algunos lugares, los daños que había visto en la cinta. “Aquí ocurrió todo”, pensó. Este era el avión. Aún había pisadas marcadas con sangre en el techo. Compartimientos para equipaje rotos. Paneles de fibra de vidrio abollados y un olor persistente. Aun peor, en ciertos lugares habían quitado los paneles plásticos que rodean a las ventanillas y estaban a la vista las planchas de aislamiento plateadas y los manojos de cables. De pronto, le quedó muy en claro que se encontraba dentro de una enorme máquina de metal. Se preguntó si había cometido un error, pero para ese entonces Singleton le estaba indicando que se sentara, justo al comienzo de la cabina central, frente a una cámara fija.

Jennifer se sentó junto a Singleton y esperó mientras uno de los técnicos de Norton, un hombre de overol, le ajustaba los arneses de hombros alrededor del cuerpo. Eran arneses similares a los que utilizan los tripulantes de cabina en los vuelos regulares. Dos cintas verdes de lona que la sujetaban por encima de cada hombro y se unían en la cintura. Otra cinta ancha de lona la ajustaba a la altura de los muslos. Quedaba trabado en posición mediante una hebilla pesada de metal. Parecía un asunto grave.

El hombre del overol ajustó las cintas con todas sus fuerzas, entre quejidos.

—¡Ay! —exclamó Jennifer—. ¿Tiene que estar tan ajustado?

—Señora, es necesario que lo ajustemos hasta donde pueda aguantarlo. Si puede respirar, está demasiado suelto. ¿Siente cómo está?

—Sí.

—Así tiene que sentirlo cuando se lo vuelva a poner. Así se lo quita... —Le mostró cómo. —Ahora tire.

—¿Por qué tengo que saber...?

—En caso de emergencia, tire por favor.

Tiró de la hebilla. Las cintas se apartaron del cuerpo y desapareció la presión.

—Vuelva a colocárselo usted misma, por favor.

Jennifer volvió a armar el dispositivo al igual que el hombre lo había hecho antes. No era difícil. Esa gente hacía demasiada alboroto por nada.

—Ahora ajústelo, señora.

Tiró de las cintas.

—Más ajustado.

—Si es necesario, lo ajusto luego.

—Señora, para cuando se dé cuenta de que necesita ajustarlo, va a ser demasiado tarde. Hágalo ahora, por favor.

Junto a ella, Singleton estaba poniéndose los arneses con toda tranquilidad. Los ajustó con mucha fuerza. Las cintas se hundían en los muslos de Singleton, y ejercían una fuerte presión en los hombros. Singleton suspiró; apoyó la cabeza en el respaldo.

—Creo que están listas, señoras. ¡Que tengan un vuelo agradable!

Dio media vuelta y se fue. El piloto, el tal Rawley, volvió de la cabina de comando visiblemente molesto.

—Señoras, les ruego que no lo hagan. —Miraba en especial a Singleton. Parecía estar enojado con ella.

—Encárgate de pilotear el avión, Teddy —dijo Singleton.

—¿Es tu mejor oferta?

—La mejor y la única.

Se fue. Se oyó el sistema de altoparlantes:

—Prepárense para cerrar, por favor.

Se cerraron las puertas con dos golpes secos. Seguía haciendo frío. Jennifer temblaba.

Miró por encima del hombro hacia las filas de asientos vacíos. Luego miró a Singleton.

Singleton miraba derecho hacia adelante.

Jennifer oyó el sonido de los motores al encenderse, un leve quejido al principio que aumentaba en potencia. Se oyó el altoparlante. El piloto dijo:

—Torre, aquí Norton cero uno, solicito autorización para verificación de estación de prueba de vuelo.

Clic. —Recibido cero uno, taxi por calle de rodaje dos izquierda punto contacto seis.

Clic. —Recibido, torre.

El avión comenzó a moverse hacia adelante. Por las ventanillas vio que el cielo comenzaba a aclararse. Luego de unos instantes, el avión se detuvo otra vez.

—¿Qué están haciendo? —preguntó Jennifer.

—Están pesándolo —respondió Singleton—. Lo pesan antes y después, para garantizar que simulamos las condiciones de vuelo.

—¿Con algún tipo de balanza?

—Está construida en el asfalto.

Clic. —Teddy. Necesita unos cincuenta centímetros más en la nariz.

Clic. —Un momento.

Aumentó el volumen del sonido de los motores. Jennifer sintió que el avión avanzaba lentamente unos centímetros. Luego se volvió a detener.

Clic. —Gracias. Están en cincuenta y siete dos siete de peso bruto y el centro de gravedad es treinta y dos por ciento de la cuerda aerodinámica. Justo donde ustedes querían.

Clic. —Adiós, muchachos. *Clic.* Torre cero uno solicita autorización para despegar.

Clic. —Autorización concedida pista tres punto de contacto en superficie seis tres cuando fuera de pista.

Clic. —Recibido.

Entonces el avión comenzó a avanzar; los motores pasaron de un quejido a un estruendo, el volumen se incrementó hasta parecer más alto que cualquier otro sonido de motores que Jennifer hubiese oído antes. Sintió los saltos de las ruedas al pasar sobre las grietas en la pista. Y de pronto ya habían despegado; el avión ascendía, se veía el cielo azul por las ventanillas.

Estaban en el aire.

Clic. Bien, señoras, vamos a proceder a nivel de vuelo tres siete cero, es decir unos once mil metros, y vamos a volar en círculo entre la estación de Yuma y Carstairs, en Nevada, durante el tiempo que dure la excursión. ¿Todos cómodos? Si miran hacia la izquierda van a ver el caza que viene con nosotros.

Jennifer miró hacia afuera y vio un avión caza plateado que resplandecía bajo la luz de la mañana. Estaba muy cerca del avión, lo suficiente como para ver al piloto saludarlos. De repente, se movió hacia atrás.

Clic. Es probable que no lo vean mucho, se va a mantener arriba y detrás, fuera de nuestra estela, el lugar más seguro donde quedarse. En este momento estamos llegando a tres mil seiscientos metros, quizá quiera tragar saliva, señorita Malone, no estamos arrastrándonos como las aerolíneas.

Jennifer tragó y oyó el estallido en los oídos.

—¿Por qué subimos tan rápido? —preguntó.

—Quiere llegar pronto a la altitud para enfriar el avión. A once mil metros, la temperatura es de cuarenta y cinco grados centígrados bajo cero. El avión se encuentra más caliente que eso ahora y las distintas partes se enfrían a distintos niveles, pero a medida que transcurre el tiempo en un vuelo largo (como el cruce del vuelo de TransPacific) todas las piezas llegan a esa temperatura. Una de las preguntas formuladas por el GRI es si el cableado se comporta de manera distinta a bajas temperaturas. Enfriarlo significa mantener al avión a una altitud suficiente tiempo para bajar la temperatura del mismo. Luego comenzamos con la prueba.

—¿De cuánto tiempo estamos hablando?

—El enfriamiento estándar toma dos horas.

—¿Tenemos que estar sentadas aquí durante dos horas?

Singleton la miró fijo:

—Usted quería venir.

—¿Quiere decir que vamos a pasar dos horas sin hacer nada?

Clic. Vamos a tratar de entretenerla, señorita Malone —dijo el piloto—. Estamos ahora a seis mil seiscientos metros y seguimos subiendo. Nos va a tomar otro par de minutos llegar a la altitud de crucero. Estamos a dos ochenta y siete nudos de velocidad indicada y vamos a estabilizarnos a tres cuarenta nudos de velocidad indicada que equivale a punto ocho Mach, ochenta por ciento de la velocidad del sonido. Esa es la velocidad de crucero normal para un vuelo de línea. ¿Todos cómodos?

—¿Puede oírnos? —preguntó Jennifer.

—Puedo oírlas y verlas. Y si miran hacia la derecha, pueden verme.

Se encendió un monitor en la cabina ubicada frente a ellas. Jennifer vio el hombro del piloto, la cabeza, los controles dispuestos frente a él. Luz brillante a través de la ventana.

Ahora estaban lo suficientemente alto como para que la luz del Sol entrase por las ventanillas. Pero el interior del avión seguía estando frío. Dado que estaba sentada en el medio de la cabina, Jennifer no podía ver la tierra a través de las ventanillas.

Miró a Singleton.

Singleton sonrió.

Clic. —OK, ahora estamos a nivel tres siete cero, once mil metros, radar limpio, no hay turbulencia, un día precioso en el vecindario. ¿Me harían el favor de desabrocharse los arneses y venir al *cockpit*, señoras?

"¿Cómo?", pensó Jennifer. Pero Singleton ya se había quitado el suyo y estaba de pie en la cabina.

—Pensé que no podíamos caminar por el avión.

—En este momento no hay problema —respondió Singleton.

Jennifer se quitó de prisa el arnés y caminó con Singleton hacia el *cockpit* a través de la cabina de primera clase. Sintió la leve vibración del avión en las plantas de los pies. Pero estaba bastante estable. La puerta del *cockpit* estaba abierta. Vio a Rawley con otro hombre a quien no había presentado y un tercero que trabajaba con algunos instrumentos. Jennifer permaneció con Singleton en la puerta del *cockpit*, mirando hacia adentro.

—Señorita Malone —dijo Rawley—, usted entrevistó al señor Barker, ¿verdad?

—Sí.

—¿Cuál fue la causa del accidente según él?

—Dijo que se habían extendido los *slats*.

—¡Ajá! Bien. Por favor, ponga atención. Esta es la palanca de operación de *flaps/slats*. Estamos a velocidad de crucero, a altitud de crucero. Voy a extender los *slats*. —Extendió la mano hacia adelante a la cosa en medio de los asientos.

—¡Un momento! ¡Tengo que atarme!

—Está perfectamente a salvo, señorita Malone.

—Al menos, quiero sentarme.

—Entonces, siéntese.

Jennifer comenzó a caminar hacia el asiento, luego se dio cuenta de que Singleton aún estaba de pie junto a la puerta del *cockpit*. Se sintió avergonzada y volvió junto a Singleton.

—Extensión de *slats*, ahora.

Rawley bajó la palanca. Jennifer oyó un ronroneo distante que duró unos segundos. Nada más. La nariz se inclinó; se estabilizó.

—*Slats* extendidos —dijo Rawley y les mostró el panel de instrumentos—. ¿Ve el indicador de velocidad? Esa es la altitud y el indicador que dice SLATS. Acabamos de duplicar las condiciones exactas que según el señor Barker causaron la muerte de tres personas, en este mismo avión. Y como puede ver, no pasó nada. Ni siquiera una mínima variación de altitud. ¿Probamos otra vez?

—Sí —contestó. No sabía qué más decir.

—OK. *Slats* arriba. Esta vez quizá le gustaría hacerlo usted misma, señorita Malone. O quizá le gustaría acercarse y ver qué pasa realmente en el ala cuando se extienden los *slats*. Es interesante.

Rawley presionó un botón.

—Estación Norton, aquí cero uno, ¿pueden hacer un chequeo de monitores? —Escuchó un instante. —Perfecto. Señorita Malone, avance un poco para que sus amigos puedan verla por la cámara que está ahí arriba. —Señaló el techo del *cockpit*. —Salúdelos.

Jennifer se sintió algo tonta saludando.

—Señorita Malone, ¿cuántas veces más quiere que extendamos los *slats* para que sus cámaras estén satisfechas?

—Bueno... No lo sé. —Se sentía cada vez más tonta. La prueba de vuelo estaba comenzando a parecer una trampa. Las imágenes desacreditarían a Barker. Harían que todo el segmento se viese ridículo. Harían que...

—Podemos hacerlo durante todo el día, si usted quiere —continuó Rawley—. Ese es el punto. No hay ningún problema en extender los *slats* a velocidad de crucero en el N-22. El avión puede manejarlo perfectamente.

—Inténtelo otra vez —dijo decidida.

—Es esa palanca. Levante la tapa metálica y tire hacia abajo más o menos unos dos centímetros.

Sabía lo que él intentaba hacer, que ella apareciese en cámara.

—Creo que es mejor que lo haga usted.

—Sí, señora. Lo que usted diga.

Rawley bajó la palanca. Se volvió a oír el ronroneo. La nariz se elevó apenas. Igual que antes.

—Ahora —dijo Rawley— el avión caza está haciendo tomas para que muestre cómo se extienden los *slats* y así van a poder mostrar la acción desde el exterior también. ¿OK? *Slats* arriba.

Jennifer observaba impaciente.

—Bien —dijo Jennifer—, si los *slats* no causaron el accidente, entonces, ¿qué fue?

Singleton habló por primera vez.

—¿Cuánto tiempo llevamos, Teddy?

—Veintitrés minutos aquí arriba.

—¿Es suficiente?

—Quizá. Puede ocurrir en cualquier momento.

—¿Qué es lo que podría pasar? —preguntó Jennifer.

—El primer paso de la secuencia que causó el accidente —respondió Singleton.

—¿El primer paso de la secuencia?

—Sí —explicó Singleton—. Casi todos los accidentes aéreos son el resultado de una secuencia de hechos. Lo llamamos cascada. Nunca es una sola causa. Es una reacción en cadena, una cosa tras otra. En este caso, creemos que el hecho inicial fue una lectura errónea de falla, causada por un repuesto no autorizado.

Con miedo, Jennifer preguntó:

—¿Un *repuesto defectuoso*?

De inmediato comenzó a modificar el segmento en su mente. Trataba de resolver este punto álgido. Singleton había dicho que era la causa inicial. No hacía falta enfatizarlo, en especial si se trataba de un eslabón en una reacción en cadena. El siguiente eslabón sería tan importante como este, quizá más importante. Después de todo, lo que había ocurrido a bordo del 545 era aterrador y espectacular, todo el avión se había visto envuelto, y sin duda era poco razonable adjudicarlo a un *repuesto defectuoso*.

—Usted dijo que había sido una reacción en cadena...

—Así es. Varios hechos que forman una secuencia que a nuestro entender condujo al resultado final.

Jennifer dejó caer los brazos.

* * *

Esperaron.

No pasó nada.

Transcurrieron cinco minutos. Jennifer tenía frío. No dejaba de mirar el reloj.

—¿Qué es lo que estamos esperando con exactitud?

—Paciencia —dijo Singleton.

Luego se oyó un zumbido electrónico y Jennifer vio que en el panel de instrumentos comenzaban a titilar unas palabras color ámbar. Decía SLATS DISAGREE, disparidad de *slats*.

—Ahí está —anunció Rawley.

—¿Ahí está *qué*?

—Eso indica que la UOIV cree que los *slats* no están donde deberían estar. Como puede ver, la palanca de *slats* está levantada, por lo tanto los *slats* deberían estar retraídos. En este caso, sabemos que esta lectura proviene de un sensor de proximidad defectuoso en el ala derecha. El sensor de proximidad debería transmitir la presencia de los *slats* retraídos. Pero el sensor está dañado. Y cuando el sensor se enfría, se comporta en forma errática. Le dice al piloto que los *slats* están extendidos, cuando no lo están.

Jennifer no comprendía.

—Sensor de proximidad... No entiendo. ¿Qué tiene que ver con el vuelo 545?

—Durante el vuelo 545, el *cockpit* recibió una alarma de que algo andaba mal con los *slats* —explicó Singleton—. Las alarmas de ese tipo son bastante frecuentes. El piloto no sabe si algo anda mal realmente o si el sensor sólo se activó. Entonces el piloto intenta apagar la alarma: extiende los *slats* y los retrae.

—¿Entonces el piloto del 545 sí extendió los *slats*, para apagar una alarma?

—Sí.

—Pero la extensión de los *slats* no causó el accidente...

—No. Acabamos de demostrarlo.

—¿Entonces qué fue?

—Señoras —anunció Rawley—, si son tan amables de tomar asiento, vamos a intentar reproducir el incidente.

A bordo del TPA 545

06:25

En la cabina de pasajeros central, Casey pasó las cintas de los arneses por encima de los hombros y las ajustó con fuerza. Miró a Malone, que estaba transpirando y con el rostro pálido.

—Más ajustado —dijo Casey.

—Ya lo...

Casey se estiró, tomó la cinta para ajustar a la cintura y tiró con toda sus fuerzas.

Malone se quejó:

—¡Por todos los cielos...!

—Usted no me cae muy bien —aclaró Casey—, pero no quiero que se lastime mientras esté bajo mi cuidado.

Malone se secó la frente con el dorso de la mano. A pesar de que hacía frío en la cabina, tenía el rostro empapado en sudor.

Casey tomó una bolsa de papel blanca y la deslizó debajo del muslo de Malone:

—Y no quiero que vomite sobre mí.

—¿Cree que vamos a necesitar eso?

—Se lo aseguro.

Los ojos de Malone iban y venían.

—Escuche —dijo—, quizá deberíamos detener esto.

—¿Cambiar de canal?

—Escuche —dijo Malone—, quizá estaba equivocada.

—¿Acerca de qué?

—No deberíamos haber subido al avión. Tendríamos que habernos limitado a observar.

—Es demasiado tarde para eso —dijo Casey.

Sabía que estaba siendo dura con Malone porque ella también estaba asustada. No creía que Teddy estuviese en lo cierto respecto de las fisuras en la estructura, no creía que fuese lo suficientemente tonto como para lanzarse a volar un avión que no había pasado por un control exhaustivo. Había estado presente en todas las pruebas, durante el trabajo de estructura, la PEC, porque sabía que en pocos días tendría que pilotearlo. Teddy no tenía un pelo de zonzo.

Pero era piloto de prueba, pensó.

Y todos los pilotos de prueba estaban locos.

Clic. Bien señoras, iniciamos la secuencia. ¿Todos bien atados?

—Sí —contestó Casey.

Malone no dijo nada. Movía los labios, pero no decía nada.

Clic .—Ah, caza alfa, aquí cero uno, comenzamos variaciones de actitud ahora.

Clic. —Recibido cero uno. Lo tenemos. Inicie cuando esté listo.

Clic. —Norton tierra, aquí cero uno. Verificación de monitores.

Clic. —Verificación confirmada. Uno a treinta.

Clic. —Aquí vamos, amigos. Ahora.

Casey observaba el monitor lateral, que mostraba a Teddy en el *cockpit*. Se movía con calma, seguro. Se lo oía relajado.

Clic. —Señoras, recibí mi alarma de disparidad de *slats* y estoy extendiendo los *slats* para apagar la alarma. *Slats* extendidos. El piloto automático no está conectado. La nariz está hacia arriba, la velocidad disminuye... y ahora entra en pérdida.

Casey oyó la alarma electrónica estridente, que sonaba una y otra vez. Luego la alarma auditiva, la voz pregrabada monótona e insistente: "Stall... Stall ... Stall...".

Clic. —Estoy bajando la nariz para evitar la situación de pérdida...

El avión comenzó un descenso abrupto.

Parecía que estaban bajando en línea recta.

Afuera, el rugido de los motores se convirtió en un chillido. El cuerpo de Casey ejercía presión contra las cintas de los arneses. A su lado, Jennifer Malone comenzó a gritar, la boca abierta, un grito único invariable que se confundía con el chillido de los motores.

Casey se sintió mareada. Intentó contar cuánto duraba.

Cinco... seis... siete... ocho segundos. ¿Cuánto había durado el descenso inicial?

Poco a poco, el avión comenzó a nivelarse, a salir del descenso en picada. El chillido de los motores disminuyó hasta adquirir un tono menor. Casey sintió que su cuerpo se volvía más pesado, luego aún más pesado, luego sorprendentemente pesado, comenzaron a hundírsele las mejillas, los brazos apretados contra el apoyabrazos. Las fuerzas G. Estaban a más de 2G. Casey pesaba ahora ciento veinte kilos. Se hundió más en el asiento, presionada por una mano gigante.

Junto a ella, Jennifer había dejado de gritar y ahora emitía un quejido continuo.

La sensación de peso disminuyó a medida que el avión comenzó a subir de nuevo. Al principio el ascenso era razonable, luego incómodo, luego parecía que estaban subiendo derecho hacia arriba. Los motores chillaban. Jennifer gritaba. Casey trató de contar los segundos pero le resultó imposible. No tenía energía para concentrarse.

Y de pronto sintió que la boca del estómago empezaba a subir, seguido de náuseas y vio que el monitor se elevó del piso por un instante, sostenido por las cuerdas. En el pico del ascenso no tenían peso. Jennifer se tapó la boca con la mano. Luego el avión comenzó a inclinarse... y otra vez hacia abajo.

Clic. —Segunda variación de actitud.

Otro descenso en picada.

Jennifer apartó la mano de la boca y comenzó a gritar, mucho más fuerte que antes. Casey intentó tomarse de los apoyabrazos, trató de entretener su mente. Se había olvidado de contar, se había olvidado de...

El peso otra vez.

Se hundía. Sentía la presión.

Cada vez más hondo en el asiento.

No podía moverse. No podía volver la cabeza.

Luego comenzaron a subir otra vez, un ascenso más pronunciado que el anterior, el chillido de los motores retumbaba en sus oídos y sintió que Jennifer extendía la mano hacia ella, y la tomaba del brazo. Casey se dio vuelta para verla y Jennifer, pálida y con los ojos desorbitados, gritaba:

—¡Basta! ¡Deténganlo! *¡Basta!*

El avión estaba llegando al tope del ascenso. Sintió que el estómago comenzaba a elevarse, seguido de náuseas. La apa-

riencia abatida de Jennifer, con la mano apretada contra la boca y vómito que se colaba por entre los dedos.
El avión se inclinó hacia abajo.
Otro descenso en picada.

Clic. —Vamos a soltar los compartimientos de equipaje. Eso les dará una idea de lo que ocurrió.
A lo largo de los dos pasillos, los compartimientos de equipaje se abrieron de pronto y dejaron escapar unos cubos blancos de unos sesenta centímetros. Era poliestireno inofensivo, pero comenzaron a saltar de un lado a otro de la cabina como una tormenta de nieve espesa. Casey sintió que le pegaban en la cara y en la parte posterior de la cabeza.
Jennifer tenía náuseas de nuevo e intentaba tomar la bolsa que tenía debajo de la pierna. Los bloques se fueron hacia adelante por la cabina en dirección al *cockpit*. Obstruían la visión en todas direcciones, hasta que uno por uno comenzaron a caer al piso, darse vuelta y allí permanecieron. El rugido de los motores cambió.
La carga del peso adicional la hacía hundirse.
El avión estaba subiendo otra vez.

El piloto del caza F-14 miró cómo el enorme avión de cabina ancha de Norton subía a toda velocidad a través de las nubes, con una inclinación de veintiún grados.
—Teddy —dijo por radio—. ¿Qué carajo estás haciendo?
—Sólo estoy reproduciendo lo que figura en la grabadora de vuelo.
—¡Dios mío!
El enorme *jet* se elevó veloz hasta pasar la capa de nubes a nueve mil metros. Subió otros trescientos metros antes de perder velocidad. A punto de entrar en pérdida.
Volvió a iniciar el descenso.

Jennifer vomitó con todas sus fuerzas dentro de una bolsa. Se ensució las manos y hasta cayó sobre la falda. Miró a Casey con el rostro verde, débil, contorsionado.
—Deténgalo, *por favor*...
El avión había comenzado a descender una vez más.
Casey la miró.

—¿No quiere reproducir el hecho completo para las cámaras? Las imágenes son grandiosas. Quedan dos ciclos.

—¡No! *¡No...!*

El avión estaba bajando en picada. Sin dejar de mirar a Jennifer, Casey gritó:

—¡Teddy! ¡Teddy, saca las manos de los controles!

Jennifer abrió los ojos. Horrorizada.

Clic. —Recibido. Suelto los controles ahora.

De inmediato el avión se estabilizó. Suavemente, despacio. El chillido de los motores disminuyó a un ronroneo uniforme y continuo. Los bloques de poliestireno cayeron sobre la alfombra, rebotaron una vez y dejaron de moverse.

Vuelo nivelado.

La luz del Sol se colaba por las ventanillas.

Jennifer limpió los restos de vómito de los labios con el dorso de la mano. Miró alrededor asombrada.

—¿Qué... qué pasó?

—El piloto soltó el comando.

Jennifer no lograba entender lo que había ocurrido. Tenía los ojos vidriosos. Con voz débil preguntó:

—¿Soltó el comando?

Casey asintió.

—Así es.

—Bueno, entonces...

—El piloto automático está piloteando el avión.

Malone cayó rendida contra el respaldo del asiento y tiró la cabeza hacia atrás. Cerró lo ojos.

—No entiendo —repitió.

—Para terminar con el incidente del vuelo 545, todo lo que el piloto tenía que hacer era soltar el comando. Si lo hubiese hecho, habría terminado de inmediato.

Jennifer suspiró.

—¿Entonces por qué no lo hizo?

Casey no respondió. Se dio vuelta hacia el monitor:

—Teddy, regresemos.

Estación de prueba de Yuma

09:45

De vuelta en tierra firme, Casey atravesó la sala principal de la Estación de Pruebas de Vuelo en dirección a la sala de pilotos. Era una antigua sala para pilotos de prueba revestida con paneles de madera de la época en que Norton aún fabricaba aviones militares. Un sofá desproporcionado color verde, algo grisáceo por la exposición al sol. Un par de sillas de metal junto a una mesa de fórmica. El único objeto nuevo en la habitación era un pequeño televisor con casetera incorporada que estaba junto a una máquina de expendio de Coca Cola abollada, con un letrero pegado con cinta adhesiva que decía FUERA DE SERVICIO. En la ventana, un aire acondicionado ruidoso. Ya hacía un calor terrible en la pista y el aire en la habitación estaba cálido, pegajoso.

Casey miró por la ventana al equipo de *Newsline* que caminaba alrededor del 545 ocupado con la filmación del avión en la plataforma. El avión brillaba bajo la luz del sol del desierto. El equipo parecía perdido, sin saber qué hacer. Dirigían las cámaras como si estuviesen armando una toma, luego las bajaban de inmediato. Parecía que estaban esperando.

Casey abrió la carpeta de papel manila que había traído consigo y hojeó los papeles que contenía. Las fotocopias en color que le había encargado a Norma habían salido bastante bien. Y los télex estaban aceptables. Todo estaba en orden.

Fue hasta el televisor, que ella había ordenado que trajeran, insertó una casete en la reproductora de vídeo y esperó.

Esperó a Malone.

Casey estaba cansada. Luego se acordó de los parches. Se arremangó y se quitó los cuatro apósitos circulares colocados en fila sobre la piel del brazo. Parches de escopolamina, para las náuseas. Por eso no había vomitado en el avión. A diferencia de Malone, sabía lo que le esperaba.

A Casey no le agradaba Malone. Sólo quería acabar con ese asunto. Ese sería el último paso. Eso le pondría fin.

La única persona de Norton que realmente sabía lo que ella estaba haciendo era Fuller. Fuller había comprendido de inmediato cuando Casey lo había llamado desde Sistemas de Compaginación de Vídeo. Fuller reconoció las consecuencias de proporcionar la cinta a *Newsline*. Vio lo que conseguirían, cómo los haría caer.

La Prueba de Vuelo había hecho el resto.

Esperó a Malone.

Cinco minutos más tarde, entró Jennifer Malone, dando un portazo. Llevaba puesto un overol del personal de pruebas de vuelo. Tenía la cara lavada y el pelo echado hacia atrás.

Y estaba muy furiosa.

—No sé qué cree que probó ahí arriba. Se divirtió. Grabó el espectáculo. Me hizo pegar el susto de mi vida. Espero que lo haya disfrutado, porque no va a cambiar ni un ápice de nuestra historia. Barker tiene razón. Su avión tiene problemas de *slats*, tal como él lo afirma. Lo que le falta agregar es que el problema se presenta cuando el piloto automático está desconectado. Eso es todo lo que ese pequeño ejercicio suyo demostró hoy. Pero nuestra historia no cambia. Su avión es una trampa mortal. Y para cuando la historia salga al aire, no van a poder vender uno de sus aviones ni en *Marte*. Vamos a hacer trizas su avioncito de mierda y la vamos a enterrar con él.

Casey permaneció en silencio. Pensó: "Es joven. Joven y estúpida". La dureza con la que la había descrito la sorprendió. Quizá había aprendido algo de los tipos duros de la planta. Hombres mayores que sabían que el poder no era cuestión de apariencia y fanfarronería.

Dejó que Malone despotricara otro rato, luego le dijo:

—En realidad, no va a hacer nada de eso.

—Míreme nomás.

—Lo único que puede hacer es informar con precisión lo que ocurrió en el vuelo 545. Y quizá no quiera hacerlo.

—Sólo espere —dijo Malone entre dientes—. Espere, carajo. Es una maldita trampa mortal.

Casey suspiró:

—Siéntese.

—Ni loca....

—¿Alguna vez se le ocurrió cómo era posible que la secretaria de una compañía de vídeo de Glendale supiese que ustedes estaban haciendo una nota sobre Norton? ¿Cómo había obtenido el número de su teléfono celular y sabía que tenía que hablar con usted?

Malone se quedó muda.

—¿Alguna vez se detuvo a pensar cómo el abogado de Norton se enteró tan rápido de que ustedes tenían la cinta? ¿Y luego tenía en su poder una declaración jurada de la recepcionista que establecía que ella les había entregado la cinta?

Malone seguía en silencio.

—Ed Fuller entró por la puerta de Sistemas de Compaginación de Vídeo unos minutos después que usted salió, señorita Malone. Tenía miedo de cruzarse con usted.

Malone frunció el ceño.

—¿De qué se trata todo esto?

—¿Alguna vez se detuvo a pensar —continuó Casey— por qué Ed Fuller insistió tanto para que usted firmara un documento que establecía que no había obtenido la cinta de un empleado de Norton?

—Es obvio. La cinta es perjudicial para ustedes. No quieren que se culpe a la empresa.

—¿*Quién* la culparía?

—Bueno... no sé. La opinión pública.

—Es mejor que se siente. —Abrió la ficha.

Despacio, Malone se sentó.

Frunció el ceño.

—Espere un minuto —dijo Malone—. ¿Está diciendo que no fue la secretaria la que me llamó por la cinta?

Casey se quedó mirándola.

—¿Entonces quién lo hizo?

Casey no dijo nada.

—¿Fue *usted*?

Casey asintió.

—¿Usted *quería* que yo tuviese la cinta?

—Sí

—*¿Por qué?*

Casey sonrió.

Le entregó la primera hoja a Malone.

—Forma parte del registro de inspección de partes, sellado ayer por un inspector en la FAA para el sensor de proximidad de *slats* interno número dos del vuelo 545. Se asienta que se trata de una pieza defectuosa que presenta una fisura. La fisura es vieja.

—No estoy haciendo una nota sobre repuestos —acotó Malone.

—No —respondió Casey—, es cierto. Porque lo que la prueba de vuelo demostró hoy es que cualquier piloto competente podría haber controlado la alarma de *slats* generada por la pieza defectuosa. Todo lo que tenía que hacer el piloto era ceder el control al piloto automático. Pero el piloto del 545 no lo hizo.

—Eso ya lo verificamos. El comandante del 545 es un piloto excelente.

—Es cierto —comentó Casey.

Le entregó la hoja siguiente.

—Este es el manifiesto de la tripulación presentado ante la FAA junto con el plan de vuelo el día de partida del vuelo 545.

Jonh Zhen Chang, Comandante	7/5/51 M
Leu Zan Ping, Primer Oficial	11/3/59 M
Richard Yong, Primer Oficial	9/9/61 M
Gerhard Reimann, Primer Oficial	23/7/49 M
Thomas Chang, Primer Oficial	29/6/70 M
Henri Marchand, Ingeniero de Vuelo	25/4/69 M
Robert Sheng, Ingeniero de Vuelo	13/6/62 M

Malone le hechó un vistazo y lo dejó a un lado.

—Y este es el manifiesto de la tripulación que nos envió TransPacific el día posterior al incidente.

John Zhen Chang, Comandante	7/5/51
Leu Zan Ping, Primer Oficial	11/3/59
Richard Yong, Primer Oficial	9/9/61
Gerhard Reimann, Primer Oficial	23/7/49
Henri Marchand, Ingeniero de Vuelo	25/4/69
Thomas Chang, Ingeniero de Vuelo	29/6/70
Robert Sheng, Ingeniero de Vuelo	13/6/62

Malone la estudió y se encogió de hombros:

—Es la misma.

—No. No lo es. En una, Thomas Chang figura como primer oficial; en la segunda, figura como ingeniero de vuelo.

—Un error administrativo.

—No —afirmó Casey y enfatizó la respuesta con el movimiento de la cabeza.

Le entregó otra hoja.

—Esta es una página de la revista de a bordo de TransPacific que muestra a John Chang con la familia. Nos la envió una auxiliar de a bordo de TransPacific que quería que supiésemos la verdadera historia. Se dará cuenta de que los hijos se llaman Erica y Thomas Chang. Thomas Chang es el hijo del piloto. Formaba parte de la tripulación técnica del vuelo 545.

Malone frunció el ceño.

—Los Chang son una familia de pilotos. Thomas Chang es piloto, habilitado para varios aviones pequeños. No está habilitado para volar el N-22.

—No puedo creerlo —dijo Malone.

—En el momento del incidente —continuó Casey—, el comandante, John Chang, había salido del *cockpit* a tomar café en el fondo del avión. Estaba atrás cuando ocurrió el incidente y sufrió heridas graves. Hace dos días lo sometieron a cirugía cerebral en Vancouver. El hospital había pensado que se trataba del primer oficial, pero se confirmó la identidad del paciente como John Zhen Chang.

Malone no salía de su asombro.

Casey le entregó un memorándum:

DE: S. NIETO, REP VANC
A.: C. SINGLETON, INST PRUEB YUMA

CONFIDENCIAL

AUTORIDADES AHORA CONFIRMAN IDENTIFICACIÓN POSTMORTEM DE TRIPULANTE HERIDO EN HOSP VANCOUVER COMO JOHN ZHEN CHANG COMANDANTE DEL VUELO 545 DE TRANSPACIFIC.

—Chang no estaba en el *cockpit*. Estaba en el fondo del avión. Allí se encontró su gorra. Así que alguien más estaba sentado en el asiento del comandante cuando ocurrió el incidente.

Casey encendió el televisor e hizo correr la cinta.

—Estos son los últimos instantes de la cinta que obtuvieron de la recepcionista. Ve cómo la cámara cae hacia el frente del avión y rueda hasta trabarse en la puerta del *cockpit*. Pero antes de eso... ¡aquí! —Congeló la imagen.— Se puede ver la cabina de comando.

—No se ve demasiado —comentó Malone—. Ambos están mirando hacia otro lado.

—Puede ver que el piloto lleva el pelo corto al ras —señaló Casey—. Vea la foto. Thomas Chang usa el pelo muy corto.

Malone sacudía la cabeza de un lado al otro.

—Sencillamente no lo creo. La imagen no es lo suficientemente buena, es una toma de tres cuartos de perfil, no sirve para identificarlo, no dice nada.

—Thomas Chang lleva puesto un pequeño aro en la oreja. Se puede ver en la foto de la revista. Y en la cinta de vídeo se ve que la luz refleja en ese mismo aro.

Malone se quedó en silencio.

Casey le entregó otra hoja

—Esta es una traducción de los diálogos en chino efectuados en el *cockpit* y grabados en la cinta que usted tiene. Gran parte es ininteligible a causa de las alarmas de la cabina de comando. Pero hice resaltar la parte relevante para usted.

0544:59	ALM	stall stall stall
0545:00	P/O	qué (ininteligible) tu
0545:01	CMDT	estoy (ininteligible) corregir el
0545:02	ALM	stall stall stall
0545:03	P/O	tom suelta el (ininteligible)
0545:04	CMDT	qué (ininteligible) eso
0545:11	P/O	tommy (ininteligible) cuando (ininteligible) debes (ininteligible) el

Casey le quitó el papel.

—No puede quedárselo ni citarlo en público. Pero corrobora la cinta que se encuentra en su poder.

—*¿Permitió que el hijo volara el avión?* —dijo Malone con evidente sorpresa en la voz.

—Sí —respondió Casey—. John Chang cedió el mando a un piloto que no tenía habilitación para volar el N-22. Como resultado, cincuenta y seis personas resultaron heridas y otras cuatro murieron, incluido el mismo John Chang. Creemos que el avión estaba en piloto automático y Chang dejó al hijo al mando del vuelo por unos instantes. Entonces sonó la alarma de *slats* y el hijo extendió los *slats* para apagarla. Pero se asustó, corrigió en exceso y perdió la estabilidad. Suponemos que en algún momento Thomas Chang quedó inconsciente de un golpe por los movimientos pronunciados del avión y el piloto automático tomó el control.

—¿En vuelos comerciales hay hombres que permiten a sus hijos volar el avión? —preguntó Malone.

—Sí —repondió Casey.

—¿*Esa* es la historia?

—Sí. Y tiene en su poder la cinta que lo prueba. Por lo tanto, está consciente de los hechos. El señor Reardon afirmó en cámara que tanto él como sus colegas en Nueva York vieron la cinta en su totalidad. Por lo que han visto la toma de la cabina de comando. Acabo de informarle lo que representa esa toma. Le hemos provisto pruebas que corroboran la historia, no todas, hay más. También hemos demostrado durante la prueba de vuelo que no hay nada de malo con el avión.

—No todos están de acuerdo... —comenzó Malone.

—Esto ya no es cuestión de opinión, señorita Malone. Es una cuestión de hechos. No se puede cuestionar que usted conoce los hechos. Si *Newsline* no transmite esos hechos que ahora conoce y si hace cualquier sugerencia de que hay algún problema con el N-22 debido a este incidente, los vamos a demandar por negligencia y premeditación. Ed Fuller es muy conservador pero cree que sin duda vamos a ganar. Porque ustedes obtuvieron la cinta que sirve de prueba. Ahora, ¿quiere que el señor Fuller llame al señor Shenk y le explique la situación, o prefiere hacerlo usted misma?

Malone permaneció en silencio.

—¿Señorita Malone?

—¿Dónde hay un teléfono?

—En el rincón.

Malone se puso de pie y caminó hasta el teléfono. Casey se dirigió a la puerta.

—¡Dios mío! —exclamó Malone sin poder salir de su asombro—. ¿El tipo le permitió volar un avión lleno de gente? Es decir, ¿cómo es posible?

Casey se encogió de hombros.

—El hombre amaba a su hijo. Creemos que le había permitido volar en otras oportunidades. Pero existe una razón por la cual los pilotos comerciales tienen que capacitarse en equipos específicos durante un largo período, y es para obtener una habilitación. No sabía lo que estaba haciendo y lo atraparon.

Casey cerró la puerta y pensó: "Y a usted también".

Yuma

10:05

—¡La reputísima madre! —exclamó Dick Shenk—. ¿Tengo un agujero en el programa del tamaño de Afganistán y me dices que tenemos una nota sobre *repuestos defectuosos*? ¿Con un par de pilotos temerarios orientales? ¿Es eso lo que me estás diciendo, Jennifer? Porque no voy a aceptarlo. Antes muerto. No me voy a convertir en el Pat Buchanan de la televisión. ¡A la mierda con todo!

—Dick —suplicó Jennifer—. En realidad no es así como se ve. Se trata de una tragedia familiar; el hombre quiere al hijo y...

—Pero no puedo *usarlo*. Es *chino*. Ni siquiera puedo *aludir a eso*.

—El chico mató a cuatro personas y causó heridas a otras cincuenta y seis...

—¿Cuál es la diferencia? Me has causado una gran decepción, Jennifer. Grande, *muy* grande. ¿Comprendes lo que significa? Esto significa que tengo que pasar el segmento de las Ligas Menores de lisiados?

—Dick. Yo no causé el accidente. Sólo estoy informando al respecto...

—Un momento. ¿Qué clase de pelotudez nueva es esa?

—Dick, yo...

—Estás informando tu ineptitud, eso es lo que estás haciendo. Estás acabada, Jennifer. Tenías una buena historia, una nota que yo quería, una nota acerca de un producto de mierda estadounidense y dos días después vienes con una historia completamente distinta. No es el avión, es el piloto. Y mantenimiento. Y *piezas defectuosas*.

—Dick...

—Te lo advertí. No quería una nota sobre piezas defectuosas. Lo arruinaste, Jennifer. El lunes hablamos.

Y colgó.

Glendale

23:00

Los títulos finales de *Newsline* aún no habían terminado cuando sonó el teléfono de Casey. Una voz desconocida y ronca preguntó:

—¿Casey Singleton?

—Ella habla.

—Soy Hal Edgarton.

—¿Cómo está, señor?

—Estoy en Hong Kong y me acabo de enterar por uno de los miembros del Directorio de que *Newsline* no emitió ninguna nota acerca de Norton esta noche.

—Así es, señor.

—Estoy muy complacido. Me pregunto por qué no lo hicieron.

—No tengo la menor idea, señor.

—Bueno, lo que sea que haya hecho, es obvio que resultó —dijo Edgarton—. En unas horas parto hacia Pekín para firmar el acuerdo de venta. Se suponía que me encontraría allí con John Marder pero me han dicho que, por alguna razón, no salió de California.

—No sé nada al respecto, señor.

—Bien. Me alegra oír eso. Va a haber algunos cambios en Norton en los próximos días. Mientras tanto quería felicitarla, Casey. Ha estado bajo una gran presión. Y ha hecho un trabajo sobresaliente.

—Gracias, señor.

—Hal.

—Gracias, Hal.

—Mi secretaria la va a llamar para que almorcemos juntos a mi regreso. Siga así.

Edgarton colgó y luego hubo otras llamadas. De Mike Lee, para felicitarla, en un tono contenido. Quería saber cómo había hecho para matar la nota. Ella respondió que no había tenido nada que ver con eso, que *Newsline*, por alguna razón, había decidido no emitirla.

Luego siguieron otros llamados, de Doherty, y Burke, y Ron Smith, y Norma, que le dijo:

—Querida, estoy orgullosa de ti.

Y por último, Teddy Rawley, que dijo que por casualidad estaba en la zona y se preguntaba si estaba ocupada.

—Estoy muy cansada —dijo Casey—. ¿En otra oportunidad?

—Nena, fue un gran día. Tu día.

—Sí, Teddy. Pero estoy muy cansada.

Desconectó el teléfono y se fue a la cama.

Glendale

Domingo, 17:45

Era una noche despejada. Estaba de pie frente a la casa, en pleno atardecer, cuando Amos pasó con su perro. El perro le lamió la mano.

—Así que esquivaste una bala —comentó Amos.

—Sí, eso creo.

—Toda la planta lo está comentando. Dicen que te enfrentaste a Marder. No ibas a mentir acerca del 545. ¿Es cierto?

—Más o menos.

—Entonces fuiste una estúpida. Tendrías que haber mentido. *Ellos* mienten. Sólo es cuestión de qué mentira sale al aire.

—Amos...

—Tu padre era periodista; crees que existe algún tipo de verdad que contar. No la hay. No la ha habido durante años, hija. Vi toda esa escoria acerca del incidente de Aloha. Todo lo que les interesaba era los detalles sangrientos. Azafata que sale despedida del avión, ¿murió antes de hacer impacto en el agua? ¿O todavía estaba viva? Era todo lo que querían saber.

—Amos. —Quería que se detuviera.

—Lo sé. Eso es entretenimiento. Pero te lo digo, Casey. Tuviste mucha suerte esta vez. Quizá la próxima vez no tengas tanta suerte. Así que no permitas que se convierta en un hábito. Recuerda: ellos hacen las reglas. Y el juego nada tiene que ver con la precisión o los hechos o la realidad. Es sólo un circo.

No iba a discutir con él. Acarició al perro.

—El hecho es que—continuó Amos—, todo está cambiando. En los viejos tiempos, la imagen de la prensa se correspondía más o menos con la realidad. Pero ahora es todo al revés. La imagen de los medios es la realidad, y, en comparación la vida diaria parece carecer de encanto. Por lo tanto, la vida diaria es falsa y la imagen que brindan los medios es real. Algunas veces miro alrededor del living y el objeto más real es el televisor. Es brillante y vívido. Y el resto de mi vida parece monótono. Así que apago el maldito aparato. Así logro recuperar mi vida.

Casey siguió acariciando al perro. En la casi completa oscuridad vio las luces del auto doblar en la esquina y dirigirse hacia ellos. Casey caminó hasta cordón de la vereda.

—Bueno, estoy divagando —dijo Amos.

—Buenas noches, Amos.

El auto se detuvo. Se abrió la puerta.

—¡Mamá!

La niña saltó a sus brazos y le rodeó la cintura con las piernas.

—¡ Mamá, te *extrañé*!

—Yo también, mi amor. Yo también.

Jim bajó del auto y le dio la mochila a Casey. En la oscuridad casi total, no podía distinguir su rostro.

—Buenas noches —dijo él.

—Buenas noches, Jim.

La hija la tomó de la mano. Comenzaron a dirigirse a la casa. Estaba cada vez más oscuro y la noche estaba fresca. Al mirar hacia arriba vio la estela de un avión de pasajeros. Iba tan alto que allí arriba aún era de día, una delgada franja blanca en el cielo del atardecer.

5ta NOTA DE nivel 1 IMPRESA EN FORMATO COMPLETO
COPYRIGHT TELEGRAPH—STAR INC.

ENCABEZADO: NORTON VENDE 50 AVIONES DE CABINA ANCHA A CHINA.
LA COLA DE LOS AVIONES SE VA A FABRICAR EN SHANGAI.
LA INYECCIÓN DE CAPITAL CONTRIBUYE AL DESARROLLO DE UN NUEVO JET.
LOS LÍDERES DE LOS SINDICATOS CRITICAN LA PÉRDIDA DE EMPLEOS.

AUTOR: JACK RECIBIDO

CUERPO:
Norton Aircraft anunció hoy la venta de cincuenta aeronaves N-22 en ocho mil millones de dólares a la República Popular China. El presidente de Norton, Harold Edgarton, dijo que el acuerdo firmado ayer en Pekín establece la entrega de los jets durante los próximos cuatro años. El trato contempla también un acuerdo compensatorio de cesión de trabajo a China, pues exige la fabricación de la cola de los N-22 en Shangai.
La venta representa un alivio para la agobiada empresa de Burbank y una amarga derrota para Airbus, que había promovido sus intereses tanto en Pekín como en Washington, para obtener la venta. Edgarton declaró que la venta de los cincuenta jets a los chinos, combinada con la venta de otros doce N-22 a TransPacific Airlines, proveerá a Norton el flujo de fondos necesario para seguir adelante con el desarrollo del prototipo de cabina ancha N-XX, la esperanza de la compañía para el siglo XXI.
La noticia del acuerdo de compensación generó disconformidad en algunos sectores de

la empresa de Burbank. Don Brull, presidente de la sección local 1214 de la UAW, criticó el acuerdo de compensación con las siguientes palabras: "Estamos perdiendo miles de puestos de trabajo al año. Norton está exportando los puestos de los trabajadores estadounidenses para lograr ventas en el extranjero. No creo que eso sea bueno para nuestro futuro".

Al preguntársele acerca de la supuesta reducción de puestos de trabajo, Edgarton precisó que "los acuerdos de compensación forman parte de la industria y lo han hecho durante mucho tiempo. Lo cierto es que, si no aceptamos el acuerdo, Boeing o Airbus lo harán. Creo que es importante mirar hacia el futuro y los nuevos puestos de trabajo que generará la línea del N-XX".

Edgarton también comentó que China había firmado una opción por la compra de otros treinta aviones. La fábrica de Shangai comenzará a operar en enero del año próximo.

La noticia de la venta pone fin a las especulaciones que circulaban en la industria acerca de que la excesiva publicidad de los recientes incidentes sufridos por el N-22 podría afectar la venta a China. Edgarton declaró: "El N-22 es un avión excelente como lo demuestra el registro de seguridad impecable. Creo que la venta a China se efectuó gracias a ese registro".

ID DEL DOCUMENTO: C\LEX 40\DL\NORTON

TRANSPACIFIC COMPRA AVIONES DE NORTON
TransPacific Airlines, la empresa con base en Hong Kong, hizo un pedido de doce aviones de cabina ancha N-22 a Norton Aircraft, lo que demuestra que el mercado asiático es el segmento de crecimiento para la industria aerocomercial.

TESTIGO EXPERTO MUERDE LA MANO DE QUIEN NO LO ALIMENTÓ
Frederick "Fred" Barker, el controvertido experto en temas aerocomerciales, demandó a Bradley King por incumplimiento del pago de "aranceles adeudados" por sus apariciones anticipadas en los tribunales. No se pudo obtener comentarios por parte de King.

AIRBUS ANALIZA ALIANZA CON COREA
Songking Industries, conglomerado industrial con base en Seúl, anunció que está negociando con Airbus Industrie de Toulouse la fabricación de importantes piezas de submontaje del nuevo A-340 B de mayor autonomía. Se ha especulado recientemente respecto de los intentos de Songking de establecer su presencia en los mercados mundiales de aeronavegación, ahora que, según rumores, se han interrumpido las negociaciones secretas con Norton Aircraft, la empresa de Burbank.

SHENK SERÁ GALARDONADO POR ACTIVIDAD HUMANITARIA
El Consejo Estadounidense de Religiones designó a Richard Shenk, productor de *Newsline*, como el Productor Humanitario del Año. El Consejo promueve "la comprensión humanitaria entre los pueblos del mundo". Shenk, conocido por su "notable compromiso de toda

una vida con la tolerancia", recibirá el galardón en una comida de gala el 10 de junio en el Waldorf Astoria. Se anticipa la presencia de un público conformado por estrellas de la industria.

LA AAC OTORGA LA CERTIFICACIÓN AL N-22
La AAC aceptó hoy la certificación del avión de fuselaje ancho para transporte de pasajeros N-22, fabricado por Norton. Un vocero de la AAC dijo que los rumores de que la certificación se había demorado por motivos políticos "no tienen fundamento".

MARDER ACEPTA PUESTO DE ASESOR
Para sorpresa de todos, John Marder, 46, abandonó Norton Aircraft para presidir el Instituto de Aviación, una consultora del área aeroespacial con fuertes lazos con las empresas europeas. Marder se hará cargo del nuevo puesto de inmediato. Sus compañeros de Norton describieron con elogios al saliente Marder como "un líder de gran integridad".

EXPORTACIÓN DE PUESTOS DE TRABAJO ESTADOUNIDENSES —¿UNA TENDENCIA PERTURBADORA?
Como respuesta a la reciente venta de cincuenta aviones de Norton a China, William Campbell sostuvo que las empresas de aviación estadounidenses exportarán 250.000 puestos de trabajo durante los próximos cinco años. Dado que gran parte de esta exportación está financiada por el Ex-Im Bank del Departamento de Comercio, declaró:"Es inaudito. Los trabajadores estadounidenses no pagan impuestos para que el gobierno ayude a las empresas estadounidenses a llevarse sus puestos de trabajo". Campbell hace alusión a la preocupación de las empresas japonesas por sus trabajadores como contra-

partida al comportamiento de las multinacionales de los EE.UU.

RICHMAN ARRESTADO EN SINGAPUR
La policía de Singapur arrestó hoy a un joven miembro del clan Norton por cargos de tenencia de estupefacientes. Bob Richman, 28, se encuentra bajo custodia de las autoridades a la espera de procesamiento. Si se lo declara culpable según las severas leyes antidroga de esta nación, enfrenta la pena de muerte.

SINGLETON ENCABEZA DIVISIÓN
Harold Edgarton designó hoy a Katherine C. Singleton como la nueva responsable de la División de Relaciones con los Medios de Norton Aircraft. Singleton ocupaba el puesto de vicepresidente de Certificación de Calidad de Norton, con base en Burbank.

MALONE SE UNIRÁ AL EQUIPO DE *HARD COPY*
La veterana productora de programas de noticias Jennifer Malone, 29, pone fin a cuatro años como colaboradora de *Newsline* para unirse a *Hard Copy*, según se anunció hoy. La partida de Malone se describió como consecuencia de una disputa contractual. *Hard Copy* es lo que está ocurriendo ahora y estoy fascinada de formar parte de ello."

INFORME DE INCIDENTE AÉREO

INFORMACIÓN CONFIDENCIAL —PARA USO INTERNO SOLAMENTE

Informe Nº:	IRT-96-42	Fecha de Hoy: 18 de abril
Modelo:	N-22	Fecha del Incidente: 8 de abril
Operador:	TransPacific	Fuselaje No. 271
Elaborado por:	R. Rakoski, Rep. HK	Ubicación: Oc. Pacífico
Referencia:	a) AVN-SVC-08764/AAC	

TEMA: Variaciones severas de actitud en vuelo

Descripción del Hecho:

Se informa que durante el vuelo de crucero se encendió la alarma "*Slats Disagree*"(Disparidad de *Slats*) en la cabina de comando y un miembro de la tripulación técnica extendió los *slats* con la intención de cancelarla. A continuación el avión sufrió oscilaciones severas de actitud y perdió mil ochocientos metros de altura antes de que el piloto automático recuperara el control. Cuatro personas murieron y cincuenta y seis resultaron heridas.

Acción Tomada:

La inspección del avión reveló los siguientes daños:

1. La cabina interna sufrió daños considerables.
2. El sensor de proximidad de *slats* Número 2IB estaba fallado.
3. Se determinó que el perno de sujeción de *slats* Número 2 era una pieza no autorizada.
4. Se determinó que el panel del reversor del motor 1 era una pieza no autorizada.
5. Se identificaron varias otras partes no autorizadas que se procederá a reemplazar.

La revisión de los factores humanos reveló lo siguiente:

1. Los procedimientos de cabina de comando exigen mayor escrutinio por parte de la empresa operadora.

2. Los procedimientos de reparación en el extranjero exigen mayor escrutinio por parte de la empresa operadora.

El avión se encuentra en reparación. La empresa está analizando los procedimientos internos.

David Levine
Integración Técnica
Servicio al Cliente
Norton Aircraft Company
Burbank, CA